DON WINSLOW

LA LINGUA DEL FUOCO

Traduzione di Alfredo Colitto

HarperCollins

ISBN 979-12-5985-001-0

Titolo originale dell'edizione in lingua inglese:
California Fire and Life

This translation published by arrangement with
Alfred A. Knopf, an imprint of The Knopf Doubleday Group,
a division of Penguin Random House, LLC.

Traduzione di Alfredo Colitto

Prima edizione HarperCollins
luglio 2021

FSC
www.fsc.org
MISTO
Carta da fonti gestite
in maniera responsabile
FSC® C005461

Questo libro è prodotto con carta FSC certificata e da fonti controllate con un sistema
di controllo di parte terza indipendente per garantire una gestione forestale responsabile.

Ai ragazzi dell'ufficio sinistri e ai loro difensori.
È stato un onore.

1

La donna è stesa sul letto e il letto va a fuoco.

Non si sveglia.

Le fiamme le leccano le cosce come un amante, e non si sveglia.

Ai piedi della collina, il Pacifico si infrange sugli scogli.

California, fuoco e vita.

2

Nemmeno George Scollins si sveglia.

Il motivo è che è steso in fondo alle scale con il collo rotto.

È facile capire come possa essere accaduto. La sua casetta di Laguna Canyon è un caos terrificante. Attrezzi, pezzi di legno, mobili sparsi dappertutto. È quasi impossibile non inciampare su qualcosa.

Oltre ad attrezzi, legno e mobili, ci sono anche barattoli di vernice, contenitori di mordente, bottiglie di plastica piene di trementina, stracci...

Questo è anche il motivo per cui la casa brucia come un falò.

Nulla di strano, davvero.

Proprio nulla di strano.

California, fuoco e vita.

3

Due ragazzi vietnamiti, nel camion di una ditta di consegne.

Tommy Do, quello al volante, entra nel parcheggio.

«Siamo nel mezzo del nulla» dice il suo amico, Vince Tranh.

A Tommy frega poco di dove sono, è contento di liberarsi del carico. Un camion pieno di roba che scotta.

Tommy accosta a fianco di una Cadillac.

«Gli piacciono le Caddy, a quelli» dice Tranh, in vietnamita.

«Contenti loro» risponde Tommy. Lui sta risparmiando per comprarsi una Miata. È una bella macchina. Già si vede, in giro per le strade, al volante di una Miata nera. Occhiali da sole avvolgenti, una ragazza dai lunghi capelli neri sul sedile accanto.

Sì, riesce proprio a vedersi.

Dalla Cadillac scendono due tizi.

Uno è alto, sembra un levriero afgano, pensa Tommy. Indossa un completo blu che deve essere caldissimo, lì nel deserto. L'altro è più basso e più massiccio. Porta una camicia hawaiana nera con grossi fiori stampati sopra, e Tommy pensa che ha una faccia da idiota. Deve essere quello che spacca le gambe. Tommy non vede l'ora di prendere i soldi, scaricare e tornarsene a Garden Grove.

In genere Tommy non gradisce fare affari con i non vietnamiti, soprattutto se sono tipi come quei due.

Ma stavolta i soldi erano troppi per rifiutare.
Duemila dollari per una consegna.
Quello grosso con la camicia a fiori apre un cancello, e Tommy entra con il camion. Poi il tizio richiude il cancello.
Tommy e Tranh saltano giù dal camion.
Completo Blu dice: «Scaricate».
Tommy scuote la testa.
«Prima i soldi» dice.
«Certo.»
«Gli affari sono affari» spiega Tommy, come scusandosi per aver chiesto subito i soldi. Vuole essere cortese.
«Giusto» risponde Completo Blu.
Tommy lo vede infilare una mano nella giacca, ma invece del portafoglio Completo Blu estrae una pistola con il silenziatore e gli pianta tre proiettili da 9 millimetri in faccia, ben raggruppati.
Tranh resta imbambolato con un'espressione da "Oh, merda, no!", ma non cerca di scappare. Se ne sta lì paralizzato e Completo Blu non ha nessuna difficoltà a piantargli in corpo i tre proiettili successivi.
Quello con la camicia a fiori solleva prima Tommy, poi Tranh, e getta i cadaveri nel cassonetto. Li cosparge di benzina e butta dentro al cassonetto un fiammifero acceso.
«I vietnamiti sono buddisti?» chiede.
«Credo di sì.»
Tra loro parlano in russo.
«Non cremano i loro morti?»
Completo Blu scrolla le spalle.
Un'ora dopo hanno già scaricato il camion e immagazzinato la roba nell'edificio in blocchi di calcestruzzo. Altri dodici minuti, poi Camicia a Fiori porta il camion nel deserto e lo fa esplodere.
California, fuoco e vita.

4

Jack Wade è seduto a cavalcioni di una vecchia *longboard* di marca Hobie.

Cavalcando morbidi dislivelli che si rifiutano di diventare onde, osserva un filo di fumo nero che si innalza dall'altra parte del grande scoglio di Dana Head. Il fumo si allunga verso il pallido cielo d'agosto come una preghiera buddista.

Jack è così preso dal fumo che non si accorge dell'onda che lo prende alle spalle, come un riff di chitarra di Dick Dale. È una grande onda che lo sbatte sul fondo e lo fa rotolare. E rotolare, senza lasciarlo andare. *Ecco quello che ti capita se non stai attento, Jack. Ti tocca mangiare sabbia e respirare acqua.* Jack ha quasi finito l'ossigeno quando l'onda finalmente lo risputa a riva.

Si solleva carponi e respira a bocca aperta. In quel momento il cercapersone che ha lasciato sull'asciugamano poco più in là si mette a suonare. Si alza in piedi a fatica, va a prendere il cercapersone e controlla il numero, anche se immagina già chi possa essere.

California, fuoco e vita.

5

La donna è morta.

Jack lo sa ancora prima di arrivare sul posto, perché quando chiama l'ufficio gli risponde Billy Hayes, detto "Porca Puttana" per via della sua imprecazione preferita. Le sei e mezzo del mattino e Billy è già in ufficio.

Gli dice che c'è un incendio. E un morto.

Jack risale in fretta i centoventi gradini che separano la spiaggia dal parcheggio, si fa una rapida doccia nello stabilimento balneare e indossa i vestiti che ha lasciato nel bagagliaio della sua Mustang del '66. La tenuta da lavoro consiste in una camicia Oxford bianca marca Lands' End, pantaloni kaki marca Lands' End, mocassini Lands' End e una cravatta Eddie Bauer già annodata, che si infila come un cappio al collo.

Jack non entra in un negozio di abbigliamento da una dozzina d'anni.

Possiede tre cravatte, cinque camicie oxford bianche Lands' End, due paia di pantaloni kaki Lands' End, due giacche blu di quelle che non si stropicciano neppure se le fai passare attraverso il motore della macchina (le usa a rotazione: una addosso, una in lavanderia) e un unico paio di mocassini Lands' End.

La domenica sera fa il bucato.

Lava le cinque camicie e le due paia di pantaloni e li appende bene in modo da non doverli stirare. Annoda le tre cravatte ed è pronto per la settimana lavorativa. Il che significa in acqua prima dell'alba, surf fino alle sei e mezzo, doccia sulla spiaggia, cambiarsi, infilare il collo nella cravatta, salire in macchina, spingere nello stereo un vecchio nastro dei Challengers e correre agli uffici della California Fire and Life.

Fa questa vita da quasi dodici anni.

Ma stamattina è diverso.

Stamattina, dopo la telefonata con Billy, va direttamente al 37 di Bluffside Drive, poco lontano dalla spiaggia di Dana Strands, sulla strada che porta verso l'interno.

Ci mette una decina di minuti. Imbocca il vialetto circolare – il rumore delle ruote sulla ghiaia somiglia a quello della risacca con l'alta marea – e non si è ancora fermato del tutto quando Brian Bentley bussa al finestrino, dalla parte del passeggero.

Brian Bentley, detto "Accidentale", è l'incaricato delle indagini sugli incendi per conto dell'ufficio dello Sceriffo. E questo è un altro motivo per cui Jack sa che c'è stata una vittima. Altrimenti non ci sarebbe l'ufficio dello Sceriffo, ma un ispettore dei vigili del fuoco, e lui non starebbe fissando la facciona grassa di Bentley.

Né i suoi capelli rossi ondulati, che con l'età stanno diventando di un arancione tremendo.

Jack si piega di lato e abbassa il vetro del finestrino.

Bentley ficca dentro la faccia arrossata e dice: «Sei arrivato in fretta, Jack. Cosa porti, il fuoco e la vita?».

«Già.»

«Capisco» dice Bentley. «Doppia mazzata.»

Jack e Bentley si odiano. La solita vecchia storia: se Jack stesse bruciando, Bentley gli piscerebbe addosso per spegnere le fiamme? Forse sì, pensa Jack. Ma prima berrebbe della benzina.

«La vittima è in camera» dice Bentley. «Hanno dovuto raschiarla via dalle molle del letto.»

«È la moglie?» chiede Jack.

«Non è ancora stata identificata con certezza» risponde Bentley. «Ma è una femmina adulta.»

«Pamela Vale, trentaquattro anni» dice Jack. Billy "Porca Puttana" Hayes gli ha dato i particolari al telefono.

«Il nome non mi è nuovo» dice Bentley.

«"Save the Strands".»

«Cosa?»

«Salvate gli Strands. Hanno parlato di lei sui giornali. Lei e il marito raccoglievano fondi per quel movimento.»

Un'associazione di cittadini che cerca di impedire alla Great Sunsets LTD. di costruire un grande complesso residenziale a Dana Strands, l'ultimo pezzo incontaminato della costa sud.

Dana Strands, il posto più amato da Jack. Una macchia di erba e alberi su una scogliera sopra la spiaggia. Anni prima era stato un parcheggio per case mobili, poi la natura aveva ripreso possesso del territorio. E ancora lo difendeva contro le forze del progresso.

Ma non per molto, pensa Jack.

«Ho capito» dice Bentley.

«Ha un marito e due bambini.»

«Li stiamo cercando.»

«Merda.»

«Voglio dire, li stiamo cercando per *avvertirli*» specifica Bentley. «Non sono in casa. Tu come hai fatto ad arrivare così presto?»

«Billy aveva già l'indirizzo pronto, appena ho preso servizio.»

«Voi bastardi delle assicurazioni» dice Bentley. «Non vedete l'ora di mettervi in mezzo, eh?»

Jack sente abbaiare un cane di piccola taglia da qualche parte dietro la casa. Gli dà fastidio.

«Avete un'idea della causa?»

Bentley scuote la testa e ride in quel suo modo speciale. Sembra il suono del vapore che esce da un termosifone. «Tira fuori il libretto degli assegni e basta, Jack.»

«Ti dispiace se entro a dare un'occhiata?»

«Sì, mi dispiace proprio» risponde Bentley. «Ma non posso impedirtelo, giusto?»

«Giusto.»

Rientra nel contratto. Se hai un danno e chiedi un risarcimento all'assicurazione, la compagnia deve verificare il danno.

«Perciò scendi e datti da fare» dice Bentley. Si infila dentro l'abitacolo dell'auto, cerca di piazzare il muso proprio in faccia a Jack. «Solo una cosa. Non piantare casini. Io levo le tende fra due settimane, e la mia vita da pensionato la voglio passare molestando i persici del lago Havasu, non deponendo in tribunale. Quel che è successo qui è chiaro: una tizia fuma e beve vodka, poi sviene, rovescia la bottiglia, fa cadere la sigaretta e finisce arrosto. Questo è quanto.»

«Vai in pensione, Bentley?» chiede Jack.

«Sono trent'anni ormai.»

«Era ora che lo rendessi ufficiale.»

Uno dei tanti motivi – e ce n'è un intero catalogo – per cui Jack odia "Accidentale" Bentley è che Bentley è un fannullone figlio di puttana che non ama il suo lavoro. Sarebbe capace di trovare una causa accidentale per *qualsiasi* incendio. Se fosse stato a Dresda, avrebbe rovistato tra le ceneri e avrebbe trovato una coperta elettrica con la resistenza difettosa. Così deve riempire meno scartoffie e non deve andare in tribunale.

Per essere un esperto di incendi, Bentley è un ottimo pescatore.

«Ehi, Jack.» Bentley sorride, ma è parecchio incazzato. «Almeno io non mi sono fatto buttare fuori.»

Io invece sì, pensa Jack. «Deve essere perché non si sono mai accorti che c'eri.»

«Va' a farti fottere» risponde Bentley.

«Dopo di te.»

Il sorriso scompare dal viso di Bentley. Adesso è *serio*. «Incendio accidentale, morte accidentale» dice. «Non ficcare troppo il naso.»

Jack aspetta che si sia tolto di torno prima di scendere dalla macchina.

Per andare a ficcare il naso.

6

Prima che la scena si raffreddi.

In senso letterale.

Più la scena è fredda, meno probabilità ci sono di capire cosa è successo.

Di scoprire quella che in gergo si chiama C&O, ossia Causa e Origine dell'incendio.

La C&O è importante per una compagnia di assicurazioni, perché ci sono sinistri e *sinistri*. Se l'assicurato ha causato il sinistro per negligenza, la compagnia deve coprire i costi per l'intero massimale. Ma se la causa è stata una coperta elettrica difettosa, un interruttore guasto, un elettrodomestico che ha causato la scintilla fatale, la compagnia può giocare la carta della surrogazione. In sostanza, paga l'assicurato ma cita per danni l'azienda produttrice dell'oggetto difettoso.

Perciò Jack deve proprio ficcare il naso, ma intende farlo con uno scopo preciso.

Apre il bagagliaio della macchina.

Dentro ci sono una scala pieghevole, un paio di torce elettriche, una pala, un metro a nastro Stanley, due Minolta da 35 millimetri, una videocamera Sony HI8, un piccolo registratore a clip, tre riflettori, tre supporti pieghevoli per i riflettori, e un kit da incendio.

Quest'ultimo consiste in un paio di guanti di gomma gialli, un elmetto giallo da muratore e una tuta di carta bianca che si indossa dai piedi come un pigiama da bambino.

Il bagagliaio, quindi, è *strapieno*.

Jack tiene tutta quella roba lì dentro perché in pratica è come i cani dalmata che accompagnavano i carri dei pompieri: quando scoppia un incendio, lui è lì.

Indossa la tuta e si sente un idiota uscito da un film di fantascienza. Ma ne vale la pena. Dimenticati una sola volta di indossarla durante un'ispezione sul luogo di un incendio, e la fuliggine ti rovina i vestiti o come minimo ti incasina fortemente il programma del bucato.

Perciò lui la indossa.

Stessa cosa per l'elmetto giallo. Non ce n'è davvero bisogno, ma Billy ti appioppa una multa di cento dollari se arriva all'improvviso sul luogo di un sinistro e ti trova senza («Non voglio richieste di risarcimento per nessun incidente sul lavoro, porca puttana»). Jack attacca la clip del registratore dentro la camicia – se la attacchi fuori e ci va sopra la fuliggine ti tocca comprare un registratore nuovo –, si mette a tracolla le macchine fotografiche e si dirige verso la casa.

Che in gergo assicurativo si chiama "il rischio".

Ovviamente, *prima* che capiti qualcosa. *Dopo* viene chiamata "la perdita".

Quando un rischio diventa una perdita – quando quel che poteva capitare capita *davvero* – è il momento di Jack.

Questo è il suo lavoro per la compagnia di assicurazioni California Fire and Life. Liquida le richieste di danni. Lo fa da dodici anni ormai, e come lavoro gli sembra abbastanza decente. È quasi sempre da solo, nessuno gli rompe i coglioni se fa il suo dovere, e lui lo fa sempre. Ergo, si muove in un ambiente relativamente privo di merda.

Alcuni dei suoi colleghi dicono che gli assicurati ti scaricano addosso un sacco di merda, ma Jack non condivide quell'opinione. «È un lavoro semplice» dice loro quando si lamentano troppo. «La polizza di assicurazione è un contratto. Dice esattamente cosa devi pagare e cosa no. Perciò quello che devi lo paghi, e quello che non devi non lo paghi.»

Non c'è motivo di incazzarsi, né di subire le incazzature degli altri.

Se non la prendi in modo personale, non hai problemi. Qualsiasi cosa tu faccia, non sei coinvolto emotivamente. Fai il tuo lavoro, e il resto del tempo vai a fare surf.

Questa è la filosofia di Jack e per lui funziona. Funziona anche per Billy, visto che ogni volta che gli capita un incendio importante lo assegna a Jack. Del resto è logico, considerato che Jack faceva proprio quel lavoro per l'ufficio dello Sceriffo, prima che lo buttassero fuori: indagava sugli incendi.

Per questo Jack sa che la prima cosa da fare quando indaghi su un incendio è il giro della casa da fuori. La POS, Procedura Operativa Standard, raccomanda di lavorare dall'esterno verso l'interno. Ciò che osservi da fuori può dirti molto su quello che è accaduto dentro.

Attraversa il cancello in ferro battuto e lo richiude con cura per via di quel cane che abbaia.

Due bambini hanno perso la madre, pensa. Il minimo che può fare per loro è non fargli perdere anche il cane.

Il cancello immette su un cortile interno circondato da un muro di mattoni cotti al sole. Il sentiero di ghiaia si snoda tra un giardino zen sulla destra e un laghetto di carpe giapponesi a sinistra.

Un *ex* laghetto, in realtà.

Ormai è zuppo di cenere, e le carpe giapponesi – una volta dorate e arancioni, ora nere di fuliggine – galleggiano morte a pelo dell'acqua.

«Nota» dice Jack nel registratore. «Documentarsi sul valore delle carpe giapponesi.»

Attraversa il giardino e arriva alla casa.

Dà un'occhiata e pensa: Oh, merda.

7

Ha visto quella casa milioni di volte dal mare, ma non aveva riconosciuto l'indirizzo.

Costruita negli anni Trenta del secolo scorso, è una delle più antiche sulla scogliera che domina Dana Point. Struttura in legno con grosse travi a vista, pareti e tetto in scandole di cedro.

Un vero peccato, pensa Jack. La casa è una superstite dei vecchi tempi, quando da quelle parti c'erano solo prati e colline. Costruita quando ancora le case si *costruivano* davvero.

Era sopravvissuta a uragani e monsoni, al vento di Santa Ana che propaga gli incendi sulle colline. E, cosa ancor più difficile, era scampata ai costruttori di alberghi e complessi residenziali, e persino agli agenti del fisco. Quella vecchia bellissima casa aveva dominato l'oceano in barba a tutti i pericoli, ma per distruggerla era bastata una donna con una bottiglia di vodka e una sigaretta.

È davvero un peccato. Per tutta la vita Jack ha guardato quella casa seduto a cavalcioni della sua tavola da surf, e ha sempre pensato che fosse una delle più belle mai costruite.

Per prima cosa, è di legno, e non di cemento imbiancato o di finti mattoni cotti al sole. E per le travi non è stato usato legno verde. Ai tempi in cui si costruiva davvero, si usava legno asciugato negli essiccatoi. E il rivestimento esterno era fatto di scandole di vero cedro, a cui l'oceano aveva dato poco per volta un colore tra il marrone e il grigio, finché la casa era diventata parte del paesaggio, come i detriti di legno spinti a riva dalle onde. Un bel mucchio di detriti, in realtà, perché per essere una casa a un solo piano è piuttosto grande. Una vasta struttura centrale fiancheggiata da due ali a un'angolazione di circa trenta gradi verso l'oceano.

Dal suo punto di osservazione, Jack vede che la sezione centrale e quella a sinistra sono ancora intatte. Danneggiate dal fumo e dall'acqua, certo, ma strutturalmente a posto.

L'ala destra, invece, è un'altra storia. Non ci vuole un fisico nucleare per capire che è da qui che è partito l'incendio. Generalmente, la parte di casa che risulta più danneggiata è quella in cui si è innescato l'incendio. È lì che le fiamme sono divampate più a lungo.

Jack fa qualche passo indietro e scatta delle foto prima con una macchina fotografica, poi con l'altra. Una è caricata con pellicola a colori, l'altra con pellicola in bianco e nero. Il colore permette di apprezzare meglio i danni, ma alcuni giudici accettano come prove solo le foto in bianco e nero, secondo la teoria che le foto a colori sono di per sé "pregiudizievolmente drammatiche".

Potrebbero *infiammare* la giuria, pensa Jack.

Jack è convinto che la maggior parte dei giudici siano degli idioti.

Molti liquidatori scattano delle semplici Polaroid. Jack usa la 35 millimetri perché gli permette di ottenere ingrandimenti di migliore qualità, il che è utile se devi usarli come reperti in tribunale.

Così quelle sanguisughe di avvocati della parte civile non possono infilarti su per il culo le tue brutte polaroid.

«Polaroid uguale emorroidi», è uno degli adagi di Billy.

Quindi, nel caso in cui la pratica finisca in tribunale, Jack preferisce non correre rischi. Per questo tiene due macchine fotografiche nel bagagliaio. Sarebbe una perdita di tempo dover cambiare pellicola e scattare di nuovo tutte le foto.

Scatta foto a tutta la casa con entrambe le macchine, poi prende appunti descrivendo ciascuna foto, ora e data in cui l'ha scattata, tipo di macchina fotografica usata, marca e ASA della pellicola. Detta gli stessi appunti anche al registratore, insieme ad altre osservazioni che giudica pertinenti.

Sa che uno *crede* di ricordare tutto, ma non è così. A volte ti capita di lavorare a cento perdite contemporaneamente, ed è logico che a un certo punto ti si mescoli tutto in testa.

O come dice Billy Hayes: «Se non l'hai scritto, sei fritto».

Billy è dell'Arizona.

Perciò Jack dice: «Immagine numero uno, foto della casa presa da angolazione sud il 28 agosto 1997. L'ala ovest mostra gravi danni. Le pareti esterne sono ancora in piedi, ma probabilmente dovranno essere abbattute e ricostruite. Le finestre sono esplose. C'è un buco nel tetto».

La via più breve per arrivare dall'altro lato della casa è passare per il centro. Jack apre la porta ed entra.

Si trova a fissare l'oceano come se stesse per cascarci dentro, attraverso un'enorme parete vetrata dalla quale si vede tutta la costa, da Newport Beach fino alle isole messicane. L'isola di Catalina è lì di fronte, Dana Strands è in basso a sinistra, e proprio sotto c'è la spiaggia di Dana Strands.

E miglia e miglia di oceano e cielo blu.

Stiamo parlando di un paio di milioni di dollari solo per la vista.

Le porte scorrevoli della vetrata danno su un terrazzo grande come il Rhode Island. Sotto il terrazzo c'è un prato in pendenza, un rettangolo verde in tutto quel blu, e nel verde c'è un altro rettangolo blu: la piscina.

Un muro di mattoni circonda il prato. I muri di cinta sono contornati di alberi e arbusti, a loro volta contornati di aiuole fiorite. In basso a sinistra c'è una piattaforma con un campo da tennis di terra rossa.

La vista è fantastica ma la casa è uno schifo, persino in questa parte che non è bruciata. Inzuppata d'acqua e pervasa dappertutto dall'odore acre del fumo.

Jack scatta qualche foto, annota sul registratore i danni prodotti da acqua e fumo ed esce in giardino. Scatta alcune foto anche lì, e non vede nulla che lo spinga a modificare la sua idea: l'incendio è scoppiato nell'ala ovest, che probabilmente contiene la stanza da letto. Fa il giro dell'ala ovest dall'esterno, si avvicina a una finestra e con attenzione stacca una scheggia di vetro dal telaio.

Per prima cosa, nota che è unta.

Il vetro è coperto da una fuliggine spessa e oleosa.

Jack registra l'osservazione, ma non dice quello che pensa: un residuo oleoso sul lato interno del vetro può indicare la presenza di un idrocarburo infiammabile *dentro* la casa. Inoltre, il vetro è solcato da crepe fini e irregolari, il che significa che era vicino all'origine dell'incendio, e che il fuoco è scoppiato in modo repentino. Nel registratore, tuttavia, Jack si limita ad annotare i dati fisici: «Il vetro mostra un residuo di fuliggine grassa e crepe irregolari. Le fratture radiali indicano che è stato rotto dall'interno, per effetto della forza dell'incendio».

Dice solo cose che non possono essere contestate. Le prove sono prove. Non mette mai su nastro le sue speculazioni, perché se poi si arriva a un processo e il nastro viene acquisito agli atti, e sul nastro c'è la sua voce che parla di potenziale presenza di idrocarburi nella casa, l'avvocato della parte avversa lo farà apparire come un pregiudizio. Dirà che Jack stava cercando le prove di un incendio doloso, e che per questo ha tralasciato le prove dell'incendio accidentale.

Gli sembra quasi di sentirlo, quell'avvocato: «Lei era convinto fin dal primo momento che l'incendio fosse doloso, vero, signor Wade?».

«No, avvocato.»

«Eppure nel nastro che abbiamo appena ascoltato dice...»

Insomma, è meglio lasciare fuori le opinioni personali.

In ogni modo, farsi un'idea in anticipo è il modo sbagliato di lavorare. Potrebbero esserci altre spiegazioni per la fuliggine oleosa. Del legno bruciato solo in parte potrebbe aver lasciato un residuo simile. E magari in casa potevano esserci, del tutto innocentemente, vari prodotti a base di petrolio.

Fuori c'è sempre quel cane che abbaia, ancora più forte di prima. Non è il latrato rabbioso di un cane che difende il suo territorio, somiglia più a un guaito. Deve essere terrorizzato, pensa Jack. Deve avere sete. E fame.

Merda, pensa Jack.

Fotografa il pezzo di vetro, lo etichetta e lo infila in una delle bustine trasparenti che tiene in una tasca della tuta. Poi, invece di entrare in casa, come vorrebbe fare, va a cercare il cane.

8

Il cane deve essere uscito quando sono arrivati i pompieri, e deve essere traumatizzato. I bambini saranno preoccupati per il loro cagnolino, e forse riaverlo li farà sentire un po' meglio.

A Jack piacciono i cani.

Sono le persone che non gli vanno granché a genio.

Diciannove anni (sette nell'ufficio dello Sceriffo, dodici con la compagnia di assicurazioni) passati a ripulire i casini della gente gli hanno insegnato che le persone sono capaci di tutto. Mentono, rubano, truffano, uccidono, sporcano. I cani, invece, hanno un certo senso dell'etica.

Trova il cane dei Vale nascosto sotto i rami bassi di una jacaranda. È uno di quei cagnolini da compagnia un po' *frufrù*, tutti occhioni e latrati.

«Ciao cucciolo» dice Jack. «Va tutto bene.»

Non è vero, ma le persone mentono.

Il cane non si pone il problema. È felice di vedere un essere umano e di udire una voce amica. Esce dal suo riparo e annusa la mano di Jack cercando di capire chi è, o almeno che intenzioni ha.

«Come ti chiami?»

Come se il cane potesse rispondere.

«Leo» dice una voce, e per poco Jack non balza fuori dalla sua tuta di carta.

Alza gli occhi e vede un signore anziano dall'altro lato della recinzione. Ha un pappagallo sulla spalla.

«Leo» ripete il pappagallo.

Leo comincia a scodinzolare.

È quello che gli Yorkshire fanno per vivere.

«Vieni qui, Leo» dice Jack. «Così, bravo.»

Lo prende in braccio, gli gratta la testa e si avvicina alla recinzione.

Leo trema.

C'è questa idea che le persone somigliano ai loro animali, o viceversa. Jack ha sempre creduto che valesse solo per i cani, ma il pappagallo e l'anziano signore si somigliano parecchio. Il naso del vecchio ha quasi la stessa forma del becco del pappagallo. Sembrano gemelli siamesi, con la differenza che il pappagallo è verde con macchie gialle e rosse, mentre il vecchio è soprattutto bianco.

Capelli bianchi, camicia bianca, pantaloni bianchi. Le scarpe sono coperte dalla siepe, ma Jack scommetterebbe che sono bianche anche quelle.

«Mi chiamo Howard Meissner» dice. «Lei viene da Marte?»

«Più o meno» risponde Jack. Gli tende la sinistra, perché tiene il cane sotto il braccio destro. «Jack Wade, California Fire and Life.»

«Lui è Eliot.»

Indica il pappagallo, che ripete: «*Eliot, Eliot*».

«Bell'uccello» dice Jack.

«*Bell'uccello, bell'uccello.*»

Non deve essere la prima volta che sente quel complimento.

«Mi dispiace tanto per Pamela» dice Meissner. «Ho visto uscire la barella.»

«Già.»

Gli occhi di Meissner si fanno umidi.

Allunga una mano oltre il recinto per accarezzare il cane. «È tutto a posto, Leo» dice. «Hai fatto del tuo meglio.»

Jack lo guarda perplesso e lui spiega: «I suoi latrati mi

hanno svegliato. Ho visto le fiamme dalla finestra e ho chiamato il 911».

«Che ora era?»

«Le quattro e quarantaquattro.»

«Che precisione, signor Meissner.»

«Ho un orologio digitale» risponde l'altro. «Cose del genere restano in mente. Ho chiamato subito, ma era troppo tardi.»

«Ha fatto quello che poteva.»

«Ho pensato che Pamela fosse fuori, perché Leo era fuori.»

«*Leo, Leo.*»

«Leo era fuori?» chiede Jack.

«Sì.»

«Quando l'ha udito abbaiare?»

«Sì.»

«Ne è proprio sicuro, signor Meissner?»

«*Bell'uccello, bell'uccello.*»

Meissner annuisce. «Ho visto Leo in giardino, che latrava verso la casa. Ho pensato che Pamela...»

«Di solito Leo dormiva fuori?»

«No, no» dice Meissner, come se fosse ovvio.

Jack sa che è una domanda stupida. Nessuno lascia fuori un cagnolino come quello durante la notte. In giro si vedono un sacco di cartelli con le fotografie di Yorkshire e gatti perduti. Ma con tutti i coyote che ci sono in giro, riportare a casa quei poveri animaletti è più difficile che salvare il soldato Ryan.

«Per via dei coyote» dice.

«Certo.»

«Signor Meissner, lei ha visto le fiamme?»

Meissner annuisce.

«Di che colore erano?» chiede Jack.

«Rosse.»

«Rosso mattone, rosso chiaro, rosso brillante, rosso ciliegia?»

Il vecchio ci pensa su un attimo, poi dice: «Rosso sangue. Rosso sangue mi sembra la descrizione giusta».

«Che può dirmi del fumo?»

«Nero.»

Senza riflettere, senza esitare.

«Signor Meissner» chiede Jack. «Lei sa dov'era il resto della famiglia?»

«Era il turno di Nicky di stare con i figli» risponde il vecchio. «Una vera fortuna.»

«Erano divorziati?»

«Separati. Nicky sta da sua madre.»

«E la madre dove...»

«Monarch Bay. L'ho detto anche alla polizia, in modo che potessero avvisarli.»

Invece Bentley mi ha detto che li stanno ancora cercando, pensa Jack.

«Mi dispiace tanto per i bambini» dice Meissner, e sospira. Uno di quei sospiri che vengono solo a un'età avanzata. È un uomo che ha visto troppo.

«Dentro e fuori, dentro e fuori» dice Meissner. «Come pezzi degli scacchi.»

«So cosa intende» replica Jack. «Bene, grazie mille, signor Meissner.»

«Mi chiami Howard.»

«Grazie, Howard» dice Jack. Poi chiede: «Sa il motivo della separazione? Qual era il problema?».

«Il problema era Pamela» risponde l'altro, triste. «Beveva.»

Appunto, pensa Jack mentre Meissner si allontana. Pamela Vale ha la serata libera, e siccome non deve occuparsi dei bambini si prende una sbronza. A un certo punto il cane deve fare pipì e lei lo fa uscire, poi se ne dimentica e finisce a letto con la bottiglia e le sigarette.

Beve e fuma. La bottiglia di vodka si rovescia e il liquore si sparge sul pavimento. Pamela Vale non se ne accorge, o se ne frega. Poi si addormenta con la sigaretta ancora accesa in mano. La sigaretta cade sulla vodka, l'alcol prende fuoco e le fiamme si propagano a lenzuola e coperte. La stanza si riempie di fumo.

Normalmente ci vogliono dieci o quindici minuti per dar fuoco a delle lenzuola con una sigaretta accesa. Dieci o quindici minuti in cui Pamela Vale avrebbe potuto sentire puzza di fumo, avvertire il calore, svegliarsi e schiacciare la sigaretta con un piede. E fine della storia. Ma la vodka si incendia all'istante, con un calore sufficiente a incendiare le lenzuola. E poiché lei, essendo sbronza, ha il sonno pesante, non ha nessuna possibilità.

È stato il fumo, non le fiamme, a ucciderla.

Jack riesce quasi a immaginarsela, priva di sensi per il troppo alcol ma con un sistema respiratorio perfettamente funzionante anche se la mente è spenta. I polmoni assorbono il fumo, se ne riempiono, finché è troppo tardi.

Pamela Vale muore asfissiata nel sonno.

Come un ubriaco soffocato dal suo stesso vomito.

Questa forse è una piccola fortuna per lei. È morta senza neppure accorgersene.

«Hanno dovuto raschiarla dalle molle del letto.» Ma prima che il calore incollasse la sua carne al metallo, lei era già morta. Dormiva, e non si è svegliata. Quando è scoppiato l'incendio ha inalato una dose letale di fumo, poi il fuoco – alimentato da tutto ciò che lei possedeva, dall'intera casa – è diventato così intenso e caldo da fondere il letto intorno al suo corpo.

Incendio accidentale, morte accidentale.

È una crudele ma gentile ironia degli incendi domestici. Crudele perché sfrutta la tua stessa vita per ucciderti. I tuoi mobili, le tue lenzuola, le tue coperte, la tinta sulle pareti, i tuoi vestiti, i libri, le fotografie, tutte le cose intime che si accumulano nel corso di una vita, di un matrimonio, di un'esistenza fisica nel mondo. Te le spinge in gola e ti soffoca.

In genere le persone che perdono la vita negli incendi muoiono a causa del fumo. È come una camera a gas, perché è proprio un gas, il monossido di carbonio, che ti uccide. In ogni caso, è preferibile alla sedia elettrica.

L'espressione tecnica è "asfissia da monossido di carbonio".

È crudele, ma anche gentile, perché morire asfissiati dal monossido è molto meglio che bruciare sul rogo.

Insomma, questo è tutto, pensa Jack.

Incendio accidentale, morte accidentale.

Tutto quadra.

Eccetto il vetro con la fuliggine grassa.

E il legno che brucia non produce fiamme rosso sangue, ma gialle e arancioni.

E il fumo dovrebbe essere grigio o marrone, non nero.

Ma quelle, pensa ancora Jack, sono le osservazioni di un vecchio svegliatosi di soprassalto, con poca luce.

Porta Leo alla macchina. Apre il bagagliaio, fruga sino a trovare un vecchio frisbee. Prende una bottiglia d'acqua da sotto il sedile, ne versa un po' dentro il frisbee, mette giù Leo e il cane va subito a bere.

Jack trova nel bagagliaio una vecchia felpa Killer Dana, la stende sul sedile del passeggero, abbassa un po' i finestrini, pensando che la macchina non diventerà troppo calda, visto che è mattina presto, e depone Leo sulla felpa.

«Seduto» dice, sentendosi stupido. «A cuccia.»

Il cane sembra contento di ricevere un qualche tipo di ordine, e si accuccia sulla felpa.

«Non... non fare nulla, capito?» dice Jack. Ha passato ore a restaurare l'interno della sua Mustang del '66.

Leo batte la coda sul sedile.

«Cosa è successo là dentro, Leo? Tu lo sai, vero? Perché non me lo dici?»

Leo lo guarda e agita più forte la coda.

Ma non parla.

«Va bene così, non preoccuparti» lo rassicura Jack.

Jack ha a che fare con parecchi informatori. Sette anni con lo sceriffo e dodici nelle assicurazioni ti fanno conoscere un sacco di informatori. La cosa paradossale è che conti su di loro, e allo stesso tempo li disprezzi.

Un altro punto a favore dei cani.

I cani sono leali, non tradiscono gli amici, non rivelano informazioni riservate.

Così Leo non dice nulla, ma il fatto che sia vivo fa suonare un piccolo campanello d'allarme nel cervello di Jack.

Jack sa che la gente non brucia mai il cane.

La gente dà fuoco alla propria casa, ai vestiti, alle aziende, ai documenti, persino ad altre persone... Ma non farebbe mai del male a Fido. In tutti gli incendi dolosi con cui Jack ha avuto a che fare, il cane era altrove.

Ma anche le persone erano altrove, pensa Jack.

E Pamela Vale era una brava persona.

Raccoglieva soldi per salvare gli Strands.

Perciò lasciamo perdere.

Jack si toglie la tuta e il resto dell'armamentario.

L'ispezione della casa dovrà aspettare ancora un po'.

Ci sono due bambini i cui genitori stanno divorziando. Poi la madre muore e la casa brucia. Meglio riportargli almeno il cane.

Magra consolazione per una grossa fregatura.

9

Billy "Porca Puttana" Hayes sfrega un fiammifero, mette le mani a coppa per proteggere la fiamma dal vento, e si accende una sigaretta.

È seduto su una sedia pieghevole di metallo, nel giardino di cactus fuori del suo ufficio alla California Fire and Life. Fascicoli in grembo, occhiali da lettura sul naso e una Camel tra le labbra.

Il giardino dei cactus è stato una sua idea. Da quando la Repubblica Popolare della California ha bandito il fumo dai luoghi di lavoro, Billy è diventato il portavoce ufficiale dell'ACFA, l'Associazione Californiana dei Fumatori all'Aperto. Siccome passava un sacco di tempo a fumare in cortile, ha pensato che tanto valeva trasformarlo in un luogo piacevole, ed è nato il giardino di cactus.

Se hai bisogno di parlare con Billy e non lo trovi nella sua stanza, puoi star certo che è seduto in giardino sulla sua sedia pieghevole, fascicoli in mano e cicca in bocca. Una domenica sera Jack è andato in ufficio e per scherzo gli ha spostato la scrivania in giardino. Billy l'ha trovato divertente come una sigaretta con il filtro.

Billy è arrivato da Tucson vent'anni fa per dirigere l'ufficio sinistri della California Fire and Life. Non voleva venire, ma non gli avevano lasciato scelta e ora eccolo qui, tra gli *ocotillos*, i cactus a barilotto, la sabbia e le rocce, l'aroma di salvia e tabacco, e il monossido di carbonio proveniente dal traffico sulla 405.

Billy Hayes è un piccoletto di un metro e sessanta, magro come un pupazzo di filo di ferro. Ha una faccia cotta dal sole, i capelli grigi a spazzola e gli occhi di un blu glaciale. Indossa vestiti blu di buona qualità e stivali da cowboy. Per un certo periodo ha anche portato una Colt 44 alla cintura. C'erano stati degli incendi dolosi in alcuni edifici di proprietà della mafia a Phoenix, e la famiglia Trescia gli aveva fatto sapere che se non avesse pagato gli indennizzi rischiava di avere un "incidente".

Ecco la reazione di Billy.

Entra nell'agenzia immobiliare del giovane Joe Trescia con la 44 in mano, arma il cane, ficca la pistola sotto il naso di Joe e dice: «Sta per capitarmi un bell'incidente proprio qui, porca puttana».

Ci sono cinque picciotti nell'ufficio, troppo spaventati per tirare fuori le pistole, perché è chiaro che quel tappetto incazzato farà schizzare sui muri il cervello di Joe junior. Il che farebbe arrabbiare moltissimo Joe Trescia senior, quindi se ne stanno lì a sudare e a pregare in silenzio sant'Antonio.

Joe junior fissa il blu acciaio della pistola e il blu acciaio degli occhi di Billy, poi dice: «Penso che mi rivolgerò a un'altra assicurazione».

Ma questo succedeva ai bei vecchi tempi; ora non ti lascerebbero fare nulla del genere, specialmente in California, dove sarebbe *inappropriato*. «Voglio dire, porca puttana» gli aveva detto Billy una sera, davanti a una bottiglia di Jack Daniel's, «in uno stato dove è vietato persino *fumare*, è ovvio che non ti lasciano spiaccicare sui muri il cervello di un *paisà*».

Perciò adesso la pistola se ne sta su un ripiano alto, dentro l'armadio della camera da letto di Billy.

Invece delle pistole, pensa Billy, adesso ci sono gli avvocati.

Meno rapidi dei proiettili ma altrettanto letali, e un sacco più cari.

C'è una sola cosa che ti costa più degli avvocati, ed è *non avere* avvocati, perché di questi tempi le compagnie assicurative, a parte vendere assicurazioni e liquidare danni, devono anche difendersi in tribunale.

Ci fanno causa, pensa Billy, per non aver pagato abbastanza, per aver pagato in ritardo, per aver pagato troppo in fretta, ma *soprattutto* se non paghiamo.

Il che succede quando scopri che l'incendio è doloso, o che il furto è finto, l'incidente d'auto non c'è mai stato, o addirittura il morto non è morto, porca puttana, ma è sparito in Botswana o in qualche altro posto del genere, a bere piña colada tutto il giorno.

In quei casi non si paga. Niente da fare, amico. E ovviamente ti fanno causa per "malafede".

Le compagnie di assicurazioni sono terrorizzate dalle citazioni in giudizio per malafede, perché finisci per spendere più in avvocati e spese processuali di quanto avresti speso liquidando il danno, ma *porca puttana*, non puoi mica andartene in giro a pagare i truffatori.

Un altro detto di Billy: «Non paghiamo perché la gente appicchi il fuoco alle proprie case».

A meno, ovviamente, che un giudice o una giuria siano di diverso avviso.

Possono decidere che hai negato l'indennizzo "senza motivo", o che hai pagato meno di quanto dovevi. In quel caso sei in *malafede*, ovvero nella merda fino al collo. Perché ti tocca pagare non solo i danni contrattuali, ma anche quelli "compensatori". Se poi davvero ti odiano, ti sbattono addosso anche i danni "punitivi".

E così paghi l'assicurato che ha incendiato la propria casa, lo paghi per l'angoscia e il dolore che gli hai causato, e se quel succhiacazzi del suo avvocato è riuscito a convincere la giuria che sei stato davvero cattivo e meschino con quel poveretto che, *porca puttana*, ha dato fuoco alla propria casa, paghi anche qualche milione di dollari in danni punitivi.

Perciò è possibilissimo, tanto possibile che a volte succede davvero, negare un risarcimento di diecimila dollari per un furto e finire per pagare un milioncino.

Con un bravo avvocato, il giudice e la giuria giusta, la cosa migliore che può capitarti nella vita è che la tua assicurazione rifiuti di pagarti un indennizzo.

Per questo Billy ha mandato Jack Wade a casa dei Vale. Jack è il miglior liquidatore che ha a disposizione.

Billy pensa a tutte queste cose mentre rilegge la polizza dei Vale, e si accorge che i massimali sono una vera bellezza: un milione e mezzo solo la casa, settecentocinquantamila per gli oggetti di valore, e un altro mezzo milione in clausole speciali.

Per non parlare della moglie morta.

Con un'assicurazione sulla vita del valore di duecentocinquantamila dollari.

Per questo ha affidato il caso a Jack Wade.

Conosce Jack, e sa che qualunque cosa accada, farà il suo lavoro.

10

Questa è la storia di Jack Wade.

Cresce a Dana Point, che in quei giorni è un villaggio sulla spiaggia con un paio di motel, qualche ristorante e onde belle da morire. In senso letterale, visto che molti surfisti ci lasciano le penne. La spiaggia viene soprannominata Killer Dana.

Il padre di Jack è un imprenditore edile, quindi Jack cresce lavorando. Sua madre è la moglie di un imprenditore, quindi capisce. Appena è abbastanza grande da tenere in mano un martello, Jack è al lavoro con il padre, di pomeriggio dopo la scuola, nei fine settimana e d'estate. Jack ha sette anni e già porge il martello al padre. Non si distrae, ogni volta che il padre allunga la mano dietro la schiena, *zac*, il martello è lì. Perché Jack è attento al suo compito. Quando diventa più grande, fa cose più impegnative. A tredici anni aiuta con gli infissi e le pareti in cartongesso, a sedici è sui tetti a inchiodare tegole di legno.

Jack *lavora.*

Quando non lavora, come tutti i ragazzi di Dana Point, Jack va a fare surf.

Impara anche questo dal padre. John Wade senior è stato uno dei primi a cavalcare una *longboard*. Una Dale Velzy da tre metri, ai tempi in cui i surfisti erano considerati al pari dei vagabondi. Ma John senior se ne frega di quel che dice la gente: lui lavora per vivere, mentre i vagabondi no.

Questo è ciò che spiega a Jack almeno un milione di volte, sulla spiaggia o al lavoro. «C'è il lavoro e il piacere» dice. «Il piacere è meglio, ma devi lavorare per *guadagnartelo*. Non mi importa cosa farai da grande, ma fa' *qualcosa*. Guadagnati da vivere.»

«Sì, papà.»

«Sì, sì, sì. Attento però: fa' il tuo lavoro, ma fallo bene, guadagnati la paga. Il resto del tempo è tuo, non devi niente a nessuno, neppure una spiegazione. Ti sei pagato il biglietto.»

Così il padre di Jack gli insegna a lavorare e a surfare. Gli fa conoscere tutte le cose buone: gli hamburger da In-N-Out Burgers, la musica di Dick Dale, i *tacos de carne asada* da El Maguey, le *longboards*, le onde davanti alla spiaggia di Lower Trestles, il vecchio parcheggio per case mobili a Dana Strands.

Il giovane Jack pensa che potrebbe essere il posto più bello del mondo, questo pezzo di terra sulla scogliera che si affaccia su Dana Strands Beach. Il parcheggio è chiuso da anni, restano solo alcuni edifici decrepiti e delle piazzole attrezzate. Ma quando Jack è lì tra gli eucalipti e le palme, e sotto vede quel bellissimo pezzo di spiaggia che si incurva sotto la grande roccia di Dana Head, be', pensa proprio che sia il posto più bello del mondo.

Lui ci passa ore, anzi, giornate intere. È l'ultimo pezzo della costa sud ancora non invaso dalle case. Fa surf, poi si inerpica sulla scarpata, scivola sotto la rete metallica e gironzola per il vecchio parcheggio. Si siede nella sala di soggiorno dove una volta c'erano i tavoli da ping-pong, un jukebox e una cucina che sfornava hamburger, hot dog e *chili con carne* per i clienti del parcheggio. A volte, seduto lì, resta a guardare i temporali che scoppiano sopra Dana Head. Altre volte osserva la migrazione delle balene, grandi macchie grigie che si spostano a nord lungo la costa. Ci sono anche delle volte che fissa l'oceano e basta, senza fare nulla.

Suo padre non lo lascia troppo tempo senza far nulla.

John Wade senior lo tiene occupato, specialmente quando Jack diventa più grande e quindi può lavorare di più.

Ma a volte, quando hanno finito qualche lavoro grosso, prendono il pick-up e scendono nella Baja California, fino a qualche villaggio di pescatori messicani. Dormono nel cassone del camion, surfano per miglia su spiagge deserte, fanno la siesta sotto le palme nel calore feroce del mezzogiorno. Nel tardo pomeriggio vanno a ordinare il pesce; i pescatori del villaggio salgono in barca e glielo vanno a prendere, e al calar del sole Jack e suo padre cenano con pesce appena pescato, tortillas calde e birra messicana gelata, e parlano delle onde che hanno preso o di altre cose. Poi a volte uno dei pescatori tira fuori la chitarra, e se Jack e John hanno bevuto abbastanza, si uniscono a loro e cantano qualche *canción*. Oppure si sdraiano nel cassone del camioncino e seguono alla radio la partita dei Dodgers, oppure chiacchierano con il sottofondo di una stazione che trasmette musica *mariachi*, o si addormentano guardando le stelle.

Qualche giorno di questa vita, poi tornano al *norte*, per riprendere il lavoro.

Jack si diploma alle superiori, segue un paio di semestri all'università Statale di San Diego, capisce che non è la sua strada e decide di preparare l'esame per entrare in polizia. Spiega al padre che vuol provare qualcosa di diverso dall'edilizia, almeno per un po'.

«Non posso biasimarti» risponde John.

Jack supera l'esame a pieni voti e viene assunto nell'ufficio dello Sceriffo di Orange County. Si occupa delle solite cose per qualche anno: compila scartoffie, pattuglia le strade, controlla i mandati di cattura. Ma Jack è un ragazzo intelligente, vuole fare carriera. Poiché non c'è posto alla Omicidi, si iscrive alla scuola per entrare nella Squadra Incendi.

Immagina che conoscendo le costruzioni, gli sarà più facile capire le distruzioni.

E i fatti gli danno ragione.

11

«Prometeo» dice il piccoletto con la giacca di tweed.

Pro chi?, pensa Jack. E che diavolo c'entra con gli incendi?

Il professore nota gli sguardi vuoti degli allievi.

«Leggete Eschilo» dice, confondendoli ancora di più. «Quando Prometeo donò il fuoco all'umanità, gli altri dèi lo incatenarono a una roccia, e mandarono un'aquila a mangiargli il fegato per tutta l'eternità. Se considerate come l'uomo ha usato il fuoco, la pena è stata anche troppo lieve.»

Jack si aspettava che fosse un pompiere a parlare di incendi, invece si trova davanti questo tizio in giacca di tweed. Si chiama Fuller, viene dal dipartimento di chimica della Chapman University, e parla degli dèi e dell'eternità, spiegando con un forte accento irlandese che se non comprendono la *chimica* del fuoco, non potranno mai comprenderne il *comportamento*.

La prima cosa che Jack impara in quella scuola è: cos'è il fuoco?

Non c'è niente di meglio che partire dal principio.

«Il fuoco è la fase attiva della combustione» spiega il professore. «La combustione è il processo di ossidazione di un combustibile: essa genera fiamma, calore e luce.»

«Quindi la combustione è fiamma, calore e luce?» chiede Jack.

«Certo» risponde Fuller. «Ma cos'è la fiamma?»

La classe lo fissa a bocca aperta.

«È facile *descriverla*. La fiamma è rossa, gialla, arancione, a volte blu. Ma definirla è un'altra cosa.» Fuller li lascia riflettere per qualche secondo, poi aggiunge in tono niente affatto professorale: «Volete farmi credere che nessuno di voi bastardi ha mai dato fuoco a una scoreggia?».

«Aaah» dice tutta la classe.

«Aaah» dice Jack. «La fiamma è gas che brucia.»

«Diversi gas, in realtà. Allora, la combustione è l'ossidazione di un combustibile. La combustione genera gas combusti, calore e luce. Il che ci porta a quale domanda?»

«Cos'è l'ossidazione?» dice Jack.

«Un punto per il surfista» ribatte Fuller. «Come ti chiami?»

«Jack Wade.»

«Bene, mastro Jack» dice il professore. «L'ossidazione è una serie di reazioni chimiche che si producono quando un atomo, cioè la *materia*, forma un legame chimico con una molecola di ossigeno. Ora, non state tutti pensando che avreste fatto meglio a stare attenti, durante le lezioni di chimica a scuola?»

Sì, pensa Jack, non appena Fuller comincia a scarabocchiare formule chimiche alla lavagna.

$2H_2 + O_2 = 2H_2O$ + calore.

«La classica reazione di ossidazione» dice Fuller. «Combinando idrogeno e ossigeno si ottengono due molecole d'acqua e un po' di calore. Qui da noi e in Gran Bretagna, il calore si misura in BTU, ovvero in Unità termiche britanniche. Una BTU è la quantità di calore necessaria per far salire di un grado Fahrenheit la temperatura di una libbra d'acqua. Quindi, più calore avete, maggiore sarà la temperatura che potrete generare. In poche parole, più elevato è il valore delle BTU, più caldo è il fuoco.»

Fa una pausa, poi continua: «Per alimentare un fuoco è necessaria l'interazione di tre elementi: ossigeno, calore e combustibile. Senza ossigeno, ovviamente, l'ossidazione non si produce: niente fuoco. Senza combustibile, non c'è nulla da ossidare: niente fuoco. E se il combustibile non produce una sufficiente massa di calore, il fuoco si spegne».

Fuller accende un fiammifero.

«Osservate» dice. «Ossigeno, calore e combustibile.»

Il fiammifero brucia per alcuni secondi, poi si spegne.

«Cosa è successo?» chiede il professore. «Avevamo un sacco di ossigeno, ma poco combustibile e poco calore.»

Accende un altro fiammifero.

«Adesso cercherò di dare fuoco all'aula.»

Avvicina il fiammifero alla cattedra di metallo. La fiamma annerisce leggermente il ferro, poi si spegne.

«Cosa è successo? Abbiamo ossigeno, abbiamo calore, e una cattedra bella grossa, cioè un sacco di combustibile. Perché il fuoco si è spento?»

«I metalli non bruciano facilmente» dice Jack.

«Esatto» conferma Fuller. «È così che un profano descrive l'infiammabilità. Alcune sostanze bruciano con più facilità di altre. Guardate...»

Strappa una pagina da un blocco, accende un altro fiammifero e lo accosta alla carta.

«Si accende immediatamente» dice. Getta il foglio acceso in un cestino di metallo e ci mette sopra il coperchio. «Ma togliendo l'ossigeno, la fiamma si spegne. La carta ha un *punto di infiammabilità* più basso rispetto al metallo della cattedra. Il punto di infiammabilità è la temperatura alla quale un combustibile si incendia. Un fiammifero è sufficiente a bruciare un foglio di carta, ma non genera BTU sufficienti a raggiungere il punto di infiammabilità del metallo di questa cattedra. Non può sostenere la reazione di ossidazione necessaria a incendiare la scrivania e tenere acceso il fuoco.»

«Ma se noi aggiungessimo altro combustibile e sviluppassimo le BTU necessarie a innalzare la temperatura, arriveremmo a un punto in cui potremmo davvero fondere la cattedra. Questa è una reazione chimica a catena, signori. È difficile descriverne tutte le fasi separatamente perché si tratta di un ciclo infinito di reazioni, tutte molto affascinanti a volerle esaminare in dettaglio. Ma in pratica, è soprattutto una questione di combustibile. Quantità di combustibile, punto di infiammabilità di quel combustibile, e conduttività.»

«Quindi la quantità di combustibile: il *carico*, se vogliamo essere precisi, o la *massa* di combustibile. Perché è importante determinare il carico di combustibile per una struttura che ha subito un incendio? Per esempio, se trovate una cattedra di metallo fusa in un edificio andato a fuoco, ma il carico di combustibile che ha dato origine all'incendio non poteva produrre abbastanza BTU da fondere quel metallo, vi trovate davanti a un'anomalia che dovete risolvere.»

«Prendete appunti, perché avrete bisogno di padroneggiare questa terminologia, se volete passare quest'accidenti di esame.»

Jack prende appunti.

Non vuole passare quell'accidenti di esame.

Vuole il massimo dei voti.

12

Quindi deve imparare alcune definizioni.

Come per esempio *carico di combustibile*.

Si tratta del potenziale di BTU per piede quadro della struttura in esame. Si calcola determinando il peso totale della materia che compone la struttura e moltiplicandolo per le BTU di ciascun materiale presente. Ottomila BTU per una libbra di legno, sedicimila per una libbra di plastica eccetera.

Alcuni materiali sviluppano più calore di altri. Il legno, circa ottomila BTU. Il carbone, dodicimila. I liquidi infiammabili, tra le sedici e le ventimila.

Un altro termine tecnico: il valore della potenza termica rilasciata, o HRR (Heat Release Rate). Indica la velocità di crescita di un fuoco, a seconda del tipo di combustibile che lo alimenta. Alcuni materiali bruciano in fretta e con molto calore, altri più lentamente. L'HRR si misura in BTU per secondo, ovvero in kilowatt. Una sacchetto di plastica pieno di normale immondizia sviluppa tra 140 e 350 kilowatt. Un televisore, circa 250. Mezzo metro quadro di cherosene, 400. Il cherosene sviluppa molto calore, molto in fretta.

Jack impara che il carico di combustibile si divide in due parti: carico vivo e carico morto. Il carico morto è il peso totale dei materiali della struttura, più il peso totale delle parti permanentemente incluse in essa. Il carico vivo è il peso totale dei materiali degli oggetti aggiunti alla struttura: mobili, elettrodomestici, quadri, giocattoli, persone e animali. L'ironia dell'espressione "carico vivo", è che se trovi persone o animali sul sito di un incendio, quasi certamente sono morti.

La conduttività è la quantità di calore che una sostanza incendiata riesce a trasferire. Alcuni materiali trattengono il calore, altri lo trasferiscono agli altri materiali della struttura. Jack impara che un incendio per estendersi deve trovare materiali conduttivi, cioè che trasferiscono e fanno aumentare le BTU. La carta, per esempio, è altamente conduttiva. L'acqua non lo è: assorbe più calore di quanto ne trasferisce. L'aria è conduttiva, essendo fatta al ventuno per cento di ossigeno. Perciò la maggior parte degli incendi di edifici si espandono per convezione, cioè il trasferimento di calore attraverso un mezzo circolante, di solito l'aria. Il fuoco brucia verso l'alto perché è lì che c'è l'aria.

«È tutta una questione di combustibili» spiega Fuller. «Il detto "Sei quello che mangi" vale anche per gli incendi. Potete determinarne l'origine, la gravità, la direzione, la durata e la velocità di espansione, a partire dal combustibile presente nella struttura.»

Jack passa a pieni voti il test di chimica.

Fuller consegna i compiti corretti e si innalza verso nuove vette retoriche.

«Allora, cosa succede in un incendio?» chiede. Ma è una domanda retorica, perché si risponde subito. «Un incendio ha la stessa struttura drammatica di una commedia classica in tre atti, ha lo stesso ritmo di una relazione amorosa.

«Innanzitutto c'è l'ossidazione. Primo atto: la seduzione, o Fase Senza Fiamma. È la reazione chimica tra ossigeno e molecole solide, in cui l'ossigeno tenta di indurre calore nella materia. La seduzione può durare una frazione di secondo, nel caso di benzina, cherosene o simili. Per rimanere in tema, gli acceleranti liquidi sono gli afrodisiaci del fuoco. Sono la leggendaria polvere di cantaride, il vino d'annata, la colonia dall'aroma virile, la carta platino dell'American

Express lasciata casualmente accanto al divano... Possono accendere la passione molto in fretta.

«Oppure la fase senza fiamma può durare ore, persino giorni. Il materiale, il combustibile, vuol essere corteggiato, portato al cinema e al ristorante. Vieni a cena domenica sera che ti presento i miei. Ma il fuoco è un seduttore paziente, ragazzi. Se riesce a resistere abbastanza a lungo da generare un po' di calore, se l'amore ha un po' di respiro, un bacio sul collo, una mano sotto la camicetta, il lavoro continua. Cerca di trasformare il combustibile in liquido e poi in gas incendiato. Una mano sotto la gonna, che cerca di generare abbastanza calore da produrre una fiamma. E infine...

«Atto Secondo: la passione, o Fase delle Fiamme Libere. Il punto di infiammabilità è finalmente raggiunto. Il gas riscaldato è più leggero dell'aria e sale. Basta osservare un dirigibile della Goodyear per capirlo. Consuma tutta l'aria e arriva al soffitto. Se il fuoco è abbastanza caldo, può anche bucare il soffitto per avere un altro po' di quell'aria deliziosa. I gas riscaldati diventano in se stessi una fonte di irradiazione, e ora diffondono il calore anche in basso, per accendere altri materiali. Questo è il motivo per cui in certi casi il soffitto può bruciare prima dei mobili.

«Dipende tutto dal combustibile, signori. È un tipetto glaciale, con un punto di infiammabilità elevato e una potenza termica modesta? L'amore finisce in fretta per mancanza di passione. Quando lei è frigida, miei cari ragazzi, c'è poco da fare. O invece è una donna bollente, con un punto di infiammabilità basso e una grande potenza termica? Allora preparatevi a una bella cavalcata. Se c'è abbastanza calore e abbastanza combustibile, l'incendio raggiunge una temperatura critica. Il calore si irradia verso il basso dal soffitto e a questo punto supera il punto di ignizione di tutti i materiali presenti nella stanza. È allora che cominciano a volare le fate.

«Che c'entrano adesso le fate, direte voi? Appena prima del *flashover*, cioè del momento in cui tutti i combustibili bruciano contemporaneamente, si vedono a volte delle piccole lingue di fiamma che danzano nell'aria. Quelle sono le fatine: sacche di gas che si accendono. E quello è il momento di innestare la retromarcia e tagliare la corda il più in fretta possibile, perché quando vedete le fate volare, sta per verificarsi...

«Bang! Il Terzo Atto: la passione incontrollabile, o Fase del *Flashover*. Tutte le superfici esposte raggiungono il punto di ignizione e adesso l'incendio è fuori controllo, una passione che travolge ogni cosa. Nulla può resisterle: qualsiasi sostanza apre le gambe e si unisce all'orgia. L'aria trasferisce il calore verso l'alto, l'irradiamento lo trasferisce in basso e la conduttività lo espande in orizzontale. L'intensità raddoppia ogni volta che la temperatura sale di diciotto gradi. L'incendio diventa più caldo e più rapido. Questo è l'equivalente incendiario di un orgasmo, signori. Ruggisce, urla, geme, ulula come un lupo mannaro. E brucia finché non esaurisce il combustibile o finché qualcuno non arriva a spegnerlo.

«E adesso» conclude Fuller, «facciamoci tutti una bella sigaretta.»

Se ne accende una e si appoggia alla scrivania, in una parodia di stanchezza postcoito. Un minuto dopo riprende: «Ricapitolando, cari ragazzi assetati di conoscenza, un incendio si divide in tre fasi: Senza Fiamma, Fiamme Libere e *Flashover*. Di solito il primo atto termina per mancanza di energia, o soffoca per mancanza d'aria. La seconda fase può essere fermata da un'azione pronta e appropriata. In quanto alla terza fase... Non resta che chiudersi in casa e pregare.

«Allora, che cos'è il fuoco? Una reazione chimica secca tra molecole. Un dramma in tre atti che spesso finisce in tragedia. Una metafora del sesso, che torna spesso nel nostro linguaggio amoroso. Non a caso parliamo del "calore della passione", per esempio. La scenografia classica di una seduzione include un tappeto di pelle d'orso e un fuoco acceso nel camino. Il calore può essere spento solo dall'emissione di fluidi esotermici raffreddanti.

«Questa è la chimica che il vecchio Prometeo conosceva

istintivamente» dice Fuller. «La donò all'uomo e l'uomo l'ha usata per riscaldare le caverne, per cuocere i cibi e, tanto per non smentirsi, per bruciare i suoi simili in tutti i modi possibili.

«Bene, lasciamo volare le scintille, e che le aquile facciano festa!».

Finisce la sigaretta, getta il mozzicone nel cestino e dice: «Andiamo a ballare con la puttana».

Ballare con la puttana?

13

Quel pazzo incosciente li fa entrare in un edificio in fiamme.

Jack si diverte come un pazzo.

Quella scuola è davvero uno sballo.

Il piccolo irlandese li conduce dentro un quadrato di cemento in cui c'è un edificio in cemento a due piani. Sembra una specie di torre di controllo disegnata da un comitato di architetti sovietici. Ci sono porte, finestre e uscite di emergenza dappertutto e ci sono i pompieri che ci guardano con sorrisetti ironici, del tipo: "Buongiorno, benvenuti nel nostro mondo!".

I pompieri sono davanti a una pila di maschere per ossigeno.

Il che rende gli studenti un po'... apprensivi. Poi uno dei pompieri anziani si avvicina e spiega come indossare le maschere e come usarle.

Cinque minuti dopo, Jack e gli altri studenti si trovano al secondo piano dell'edificio. Fa caldissimo, sudano e quando la porta si chiude di colpo c'è buio pesto. Alcuni si affannano a indossare la maschera antigas, ma una voce dall'altoparlante gli grida: «Non ancora!».

C'è qualcosa che dovete sperimentare prima, signori.

Il soffocamento.

Più precisamente, l'asfissia.

La prima cosa che Jack prova è un intenso calore. Poi la stanza comincia a riempirsi di fumo. Questo è pazzesco, pensa. Un gruppo di uomini in una stanza buia dentro un edificio in fiamme. Pazzesco è la parola giusta.

Jack intuisce la regola del gioco. Se indossi la maschera prima che venga dato l'ordine, sei *fuori*. Fuori dall'edificio in fiamme, fuori dalla scuola. Perciò si acquatta con il viso il più possibile vicino al pavimento, dove c'è ancora un po' d'aria. Ma un minuto dopo gli occhi cominciano a lacrimare e a bruciargli forte, si sente soffocare e ha conati di vomito, come tutti gli altri intorno a lui. Sperimenta un attimo di puro terrore, una cosa molto simile al panico. Questo è ciò che *vogliono* farmi provare, questo è il momento che devo affrontare. Vogliono che mi arrenda, che mi spaventi, che perda il controllo.

Il che accade a un paio di suoi compagni di corso. Quei due sono già storia, sono il passato. Jack è stato tenuto sotto da un'onda più di una volta, nella sua vita. Conosce già la sensazione di non poter respirare, perciò pensa: Vaffanculo. Fatemi vedere cosa sapete fare. Piuttosto muoio qui, ma quella maschera non la tocco.

Ciò nonostante, è davvero felice quando Fuller grida: «Indossate la maschera, stupidi bastardi!». Il che non è proprio facilissimo in questo buio, con i gomiti che sbattono contro altri gomiti, e non si vede un cazzo, e il cervello ti dice di fare in fretta e le dita dicono al cervello: «Ma vaffanculo!» e finalmente la maschera è a posto e finalmente respiri.

Aaaaaahhh.

Apprezzi l'ossigeno in un modo del tutto nuovo.

La porta si apre, un rettangolo di luce in quel piccolo inferno. Alcuni sono in piedi, altri sul pavimento. Jack vede un compagno in ginocchio, che lotta ancora per indossare la maschera. Sta per svenire. Allora si inginocchia accanto a lui, gli spinge la maschera contro il viso e lo aiuta a stringere le fibbie. Poi dall'altoparlante la voce di Fuller grida: «Fuori di lì, idioti!».

Jack allontana un attimo la maschera dal viso per urlare: «Ragazzi, stiamo calmi!».

Un tizio vicino alla porta fa il vigile urbano, spingendoli fuori uno alla volta. Il ragazzo che Jack ha aiutato è in pessima forma, non riesce ad alzarsi, allora Jack si passa il suo braccio intorno alle spalle e lo aiuta a camminare. Aspetta il suo turno, poi lo trascina fino alla scala antincendio.

Che ovviamente è in fiamme.

Jack alza gli occhi e vede che il tetto della torre è una massa di fuoco, la ringhiera della scala antincendio è una striscia di fuoco, e dalle finestre che devono superare per uscire escono lingue di fuoco.

Jack vede Fuller e il capo dei pompieri che li osservano da una torre vicina. Allora smette di sostenere il compagno e gli dà una piccola spinta per le scale, che tanto sono troppo affollate perché possa cadere, e anche se cade, è sempre meglio che essere visto mentre lo portano fuori a braccia.

Tanto per rendere il tutto più divertente, i pompieri gli spruzzano addosso dei getti d'acqua. Quando Jack arriva giù è mezzo soffocato, semicieco, bruciacchiato, pieno di lividi e zuppo fino alle ossa.

Quando arriva Fuller, tutta la classe è stesa sul cemento, fregandosene dell'acqua, felici di respirare e di non andare a fuoco.

Fuller si accende una sigaretta, sorride e dice: «Ci sono domande?».

Jack alza la mano.

«Dica, signor Wade.»

«La domanda è: posso fare un altro giro?»

La scuola antincendio.

Che sballo.

Meglio delle montagne russe.

14

La scuola antincendio.

Jack si diverte troppo.

Andare a lezione, studiare come un pazzo, qualche birra con i ragazzi nel dormitorio dopo aver chiuso i libri.

Proprio una cosa fantastica.

L'argomento successivo, dopo la chimica del fuoco, è l'edilizia. Stavolta niente professori irlandesi, ma un imprenditore del posto con una laurea in ingegneria civile, che mostra loro passo per passo come si costruisce una casa.

Ha un aspetto da manuale. Camicia bianca a maniche corte, bustina portapenne che spunta dal taschino, goniometro e portamine che spuntano dalla bustina.

E sa di cosa parla.

Questa per Jack è una parte facile, perché la conosce già. Conosce tutti i termini tecnici che il tizio scrive sulla lavagna. Qui non si parla di chimica, teatro, sesso e mitologia greca. Si parla di abbaini, giunti a fascetta, sostegni per pavimenti in legno, architravi. Si parla di ringhiere, di pali di sostegno, di rivestimenti per pareti. Tutte cose che ha imparato dal padre, direttamente sul campo. Il che vuol dire caricarsele in spalla, montarle nel modo sbagliato e dover rifare tutto da capo. Insomma, Jack sa perfettamente di cosa si parla in quel corso.

La prova pratica consiste nel recarsi in un edificio in costruzione, allestito dentro un grosso capannone.

Lì dentro, lo scheletro della casa è come un dinosauro in un museo.

Una casetta con due stanze da letto e i lucernari sul tetto. Metà è solo struttura portante, l'altra metà è quasi finita, con pareti, tegole, porte e finestre.

Prima di tutto, ciascuno studente deve fare il giro della casa nominando ogni singolo pezzo di legno dello scheletro: architrave della porta, trave di sostegno eccetera. Poi deve identificare il tipo di legno e le dimensioni: pino, sette per quindici eccetera eccetera. Fatto questo, si passa nella parte di casa già terminata e si comincia a identificare gli infissi, i tipi di vetro, le balaustre... Tutta quella roba che Jack ha imparato a conoscere come "carico morto", cibo per il fuoco.

Jack supera il test con il massimo dei voti.

Si passa agli elettrodomestici. Entrano in un magazzino con estintori dappertutto e danno fuoco a televisori, frullatori, radio, orologi... Imparano come si comportano i vari materiali a varie temperature. Si comportano male, perché non vogliono saperne di bruciare. Insomma, qualche volta dopo quaranta minuti di inutile zapping che ti ha fatto venire male al pollice senza trovare nulla che valga la pena di guardare, può venirti voglia di dare fuoco al tuo vecchio Panasonic da venti pollici, ma Jack scopre che non è facile. Per arrostire un televisore, ci vuole un bel po' di calore.

Per tutto il giorno danno fuoco a oggetti e la notte Jack studia sui libri. Niente birre con i ragazzi, adesso. Il lavoro si fa duro e basta sbagliare un solo test per essere bocciati. I compagni cadono come corridori grassi durante una maratona.

Jack passa le notti a studiare la legge di Ohm ("La corrente elettrica che attraversa un conduttore è uguale al voltaggio applicato diviso per la resistenza"), o a imparare a memoria la temperatura di ignizione del magnesio (648 gradi centigradi) o il tempo che ci mette a bruciare un'asse standard, a una temperatura di 2482 gradi (quarantacinque minuti).

Tutto il giorno devono affrontare ingegneri elettrici, investigatori specializzati in incendi, costruttori di sistemi di riscaldamento. Persino avvocati. E così di notte Jack non solo suda sulle proprietà esplosive del metano o sulla decomposizione della cellulosa esposta a una fiamma libera ($C_6H_{10}O_5 + 6O_2 = 5H_2O + 6CO_2$ + calore). Deve anche studiarsi le sentenze, tipo "Stato del Michigan contro Tyler", o "Il popolo contro Calhoun". Deve padroneggiare le norme federali in materia di rilevamento e conservazione delle prove raccolte sulla scena di un incendio, nel caso che si finisca in tribunale.

Pensa un po', lo stesso Jack Wade che non riusciva a leggere neppure due capitoli di *Moby Dick* adesso scrive relazioni intere sul diritto costituzionale. È lo stesso Jack che non ha passato il test di algebra a scuola, eppure adesso sa esattamente quanto monossido di carbonio viene prodotto dalla combustione di una determinata massa di poliuretano che brucia a una certa temperatura.

Jack ce la sta davvero mettendo tutta.

Impara come documentare la scena di un incendio: come disegnare una pianta dell'edificio, come indicare sulla pianta la meccanica dell'incendio, come scattare foto e quali foto scattare, come prendere appunti, come prelevare e conservare le prove, come interrogare i sospetti o i testimoni, quando effettuare un arresto, come rendere testimonianza in tribunale.

Lungo il percorso perde parecchi compagni. Ci sono banchi vuoti in classe e sgabelli vuoti al bar durante le sempre più rare bevute insieme. Ma Jack resiste.

Sorprendendo se stesso.

Incassando tutto, senza lamentarsi.

Finché arriva il momento di Capitan Sparky.

15

Il suo vero cognome non è Sparky, ma Sparks, che vuol dire scintille.

Se un tizio si chiama Scintille e ciò nonostante diventa pompiere, deve essere uno tosto. Uno a cui non frega un beneamato cazzo di quello che dice la gente.

È Jack a soprannominarlo Capitan Sparky, perché gli sembra inevitabile. Sparky è serio come una TAC, del tutto privo di senso dell'umorismo, e dice loro fin dall'inizio che il suo scopo è quello di provare che sono un branco di idioti.

In piedi davanti alla classe con la sua bella uniforme blu, dice: «Signori, abbiamo speso migliaia di dollari in questo corso perché volevamo che foste in grado di recarvi sulla scena di un incendio e determinarne la causa e l'origine. Se passate il mio test, questo diventerà l'unico scopo della vostra vita professionale».

Scruta la classe come Cristo quando dice a Pietro che dovrà costruire la sua chiesa. Ma Capitan Sparky ha l'aria di pensare: «Voi teste di legno non sareste capaci di trovarvi il culo con la mano senza guardare, figuriamoci costruire una chiesa».

In ogni modo, è questo il materiale che ha a disposizione, quindi continua: «La vita, il futuro, il benessere finanziario di molte persone dipenderanno dalla vostra accuratezza nel determinare cause e origini. Le vostre conclusioni saranno la base per decidere se andare o no in tribunale, se condannare o assolvere, se ritenere o non ritenere responsabili individui e società. Io farò del mio meglio per assicurarmi che da qui non escano degli incompetenti. Non potrete contare sul beneficio del dubbio. Questo è un corso "promossi o bocciati". Si passa solo con il massimo dei voti. Altrimenti non si passa».

Jack non si preoccupa affatto, perché è così che l'hanno allevato. *Fa' il tuo lavoro, fallo bene o rifallo finché viene bene.* Altrimenti è meglio cambiare lavoro.

Perciò Jack pensa: Vediamo cosa sai fare, Capitan Sparky.

«La prima regola di causa e origine» dice il capitano, «imparatela a memoria: "A meno che tutte le possibili cause accidentali possano essere escluse, l'incendio deve essere considerato accidentale, malgrado l'eventuale presenza di prove dirette del contrario". Ovvero, se non avete escluso tutte le possibili cause accidentali, non potete affermare che l'incendio è stato appiccato intenzionalmente. Dovrete quindi classificarne la causa come "ignota".

«Ora parliamo delle cause accidentali, che si dividono in: naturali, elettriche e chimiche.

«Le cause naturali sono, in sostanza, un qualche tipo di atto divino. Un fulmine, una combustione spontanea, l'apocalisse. Una buca facile facile, perché quando una casa viene colpita da un fulmine, c'è poco da discutere sulle cause dell'incendio.»

Jack scopre che l'elettricità è una delle maggiori cause di incendi accidentali. Tanto importante che arrivano in classe ingegneri elettronici ed elettricisti, e la notte Jack studia gli impianti elettrici della classica casetta con due bagni e due stanze da letto.

In classe esaminano cavi elettrici bruciati. «Il cavo è stato bruciato dall'incendio o è stato la causa dell'incendio? Dovete saperlo.» Esaminano prese elettriche e coperte elettriche e portafusibili. Imparano a capire se qualcuno può aver armeggiato con un salvavita per far sembrare l'incendio accidentale. Scoprono che a volte la gente brucia la propria casa per errore, caricando troppo una prolunga elettrica, per esempio, o lasciandola dove il cane può masticarla, giuntando i fili o cercando di ottenere più energia elettrica di quanta il sistema possa sostenerne.

Jack impara che l'elettricità è calore, soggetta a tutte le relative leggi fisiche e conseguenze. Di fatto, l'elettricità è una specie di fase senza fiamma in perenne attesa del bacio che scatenerà l'incendio.

Le cause chimiche sono il propano, i gas naturali e le esplosioni di metano. In quei casi si cercano violazioni delle normative, installazioni mal fatte, guasti meccanici. Ancora una volta Jack si sente come se stesse studiando per imparare un altro mestiere. In classe arrivano costruttori di impianti di riscaldamento, e gli tocca smontare termosifoni a olio, pompe, serbatoi di propano, ugelli, sistemi di inserimento o di accensione. Imparano che aspetto dovrebbero avere, oppure che aspetto hanno quando qualcosa è andato storto.

Un'altra causa chimica è la sigaretta a letto. È una delle cause più comuni degli incendi domestici. Un materasso in poliuretano a due piazze e mezzo ha una potenza termica pari a 2630 (tre volte quella di un albero di natale secco). Perciò se prende fuoco, il calore si trasferisce rapidamente a qualsiasi cosa presente nella stanza, esseri umani compresi.

Insomma, queste sono le tre cause principali di un incendio accidentale.

«Per determinare in modo preciso causa e origine» spiega Capitan Sparky, «dovete identificare *il punto* di origine.»

Il punto di origine, scopre Jack, è tutto. Se trovi il punto di origine, quasi sempre trovi anche la causa. Il cavo sfilacciato, il termoconvettore difettoso, il materasso che sembra incendiato con il napalm.

Causa e origine sono il nocciolo della questione.

È per questo che sono l'argomento del test finale.

Stavolta, bruciano una casa.

I professori vanno in una casa dichiarata inagibile, alla

periferia della città, e le danno fuoco. Capitan Sparky porta lì la classe e dice: «Signori, questo è l'esame finale. Ispezionate, indagate e determinate causa e origine dell'incendio».

Se ci azzecchi, passi.

Se no, *sayonara*.

Jack lo trova giusto. È così che deve essere. E lui è pronto.

Poi Sparky aggiunge: «Signori, siete tutti nella stessa barca. Lavorate insieme. Voglio un rapporto collettivo su causa e origine. Se il risultato è giusto, passate tutti. In caso contrario, sarete tutti bocciati».

Ah, bene, così non c'è da preoccuparsi.

«Avete fino alle sette di domani mattina. In bocca al lupo.»

Sparky spiega che i vicini sono stati pagati cinquanta dollari ciascuno per memorizzare una serie di informazioni, nel caso che gli studenti gliele chiedano. Stessa cosa con i proprietari della casa. Getta loro un blocco con i nomi e si allontana.

Tutti restano a fissare la casa bruciata con espressioni che significano: "Oh, merda". Finché Jack dice: «Avanti, mettiamoci al lavoro».

È lui a organizzare il gruppo. Decide che è meglio prendere il comando in fretta, prima che quindici uomini entrino nella casa come un branco di elefanti e calpestino tutte le prove.

«Per prima cosa» dice, «faremo un giro all'esterno e prenderemo appunti. Ferri, tu comincia a scattare foto. Tu, Garcia, me lo disegneresti uno schema? Krantz e Stewart, voi torchiate i vicini. Myers, tu interroga i padroni di casa e registra tutto.»

Alcuni lo guardano con l'aria di pensare: «Chi ha deciso che tu sei il capo?».

Jack li fissa e dice: «Ragazzi, non ho nessuna intenzione di farmi bocciare».

Perciò muoviamoci.

Alle quattro del mattino sono di ritorno al dormitorio, ma invece di dormire parlano.

La loro teoria è che si tratta di un incendio dovuto a una scatola elettrica.

Un sovraccarico dell'interruttore magnetotermico.

Hanno trovato residui carbonizzati intorno alla scatola portafusibili, e il calore ha causato i danni peggiori proprio lì sopra. C'è un segno a forma di V, con la base larga quanto la scatola portafusibili.

Sembra tutto molto facile.

I ragazzi che hanno steso il rapporto non hanno trovato tracce di liquidi versati sulla soletta di cemento. Nessuno sfaldamento, niente segni della presenza di acceleranti.

I proprietari erano in casa quando è scoppiato l'incendio.

I vicini non hanno notato nulla di insolito.

Le modalità dell'incendio sono coerenti con la causa.

La conclusione è: Classe C, incendio accidentale di origine elettrica.

«Io non sono convinto» dice Jack.

Gemiti da parte di quattordici uomini esausti.

«Cazzo vuol dire che non sei convinto?» ribatte Ferri. Sembra, come dire, un po' irritato.

«Non scherzo. Per me questo è un incendio doloso.»

Arriva una valanga di proteste. L'opinione generale sembra essere: «Wade ha rotto i coglioni».

«Ascolta» dice Ferri. «Stiamo lavorando da quindici ore filate. Siamo esausti. Cerca di non fare il poliziotto a tutti i costi. Non c'è motivo di trasformare un problema alla scatola portafusibili in un caso federale.»

«Qualcuno ha manomesso il salvavita» insiste Jack. «Manca la copertura in plastica della vite che regola la sensibilità.»

Ferri non cede. «L'unica copertura in plastica mancante, secondo me, è quella che tuo padre avrebbe dovuto usare quando ha messo incinta tua madre.»

«Le viti di regolazione hanno *sempre* una copertura in plastica. Dove è finita?»

«Si è fusa.»

«Se così fosse, ne avremmo trovato tracce sulla vite. Qualcuno ha ricalibrato l'interruttore magnetotermico. Per farlo, ha dovuto rompere la copertura in plastica della vite. Io indagherei sui proprietari.»

«L'abbiamo fatto» dice Krantz. «Sembravano a posto.»

«Avete chiamato la banca che ha concesso loro il mutuo?»

«No» risponde Krantz.

«Perché?»

«Stavamo indagando su un incendio dovuto a un guasto elettrico...»

«I padroni di casa lavorano?»

«Sì.»

«Avete fatto un controllo incrociato con i datori di lavoro?»

«No.»

«Merda!» esclama Jack. Sembra sul punto di mollare un cazzotto a Krantz.

«Be', scusa tanto» dice Krantz.

«Non scusarti, fa' il tuo lavoro.»

«Piantala, Wade!» interviene Ferri.

«Piantala tu. Questi coglioni avevano un lavoro da fare e...»

«Senti, primo della classe, adesso hai rotto. Ho capito che vuoi fare bella figura, ma...»

«Spiegami la copertura in plastica mancante, Ferri. O la spieghi qualcun altro.»

Nessuno parla.

«Mettiamo ai voti» dice Ferri.

Sapendo che sarà quattordici a uno.

«Col cazzo» risponde Jack.

«Non puoi decidere per tutti.»

«Non è questo. Il fatto è che ho ragione.»

Segue un lungo silenzio imbarazzato. Alla fine uno dei ragazzi – quello che Jack ha tirato fuori dalla torre di cemento – dice: «Merda, Jack. Sarà meglio che tu abbia *davvero* ragione».

Scrivono il rapporto. Incendio doloso, dovuto a un guasto elettrico causato deliberatamente da una manomissione dell'interruttore magnetotermico.

Jack entra in classe poche ore dopo, con tutto il peso di quella decisione sulle spalle. Sei settimane, diciotto ore al giorno, quattordici uomini. È una bella pressione.

Capitan Sparky arriva, prende il rapporto dalla scrivania. «Siete certi di quello che avete scritto?»

«Signorsì.»

«Vi do un'ultima possibilità» insiste Sparky. «Prendetevi un'ora, riconsiderate tutto e scrivete un altro rapporto.»

Merda, pensa Jack. Ho gettato a mare tutta la classe. E ora Sparky ci lancia una corda. Basta solo afferrarla.

Ferri alza una mano.

«Sì?» dice Sparky.

Ferri è uno con le palle. Indica il rapporto e dice: «Quella è la nostra conclusione, signore. Siamo convinti».

Sparky scrolla le spalle.

Cazzi vostri, imbecilli, sembra pensare.

Dice: «Be', io una possibilità ve l'ho data».

Prende una penna rossa e comincia a fare segni dappertutto.

Jack si sente una merda. Si sente gli occhi di tutti sulla schiena. Ferri lo guarda e fa spallucce. Tipo: "A volte si vince, a volte si perde".

Ferri è un vero uomo.

Sparky finisce il massacro, alza gli occhi e dice: «Ero convinto che non avreste notato la copertura in plastica mancante».

Tipico di Capitan Sparky, pensa Jack. Hai la risposta giusta e lui cerca di venderti quella sbagliata. Per poter fregare tutto il gruppo.

«Il corso è finito» dice Sparky. «Ottimo lavoro, signori. La cerimonia di chiusura sarà domani. Cercate di vestirvi da adulti.»

La scuola antincendio.

Che sballo.

Tutto questo per dire che, quando si tratta di un incendio, Jack sa quello che fa. Questo è il motivo per cui Billy "Porca Puttana" non fa una piega quando lo vede entrare in ufficio con un cane sotto il braccio.

16

O meglio, quando lo vede *uscire* dall'ufficio, perché Billy è seduto accanto al saguaro gigante che ha fatto arrivare dall'Arizona.

È la giornata giusta per lui, pensa Jack. Calda, secca e ventosa. Giorni come questo ti ricordano che la California meridionale in pratica è un deserto con alcune erbe tenaci, irrigazione forzata e un esercito di abili e determinati giardinieri messicani e giapponesi.

«Allora?» chiede Billy.

«La vittima fumava a letto» risponde Jack. «Stavo per aprire un fascicolo...»

«Risparmiati la fatica.» Billy gli allunga una cartellina.

Jack va subito a guardare la pagina della Dichiarazione. Si tratta di un foglio in cui sono specificati i tipi di copertura assicurativa e il loro ammontare.

Un milione e mezzo sulla casa.

Nessuna sorpresa. È una villa grande, elegante, con vista sull'oceano. Il milione e mezzo è solo per la struttura. Il terreno sarà almeno un altro milione.

Più altri settecentocinquantamila per gli effetti personali.

Il massimo, pensa Jack. Di solito gli effetti personali si assicurano per una cifra massima pari alla metà della copertura assicurativa della struttura. Se le tue proprietà personali valgono di più devi introdurre delle clausole aggiuntive, e di certo i Vale l'avevano fatto.

«Merda» dice Jack.

Cinquecentomila dollari di clausole aggiuntive.

Ma che diavolo aveva Vale in quella casa? E quanta di quella roba che vale un milione e duecentocinquantamila dollari era nell'ala ovest?

«I firmatari di questa polizza fumano crack abitualmente?» chiede Jack.

«Non fare così.»

«Queste clausole aggiuntive sono tutte sballate.»

«Siamo in California.» Billy fa spallucce. «Qui *tutto* è sballato. Quanta parte di questi effetti personali è andata distrutta?»

«Non lo so» risponde Jack. «Non sono ancora entrato in casa.»

«Come mai?»

«Ho trovato il cane fuori. Ho pensato fosse meglio riportarglielo subito.»

Billy inarca un sopracciglio. Succhia la sigaretta. «È scappato fuori quando sono arrivati i pompieri?»

Jack scuote la testa. «Niente fuliggine, niente fumo. Il pelo non era bruciacchiato.»

È strano, perché di solito i cani fanno gli eroi. Scoppia un incendio e loro non scappano. Restano con i padroni. «Il cane era fuori da prima dell'incendio.»

«Non saltare alle conclusioni» lo ammonisce Billy.

«Certo che no. Il cane deve fare i suoi bisogni, la signora Vale è ubriaca dura. Lo lascia uscire, poi se ne dimentica. Questo è quello che penso. E voglio solo riportare il cane ai bambini.»

«Puoi farlo subito, allora» dice Billy. «Vale ha chiamato mezz'ora fa.»

Cosa?

«Stai scherzando» dice Jack.

«Vuole che tu vada da lui.»

«Adesso? Sua moglie è morta meno di sei ore fa, e lui pensa già a chiedere i danni?»

Billy spegne la sigaretta su un sasso. Il mozzicone raggiunge gli altri ai suoi piedi. «Erano separati» dice. «Forse non è esattamente distrutto dal dolore.»

Gli dà l'indirizzo di un posto a Monarch Bay e accende un altro fiammifero. «Jack?» aggiunge. «Fatti dare una dichiarazione.»

Come se ci fosse bisogno di dirlo.

Billy sa che molti altri liquidatori si limiterebbero a prendere il rapporto dello sceriffo, allegarlo al fascicolo e aprire la pratica di rimborso.

Jack no.

Dai un caso grosso a Jack Wade e lui ci lavorerà fino alla morte.

Billy pensa che sia perché Jack non ha moglie né figli, e neppure una fidanzata. Non deve essere a casa per cena, o a scuola per il saggio di danza, non deve uscire la sera per vedere una donna. Non ha neppure una ex moglie, quindi non gli tocca un fine settimana ogni due con i bambini, e non deve far fronte a richieste tipo: "Devi assolutamente andare alla partita di calcio di Johnny altrimenti lui finisce di nuovo in terapia".

Jack ha il suo lavoro, due vecchie assi da surf e la sua macchina.

In pratica, non ha una vita.

Per il caso Vale, è perfetto come uno stivale su misura.

Jack sta attraversando l'atrio dell'ufficio quando Carol, l'impiegata della reception, lo chiama e gli dice che Olivia Hathaway lo sta aspettando.

«Le dica che non ci sono» risponde Jack.

Olivia Hathaway è l'ultima cosa di cui ha bisogno in quel momento.

«Ha visto la sua auto nel parcheggio.»

Jack sospira. «C'è una saletta libera?»

«La 117» risponde la ragazza. «L'ha chiesta lei, è la sua preferita.»

«Le piace il quadro con la barca a vela» dice Jack. «Può occuparsi di questo cane per qualche minuto?»

«Come si chiama?»

«Leo.»

Cinque minuti dopo, Jack è seduto in una saletta. Dall'altra parte del tavolo c'è Olivia Hathaway.

17

Olivia Hathaway.

È una donna minuta, ottantaquattro anni, bei capelli bianchi, viso cesellato e occhi azzurri splendenti.

Oggi indossa un elegante vestito bianco.

«È per i miei cucchiai» dice.

Jack lo sapeva già. Sono tre anni che si occupa dei cucchiai di Olivia Hathaway.

Ecco la storia di quei cucchiai.

Tre anni fa, a Jack viene assegnato un caso di furto. Una vedova di ottantun anni, di nome Olivia Hathaway, ha denunciato un furto con scasso nella sua casetta di Anaheim. Jack si reca sul posto e lei lo accoglie in cucina, con tè e biscotti fatti in casa.

Prima che la signora Hathaway si decida a parlare del danno Jack deve bersi due tazze di tè, mangiare tre biscotti, recitare per intero la propria genealogia e ricevere un rapporto dettagliato sui nove nipoti e tre bisnipoti di Olivia. Jack quel giorno deve occuparsi di altri cinque casi, ma poiché si tratta di una simpatica vecchietta, non si lamenta del tempo extra che deve dedicarle.

Quando finalmente si affronta l'argomento, viene fuori che l'unica cosa che è stata rubata è la sua collezione di cucchiai.

Collezionare cucchiai può sembrare strano, ma in quel preciso momento, guardando oltre i vetri della finestra, Jack vede una replica gigantesca del Cervino completa di neve finta, la Cattedrale di Cristallo in lontananza, e un enorme paio di orecchie da topo su un cartellone pubblicitario, perciò pensa che la stranezza è un concetto relativo.

Olivia aveva appena fatto stimare la collezione («Non vivrò per sempre, caro Jack, e c'è il problema del testamento») e risulta che i cucchiai valgono seimila dollari. A questo punto lei si mette a piangere perché quattro di quei cucchiai erano di argento purissimo ed erano appartenuti alla sua bisnonna di Dingwall, Scozia. Si scusa, va a prendere un fazzoletto, poi torna e chiede se Jack può fare qualcosa per aiutarla a recuperare i suoi cucchiai.

Jack spiega che non è un poliziotto, ma che contatterà la polizia per farsi dare una copia della denuncia. L'unica cosa che può fare, purtroppo, è rimborsarla per il furto subito.

Olivia comprende.

Jack è dispiaciuto per lei. Torna in ufficio e chiama la polizia di Anaheim per la copia della denuncia. Il sergente di turno scoppia a ridere come un pazzo e riattacca.

Allora Jack inserisce il nome di Olivia Hathaway nel database che funge da archivio delle richieste di risarcimento, e scopre che i cucchiai della vecchia signora sono stati rubati ben quattordici volte, mentre erano assicurati con tredici diverse compagnie. Di fatto, a partire dalla morte del signor Hathaway, vengono rubati una volta all'anno.

I cucchiai della vecchia signora sono quello che la gente del mestiere chiama PSI, Previdenza sociale integrativa. La cosa stupefacente è che tutte e tredici le assicurazioni hanno liquidato il danno.

Jack chiama al telefono la Fidelity Mutual, l'undicesima assicurazione, e parla con un certo Mel Bornstein, il liquidatore che ha gestito il caso.

«Ha consultato il database?» chiede Jack.

«Certo.»

«Quindi ha visto i precedenti.»

«Sì.»

«Allora perché ha pagato?»

Mel scoppia a ridere come un pazzo e riattacca.

Jack chiama le assicurazioni numero nove, dieci e tredici, e tutti gli interlocutori manifestano reazioni al limite della risata isterica.

Tre lunghi anni dopo, Jack capisce perfettamente perché hanno rimborsato per quello che era ovviamente un falso furto.

Ma all'epoca non lo capisce ancora, e si trova in un dilemma. La legge lo obbligherebbe a denunciare la frode al National Insurance Crime Bureau, cancellare la polizza e negare il rimborso. Ma non se la sente di denunciare la vecchia signora e lasciarla senza nessuna assicurazione. E se scoppia un incendio? E se qualcuno scivola e cade sul suo marciapiede? E se poi i ladri arrivano davvero? Così decide di negare il rimborso e archiviare tutta la faccenda.

Certo, come no.

Due giorni dopo aver mandato la lettera di rifiuto, si trova Olivia Hathaway in ufficio. Ormai sono tre anni che fanno la stessa identica conversazione, un paio di volte al mese. Lei non scrive lettere, non cerca di scavalcarlo, non reclama presso l'ufficio centrale, non fa causa all'assicurazione. Semplicemente continua a tornare, e tornare, e tornare, e ripetono sempre la stessa identica conversazione.

«Jack, hai dimenticato di pagarmi il rimborso per i miei cucchiai.»

«Non l'ho dimenticato, signora Hathaway» ribatte Jack. «I suoi cucchiai non sono stati rubati.»

«Certo che sì, Jack.»

«Sono stati rubati quattordici volte.»

Olivia Hathaway sospira. «Il quartiere non è più quello di una volta.»

«Lei vive dalle parti di Disneyland.»

Cioè: "Forse l'autore dei furti è un topo alto circa un metro e mezzo, con grandi orecchie e guanti bianchi".

«Ho bisogno di essere pagata per i miei cucchiai.»

«È già stata pagata tredici volte.»

Lei pensa di aver segnato un punto: «Ma sono stati rubati *quattordici* volte».

«Signora Hathaway» dice Jack, «vorrebbe farmi credere che le tredici volte precedenti i ladri le hanno riportato i suoi cucchiai, e poi qualcun altro glieli ha rubati? No... per favore, non tiri fuori i biscotti.»

Ma lei li tira fuori.

Lo fa sempre.

Se ne sta seduta lì, dolce, sorridente, senza mai alzare la voce, e ha sempre con sé una busta di plastica con dentro dei biscotti fatti in casa.

«So che ti piacciono, Jack.»

«Non posso prendere i suoi biscotti, signora Hathaway.»

«Ora» dice lei, estraendo dalla borsa una mazzetta di fotografie, «Billy è andato al college a studiare informatica...»

Jack abbassa la testa e picchia ripetutamente la fronte contro il piano della scrivania, mentre Olivia continua a raccontare vita morte e miracoli di ciascun figlio, nipote e bisnipote, nonché dei rispettivi consorti.

«... Kimmy vive *nel peccato* con un meccanico di Downey, specializzato in motociclette... Jack, mi stai ascoltando?»

«No.»

«Jack, hai dimenticato di pagarmi per i miei cucchiai.»

«Non l'ho *dimenticato*, signora Hathaway. I suoi cucchiai non sono stati rubati.»

«Certo che sì, Jack.»

«Sono stati rubati quattordici... Ma Kimmy non conviveva con un elettricista?»

«Sì, il mese scorso.»

«Ah.»

«Non vuoi un biscotto?»

«No, grazie.»

«Ora, riguardo ai miei cucchiai...»

È la goccia che scava la pietra, una tortura che dura quarantacinque minuti, prima che Jack riesca finalmente a liberarsi di lei e dirigersi a casa della madre di Vale, a Monarch Bay.

18

Monarch Bay.

Un nome azzeccato.

Da un punto di vista immobiliare, il miglior sito in assoluto della costa sud.

Monarch Bay si trova al confine tra le città di Laguna Niguel e Dana Point, e anni addietro c'è stata una vera e propria guerra civile stile Bosnia per stabilire a quale dei due agglomerati appartenesse. Con sorpresa di tutti, i residenti hanno scelto l'assai meno raffinata Dana Point, che a quei tempi era solo un porticciolo con intorno alcuni ristoranti, negozi di roba per surfisti e motel a buon mercato lungo il tracciato dell'autostrada costiera.

La Dana Point che piaceva tanto a Jack.

La scelta infastidì molte persone, soprattutto i proprietari dell'hotel Ritz-Carlton / Laguna Niguel, che continua a chiamarsi così anche se ora si trova nel comune di Dana Point e non in quello di Laguna Niguel.

A Jack va benissimo così: preferisce non avere niente a che fare con la bella gente che frequenta il *resort*. Secondo lui è un posto adatto ai giovani surfisti, che possono trovare lavoro come camerieri e arrotondare le magre entrate scopandosi le ricche signore a cui hanno servito il pranzo. Molte di quelle signore abitano nella comunità esclusiva e recintata di Monarch Bay.

Se arrivi ai cancelli di Monarch Bay su una Ford Taurus

devi essere uno delle pulizie, con stracci e ammoniaca sul sedile posteriore.

Le auto che attraversano quei cancelli di solito sono Mercedes, Jaguar e Rolls-Royce.

Jack non si sente a suo agio nella Taurus, ma ha preferito prendere l'auto aziendale perché gli sembrava indelicato arrivare a casa di una famiglia che ha appena subito un lutto su una Mustang del '66 con sopra una tavola da surf.

Gli sembrava una mancanza di rispetto.

Farsi dare l'auto aziendale non è stato facile.

Per ottenerla, bisogna andare da Edna.

Edna porta gli occhiali appesi al collo con una catenina.

Jack dice: «Edna, ho bisogno di una macchina».

«È un ordine o una richiesta?»

«Una richiesta.»

«Non abbiamo macchine con un portapacchi adatto alle tavole da surf.»

Jack sorride. «Ah, lo sai già. Era l'ultima visita della giornata...»

«Ho visto i ragazzi che toglievano la sabbia con l'aspirapolvere.»

Quello che non sa, è che Jack ha offerto ai ragazzi delle pulizie due pacchi da sei birre per il disturbo. Lo fa sempre, e loro farebbero qualsiasi cosa per lui.

«Mi dispiace» risponde.

«Le auto aziendali non sono per il piacere» dice Edna, allungandogli le chiavi.

«Prometto che non proverò alcun piacere in questa macchina.»

Quella frase forse evoca nella donna immagini di piaceri carnali sul sedile posteriore, e all'improvviso la sua mano si posa sulle chiavi.

«Ti prego, non dirmi che...»

«No, no, no» la rassicura Jack, prendendo le chiavi. «E comunque, mai sul sedile posteriore.»

«Ricevuta numero 17.»

«Grazie.»

E così Jack arriva a Monarch Bay su una Taurus.

La guardia al cancello gli lancia una lunga occhiata, tanto per capirci, poi chiede: «Il signor Vale la sta aspettando?».

«Mi sta aspettando.»

La guardia vede il cane sul sedile accanto e dice: «È il parrucchiere del cane?».

«Esatto» risponde Jack.

La villa è in stile finto Tudor. Il prato è curato come le mani di una ricca vedova, e c'è un set di mazze da croquet meticolosamente sparso sull'erba. La parete nord della casa è bordata di rose umide e profumate, nonostante non piova da tre mesi.

Vale gli viene incontro sul vialetto.

È un bell'uomo, snello, alto più o meno un metro e novanta, con dei capelli neri un po' lunghi che sarebbero fuori moda, ma su di lui sembrano *perfetti*. Indossa un pullover beige, jeans scoloriti e mocassini senza calze. Porta occhialini tondi alla John Lennon.

Gli daresti quarantatré anni, forse meno.

Ha un viso da star del cinema, con occhi grigioazzurri color mare d'inverno, leggermente piegati all'insù.

Intensi.

Occhi che quando ti fissano cercano di convincerti a fare qualcosa.

Jack ha la sensazione che molti si lascino convincere.

«Lei sarebbe Jack Wade?»

La voce ha un leggero accento, che Jack non riesce a riconoscere.

«Sono russo» spiega Vale. «Il vero nome sarebbe Dazjatnik Valešin, ma chi vuole firmare degli assegni con un nome del genere?»

«Mi spiace incontrarla in questa circostanza, signor Vale.»

«Mi chiami Nicky.»

«Nicky» dice Jack. «Le ho riportato Leo.»

«Leonid!» grida Nicky.

Il cagnolino impazzisce, comincia a fare salti e piroette. Jack apre la portiera, Leo salta fuori e corre in braccio al padrone.

«Le mie condoglianze» dice Jack.

«Pamela era giovane e molto bella» replica Nicky.

Risponde ai requisiti, pensa Jack. Se vuoi sposare un uomo ricco e vivere in una casa con vista sull'oceano, devi essere come minimo giovane e bella. In caso contrario, non vale neppure la pena di presentarsi per il posto.

Ciò nonostante la frase suona strana, in un momento come questo.

«So che era molto impegnata nell'associazione Save the Strands. Come lei, del resto.»

Nicky annuisce. «Ci credevamo tutti e due. Pamela trascorreva molto tempo negli Strands: ci andava a dipingere, a passeggiare con i bambini. Non volevamo vedere quel posto rovinato.»

«Come stanno i bambini?» chiede Jack.

«Credo che l'espressione giusta sia: abbastanza bene, date le circostanze.»

Un tipo davvero strano, pensa Jack.

Nicky deve leggerglielo in faccia, perché aggiunge: «Inutile fingere, Jack. Lei sa che Pamela e io eravamo separati. Io le volevo bene, i bambini anche, ma lei non riusciva a decidere a chi dare il suo amore, alla famiglia o alla bottiglia. Io speravo ancora in una riconciliazione, e lei era davvero giovane e bella. In questo momento, è la prima cosa che mi viene in mente. Un riflesso protettivo della mente, immagino».

«Signor Vale... Nicky...»

«Sinceramente, non ho idea di come dovrei sentirmi, e neppure di come mi sento in realtà. So soltanto che devo mettere ordine nella vita dei miei figli, che ultimamente è stata un caos e lo è ancora di più da questa mattina.»

«Non volevo...»

Nicky sorride. «Lei è troppo educato per fare commenti, Jack, ma si vede che è offeso dalla mia apparente freddezza.

Io sono un ebreo, cresciuto in quella che i giornali ora definiscono "ex Unione Sovietica". Ho imparato a osservare gli occhi degli uomini più che la bocca. Scommetto che nel suo mondo, Jack, le persone le mentono spesso. Non è vero?»

«Sì, mi capita di sentire alcune bugie.»

«Più di alcune, direi. La gente non riesce a ottenere soldi da lei, allora mente per convincerla. Persino la gente tendenzialmente onesta cerca di esagerare il danno per coprire la franchigia. Ho ragione?»

Jack fa un cenno affermativo.

«Anch'io farò così.» Nicky ride. «Lei dirà una cifra, io ne dirò un'altra, e tratteremo fino a trovare un accordo.»

«Io non tratto» dice Jack. «Mi limito a rispettare la polizza.»

«Tutti devono accordarsi, Jack.»

«Non tutti.»

Nicky gli passa un braccio intorno alle spalle.

«Credo che riusciremo a collaborare, Jack Wade. Faremo affari insieme.»

Poi lo invita in casa.

«Non voglio disturbare» dice Jack.

«Temo che dovrà farlo» risponde Nicky, con un sorriso complice. «Mia madre ha preparato il tè.»

Be', pensa Jack. Se la madre ha fatto il tè...

19

La madre è molto bella.

Una piccola gemma perfetta.

Capelli scuri tirati indietro, contro la pelle più chiara che Jack abbia mai visto. Gli stessi occhi di Nicky, solo di un blu più scuro, come acqua profonda.

Testa alta, schiena dritta da sergente maggiore.

No, si corregge Jack, non un sergente maggiore; un'insegnante di danza classica.

Indossa un vestito bianco estivo di media lunghezza, bordato d'oro. Non fa shopping a Laguna, pensa Jack. Troppi gay, troppa roba vistosa. Va a Newport Beach. Il primo lunedì di settembre abbandona il bianco per il beige, e il primo novembre passa al nero.

«Signora Vale...» comincia Jack.

«Valešin.»

«Signora *Valešin*, le mie condoglianze.»

«Ho sentito che è successo perché fumava a letto» dice la donna. Ha un accento molto più forte del figlio, e un tono che dice "in fondo se l'è cercata". Come se Pamela *meritasse* di soffocare nel buio.

«Questo indicano le indagini preliminari.»

«E aveva bevuto anche?»

«Sembra di sì» risponde Jack.

«Non vuole entrare?» chiede la donna.

Ora che ho pagato il biglietto, pensa Jack.

La casa è un museo.

Non ci sono cartelli con scritto NON TOCCARE, ma non ce n'è bisogno. Tutto è immacolato, splendente. La polvere non osa neppure posarsi sui mobili.

Come in un museo, c'è poca luce.

Pavimenti in parquet scuro. Tappeti persiani. Porte e infissi di quercia.

Un grande camino, scuro anch'esso.

Per contrasto, i mobili del soggiorno sono bianchi.

Divano bianco, alte poltrone bianche.

Un bianco che sembra una sfida. Come se nessuno potesse osare sporcarlo. Un bianco che è una dichiarazione di intenti: la vita può essere pulita, se tutti mantengono la disciplina e si sforzano di fare del loro meglio.

Un'etica espressa in termini di arredamento, pensa Jack.

Nicky gli indica il divano.

Jack si siede cercando di non lasciare il segno.

«Bella casa» dice.

«Me l'ha regalata mio figlio» risponde lei.

«È già stato sul luogo dell'incendio?» chiede Nicky.

«Solo per una visita preliminare.»

«È tutto distrutto?»

«Gran parte della struttura è ancora in piedi» risponde Jack. «Anche se ci sono molti danni da fumo e acqua. Ma credo che l'ala ovest andrà demolita e ricostruita per intero.»

«Da quando ho ricevuto la telefonata del coroner» dice Nicky, «sto cercando di raccogliere il coraggio per andare a vedere... E naturalmente i bambini sono sconvolti.»

«Capisco.»

Nicky lascia passare un intervallo di tempo che gli sembra decente, poi chiede: «Come procediamo per l'assicurazione?».

Cioè: il momento della sensibilità è passato, ora veniamo agli affari.

Jack gli fa il quadro della situazione.

La polizza sulla vita è semplice. Basta farsi fare un certificato di morte. Una volta che Nicky gliene porterà una copia, Jack firmerà un assegno di duecentocinquantamila dollari senza perdere un secondo. La polizza sull'incendio è più complessa, perché si divide in tre diverse "coperture".

La copertura A riguarda la casa. Jack dovrà esaminarne la struttura in dettaglio ed elaborare una stima di quanto costerà la ricostruzione. La copertura B riguarda gli effetti personali: mobili, elettrodomestici, vestiti... Nicky dovrà riempire l'apposito modulo di inventario, elencando tutto ciò che è andato perduto nell'incendio.

«Ci sono anche una serie di clausole speciali, che indicheremo con la lettera C, in aggiunta alla Copertura B» dice Jack.

È un enorme *understatement*. Clausole speciali che valgono tre quarti di milione.

Il che però significa un bel premio assicurativo per la California Fire and Life.

Il classico circolo vizioso, pensa Jack.

«È per i mobili» spiega Nicky. «Colleziono mobili inglesi del XVIII secolo, soprattutto in stile Giorgio II e III. Li compro, li vendo... La maggior parte della collezione era proprio nell'ala ovest. È rimasto...»

Jack scuote la testa.

Nicky fa una smorfia.

«Dovrà compilare il modulo di inventario, così potremo capire cosa è andato distrutto e cosa no. Non c'è fretta, ovviamente.»

«Ho una videocassetta» dice Nicky.

«Sul serio?»

«Un paio di mesi fa» spiega Nicky, «Pamela e io abbiamo deciso di seguire il consiglio del nostro agente, e abbiamo girato un video della casa e di tutte le nostre proprietà. Crede che sarà utile?»

Sì, sarà molto utile, pensa Jack.

«Certo» dice. «E dov'è la cassetta?»

«Qui, a casa di mia madre» risponde Nicky. Poi aggiunge: «Ha parlato di una terza copertura».

«La Copertura D, Spese Aggiuntive, copre tutte le spese in cui incorrerà durante il periodo in cui resterà fuori di casa. Affitto, conto del ristorante eccetera, finché non si sarà sistemato. Se vuole, posso buttare giù una bozza per questa copertura e darle un anticipo per acquistare vestiti, giocattoli per i bambini...»

«Molto gentile» dice Nicky.

«Lei è un assicurato di ferro.»

Interviene la madre: «Nicky e i ragazzi staranno qui finché la casa non sarà ricostruita».

«Ottimo» dice Jack.

«Vitto e alloggio gli costeranno duemila dollari al mese.»

I profondi occhi blu lo fissano come sfidandolo a protestare, a dire qualcosa. Tipo: "Quale madre farebbe pagare l'affitto al figlio appena rimasto vedovo e ai nipotini?".

«In realtà duemila dollari non è molto» dice Jack. «Se Nicky volesse affittare una villa equivalente a quella bruciata, noi pagheremmo l'affitto.»

«Dazjatnik starà *qui*» dice lei.

«Certo, può stare dove vuole. Stavo solo spiegando che, dovunque deciderà di stare, noi pagheremo l'affitto.»

La madre dice: «In effetti, perché dovrei regalare dei soldi alla compagnia di assicurazioni?».

«Esatto, non ce n'è motivo.» Poi, rivolto a Nicky: «Posso darle un anticipo di venticinquemila dollari per la Copertura D».

«Quando?»

«Adesso.»

Un altro assioma di Billy: mettigli un anticipo in mano. Subito. Hanno perso la casa, dagli di che ricomprarsi i vestiti. I bambini avranno almeno qualche giocattolo nuovo. Li aiuterà a sentirsi meglio.

Ma se oltre alla casa hanno perso anche la mamma, Billy?

Be', almeno posso riportargli il cane.

Silenzio. La madre ha capito di aver perso la faccia, vincendo una battaglia che non aveva bisogno di combattere, e non le piace.

Visto che ormai è di cattivo umore, Jack aggiunge: «Ho bisogno di una dichiarazione registrata. Naturalmente non c'è bisogno di farla subito».

«Una dichiarazione registrata?» chiede Nicky. «Perché?»

«Procedura di routine. Lo facciamo sempre in caso di incendi.»

Una delle regole di Billy in questo mondo cinico: fatti rilasciare una dichiarazione al più presto. Mettila agli atti, così non potranno cambiarla. Se non sono implicati nell'incendio, non c'è problema. Se invece lo sono...

Ovviamente Billy ha ragione. Ci vuole una dichiarazione. Deve essere dettagliata, e va presa appena possibile.

Un altro adagio di Billy: se pensi di fare a botte con qualcuno, è meglio se prima gli pianti i piedi nel cemento.

Nicky lo fissa con il suo sorriso affascinante. «Ha portato un registratore?»

Puoi scommetterci, Nicky.

20

«Sono Jack Wade, della California Fire and Life» dice Jack al microfono del registratore. «Oggi è il 28 agosto 1997; sono le tredici e quindici. Questa è la dichiarazione registrata del signor Nicky Vale e di sua madre, la signora Valešin. La registro con la piena conoscenza e l'autorizzazione di entrambi. Potete confermarlo?»

«Confermo» dice Nicky.

«Confermo.»

«Vorreste per favore confermare anche la data e l'ora?»

«Sono corrette entrambe» dice Nicky.

«Allora procediamo» dice Jack. «In qualsiasi momento dovessi spegnere il registratore, prenderò nota del momento in cui spengo e di quello in cui lo riaccendo. Ora, potreste per favore sillabare i vostri nomi, così come sono scritti sui documenti?»

Prendere una dichiarazione registrata è un affare delicato. Da una parte bisogna osservare tutte le formalità in modo che la dichiarazione sia valida in tribunale. D'altra parte, però, non si tratta di una testimonianza giurata, perciò bisogna muoversi lungo la linea sottile che separa il formale dall'informale. Quindi, dopo la sillabazione dei nomi, Jack prende un tono da conduttore di talk show e dice: «Signor Vale...».

«Mi chiami pure Nicky.»

«Nicky, le dispiacerebbe cominciare raccontandomi qualcosa di sé?»

Lo dice perché sa che la prima cosa è far parlare le persone. Di qualsiasi cosa, non importa. Bisogna solo abituarli a rispondere alle domande e a parlare. Inoltre, in questo modo si scopre subito una cosa importante. Se il soggetto è restio a parlare di sé, sarà restio a parlare anche di altro, e allora ci si comincia a chiedere cosa stia proteggendo.

C'è anche un motivo più cinico: come sa ogni investigatore, più una persona parla, più è facile che menta, che si confonda, che dica cose che non quadrano con i fatti. Insomma, che si trovi senza accorgersene con i piedi piantati nel cemento.

La maggior parte delle persone si mettono in trappola da sole.

È una verità di base: se la polizia ti strappa dal letto alle quattro del mattino per accusarti dell'omicidio Kennedy, del rapimento Lindbergh, o anche di complicità con Ponzio Pilato, la prima cosa da fare è tenere la bocca chiusa. Se ti chiedono quanto sei alto, qual è il tuo colore preferito o cosa hai mangiato a colazione, tieni la bocca chiusa. Se ti chiedono se la notte è più buia del giorno, se su è più alto di giù, tieni la bocca chiusa. Punto e basta.

Ci sono quattro parole, solo quattro, che puoi pronunciare: voglio il mio avvocato.

E quando il tuo avvocato arriva sul posto, ti darà un saggio consiglio.

Ti dirà di tenere la bocca chiusa.

Se lo fai, con ogni probabilità lascerai la stazione di polizia da uomo libero.

In genere le persone parlano per tre motivi.

Uno: la paura.

Nicky Vale non ha paura.

Due: la stupidità.

Nicky Vale non è stupido.

Tre: l'arroganza.

Bingo.

Nicky Vale comincia a parlare di sé.

È nato a San Pietroburgo, che quando è nato lui si chiamava Leningrado, ma ora si chiama di nuovo San Pietroburgo. Il nome non fa un cazzo di differenza per lui, perché essere un ebreo a San Pietroburgo non è affatto meglio che essere ebreo a Leningrado.

Spiega che puoi cambiare nome quanto ti pare («E io dovrei saperlo, giusto?») ma il leopardo non cambia le macchie, e quei bastardi bolscevichi sono sempre uguali. Zaristi, bolscevichi, stalinisti, gorbacioviani, fa lo stesso: sono e saranno sempre antisemiti.

«Abbiamo svolto un ruolo essenziale nel consolidare il tessuto sociale russo. Gli abbiamo reso un favore enorme. Durante secoli di conflitti, l'odio verso di noi è sempre stato un fattore unificante.»

Così Nicky cresce da emarginato. Escluso dalle associazioni sportive, dai club e dalla Lega dei Giovani Comunisti, Nicky vive in un ghetto materiale e sociale.

«Ciò che avevamo» dice, «è una cosa che quei bastardi bolscevichi non avranno mai: una cultura degna di questo nome. Avevamo Dio, avevamo la letteratura, la musica, l'arte. Avevamo un *passato* immutabile, Jack. Un passato che non cambiava con l'alternarsi delle dottrine politiche e delle epurazioni. È il passato che rende ebreo un ebreo. Per questo ci escludevano. Ma da cosa?»

Be', non dall'esercito.

Nicky parte per il servizio di leva. Congratulazioni, ragazzo ebreo, speriamo che ti sparino.

E se credi che sia divertente essere ebreo a Leningrado, prova a essere un ebreo russo in Afghanistan. Lì ti odiano il doppio. Non sanno se ti odiano di più perché sei russo o perché sei ebreo. Odio al quadrato, forse anche al cubo.

Nicky ci mette del suo per complicarsi la vita.

«Ero stupido» ammette. «Portavo la stella di Davide appesa al collo con una catenina. Per cosa? Per essere torturato il doppio in caso di cattura? Ma quando si è giovani...»

Nicky sopravvive al soggiorno nella terra dei mullah.

Torna a casa e trova la stessa merda di prima.

Vuole solo andarsene.

«Arriva la *glasnost*, e quei bastardi cercano di guadagnare dei punti concedendo la libertà di espatrio, soprattutto a quelli che non vogliono tra i piedi.»

Nicky è allibito da tanta ipocrisia, ma ne vede i vantaggi. Finché i cancelli sono aperti, tanto vale approfittarne. Sua madre vorrebbe andare in Israele, ma Nicky...

«Io ho già visto la mia parte di guerra» dice. «Ho visto abbastanza persone saltare in aria. E in tutta sincerità, Israele...»

Insomma, il giovane Nicky ha altre idee. Ha sentito parlare della terra dei sogni, delle sabbie dorate e dei capelli biondi. La terra in cui un giovane senza soldi e senza molta istruzione ma pieno di energia, cervello e determinazione, può avere un grande successo. Il giovane Nicky vuole andare in California.

Hanno dei parenti lì. Dei cugini fuggiti anni prima a Los Angeles, che se la passano abbastanza bene. Gli danno un impiego come autista per i pezzi grossi che vanno e vengono dall'aeroporto. Due anni dopo, Nicky si compra un'auto tutta sua. Poi due, poi tre. Diventa rivenditore di auto usate, quindi grossista di pezzi di ricambio. Con altri soci acquista un vecchio edificio, restaura gli appartamenti e li rivende. Poi fa la stessa cosa con un altro edificio. Ora possiede una flotta di auto di lusso, due rivendite di auto usate e l'attività di grossista.

Li ipoteca tutti per comprare un complesso residenziale a Newport Beach. Ristruttura e vende, e fa un colpo grosso. Lascia i soldi sul piatto, per così dire, e compra un altro complesso. Sono i pazzi anni Ottanta. A volte gli capita di comprare e rivendere una proprietà nello stesso giorno. Diventa imprenditore immobiliare, compra terreni edificabili e costruisce case, complessi di appartamenti e country club.

Orange County è in espansione, e Nicky pure.

«L'unico problema di voi americani» dice, «è che non apprezzate quello che avete. Ogni volta che sento un americano parlare male di questo paese, mi metto a ridere.»

Continua a espandere le sue attività, ed entra nel ramo d'affari che è il suo vero amore.

L'arte.

Dipinti, sculture, mobili antichi.

Specialmente mobili antichi.

«Mi piace la maestria artigianale» spiega. «In passato, la qualità era importante. La qualità del legno, quella del lavoro. L'attenzione ai minimi dettagli, la devozione all'estetica dell'opera. I mobili dovevano essere utili, dovevano essere belli e dovevano durare. Non erano cose assemblate in fretta, da gettare via altrettanto in fretta. E il legno ha un suo fascino, capisce? Il sacrificio di un bell'albero deve servire a creare qualcosa di bello. La grana fine del mogano o del noce prende una forma, squisita e durevole. La forma di qualcosa che usi tutti i giorni. Una sedia, un armadio, un letto... Hai un *rapporto* con il legno, con l'artigiano, con il disegnatore. Diventi parte del flusso della storia. Mi capisce, Jack?»

«Sì.»

Lo capisce benissimo. Jack trascorre metà del suo tempo libero nel garage, scartavetrando a mano vecchie tavole da surf in legno.

«Perciò quando ho fatto fortuna» prosegue Nicky, «ho cominciato a comprare mobili antichi di fabbricazione inglese. Alcuni li ho rivenduti, altri li ho scambiati, la maggior parte me li sono messi in casa. Per creare uno spazio che fosse cibo per l'anima. Ecco la mia storia, Jack: un ebreo russo diventato autista californiano e infine gentiluomo inglese. Può succedere solo in America. Anzi, solo in California.»

«Perché solo in California?»

Nicky ride. «Lo sa benissimo. È la terra dei sogni, per questo la gente viene qui. Dicono che è per il clima, ma in realtà è per l'atmosfera. In California sei sganciato dal tempo e dallo spazio. Puoi affrancarti dai legami imposti dalla storia, dalla nazionalità, dalla cultura. Puoi liberarti di quel che sei per diventare quel che vuoi essere. *Qualunque cosa* tu voglia essere. Nessuno ti fermerà, nessuno ti criticherà o ti disprezzerà. Perché tutti stanno facendo la stessa cosa. Respiriamo la stessa aria, ma ciascuno dentro la propria nuvola, che galleggia, si sposta, cambia forma. A volte due nuvole si fondono, poi si separano, poi magari tornano insieme. La tua vita è quello che vuoi tu. Come una nuvola, prende la forma che immagini.»

Nicky tace un attimo, ride di nuovo.

«Insomma» continua, «se un ebreo russo vuole il sole e la libertà e l'oceano e le spiagge, e allo stesso tempo vuol essere un gentleman inglese, gli basta trasferirsi in California e riempirsi la casa di vecchi mobili, in modo da creare la propria realtà. E ora quasi tutto questo è scomparso nell'incendio.»

Per non parlare di tua moglie, pensa Jack.

E difatti Nicky non ne parla.

«A proposito dell'incendio» dice Jack. «Non si offenda, ma per favore mi dica dov'era al momento dell'incendio.»

«Visto che stiamo, ecco... chiacchierando.»

21

«Qui» risponde Nicky, con grande semplicità.

«Ero qui.»

Scrolla le spalle, come a dire che il fato è imperscrutabile.

«E grazie a Dio» aggiunge la madre, «anche i bambini erano qui.»

«A che ora era andato a prenderli?» chiede Jack.

«Verso le tre.»

Era l'ora solita?

«Non c'era un'ora solita» risponde Nicky. «Diciamo che passavo a prenderli verso metà pomeriggio, o il tardo pomeriggio.»

«E dalle tre in avanti è sempre restato qui?»

«No. Verso le sei o le sei e mezzo siamo andati fuori a cena.»

«Dove?»

«In che modo il ristorante dove abbiamo mangiato può essere rilevante?»

Jack fa spallucce. «Non so ancora cosa sia rilevante e cosa no.»

«Siamo andati all'Harbor House. Ai bambini piace perché si può ordinare il menu della colazione per tutto il giorno. Hanno preso dei pancake.» Fa una pausa. «Mi scusi, non ricordo cosa ho preso io.»

Con appena una sfumatura di sarcasmo.

«A che ora siete tornati a casa?»

«Alle otto e trenta.»

«Quasi le nove meno un quarto, in realtà» interviene la madre.

«Otto e quarantacinque, allora» dice Nicky.

«Dei pancake belli grossi» dice Jack.

«Infatti. Dovrebbe provarli.»

«Faccio colazione lì quasi ogni sabato.»

«Allora lo sa.»

«Be', io sono più un tipo da omelette.»

«Dopo cena» dice Nicky, «siamo andati a fare una passeggiata al porto.»

«E una volta a casa cosa avete fatto?»

«Abbiamo guardato la tv. I bambini, dopotutto, sono americani.»

«Ricorda...?»

«No» risponde Nicky. «I programmi per me sono tutti uguali. Ma può chiederlo a loro.»

Nemmeno per sogno, pensa Jack. "Bambini, ricordate cosa stavate guardando alla tv la notte in cui è morta vostra madre?" Posso essere insensibile, ma non così tanto.

«A che ora li ha messi a letto?»

Nicky guarda la madre.

«Erano le dieci e un quarto» dice lei, con un'ombra di disapprovazione.

Solo una sfumatura, ma Nicky sente il bisogno di difendersi.

«È estate» dice. «Non devono alzarsi presto per andare a scuola, e così divento permissivo...»

«I bambini hanno bisogno di orari regolari» sentenzia la donna.

Jack chiede: «Cosa avete fatto dopo?».

«Anch'io ora sono americano» ride Nicky. «Ho guardato la tv. Un film su *HBO*.»

«*Cinemax*» lo corregge la madre.

«*Cinemax*» ripete Nicky con uno sguardo a Jack come per dire: "Eh, le madri...".

«Ricorda che film era?»

«C'era John Travolta» risponde Nicky. «Si parlava del furto di un'arma nucleare. Uno di quei film post-guerra fredda.»

«L'ha visto sino alla fine?»

«Era pieno di suspense.»

«Lo prendo come un sì?»

«Sì.»

Jack si rivolge alla madre. «L'ha visto anche lei?»

«Sono sospettata di qualcosa?»

«Nessuno è sospettato di nulla» dice Jack. «Sono domande di *routine*.»

Avete una polizza da due milioni di dollari, e devo farvi delle domande.

La donna dice: «Mentre Dazjatnik guardava il film io leggevo un libro, ma sì, ero nella stanza con lui».

«Dopo il film è andato a letto?» chiede Jack a Nicky.

«Sì.»

«Ricorda l'ora?»

«Verso mezzanotte e mezzo, credo.»

«No» dice la madre. «Sei andato a nuotare e poi nella spa.»

Nicky sorride. «Ha ragione lei. E nella spa mi sono portato un bicchiere di brandy.»

«Quindi è andato a dormire alle...?»

«Doveva essere l'una e mezzo.»

«E lei, signora Valešin?» domanda Jack. «È andata a letto, quando il film è terminato?»

«Sì. Ho spento la luce all'una.»

E così abbiamo finito con i preliminari, pensa Jack. Poi chiede a Nicky: «Quando si è svegliato?».

«Quando ho sentito squillare il telefono.»

«Era...»

«La notizia del... della morte di mia moglie.»

«Mi dispiace dover...»

«No, so che sta facendo il suo lavoro» dice Nicky. «Le ho chiesto io di venire. La prossima domanda è: "Ricorda che ora era?". Sì, lo ricordo. Quando ho sentito il telefono ho guardato l'orologio. Ho pensato: ma chi è il pazzo che chiama a quest'ora? Erano le sei e trentacinque. Non è il genere di cosa che si dimentica.»

«Capisco» dice Jack.

«Sono andato subito a svegliare mia madre» dice Nicky. «Gliel'ho detto e abbiamo parlato di come dirlo ai bambini. Abbiamo deciso di lasciarli dormire ancora un po'. Credo che fossero le sette e mezzo quando li abbiamo svegliati per dare loro la notizia.»

«Quindi è stato a letto diciamo dall'una e mezzo circa fino alle sei e mezzo.»

«Esatto.»

«No» lo corregge la madre. «Ti sei alzato per andare dai bambini. Michael piangeva; stavo per alzarmi io, ma poi ti ho sentito. Erano...»

Lasciatemi indovinare, pensa Jack. Le cinque.

«Le quattro e quarantacinque.»

Be', ci sono andato vicino.

«Mia madre ha ragione, come al solito» dice Nicky. «Ora che lo ha detto, ricordo di essermi alzato per andare da Michael. Naturalmente quando sono arrivato nella stanza dei bambini si era già riaddormentato. Probabilmente mentre tornavo a letto mi sono fermato un attimo in bagno.»

Jack gli pone qualche altra domanda, poi dice che avrà bisogno della dichiarazione dei redditi e degli estratti conto della banca.

«Perché?» chiede Nicky.

Voglio capire se avevi un motivo finanziario per bruciare la casa.

«Fa parte della procedura» risponde.

«Crede che abbia appiccato io l'incendio? Che sia un caso di "fulmine giudeo", come lo chiamano?»

«Non penso nulla» dice Jack.

Sotto lo sguardo di quegli occhi azzurri.

La madre dice: «Dazjatnik, perché non vai a prendere i bambini?».

Dazjatnik va a prendere i bambini.

La madre rivolge a Jack il suo sorriso più gelido e dice: «Forse dovrei riconsiderare la storia del vitto e alloggio».

«È una cosa tra lei e suo figlio, signora Valešin.»

«Forse *tremila* dollari...»

Jack non vede l'ora di andare a fare surf, di farsi ripulire anima e corpo dalla violenza dell'oceano.

«Lei ha figli, signor Wade?»

«No» risponde Jack. «Né moglie, né figli.»

«Come mai?»

Jack scrolla le spalle. «Sono troppo egoista.»

Lavoro, faccio surf, risistemo vecchie assi da surf nel garage.

La domenica sera faccio il bucato.

«Quando hai dei figli» dice la donna, «comprendi la vita. Quando hai dei nipoti, comprendi l'eternità.»

«Non lo so, signora Valešin, se potrei sopportare di comprendere la vita; figuriamoci l'eternità.»

Nicky torna con i bambini.

22

Jack li guarda e sente che gli si spezza il cuore.

Natalie, sette anni, e Michael, quattro.

Se ne stanno ciascuno sotto una mano paterna, un quadro perfetto. La bambina ha gli occhi blu del padre, ora arrossati dal pianto. Capelli neri raccolti in una treccia. Camicetta gialla e gonna scozzese. Il maschietto ha gli occhi castani. Enormi. Anche lui è vestito da società, polo celeste e pantaloncini corti da tennis.

Pezzi da museo, pensa Jack.

«Salutate il signor Wade» dice la nonna.

Loro mormorano un saluto e Jack prova imbarazzo. Hanno perso la madre proprio oggi, e gli tocca salutare un estraneo. L'unica cosa che riesce a dire è: «Vi ho riportato Leo. Sta bene».

I ragazzi accennano un sorriso.

«È qui fuori» aggiunge Jack.

Loro non si muovono.

Nemmeno un muscolo, nemmeno un centimetro.

E non è la mano del padre sulla spalla, pensa Jack. Sono gli occhi della nonna.

Stanno facendo ciò che ci si aspetta da loro.

Ma non è quello che mi aspetto *io*. Mi aspetterei di vederli correre fuori ad abbracciare e baciare il cane e fargli tante coccole.

Invece sono immobili come statue.

«Prenderemo un tè» dice la signora Valešin. «Tè per gli adulti, limonata per i bambini.»

Si alza e torna un minuto dopo con un vassoio. Una caraffa di tè freddo, una di limonata e cinque bicchieri. Poggia il vassoio sul tavolino, versa le bevande e torna a sedersi.

Natalie e Michael sono accanto a Jack sul sofà. Anche loro, come lui, sono seduti sul bordo, con il sedere che quasi non osa toccare i cuscini.

E guardano fisso in avanti.

Il tè è forte e molto zuccherato.

Tutti siedono in silenzio, come se fosse una specie di sacramento. Il Primo Sorso, o qualcosa del genere.

Finché la signora Valešin dice: «Ho deciso di aumentarti l'affitto, Daz».

Come se fosse una battuta divertente.

«Oh, mamma!»

«Be', perché dovremmo fare un favore alla compagnia assicurativa? Vero, signor Wade?»

«Come le ho detto, noi paghiamo quello che dobbiamo, signora Valešin.»

«Qual è la sua compagnia?»

«California Fire and Life.»

«Forse dovrei passare con voi» dice lei. «Attualmente sono con la Chubb.»

«È una buona compagnia.»

Jack immagina di dover discutere una polizza per quella casa e pensa che ingoierebbe più volentieri un flacone di Idraulico Liquido.

A un tratto, Michael versa un po' di limonata.

Solleva il bicchiere, lo inclina un po' troppo presto e la limonata cola lungo la camicia, sui pantaloni corti e sul divano. Nicky urla: «Michael!» e il bambino lascia cadere il bicchiere sul tappeto.

Succede un pandemonio.

Nicky perde la testa.

Completamente.

Grida: «Stupido!». Michael resta lì seduto in una pozza di limonata, paralizzato. Natalie scoppia in una risata isterica. Nicky fa un altro strillo, alza una mano e la bambina tace.

La madre urla: «*La soluzione!*» e Jack ci mette qualche secondo a capire che non si tratta di una specie di esortazione morale, ma di uno smacchiatore con quel nome. Lei e Nicky corrono in cucina, urlandosi ordini come se bruciasse la casa, pensa Jack. Poi si pente di aver formulato quel pensiero.

Michael si alza, si avvicina a una delle poltrone bianche, si appoggia allo schienale e comincia a singhiozzare.

Jack non sa bene cosa fare, poi posa le sue carte e si avvicina al bambino.

Lo prende in braccio e lo tiene stretto.

Michael singhiozza contro il suo petto e si stringe a lui.

«La prossima volta» dice Jack, «chiedi del succo d'uva.»

Natalie alza gli occhi verso di lui. «Papà dice che la mamma è... tutta bruciata...»

Con una voce cantilenante.

Tutta bruciata.

23

Hector Ruiz l'ha già fatto una ventina di volte, perciò è tranquillo.

Un altro giorno in ufficio.

Guida un furgone Aerostar con sei passeggeri. Seguono Martin su per la rampa che da Grand Avenue immette sulla 110. Guarda nel retrovisore. Octavio è dietro di lui, proprio dove dovrebbe essere, su una Skylark dell'89 color cacca. Octavio è l'elemento cruciale, stavolta.

Se combina un casino, le cose possono mettersi molto male.

Ma Octavio non fa casini.

È un tipo *serio*.

E lo è anche Jimmy Dansky, che per essere un americano è abbastanza affidabile.

Dansky dovrebbe viaggiare in direzione Sud nella corsia destra della 110, in una Camaro nera del '95. Dansky è un ottimo guidatore, il che è un bene perché in questo tipo di cose i tempi sono cruciali.

Hector controlla il tachimetro e scende sotto i cinquanta all'ora.

Vede Martin accelerare con la sua Toyota Corolla per immettersi sulla statale. Proprio mentre la Camaro di Dansky sterza a destra sulla rampa.

Dansky pesta sul clacson.

Martin pesta sul freno.

Hector inchioda, sterza e tocca appena il paraurti posteriore di Martin.

Guarda nello specchietto ed ecco che arriva Octavio.

Stridore di freni.

E... *bam*!

Octavio è davvero bravo.

È l'unico con il quale Hector vuole giocare a questo gioco, perché lo fa sembrare il Big Bang, mentre in realtà l'urto avviene a neanche dieci miglia all'ora. La traccia della frenata sembra quella di un aereo in atterraggio, ma l'impatto è minimo.

Ne ho prese di più forti, pensa Hector.

Ciò nonostante, le due auto sono ridotte male, perché Octavio ed Hector hanno dato un bel po' di colpi ai paraurti, in garage, prima di rimontarli. Ovviamente, le macchie di vernice e tutto corrispondono. Ma del resto, sono dei professionisti.

Hector si volta e grida a quelli nel retro: «Comincia lo spettacolo!».

Hector scende e comincia a urlare in spagnolo a Octavio, il quale risponde a tono. Dentro il furgone, intanto, sei tizi del Sinaloa gemono in coro: «Ah, il collo. Ah, la schiena. Ah, il collo».

Il medico diagnosticherà danni ai tessuti molli e li terrà in cura per *mesi*. Gli prenoterà cicli di fisioterapia e ultrasuoni e massaggi e chiroterapia e tutta quella roba che esiste solo sulla carta.

Hector grida a Octavio: «Sarà meglio che lei sia assicurato!».

«Certo che sono assicurato!» strilla Octavio di rimando.

«Con quale compagnia?»

Octavio tira fuori la carta dell'assicurazione. È come una carta di credito American Express, ma molto meglio, perché non devi pagare il conto.

«California Fire and Life!» grida Octavio.

Come hanno già fatto insieme almeno una ventina di volte.

Solo un'altra giornata in ufficio.

24

La mamma è tutta bruciata.

Jack è così sconvolto che non sa cosa fare con il volante dell'auto.

Il quadro della morte di Pamela Vale lo ha colpito in faccia. Il matrimonio fallito, i figli dalla nonna in quella casa da incubo. Una giovane donna si attacca alla bottiglia di vodka, accende una sigaretta, e precipita in un oblio più lungo di quel che voleva.

Una brutta cosa, certo. Ma Pamela Vale non è certo l'unica a essere morta oggi.

Allora perché mi importa tanto?

È solo tutta la situazione nel suo insieme, decide. Pamela ubriaca che brucia nella stanza da letto di casa sua, Bentley che in dieci minuti sposa la teoria dell'incidente, il marito addolorato che si precipita a telefonare chiedendo i suoi soldi, la Madre Infernale bloccata allo stadio di ritenzione anale che chiede un sacco di soldi al figlio vedovo e ai nipotini orfani per ospitarli.

E i bambini, con la madre alcolizzata e il padre che dà forma alle nuvole e la nonna amichevole come una sbarra d'acciaio, e quella frase: «Papà dice che la mamma è tutta bruciata».

E ancora c'è quella cosa, quella sensazione, quel sospetto, quella paranoia, quella cosa... malata, che cova nel suo cervello cinico. Il vetro con la fuliggine grassa, il cane fuori, le fiamme rosso sangue, il fumo nero...

«Papà dice che la mamma è tutta bruciata.»

«Mi chiami Nicky.»

Ti chiamo pazzo maniaco, altroché.

Dire ai tuoi figli una cosa del genere.

Sii sincero, si dice Jack. Il motivo principale per cui non ti piace Nicky è perché è un immobiliarista. Uno di quei classici imbroglioni che negli anni Ottanta hanno riempito di merda la costa sud. Disboscando le colline, spianando terreni, costruendo brutti complessi residenziali con materiali scadenti.

Questa è la *tua* California, caro il mio "Mi Chiami Nicky". Ti sei inventato la tua California e hai rovinato la mia.

Ora Jack capisce anche l'impegno di Nicky per Save the Strands. Un immobiliarista che si batte contro lo sviluppo immobiliare. Ovvio, la casa dei Vale ha la vista sugli Strands. Il suo impegno è il classico: "Fatelo pure, ma non nel mio giardino". Ho la mia vista da un milione di dollari, non vi permetterò di rovinarmela. Ho la *mia* California.

Merda.

Come se io fossi diverso, pensa Jack.

Il problema non è Nicky Vale.

Il problema sono io.

La mia patetica, misera vita, che sostanzialmente consiste nel setacciare le ceneri delle vite altrui, cercando di rimettere insieme quel che resta. Come se fosse possibile.

Come se la cenere potesse tornare ciò che era prima di bruciare.

«Cristo, ma sentiti!» dice ad alta voce.

Sei patetico, ti compatisci, sei bruciato.

Cenere fredda.

Jack, l'asso degli incendi, è bruciato.

Questo *sì* che è divertente.

Il cellulare squilla.

«Non dovrei dirtelo» dice la voce.

Ma...

25

La voce lo riporta indietro nel tempo.

Ai giorni in cui, dopo la scuola antincendio, torna al dipartimento dello Sceriffo e lo assegnano alla Squadra Investigativa Incendi.

Jack farà strada, è una star in potenza.

Lavora come un pazzo, frequenta tutti i seminari possibili, ispeziona anche gli incendi che non sarebbero di sua competenza. Circola una battuta: i pompieri di Orange County non osano più neppure cuocere un hamburger sul barbecue, per paura che arrivi Jack Wade.

Jack ha tutto quello che vuole dalla vita, o così gli sembra.

Abita in una casa mobile a Capo Beach, oltre la Pacific Highway, così è a dieci minuti da Trestles, a dieci minuti da Dana Strands e a venti da Three Arch Bay, e se ha poco tempo gli basta attraversare la strada per surfare a Capo. Compra una Mustang del '66 che ha bisogno solo di una sistemata, la fa verniciare di giallo, mette uno stereo nuovo, monta un portapacchi per la tavola da surf, e via.

Un giorno si reca sul luogo di un attacco incendiario, e di fronte al centro ricreativo della comunità ebraica trova ad aspettarlo l'unica altra cosa che poteva volere dalla vita.

Letitia del Rio.

È *molto* difficile essere affascinanti con indosso una divisa del dipartimento dello Sceriffo di Orange County, ma Letty ci riesce benissimo. Capelli neri un paio di centimetri più lunghi di quanto consentito dal regolamento, pelle di un marrone dorato, occhi scuri in un viso bellissimo, un corpo che è puro sesso.

«Non dovrebbe essere un caso difficile per te» dice a Jack appena lo vede avvicinarsi. Indica con un cenno del capo uno skinhead che gli infermieri stanno caricando sull'ambulanza. «Adolf junior, lì, ha preparato un cocktail Molotov e si è dato fuoco.»

«Credono che sia il liquido» dice Jack, «non i fumi.»

«Perché a scuola dormono.»

Jack scuote la testa. «No, è perché sono dei cretini.»

«Già. Non hai tutti i torti.»

Due minuti dopo, Jack la sta invitando a uscire.

«Cosa hai detto?» chiede lei.

«Credo di averti chiesto di venire a cena con me.»

«Credi? È un po' troppo poco.»

«Okay. Verresti fuori a cena con me?»

«Sì.»

Jack brucia tutti i risparmi in una cena al Ritz-Carlton.

«Stai cercando di impressionarmi?» chiede lei.

«Sì.»

«Bene. Mi piace che tu voglia impressionarmi.»

Al secondo appuntamento lei insiste per McDonald's e cinema.

Al terzo, gli cucina una cena messicana che è la cosa migliore che Jack abbia mai mangiato. E glielo dice.

«È una cosa genetica» risponde lei.

«I tuoi sono originari del Messico?»

Letty scoppia a ridere. «La mia famiglia viveva in California quando la California era ancora una colonia spagnola. Parli spagnolo, ragazzo bianco?»

«Un pochino.»

«Be', ora te ne insegno un altro pochino.»

Lo conduce in camera da letto, e Jack impara non solo un altro po' di spagnolo ma anche tutto il senso della vita, quando lei si toglie i jeans e si sbottona la camicetta bianca.

Sotto indossa reggiseno e mutandine nere e il suo sorriso dice che sa di essere sexy. Fissa il rigonfiamento nei pantaloni di Jack e dice: «Ti faccio arrapare, eh?».

«Sì.»

«Bene» dice lei. Sorride e aggiunge: «Quello che ho qui per te, baby...».

Non scherza.

Tutte quelle lezioni sul fuoco, pensa Jack. Ma non sai nulla di cos'è il fuoco finché Letty del Rio non ti salta addosso. Jack allunga una mano a toccarle un seno, ma lei gli afferra i polsi, lo spinge sul letto e lo tiene giù mentre gli monta sopra. L'attenzione di Jack è concentrata esattamente dove vuole lei. Il concetto è: dopo essere stato qui, non vorrai mai più essere altrove. Sei a casa, baby. E quando lui sta per venire, lei allunga una mano e glielo *arpeggia*. Più tardi gli dirà che è il suo numero della "chitarra messicana". E mentre Jack viene, lei gli sussurra all'orecchio delle sconcezze in spagnolo.

Letty non è solo bella e intelligente, è anche tosta, lavora duro ed è ambiziosa, e *capisce*. Per esempio, una volta stanno pomiciando sul divano della casa mobile, quando la radio li avvisa di un incendio in una casa galleggiante. E lei dice: «Vai pure», perché sa che finora Jack non si è mai occupato di un incendio su una barca. È così fantastica che Jack la trova ancora lì quando torna e lei lascia che le racconti ogni cosa.

Qualche volta vanno insieme al poligono di tiro, dove Letty lo batte invariabilmente, e poi lo sfotte per tutta la cena, dicendogli che come penitenza per aver perso dovrà fare qualsiasi cosa lei voglia, quando arriveranno a casa.

«*Qualsiasi* cosa» ripete, accarezzandogli l'uccello con il piede. Poi comincia a mormorargli *en español* quello che vuole che le faccia, e quando lui chiede cosa significa risponde: «Tu mettiti al lavoro, poi ti guido io».

È così fantastica che lo accompagna in Messico e dorme sul cassone del pick-up che Jack prende in prestito dal padre, e quando tornano dice: «Tesoro, è stato bellissimo. Ma la prossima volta andiamo in albergo».

Di lì a poco passano insieme tutto il tempo libero. Vanno in spiaggia, al cinema, a ballare. Fanno l'amore e parlano di lavoro. Parlano anche di matrimonio e di avere dei bambini.

«Ne voglio due» dice lei.

«Solo due?»

«Cosa? Perché sono messicana credi che ne voglia dieci? Sono una messicana *moderna*. Leggo *Cosmo*, leggo *Effe*, faccio i pompini. Due bambini e basta. Tu potresti collaborare.»

«No, io sono uno di quegli anglosassoni vecchio stile. Prima mi devi sposare.»

«Forse» risponde Letty. «Ma se vuoi farmi una proposta seria, voglio la cena, i fiori...»

Jack comincia a mettere da parte i soldi per l'anello.

Ora ha una casa, una macchina, una donna.

E un lavoro che ama.

Si sveglia e va a dormire al suono dell'oceano, a volte addolcito dal suono del respiro di Letty.

Poi un giorno va a fuoco l'Atlas, il magazzino di tappeti di Kazzy Azmekian.

È un incendio spaventoso, così lo assegnano a due investigatori.

Jack e un altro con più esperienza.

Brian Bentley.

26

L'incendio al magazzino Atlas è doloso.

Durante l'ispezione Jack trova un mucchio di stracci accanto a un termoconvettore elettrico, ma sente anche puzza di benzina, una puzza così forte che ci si potrebbe attraversare tutto il New Jersey con il serbatoio vuoto.

Il guardiano notturno, un povero vecchio che lavora per una società di vigilanza di quart'ordine, è a un passo dalla pensione ma ci lascia le penne. Probabilmente dorme, e naturalmente i rilevatori di fumo sono stati disattivati, così muore soffocato dai fumi.

Incendio doloso e omicidio, forse di secondo grado ma sempre omicidio. Quindi Jack vuole *assolutamente* prendere l'incendiario.

Sta effettuando l'ispezione con Bentley, quando si avvicina un vecchio gentiluomo messicano. Dice di aver sentito che un uomo è morto, e vuole fare la cosa giusta.

Jack resta a bocca aperta dalla sorpresa.

Sono all'interno di un edificio bruciato che è come una specie di buco nero, e quell'uomo sembra un fantasma. Completo bianco, camicia bianca e cravatta annodata con cura. Si è vestito bene per venire a parlare con la polizia, pensa. Deve considerarla una cosa importante.

«Mi chiamo Porfirio Guzman» dice il vecchio. «Ho visto cosa è successo.»

Il signor Guzman abita nell'edificio di fronte. Sente un

rumore alle tre di notte, si affaccia alla finestra e vede un uomo che esce dal magazzino, getta alcune latte di benzina nel bagagliaio dell'auto e si allontana.

«Riuscirebbe a descriverlo?» chiede Jack.

Guzman lo ha visto bene. E ha persino preso nota del numero di targa.

«Ho visto quelle latte di benzina» spiega, «e un attimo dopo ho visto le fiamme.»

Il signor Guzman ha sessantasei anni. Per pagarsi l'affitto fa il bigliettaio in un cinema dei dintorni. Voce tranquilla, aspetto distinto. Un vero gentleman.

«Sarebbe disposto a testimoniare al riguardo?» gli chiede Jack.

Guzman lo guarda come se avesse fatto una domanda assurda.

«Certo» risponde. «Ovviamente.»

Sarà un testimone coi fiocchi.

Solo che quando Jack e Bentley gli mostrano le foto segnaletiche, Guzman riconosce Teddy Kuhl. Teddy è il capo di una banda di motociclisti bianchi, che ogni tanto fanno qualche lavoretto per il tipo di uomini d'affari che possiedono posti di merda come l'Atlas. Recupero crediti, estorsioni, atti vandalici, riscossione di tangenti, incendi e omicidi.

Appena il signor Guzman indica la foto di Teddy e annuisce, Jack capisce che Kazzy Azmekian ha fatto appiccare il fuoco al suo magazzino. Ma sa anche di avere un problema, perché se Guzman rilascia una dichiarazione giurata o si presenta come testimone, è un uomo morto.

Poco ma sicuro.

«Non possiamo lasciarlo testimoniare» dice a Bentley.

«Allora non possiamo sostenere che l'incendio sia doloso.»

Hanno un incendio doloso, ma non l'incendiario.

«Se testimonia muore» dice Jack.

Bentley fa spallucce.

Jack continua a pensarci mentre vanno a beccare Teddy. Non è difficile trovarlo. Se non è in giro a commettere qualche orribile misfatto, Teddy è seduto sul terzo sgabello del Cook's Corner di Modjeska Canyon, intento a progettare il prossimo orribile misfatto o a festeggiare qualche orribile misfatto appena commesso. Strada facendo, Jack pensa al da farsi, e ci pensa anche mentre lo tira giù dallo sgabello, lo ammanetta e lo porta alla stazione di polizia. Quando lo sbattono nella stanza degli interrogatori, Jack ha capito cosa fare.

Deve ottenere una confessione.

Prende una tazza di caffè e va a lavorarselo un po'.

Teddy è un vero stronzo, e ne ha tutto l'aspetto. Lunghi capelli biondi un po' radi sul davanti. Maglietta viola senza maniche per mostrare i bicipiti. Tatuaggi assortiti, tra cui uno con un orsacchiotto in evidente stato di eccitazione sessuale. Ha anche un tatuaggio sulle dita, di quelli che si fanno in prigione. Quando intreccia le mani, si legge: L-E-T-S-L-O-V-E. Vogliamoci bene.

Jack accende il registratore e domanda: «La "u" del cognome si pronuncia come in "culo" o come in "mulo"?».

«Come in *cool*.»

«Ieri notte è bruciato un magazzino, Teddy "Cool".»

Teddy scrolla le spalle. «E io che *shentro*?»

Jack chiede: «Cosa hai detto?».

«Ho detto: e io che *shentro*?»

«Vuoi dire che *c'entro*? Hai un problema di pronuncia?»

«Può darsi.»

«Dov'eri ieri notte?»

«A che ora?»

«Verso le tre.»

«Stavo scopando tua madre.»

«Eri al magazzino Atlas.»

Teddy si fa attento. Capisce che se l'hanno beccato così in fretta i casi sono due: qualcuno ha fatto la spia, o c'è un testimone. Una spia può essere solo uno dei suoi. Se è un testimone...

«Tua madre scopa da far schifo, lo sai?» dice. «Come pompinara è un disastro. Ma immagino tu lo sappia già.»

«Eri in quel magazzino.»

«Tua sorella, invece...»

«Ti sei lasciato dietro una latta di benzina» lo interrompe Jack. «E sopra ci sono le tue impronte.»

Una volta, davanti a quella stessa accusa, un giovane dilettante aveva reagito strillando: «Stronzate! Avevo i guanti!».

Teddy non cade nel tranello.

«Non sono stato io» dice.

«Non fare il cretino» risponde Jack. «Ormai sei fregato. Perché vuoi andare in galera al posto di Kazzy Azmekian? Lui di certo non lo farebbe per te. Dacci Azmekian, e otterrai come minimo uno sconto di pena.»

Interviene Bentley. «Theodore, hai un sacco di precedenti. Se non fai qualcosa per tirartene fuori, ti becchi dieci o dodici anni.»

«Se invece rilasci una dichiarazione scritta» dice Jack, «e lo fai subito...»

Teddy solleva il dito medio, se lo mette in bocca, poi lo mostra a Jack.

In corridoio, Jack dice a Bentley: «Dobbiamo ottenere una confessione. Non possiamo lasciar testimoniare Guzman».

«Guzman sapeva in che guaio si stava mettendo.»

«Teddy lo farà uccidere.»

«Non ho intenzione di lasciar perdere» dice Bentley. «È un incendio doloso con omicidio.»

Jack scuote la testa. «Se non otteniamo una dichiarazione scritta da Teddy, lasciamo perdere.»

Bentley fissa a lungo il pavimento. «Fa' come credi» dice alla fine.

L'uso della seconda persona singolare non sfugge a Jack. «Ma siamo insieme o no?»

Si fissano mentre Bentley ci pensa su, poi dice: «Sì».

Tornano nella stanza. Bentley resta in piedi in un angolo, mentre Jack si siede di fronte a Teddy. Accende il registratore e dice: «Se non sai scrivere, puoi rilasciare una dichiarazione registrata».

Teddy si china sul tavolo, avvicina la faccia alla sua e lo fissa negli occhi.

«Non avete nessuna latta di benzina» dice. «Niente impronte digitali. Avete un pidocchioso testimone. E prima che si arrivi al processo... Be', a volte ai buoni succedono cose cattive, anche quando non *shentrano*.»

Jack spegne il registratore, si toglie la giacca e la appende allo schienale della sedia.

Jack è alto un metro e novanta, ed è pieno di muscoli. Si mette alle spalle di Teddy e grida: «Teddy *Coooool*!». Poi lo colpisce alle orecchie con i palmi delle mani a coppa.

Teddy urla e si accascia sulla sedia, tenendosi la testa. Jack lo solleva e lo scaglia contro il muro. Poi lo riprende e lo scaglia contro il muro di fronte. Ripete il trattamento tre o quattro volte, poi lo lascia cadere a terra.

«Hai appiccato tu l'incendio, Teddy.»

«No.»

Jack lo tira su per il bavero e gli pianta una ginocchiata nel petto. Teddy lancia un grugnito di dolore che fa star male persino Jack. «Fa' il tuo lavoro, e fallo bene», diceva suo padre. Perciò Jack dà altre due ginocchiate a Teddy, poi gli sbatte la testa contro il pavimento.

Si tira indietro e Teddy si rannicchia in posizione fetale.

«Non ti dispiace» dice Jack, «quando ai buoni succedono cose cattive?»

«Tu sei pazzo» geme Teddy.

«È meglio se non te lo dimentichi» risponde Jack. «Ora confessi o devo ricominciare?»

«Voglio un avvocato.»

Jack sa che non c'è tempo da perdere. Se gli lascia chiamare un avvocato, quello scopre che Teddy rischia un'accusa di omicidio, e fine della storia: Teddy non confesserà mai.

«Hai detto qualcosa?» chiede Jack. «Cazzo come inciampi. Cadi dappertutto. Sei fatto di PCP, Teddy? O hai messo le mani su delle anfetamine scadenti?»

Poi lo calpesta con forza, quattro volte.

Teddy si rannicchia di nuovo.

«Avanti» dice Jack. «È un incendio doloso. Ti danno otto anni, ne sconti al massimo tre. Cosa sono tre anni per uno come te?»

Teddy geme e ansima sul pavimento.

Bentley dà loro le spalle, girato di faccia verso l'angolo.

«O vuoi che ricominciamo, Teddy? Guarda che stavolta ti faccio male *sul serio*. Peso quasi cento chili. Se faccio un salto e atterro sulla tua schiena...»

«Forse ho appiccato io il fuoco.»

«Forse?»

«Sono stato io» dice Teddy. «Azmekian mi ha pagato per farlo, e lo dirò in tribunale.»

Jack si sente come se il peso del mondo gli fosse scivolato dalle spalle. Porta tra le braccia la vita di Guzman, e non vuole lasciarla cadere.

Dieci secondi dopo, Teddy è seduto al tavolo e scrive come un pazzo. Confessa tutto. Quando ha finito, Bentley gli dice: «Un uomo è morto in quell'incendio, brutto stronzo. Hai appena firmato la tua condanna per omicidio».

Poi scoppia a ridere come un matto.

Jack è in corridoio, sente Bentley che sghignazza e Teddy che grida: «Bastardi figli di puttana! Mi avete mentito!».

Tuttavia, a quel punto non ha via d'uscita e decide di fottere Azmekian del tutto. Confessa anche altri incendi su commissione, e un sacco di altre cose. Scava come una talpa, nella speranza di allontanarsi il più possibile da quel cadavere nel magazzino.

Jack nel frattempo è in bagno a vomitare.

Non aveva mai fatto una cosa del genere, prima.

A fine giornata, va a trovare suo padre e surfano fino a notte. Poi chiama Letty e le dice che quella notte preferisce stare da solo.

27

La storia di Jack Wade, parte terza.

Jack è in tribunale, testimonia al processo contro Azmekian.

Ascolta le domande del procuratore distrettuale, si volta verso la giuria e dice: «Il modus operandi dell'incendio corrisponde a quello di diversi incendiari conosciuti dalla giustizia, tra cui il signor Kuhl. Abbiamo interrogato il signor Kuhl, mettendolo a confronto con le prove che avevamo contro di lui, e l'imputato ha rilasciato una dichiarazione scritta, confessando l'incendio e implicando una responsabilità del signor Azmekian».

«Quali prove?»

Jack annuisce. «Il signor Kuhl ha lasciato sul posto una latta di benzina, sulla quale abbiamo trovato le sue impronte digitali.»

La giuria sembra bere le sue parole.

«Il signor Kuhl è stato sottoposto a pressioni di qualche tipo per convincerlo a firmare la dichiarazione?»

«No.»

L'accusa chiama Kuhl, il quale ha il tipico aspetto del criminale in divisa arancione da carcerato. Infatti è in custodia preventiva, e sta aspettando il processo. Se non fa la cosa giusta riguardo ad Azmekian, dovrà rispondere dell'omicidio del guardiano. Superano in fretta i preliminari, poi il procuratore getta sul piatto la domanda principale.

«È stato lei ad appiccare il fuoco al magazzino Atlas?»

«No.»

Billy Hayes è tra il pubblico e per poco non si strozza, perché la California Fire and Life ha negato il rimborso ad Azmekian sulla base delle dichiarazioni di Teddy Kuhl. Ovviamente Azmekian li ha citati in giudizio, e fra tre mesi si discuterà la causa civile. Se Azmekian si presenterà in tribunale con le manette ai polsi, la vittoria è assicurata.

Anche il procuratore distrettuale è scosso. Deglutisce e fa una domanda che sarà l'intrattenimento preferito dei pendolari di Orange County per le settimane a venire.

«*Non è stato lei?*»

«No.»

Il procuratore torna al suo tavolo e comincia a frugare tra le carte. Trova la dichiarazione di Kuhl e comincia a leggerla ad alta voce. Poi chiede: «Non ha scritto lei questa dichiarazione, attestandone la veridicità sotto giuramento?».

«Sì» risponde Kuhl. Fa una pausa di sicuro effetto drammatico, poi aggiunge: «Ma ho mentito».

Jack comincia ad avere una brutta visione.

La sua carriera che finisce dritta nel cesso.

Il procuratore gracchia: «Non ci sono altre domande».

Ma l'avvocato di Azmekian ne ha qualcuna in serbo.

«Signor Kuhl, lei ha appena affermato che la sua dichiarazione era menzognera».

«Esatto».

«Come mai ha mentito?»

Kuhl rivolge un ghigno a Jack e dice: «Perché il vicesceriffo Wade mi ha picchiato a sangue».

Aggiunge in tono gaio che Wade lo aveva minacciato di fargli ancora più male, se non avesse denunciato Azmekian. E che lui avrebbe detto qualsiasi cosa, pur di essere risparmiato. In realtà, spiega, non conosce neppure il signor Azmekian. Nossignore, mai visto prima d'ora.

Jack osserva la performance e si chiede chi abbia potuto

spaventare tanto Kuhl da indurlo a rinnegare la sua dichiarazione e a rischiare una condanna per omicidio.

Poi l'avvocato chiede: «Riconosce il signor Wade in quest'aula?».

«Certo» risponde Kuhl. «Quel succhiacazzi è seduto proprio lì.»

Com'era prevedibile, si scatena l'inferno.

Il giudice picchia il martelletto sul tavolo, l'avvocato difensore chiede l'assoluzione piena per il suo cliente, il procuratore distrettuale chiede l'arresto immediato di Kuhl per spergiuro, la difesa chiede l'arresto immediato di Jack per lo stesso motivo, il commesso del tribunale si china su Kuhl e mormora che se dice ancora una parola come "succhiacazzi", nel furgone di ritorno in carcere gliene farà passare la voglia, la difesa presenta una mozione di annullamento del processo, l'accusa presenta una mozione identica, il giudice dichiara che non ci sarà nessun annullamento, e finalmente manda via la giuria e tiene un'udienza a porte chiuse in cui Jack è la star.

Il giudice della Corte Superiore Dennis Mallon è incazzato nero.

Ha l'oscuro sospetto che qualcuno lo stia prendendo per il culo, e che quel qualcuno possa essere Jack Wade. Perciò lo chiama al suo cospetto, gli rammenta che si trova sotto giuramento e gli chiede, in tono niente affatto amichevole: «Vicesceriffo, ha davvero *costretto* il testimone a firmare questa dichiarazione?».

Il problema di Jack, cioè, uno dei suoi molti problemi in quel momento, è che non ha il tempo di pensare con chiarezza. Se avesse più esperienza si avvarrebbe del Quinto Emendamento, il che porterebbe all'annullamento del processo ma con tutta probabilità gli salverebbe il culo. Jack tuttavia non segue quella linea di pensiero. È preoccupato soprattutto di proteggere il suo testimone. Pensa anche che si tratta della parola di un Noto Criminale e Feccia del Mondo contro la sua e quella di Bentley. Insomma, due poliziotti contro un tizio che si è tatuato sul braccio un orsacchiotto con il cazzo duro. Così decide di andare sino in fondo.

«No, vostro onore.»

«C'è una *qualsiasi* verità in quello che ha detto Kuhl?»

«Nessuna, vostro onore.»

Il giudice Mallon aggrotta la fronte. L'avvocato difensore chiede il permesso di avvicinarsi. Pubblica accusa, difesa e giudice bisbigliano e sussurrano. Jack non riesce a sentire nemmeno una parola, e quando finiscono di fare capannello è l'avvocato difensore a fare le domande: «Vicesceriffo Wade, come mai ha iniziato a sospettare del mio cliente?».

«Il suo modus operandi corrispondeva con quello usato per l'incendio.»

«Questo non è vero, dico bene?»

«Invece è vero.»

«Ha detto di avere una latta di benzina con le impronte digitali di Kuhl. È questa la sua testimonianza?»

«Sì.»

«E risponde alla realtà?»

«Sì.»

Il che da un certo punto di vista è vero, perché Jack e Bentley hanno preso una latta di benzina, ci hanno premuto sopra la mano di Teddy, l'hanno portata sul luogo dell'incendio e infine l'hanno "trovata".

«Si tratta di prove piazzate ad arte da lei?»

«No.»

«Ha picchiato il signor Kuhl per costringerlo a rilasciare quella cosiddetta confessione?»

«No.»

Jack continua con la linea dura.

Billy Hayes osserva tutto e pensa che il vicesceriffo Wade è uno con le palle.

Il giudice Mallon congeda Jack ma gli ingiunge di non lasciare l'aula. Jack va a sedersi, zuppo di sudore, mentre intorno al giudice i due avvocati ricominciano a bisbigliare.

Il commesso fa una telefonata, e venti minuti dopo arriva Brian Bentley.

Passa accanto a Jack senza rivolgergli neppure un'occhiata. Ha la giacca *inzuppata* di sudore.

Presta giuramento, si avvicina al banco, il giudice gli chiede come è stata ottenuta la confessione di Theodore Kuhl, e Bentley dice che Jack Wade l'ha ottenuta a forza di botte.

Bentley suda come se fosse in una sauna e parla senza fermarsi. Racconta che Jack Wade gli ha chiesto di lasciare la stanza, e al suo ritorno l'ha trovato che saltava sulla schiena di Kuhl, minacciandolo di fargli ancora più male se non confessava. Allora aveva impedito a Wade di continuare il pestaggio, e aveva spiegato al sospetto che c'era un testimone oculare...

No, no, no! pensa Jack.

... il quale l'avrebbe inchiodato comunque. Per questo motivo Kuhl alla fine aveva scritto la sua confessione. Jack l'aveva costretto a premere la mano sulla latta di benzina e aveva poi finto di trovare la "prova" sulla scena del crimine. Anche se era perfettamente inutile, perché avevano davvero un testimone oculare...

«Voglio che sia convocato il testimone» dice il giudice Mallon all'accusa.

No, no, no, no.

«Certo, vostro onore.»

«Come si chiama il testimone, vicesceriffo Bentley?»

«Si chiama Porfirio...»

Jack si alza in piedi e grida: «*No!*».

«... Guzman.»

Jack vorrebbe correre fuori e arrivare da Guzman per primo, ma non può perché il giudice lo fa arrestare per falsa testimonianza e spergiuro. Teddy lo guarda e sogghigna. Azmekian sorride a Billy Hayes, il quale cerca di calcolare a mente quanti milioni dovrà spendere per sistemare la faccenda. Bentley, sul banco dei testimoni, si asciuga la fronte con il fazzoletto, tira fuori il suo bloc-notes e recita l'indirizzo di Guzman.

Lo fa davanti a Dio, al giudice e all'avvocato difensore. E quando gli sceriffi vanno a prendere Guzman... Sorpresa. L'anziano signore è scomparso.

Sparito dalla faccia della terra.

Jack continua a sperare che si trovi da qualche parte in Messico, in un bel paesino sulla costa, e stia bevendo birra gelata al suono di dolci *canciones*. Ma è molto più probabile che sia stato ucciso e fatto sparire dagli uomini di Teddy.

Ed è colpa mia, pensa Jack.

Non ho fatto il lavoro.

Non l'ho fatto bene.

E quel brav'uomo è stato ucciso.

Teddy Kuhl viene assolto, Kazzy Azmekian incassa due milioni di dollari dalla California Fire and Life, Jack si dichiara colpevole di spergiuro e se la cava con la libertà sulla parola e il licenziamento immediato dal dipartimento dello Sceriffo.

Jack assiste a tutto quanto senza dire nulla. Non denuncia la complicità di Brian Bentley, non si difende, non offre spiegazioni. Prende quello che gli danno e se ne va.

La cosa peggiore è che non riesce più a trovare lavoro.

28

Qualsiasi lavoro.

È un criminale spergiuro. Un poliziotto corrotto, brutale. E con simili referenze, non trova un posto nemmeno per servire patatine fritte in un fast food. Suo padre è in pensione, quindi è una possibilità da escludere, poi qualche mese dopo suo padre muore mentre è a pesca al largo di Catalina, e Jack si chiude in se stesso e nella sua casa mobile vicino a Capo Beach, beve birra a colazione, fa surf e dopo qualche mese smette di fare anche quello.

Letty vuole restargli accanto. Letty è *presente*, non va da nessuna parte. Quella ragazza è oro puro al cento per cento, è una che fa ciò che dice. Sarebbe persino disposta a sposarlo, ad avere dei figli, a costruire una famiglia. Glielo dice e lui la guarda come fosse uscita da un manicomio, poi le dice: «Ma che, hai bevuto?».

Lei sembra sul punto di ribattere: *No, idiota, quello sbronzo sei tu*, ma si controlla: «Credevo volessi sposarti».

Lui ride. «Ma se non ho neanche un lavoro!»

«Ce l'ho io.»

«Manderai avanti tu la famiglia?»

«Certo» dice lei, «finché non troverai qualcosa.»

«Non c'è niente da trovare.»

«Non mi sembra tu ti stia sbattendo molto a cercare. A meno che non ci siano offerte di lavoro in fondo alle lattine di Budweiser.»

«Si può sapere cosa vuoi da me?»

«Voglio che ci sposiamo» dice Letty. «Voglio costruirmi una vita con te. Voglio dei figli.»

«Non voglio mettere dei bambini in questo mondo di merda.»

«Jack, sei stato battuto. Hai perso un caso.»

«Ho perso *tutto*.»

«Non tutto.»

«A causa mia un uomo è stato ucciso!»

«Non *tutto*, Jack» insiste Letty.

«Come ti pare» si arrende lui. «Comunque, posso sapere cosa ci fai qui?»

«*Cosa ci faccio qui?*»

«Vattene, Letty.»

«Non voglio.»

«Ma lo voglio io.»

«No, invece» ribatte Letty. «Non mandarmi via, Jack. Sono troppo preziosa per essere gettata via.»

«Sei troppo preziosa per restare con me.»

«Non provarci neppure a piangerti addosso, cazzo. Se non volessi essere qui, credi che...»

«Cosa sei, sorda? Ti ho detto di andartene! Vattene! Sparisci! Fuori! *Píntale*!»

«Me ne vado.»

È la prima volta che le dice una parola in spagnolo, ed è "smamma".

«Me ne vado» ripete lei.

«Bene.»

«Sì, bene.»

Letty si richiude la porta alle spalle.

Due mesi dopo il sussidio di disoccupazione di Jack è quasi finito, e Billy Hayes va alla casa mobile di Jack, entra e lo trova stravaccato sul divano a bere birra e a guardare una partita dei Dodgers alla tv. Jack lo riconosce, si ricorda di lui: è il tizio dell'assicurazione che ha messo nei guai. Gli chiede: «Sei qui per rompermi il cazzo?».

Billy risponde: «No, sono qui per offrirti un lavoro, porca puttana».

Jack lo fissa a lungo, poi dice: «Signor Hayes, quel che dicono di me è tutto vero».

«Hai esperienza nell'edilizia» riprende Billy. «Hai già frequentato la scuola antincendi, e questo mi farà risparmiare un po' di soldi. Credo di poter fare di te un buon liquidatore. Di fatto, si tratta di ridare un tetto a della gente. Lo vuoi o no questo lavoro?»

«Sì.»

«Allora ci vediamo domattina alle sette. E lascia a casa la birra.»

«Ci può contare.»

«... A meno che non ne porti una anche per me.»

Così Jack finisce a lavorare per la California Fire and Life.

Dodici anni dopo è seduto in auto, davanti alla casa della madre di Nicky Vale, e riceve una telefonata dal passato.

29

Nei polmoni di Pamela Vale non c'è traccia di fumo.

Ecco cosa sussurra la donna al telefono.

«Non dovrei dirtelo, ma è giusto che *qualcuno* lo sappia. L'autopsia non ha rilevato tracce di fumo nei polmoni.»

30

Il dottor Winston Ng è felicissimo di vedere Jack.

«Sparisci» è la prima cosa che gli dice quando lo vede comparire sulla soglia del suo ufficio. Ng si è appena concesso un attimo di pausa per sedersi e bere una tazza di caffè vecchio e rancido e non vuole essere seccato. E Jack Wade è una seccatura.

«Stamattina hai fatto l'autopsia alla vittima di un incendio» esordisce Jack. «La signora Pamela Vale?»

«Ma davvero?»

«Non aveva tracce di fumo nei polmoni.»

«E *tu* con chi hai parlato?»

Non lo so, pensa Jack, e chiede: «Hai fatto il test sul monossido di carbonio?».

Ng annuisce. «Ho verificato il livello di carbossiemoglobina nel sangue.»

Il monossido di carbonio adora i globuli rossi. Entra nel sangue, cerca i globuli rossi e va dritto da loro. Nei globuli rossi di una persona morta per asfissia da monossido di carbonio è normale trovare, per esempio, una quantità di CO duecento volte superiore a quella di ossigeno.

«Qual era il livello di saturazione?» chiede Jack.

«Meno del nove per cento.»

È un valore trascurabile, Jack lo sa bene. Un corpo carbonizzato assorbe piccole quantità di monossido di carbonio attraverso la pelle.

«Livor mortis?»

«Blu-nero.»

«Avrebbe dovuto essere rosso acceso» dice Jack. Il monossido di carbonio colora il sangue di rosso acceso. «Vesciche?»

«Qualcuna» risponde Ng. «Piccole, piene d'aria.»

Jack annuisce. È ciò che ci si aspetterebbe di trovare su un corpo morto prima dell'incendio. Altrimenti le vesciche sarebbero più grandi e piene di liquido.

«Aloni?»

«Nessuno.»

Stesso discorso. Un corpo vivo tra le fiamme mostra degli aloni infiammati intorno alle vesciche. Un corpo morto no.

«Era già morta al momento dell'incendio» conclude Jack.

Ng versa una seconda tazza di caffè, per Jack. Gli porge il bicchiere di polistirolo e dice: «Già, altrimenti non saresti qui a rompermi le palle».

«Non ti sto rompendo le palle.»

«Sì, invece.» Ng si lascia cadere sulla sua vecchia sedia di legno. Apre un cassetto della scrivania di metallo grigio ed estrae una cartelletta. La butta sulla scrivania e dice: «Tu non hai visto niente».

Jack apre la busta di carta marrone e per poco non vomita.

Sono foto di Pamela Vale.

Di *mezza* Pamela Vale.

Le gambe sono praticamente consumate. Si vedono le tibie. Le braccia sono piegate e sollevate verso l'alto, le dita strette ad artiglio, come se cercasse di proteggersi. Il volto è intatto, gli occhi viola sbarrati.

Jack viene colto da conati di vomito.

«Ehi» dice Ng. «Se vieni qui a rompermi le palle, io ti rispondo per le rime.»

«Merda» commenta Jack.

«L'hai detto. Secondo te come mai solo metà del corpo è intatto?»

«Si vedono le tibie» dice Jack. Occorrono da venticinque a trentacinque minuti alla temperatura di 650 gradi centigradi, affinché un normale incendio bruci la carne fino a esporre le tibie. Quel fuoco, però, non è bruciato così a lungo. In ogni modo, Jack risponde: «Effetto *fall-down*, probabilmente. Si è protetta il torso e la faccia dalle fiamme».

«Una ragazza fortunata.»

Jack si costringe a guardare di nuovo le foto e dice: «Posa da pugile».

Non c'entra con lo sport. Quando un corpo umano viene esposto a un calore molto intenso, i muscoli degli arti, inferiori e superiori, si contraggono, e le braccia si sollevano nella classica guardia del pugile. Se il rigor mortis fosse già subentrato, questo non sarebbe successo.

«Rigor?»

«No.»

«Niente fumo nei polmoni, niente macchie intorno alla bocca, basso livello di ossido di carbonio e posa da pugile» riassume Jack.

«È morta prima dell'incendio, ma non molto prima.»

«A faccia in su o a faccia in giù?»

«In su.»

La maggior parte della gente che muore *a causa* di un incendio viene trovata con il viso rivolto in basso. Non è una situazione in cui si rimane stesi sulla schiena ad aspettare che tutto finisca.

«E questa sarebbe una morte accidentale?»

«Così dice il rapporto. E i poliziotti non raccontano balle.»

«Aveva dell'alcol nel sangue.»

«Già.»

«Molto?»

«Diciamo che non avrebbe superato la prova del palloncino.»

«Abbastanza per svenire?»

«Difficile dirlo» rispose Ng. «Ho trovato anche tracce di barbiturici.»

«Quindi può essere che abbia bevuto, ingerito delle pillole e fumato. Poi sviene, la sigaretta infiamma l'alcol...»

«Mettiamo che sia svenuta» dice Ng. «Respirerebbe ancora. Inspirerebbe il fumo. No. Era già morta quando è scoppiato l'incendio.»

«E come è morta?»

Rimangono in silenzio per un lungo momento, poi Ng risponde: «Non ci sono lividi intorno alla gola, nessun segno di legacci, nessun trauma apparente alla trachea. Come dicono in tv, niente tracce di lotta. Volevo parlare con il marito della donna, ma il suo avvocato me l'ha proibito. I poliziotti fanno finta di niente. Dicono che si è trattato di un incendio accidentale e di una morte accidentale. Ora sai quel che so io».

«Non trovi strano che un tizio riceva una chiamata in cui gli dicono che la moglie è morta in un incendio e dieci minuti dopo questo tizio ha già un avvocato?» chiede Jack.

«Sono un medico legale, non analizzo il comportamento dei vivi» risponde Ng. «Sì, comunque, certo che lo trovo strano.»

«Attività sessuale?» domanda Jack.

«Quelle parti sono state consumate dal fuoco» risponde Ng. «Perché lo chiedi?»

«Un pazzo la stupra, poi appicca il fuoco.»

Ng fa spallucce. «Ho conservato dei campioni di sangue e di tessuto. Se vuoi, posso spedirli a uno specialista e sentire un parere sulla possibilità che sia stata soffocata.»

«Posso vedere il corpo?» chiede Jack.

«Non è più qui.»

«Di già?»

«Sì, ho firmato io» risponde Ng. Vede l'espressione sul volto di Jack e aggiunge: «Jack, cosa vuoi che faccia? Ho il rapporto di un ispettore sul quale c'è scritto che l'incendio è scoppiato per cause accidentali, perché la donna fumava a letto. Ho un campione di sangue con tracce di alcolici e barbiturici...».

«È morta *prima* che scoppiasse l'incendio.»

Ng annuisce. «Lascia cadere la sigaretta, perde conoscenza e va in overdose prima che si scatenino le fiamme. È possibile. Se stai cercando una ragione per non pagare l'indennizzo...»

«Fottiti, Winston.»

«Scusa. È stato un turno lungo e faticoso. Questa me la potevo risparmiare.»

«Già, che giornata. Allora...»

«Allora riferirò che si è trattato di un'overdose.»

Un incendio accidentale e una morte accidentale.

«Va bene, Winston. Volevo solo una spiegazione.»

«Non devi scusarti.»

«Come stanno i tuoi bambini?»

«Bene. Credo che saranno contenti di tornare a scuola. *Io* lo sarò sicuramente.»

«Elaine?»

«È molto occupata» risponde Ng. «Non la vedo quasi mai. È nella fase MST: Manca Solo la Tesi.»

«Portale i miei saluti.»

«Presenterò. Ehi, vuoi una battuta di pessimo gusto per concludere la giornata?»

«Come no.»

«La signora Vale sarà cremata.»

Gesù, pensa Jack.

Di nuovo?

31

Jack osserva Pamela Vale aggirarsi per la casa.

È piuttosto inquietante. È seduto in una sala video della California Fire and Life e sta guardando il video che gli ha dato Nicky.

Hanno dovuto raschiarla via dalle molle del letto.

E ora eccola di nuovo lì. Pamela Vale si aggira per la stessa stanza che adesso è piena di cenere nera e fredda. Dove Jack ha visto il suo sangue incrostato sulle molle fuse del letto. Ora Pamela guarda verso la telecamera e gli parla.

È strano, al limite del voyeurismo. Ha visto le foto di quel corpo nudo e carbonizzato fino ai femori. E ora lei è lì che cammina e gli parla.

«Giovane e molto bella.» È così che l'ha definita Nicky. E non scherzava, perché Pam Vale è... *era*... una giovane donna molto bella.

È perverso, pensa. Se non continuassi a ripeterti che quella donna è morta, finiresti per innamorarti di lei. Indossa un prendisole stampato che rivela molto del suo corpo. I capelli neri e lisci come raso incorniciano un volto dai lineamenti a forma di cuore, ma sono gli occhi che ti rapiscono.

Viola.

Hanno una sfumatura di colore che Jack non ha mai visto prima d'ora.

Catturano la telecamera. Catturano i *tuoi* occhi e non te li restituiscono più.

E la sua voce.

È sesso allo stato puro.

Anche mentre fa l'inventario dei mobili, guidata da Nicky. Lui regge la telecamera e le sussurra delle istruzioni. Ma quel che colpisce Jack non è la voce di Nicky che le dice cosa fare. È la voce *di lei* che descrive il televisore, il videoregistratore, i dipinti, le sculture, i mobili. Si immaginava che la voce di Pamela fosse acuta e stridente, la tipica voce da ex reginetta della spiaggia che ha fatto un bel matrimonio, e invece no. È la voce di una donna che è moglie e madre di due bambini, ed è consapevole della propria complicata situazione famigliare. È una voce che rivela una certa esperienza di vita. È più piena e profonda di come se la sarebbe aspettata. È la voce di una donna matura, ed è sesso allo stato puro.

Anche in questo video di Nicky, che potrebbe intitolarsi: *L'inventario delle mie cose, tra cui questo schianto di donna.*

Lei lo sa, che Nicky pensa questo. Glielo si legge negli occhi.

Ma lei è superiore.

Come fa?, si chiede Jack.

Forse le basta il ruolo di madre. O forse è solo fatta, anestetizzata in un piacevole torpore che le consente di arrivare indenne a fine giornata. Jack decide che è impossibile trovare una risposta a quella domanda e cerca di concentrarsi su quello che lei dice.

E sulla stanza.

Il video ha un valore inestimabile per lui, poiché mostra com'era la stanza prima dell'incendio.

Enorme, naturalmente, con alti soffitti spioventi. C'è una trave centrale da cui si diramano i travetti. Il pavimento è di pino lucido. La carta da parati è bianca, decorata con strisce dorate. Oltre le spesse tende rosse, si accede alla terrazza subito fuori dalla camera da letto. Specchi ovali in cornici dorate, insieme a dipinti di scene di caccia inglesi in cornici di noce, completano l'effetto.

Jack riavvolge la cassetta, prende un taccuino e guarda tutto daccapo, fermandosi spesso per annotare le parole di Pamela. Ha l'inventario di Nicky sulle gambe e cerca di far corrispondere gli oggetti descritti nel filmato con quelli elencati e con i prezzi.

Del prezioso mobilio di Nicky.

Lei si ferma accanto a un tavolo e lo indica con entrambe le mani, come mostrando i premi di una lotteria. Esortata da Nicky, dice: «Questo è uno scrittoio Giorgio III in legno di mogano, su piedistallo, realizzato nel 1775 circa. Presenta colonnine con scanalature agli angoli, e vanno rilevati gli insoliti piedi intagliati a spirale».

La videocamera scende per inquadrare quegli insoliti piedi intagliati a spirale.

Jack controlla l'inventario e trova lo scrittoio.

Valutato 34.000 dollari.

Pam continua: «Lo specchio sopra di esso è un *Kent* in legno dorato e intagliato, con una testa neoclassica dal retro a forma di conchiglia. Fu realizzato intorno al 1830».

Sembra di sentire Jackie Kennedy che conduce un tour guidato della Casa Bianca.

Lo specchio è valutato 28.000 dollari.

E avanti così.

«Questo tavolino risale al 1730 circa ed è chiaramente ispirato al Rinascimento italiano, come vediamo dal legno dorato inciso e dai motivi in gesso. Da notare anche, sulle gambe, la foglia di acanto incisa che strizza l'occhio al neoclassicismo.»

30.500 dollari.

«Queste sono due sedie in stile Giorgio I, dorate.»

25.000.

«Questo è un tavolinetto da carte Giorgio I.»

28.000.

«Ecco uno dei nostri più grandi tesori» dice Pamela. «Un raro trumeau a base bombata, laccato in rosso, del 1730 circa. I piedi sono a forma di zampa, artigliati e coperti di pelo.

Inoltre, gli angoli sono a forma di serpente con foglie di acanto affusolate. Un oggetto molto raro.»

Già, pensa Jack. Cinquantatremila dollari di rarità.

La videocamera si sofferma sul mobile, e Jack riconosce che è un vero capolavoro di artigianato. Sono tutti ottimi pezzi, realizzati con pregio e con cura.

Per durare nel tempo.

Il giro prosegue.

Un paio di poltrone Giorgio II, senza braccioli.

10.000.

Una sedia Hepplewhite del 1785 con le insegne del Principe di Galles.

14.000.

Una consolle Matthias Lock dorata in stile rococò.

18.000.

Jack segna annotazioni e prezzi, e anche ciò che dovrebbe trovare durante il sopralluogo.

Dovrebbe trovare, pensa, le maniglie degli armadietti. Forse qualche pezzo delle parti più grosse dei mobili in legno, come i piedi o le basi. Tra la massa di carbone dovrebbe essere rimasto qualche frammento intatto.

Torna a guardare la cassetta.

Mobili antichi anche in bagno.

Un tavolino da toeletta in stile Giorgio II. Un'occasione da ventimila dollari.

Un servomuto Giorgio III. Un gingillo da millecinquecento dollari.

La struttura che contorna i lavabi gemelli è realizzata in legno di noce per uniformarla al periodo. Costosi moduli piastrellati in finto marmo. Persino i porta asciugamani sono in legno di noce, a forma di foglie di acanto.

Poi si torna in camera da letto per il *pièce de résistance*.

Il letto.

Esagerato ai limiti dell'indecenza.

Definirlo un letto a baldacchino, pensa Jack, è come definire la Grande Muraglia cinese un recinto. Il letto ha quattro sostegni e ognuno di essi poggia su una base in legno di noce dorato con intarsi blu scuro. Le basi sostengono colonne di mogano dorato che salgono fino a piedistalli rettangolari in noce decorati con angeli. Questi piedistalli sono rivestiti con uno spesso tessuto di seta bianca ricamato con un blasone che, pensa Jack, doveva appartenere a un duca o a un nobile o a qualcosa del genere. Le quattro colonne reggono una struttura dalla quale scendono due strati di pesanti drappeggi dorati, molto vecchi e delicati. A giudicare dal video, dovevano esserci stati dei supporti sopra la struttura, poiché sopra il letto si trova una specie di cupola. La cupola è circondata da aquile dorate e sormontata da una torretta che sfiora il soffitto. I tendaggi del baldacchino sono legati alle colonne.

Tutto questo, pensa Jack, spiegherebbe come mai la parte superiore del corpo di Pam Vale non è bruciata nell'incendio. Sicuramente il baldacchino è bruciato per primo e le è crollato addosso, soffocando le fiamme e proteggendo la parte superiore del suo corpo.

Sopra la testiera del letto c'è un pannello su cui è dipinto il blasone.

Un letto davvero importante.

Pamela Vale lo descrive così: «Questo è l'orgoglio della nostra collezione, un letto neoclassico progettato da Robert Adam nel 1776. È tutto originale, tranne il materasso e le molle, visto che qualche *vero* comfort ce lo dobbiamo concedere, e parte del tessuto, che è stato sostituito. Questo pezzo...».

Jack sfoglia l'inventario per trovare il prezzo.

325.500 dollari.

Per un letto che ormai è un pezzo di carbone.

Tutto quel legno antico, quelle dorature, quel tessuto...

Roba che prende fuoco come una torcia.

Forse potrebbe addirittura esplodere, aprendo un buco sul soffitto.

Ma sicuramente riempirebbe di fumo i polmoni di Pamela Vale.

Cosa che farebbe anche il resto del mobilio di Nicky Vale. Anche gli oggetti che si trovano nelle altre due ali della casa saranno sicuramente stati danneggiati dal fumo e dall'acqua, ma al momento a Jack interessa solo ciò che è andato completamente distrutto.

Digita sulla calcolatrice i valori degli oggetti andati perduti.

587.500 dollari.

E qualche spicciolo.

Jack controlla la data, scritta a mano sull'etichetta del nastro: 21 giugno 1997.

Il 21 giugno, pensa Jack, Nicky Vale fa un inventario su video di tutti i suoi preziosi averi. Meno di due mesi dopo sono tutti bruciati.

Compresa la moglie.

La quale, in freddi termini economici, vale altri duecentocinquantamila dollari.

Ancora prima di prendere in considerazione la struttura dell'edificio e gli altri effetti personali, siamo già arrivati a un totale di 837.500 dollari.

Non c'è da stupirsi che Nicky abbia fretta di chiudere la pratica.

Qui si parla di cifre serie.

La stanza da letto dei Vale

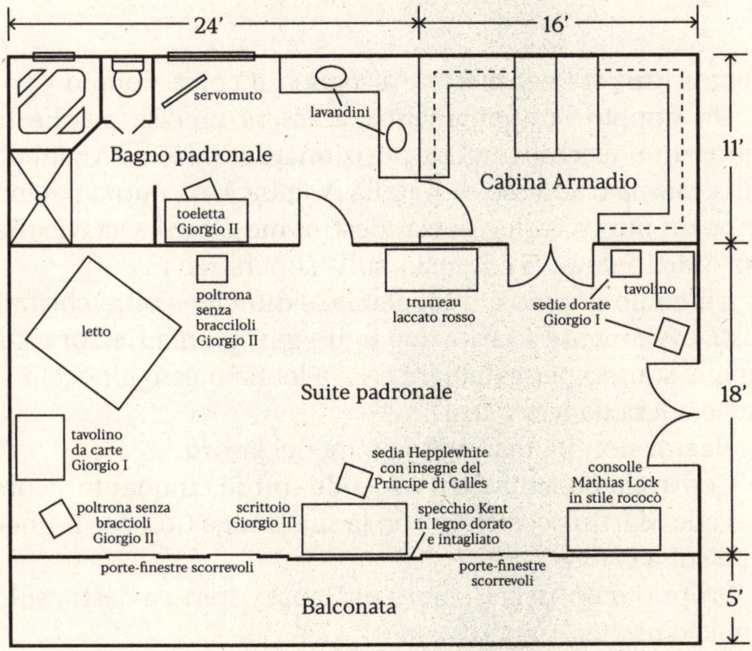

32

Hector Ruiz sta per mettere a segno un colpo doppio.

Un doppio tamponamento, a essere precisi, perché ha l'ennesimo vecchio furgone posizionato sulla 57 ad Anaheim, sulla rampa d'accesso di Katella Avenue. Una nuova patente finta, un nuovo carico di clandestini messicani, Octavio dietro, Martin davanti e Dansky sulla superstrada.

Un colpo doppio è raro, perché è difficile – oltre che faticoso, ovviamente – farne due in un giorno, ma Hector e sua moglie stanno per cambiare casa e lei ha messo gli occhi su una camera da letto, così...

Hector non ha mai avuto paura del lavoro.

Controlla il tachimetro e scende sotto i cinquanta all'ora.

Vede Martin accelerare con la sua Dodge Colt per immettersi sulla statale.

Proprio mentre la Camaro di Dansky sterza a destra sulla corsia d'uscita.

Dansky pesta sul clacson.

Martin pesta sul freno.

Hector frena, sterza a destra e tocca appena il paraurti posteriore di Martin.

Quanto sono bravoooo, pensa Hector.

Guarda nello specchietto ed ecco che arriva Octavio.

Hector sbatte le palpebre e si rende conto che non è Octavio, ma un'autocisterna piena di carburante che va almeno a cento all'ora e l'autista sta cercando di inchiodare e i pneumatici del camion stridono, ma è evidente che non ce la può fare.

Si va in scena, dice Hector a se stesso mezzo secondo prima che l'autocisterna si schianti contro il furgone ed entrambi i veicoli esplodano in una palla di fuoco, che si solleva nel cielo della morbida notte californiana.

Il notiziario di *Channel 5* ha la fortuna di avere un elicottero in giro a controllare la situazione del traffico, e nell'edizione delle undici trasmette un'immagine dall'alto dello schianto che ha provocato molteplici vittime.

È una notizia che fa scalpore.

Completo Blu si appoggia allo schienale della sedia e chiede: «È uno dei nostri?».

«Può darsi.»

Quando vedono Jimmy Dansky spiegare a una giornalista bionda che c'è stato «come un lampo nel cielo e io sono davvero fortunato a essere ancora vivo», sanno che è uno dei loro.

In piedi vicino ai rottami, la giornalista parla di almeno otto morti, tutti messicani con la cittadinanza americana, secondo le prime indiscrezioni.

Camicia a Fiori guarda il furgone in fiamme e dice: «Ehi, mi è venuta voglia di fagioli fritti alla messicana».

«Sei disgustoso» ribatte Nicky Vale.

33

Il funerale è un delirio.

Comincia abbastanza bene.

Jack è seduto in fondo alla chiesa episcopale di Gesù Surfista, che naturalmente non è il vero nome della chiesa, ma è così che la chiama la gente del posto, perché la guglia è un blocco di pietra bianca ricurvo che somiglia a un'onda sul punto di infrangersi. Roba del tipo: Gesù è tosto, Gesù è figo, Gesù può cavalcare un'onda di quattro metri anche mentre dorme.

Pregate per il surf.

E cavalcate le onde insieme a Gesù.

Jack è un po' sorpreso dal fatto che la funzione si svolga in una chiesa cristiana, poi capisce che, anche se Nicky è ebreo, Pamela non lo era. Questo doveva essere uno dei motivi per cui sua madre non era esattamente felice di quel matrimonio.

L'affluenza è discreta. La chiesa non è stipata – è molto grande – ma c'è abbastanza gente da non farla sembrare mezza vuota. I partecipanti sono per lo più membri della buona società di Orange County. Hanno tutti un ottimo aspetto, a dimostrazione del fatto che *lavorano* sodo per apparire in forma e benestanti. Fisici scolpiti, abbronzature da tennisti, e si conoscono tutti, pensa Jack mentre li guarda e capta frammenti di conversazione.

... una vera disgrazia...

... ora mi dedico allo spinning...

... maniglia di grafite...

... ho perso dodici libbre...

... Nicky è a pezzi...

... la bicicletta orizzontale, che non sforza le ginocchia...

... adesso non dovranno più litigare per l'affidamento dei figli...

... almeno hanno risparmiato ai ragazzi quella sofferenza...

... cardio-kickboxing...

C'è anche parecchia gente di Save the Strands. Lo si capisce dal fatto che alcuni dei presenti sfoggiano spille con su scritto SAVE THE STRANDS, cosa che Jack giudica decisamente fuori luogo a un funerale.

Ci sono momenti in cui certe cose bisogna lasciarle perdere.

La famiglia entra da una porta laterale. Nicky, Madre Valešin e i ragazzi. Tutti vestiti di nero. Il colore del fuoco, pensa Jack.

Nicky ha un aspetto particolarmente elegante. Jack ritiene non ci sia parola migliore per definirlo. Giacca di seta con spalle ampie e risvolti sottili, pantaloni di seta. Camicia bianca senza colletto, scarpe scamosciate nere. È come se avesse sfogliato un'edizione speciale di *GQ* dedicata ai funerali: *Un nuovo look per il giovane vedovo moderno*, portando poi le pagine al negozio Armani di Fashion Island.

Sul volto ha un'espressione benevola, addolorata, del tipo: soffro-ma-devo-essere-forte-per-i-bambini, e Jack deve ammettere che è davvero bello.

Una dozzina di divorziate presenti trattengono a stento gemiti di piacere. Jack scommette con se stesso che Nicky si farà una scopata subito dopo il caffè con pasticcini.

I bambini sembrano usciti da *Masterpiece Theatre*: sono vestiti in modo impeccabile, hanno modi perfetti e sono ineffabilmente tristi.

Il sacerdote posa una mano su di loro per confortarli e

sale sul pulpito. Aspetta che la musica dell'organo taccia, poi sorride all'assemblea.

Jack crede di averlo visto in tv. Ha capelli grigi pettinati all'indietro, la tipica acconciatura un po' gonfia sul davanti dei predicatori che vanno in televisione, solo che la sua non è fatta con un po' di gel a buon mercato, ma è un taglio da settantacinque dollari di Jose Elbert. Ha i classici occhiali da prete, la veste nera bordata di viola e il collarino bianco che, dettaglio bizzarro, ricorda quello di Nicky.

Finisce di sorridere e dice: «Siamo qui per celebrare una vita...».

Poi fa il solito discorsetto: Dio è un tipo in gamba, ma la vostra cara congiunta è morta ugualmente e io non so spiegarvi questa apparente contraddizione quindi non parliamo della morte ma parliamo della vita e Pamela aveva una splendida vita e un marito che la amava e due splendidi bambini ed era una fantastica madre e moglie e la vita è bella e ora Pamela è con il mio amico Dio in un posto persino migliore di Orange County e spargeremo le sue ceneri nell'oceano che lei tanto amava e ogni volta che guarderemo l'oceano e gli Strands penseremo a Pamela e Gesù la ama e Dio la ama e Gesù vi ama e Dio vi ama e dobbiamo amarci tutti ogni giorno, perché non sai mai quando Dio ti butterà una buccia di banana sotto un piede e ti toglierà di mezzo *come niente fosse*. Naturalmente il sacerdote non pronuncia queste ultime parole, ma è quello che Jack pensa.

No, il buon reverendo come-cavolo-si-chiama – sono *certo* di averlo visto chiedere soldi in televisione – parla dell'importanza di formare una comunità per aiutare Nicky e i bambini, è un invito rivolto a tutto il villaggio, anche se per fortuna hanno una nonna che li ama e che si prenderà cura di loro. Jack vorrebbe che nello schienale della panca davanti a lui ci fosse un sacchetto per il vomito. Quando una donna dall'altra parte del corridoio *sbuffa*, il sacerdote alza gli occhi verso le assi in cedro rosso del soffitto e comincia: «Signore Dio, noi ti preghiamo...».

Segue una lunga preghiera per l'anima di Pamela Vale e per il *processo di risanamento* di Nicky e Natalie – e qui per la prima volta Jack sente il nome di battesimo di Madre Valešin – e dei bambini, poi l'organo intona un pezzo che sembra la colonna sonora di un film dell'orrore e quando Jack solleva di nuovo lo sguardo Nicky è sul pulpito e chiede ai presenti di condividere i loro ricordi di Pamela.

E lo fanno. Uno alla volta, una decina di presenti si alzano e vanno a raccontare di un giorno trascorso sulla spiaggia con Pamela, di quanto Pamela amasse il tramonto, i suoi figli... una donna si alza per raccontare di un giorno in cui era andata a fare shopping insieme a Pamela, e un'altra di un viaggio che avevano fatto insieme per andare a vedere le balene...

Ma nessuno parla di quando Pamela beveva, di quando aveva vomitato a una festa, di quando si era schiantata con la Lexus contro un pino sul bordo della strada, di quando era talmente fatta di Valium che l'avevano trovata svenuta in macchina, mentre in giardino c'era una festa. Nessuno vuole parlare delle liti feroci tra lei e Nicky, di quando si lanciavano i bicchieri, della volta in cui lei gli aveva gettato in faccia un drink durante una festa in barca, di come Nicky tentasse di portarsi a letto tutte le divorziate consenzienti, le mogli annoiate e le cameriere ambiziose della costa sud...

Tutte queste cose sono svanite nel tramonto che Pamela tanto amava.

Sta andando tutto bene, poi c'è un momento di calma e Nicky, con gli occhi lucidi ma un sorriso gentile e coraggioso sul volto, chiede se qualcun altro vuole aggiungere qualcosa.

Al che una donna, alle spalle di Jack, grida: «Hai ucciso mia sorella, brutto figlio di puttana!».

È più o meno a quel punto che inizia il casino.

34

«Hai ucciso mia sorella!»

La mascella di Nicky cade fino al punto dove si sarebbe dovuto trovare il colletto della sua camicia senza colletto e Jack pensa: Be', l'hai chiesto tu.

Il celebrante si guarda intorno per assicurarsi che non ci siano giornalisti, soprattutto con macchine fotografiche, e la donna urla nuovamente: «Hai ucciso mia sorella, brutto figlio di puttana!».

Se ne sta lì, in piedi, di fronte a Gesù Surfista e a tutti gli altri e punta il dito contro Nicky.

Gli altri presenti restano immobili sulle panche. Non cercano di fermarla, di calmarla o qualunque altra cosa perché la donna è scatenata e nessuno vuole mettersi sulla sua strada, rischiando di farsi rompere un naso da diecimila dollari.

Lo fanno due della sicurezza.

Jack non li aveva notati prima. Due uomini in completo scuro che accorrono dal fondo della chiesa per calmare le acque. Raggiungono la donna un istante prima di Jack.

«Toglietemi quelle manacce di dosso!» urla lei, mentre uno dei gorilla le posa una zampona sulla spalla. Se lo scrolla di dosso, ma poi i due la afferrano e la trascinano verso il corridoio.

La donna guarda la folla, indica di nuovo Nicky e grida: «Ha ucciso mia sorella! Ha ucciso Pam!».

Il più grosso dei due gorilla le tappa la bocca con una mano, bloccandola con un avambraccio sul collo.

«Lasciala» interviene Jack.

«La signora deve uscire di qui.»

Il tizio ha un accento russo.

«Infatti sta uscendo» dice Jack.

Il compare – alto, magro ma *su di giri* – si gira verso Jack. «Vuoi intrometterti?»

Stesso accento.

«Come vi pare» dice Jack.

Il tizio vorrebbe dargli un pugno, glielo si legge negli occhi, ma è come se una vocina interiore gli sussurrasse «*fa' il bravo*», così si tira indietro. Jack nota che sta cercando di memorizzare la sua faccia, così, non si sa mai.

Jack guarda il più grosso dei due e ripete: «Lasciala».

Il primo tizio annuisce e l'altro allenta la presa. Jack dice alla donna: «Vieni».

«Ha ucciso Pam.»

«Questo l'hanno sentito tutti.»

Allunga una mano e le afferra un braccio.

«Vieni.»

Lei lo segue.

Jack sente alle sue spalle i bambini che chiamano la zia. Si gira e vede Michael in lacrime. Il viso di Madre Valešin è scolpito nella pietra. Nicky ha l'aria di uno pronto a uccidere.

Idem per il gorilla tutto muscoli, che guarda Jack con aria truce.

«Sì, per me sta bene» dice Jack.

«Lo vedremo.»

«Già.»

Jack accompagna la donna fuori dalla chiesa.

Sul sedile anteriore della sua auto.

«Gesù, Letty» dice Jack. «Potevi dirmelo che Pam Vale era tua sorella.»

Non dovrei dirtelo, ma è giusto che "qualcuno" lo sappia. L'autopsia non ha rilevato tracce di fumo nei polmoni.

35

È ancora in gran forma, pensa Jack.

Capelli neri e lucenti lunghi fino alle spalle, occhi scuri da messicana, un corpo che non delude. Trucco perfetto, gioielli in quantità giusta, vestiti perfetti. È uno schianto da paura, ma porta una giacca bianca sopra i jeans. Jack sa che la giacca serve a nascondere la calibro 38 agganciata alla cintura.

È quasi sorpreso che non abbia sparato a Nicky.

«Era la mia sorellastra» spiega Letty. «Stessa madre, padre diverso.»

«Non sapevo nemmeno che avessi una sorella.»

«Non ci frequentavamo molto. A quel tempo, Pam preferiva dimenticarsi di essere per metà latina. Cazzo, ho proprio perso il controllo, là dentro.»

«Va tutto bene.»

«No che non va bene. Dovrei essere una professionista.»

«Letty, non starai *lavorando* a questo caso, vero?»

Lei scuote la testa. «Ng non ha trovato fumo nei suoi polmoni, ci chiama e rispondo io. Che combinazione. Arrivo all'obitorio e dentro di me penso: Oh Dio, è Pam! Ma tengo la bocca chiusa e non dico a nessuno che è mia sorella perché voglio seguire la faccenda da vicino.»

«Gesù, Letty.»

«Sai anche tu come è fatto Ng. Vuole andare subito a interrogare Vale. Ma prima decidiamo che è meglio contattare gli ispettori della Squadra Incendi per evitare di creare loro dei problemi. Così chiama Bentley e...»

«"Non rompetemi le palle, devo andare a pesca."»

«Indovinato» conferma Letty. «Incendio accidentale, morte accidentale. Gli chiedo come mai non ci sono tracce di fumo nei suoi polmoni e lui risponde "aria surriscaldata".»

«Aria surriscaldata?» chiede Jack. «Pensa che Pamela abbia fatto cadere la sigaretta su una bomba a idrogeno?»

«Immagino di sì» risponde Letty. «Comunque, Ng reagisce tipo "'fanculo Bentley". Prende il telefono, chiama Vale e gli dice che sta andando a casa sua. L'avvocato si inserisce nella conversazione, dicendo che Vale è rappresentato da lui.»

Piuttosto semplice, pensa Jack.

Letty chiama Bentley, Bentley chiama Vale, Vale chiama il suo avvocato.

«Comunque» riprende Letty, «questo mi preclude qualunque possibilità di interrogare Vale. Voglio dire, sto per farlo comunque, quando mi chiama il mio capo. Il capo di Bentley gli sta rompendo le palle e così mi dice: "Spiacente, ma non ho nessuna voglia di inimicarmi lo sceriffo". E io dico: "L'ispettore della Squadra Incendi non ha capito un cazzo", e lui: "Lo so che non ha capito un cazzo, ma Bentley ha già archiviato il rapporto, sul quale ha scritto morte accidentale, e lo sceriffo non ha intenzione di far salire il suo uomo sul banco dei testimoni e costringerlo a rimangiarsi quanto ha scritto sul rapporto".»

«E quindi?»

«Quindi niente, Jack. Fine della storia. La Sezione Reati Gravi non vuole rivedere il rapporto, così vengo assegnata a un caso di persone scomparse. Si tratta di due teppisti vietnamiti con circa trentasette precedenti penali a testa. "Scopri dove sono finiti Tranh e Do." Per darmi una lezione.»

È una lezione che Jack conosce bene: mai mettere in cattiva luce un altro agente.

«A quel punto hai chiamato me.»

«Bentley aveva detto che eri andato a ficcare il naso da quelle parti.»

«E sapevi che avrei seguito la tua pista.»

Letty fa spallucce. «L'ha uccisa, Jack. Ne sono certa.»

Jack la prende per mano e dice: «Tua sorella è morta a causa di un'overdose di pillole e di alcol. Ho visto il rapporto del medico legale».

Letty scuote la testa.

«Lei non beveva.»

Cosa?, pensa Jack.

Cosa?

36

«Voglio dire che aveva smesso» spiega Letty. «Più di un anno fa.»

Sono seduti a un tavolino all'aperto dell'Harpoon Henry's, giù al porto di Dana Point. Il loro tavolo dà sul canale, si godono il sole e guardano le barche a vela e le navi da pesca sportiva che entrano ed escono dal porto. Jack ha sentito dire che c'è abbondanza di tonni pinna gialla, e che li servono freschi: per questo l'ha portata lì.

Letty dice: «Sai, era andata in un centro di recupero. Quel famoso posto dove ti obbligano a buttare fuori tutto lo schifo che hai dentro. Come se fosse chissà che. Comunque, quando ne è uscita era a posto. Partecipava agli incontri e tutto il resto».

«Forse quella notte ha avuto un momento di debolezza.»

«Non ha avuto nessun "momento di debolezza". Stava andando alla grande.»

Smettono di parlare perché è arrivato il cameriere con i piatti: tonno alla griglia con patate arrosto e peperoni rossi e gialli. Un minuto dopo, Bob, il proprietario, arriva al tavolo per salutare Jack.

«Come va il surf?» chiede.

«Non male» risponde Jack. «L'acqua è calda.»

«Credo sia per questo che prendiamo così tanti tonni.»

«Acqua da bermuda» dice Jack.

«Acqua da bermuda» conferma Bob.

«Bob, ti presento Letty...»

«Mi chiamo ancora Del Rio» dice Letty.

«Piacere, Bob. Com'è il cibo?»

«Eccellente» risponde lei.

«Bene, fatemi sapere se avete bisogno di altro» dice Bob. Sorride a Jack e si allontana.

«Bob è tuo amico?» chiede Letty.

«È un tizio in gamba.»

«Viene sempre a controllare chi ti scopi?»

«Ehi, Letty...»

«Scusa. Cosa intendevi con "acqua da bermuda"?»

«È quando l'acqua è così calda che non ti serve la muta. Puoi fare surf in costume da bagno.»

«Allora continui a fare surf?» chiede.

Jack risponde: «Lavoro per vivere e vivo per il surf». Poi aggiunge: «C'è un senso di purezza nell'oceano. Di pulizia. È un assoluto».

«Wow» dice lei, prendendolo in giro solo a metà. «Un *assoluto*.»

Jack riprende: «L'oceano fa quel che deve fare... quel che *ha sempre fatto* per milioni di anni... con o senza di te. Quindi se ti immergi nell'oceano devi essere pronto a vedertela con il suo... potere assoluto. E trovo che sia una purificazione per l'anima».

«Per tua fortuna l'oceano è grande.»

Scoppiano a ridere entrambi, mangiano in silenzio per un po' guardando le barche, poi lui trova il coraggio di dire: «Letty, non credi che Pamela potrebbe aver avuto una serata difficile, e magari abbia bevuto e preso delle pillole?».

«No.»

«Letty...»

Lei scuote la testa. «Avresti dovuto conoscerla.»

«Raccontami» dice Jack.

Raccontami di Pam.

37

Voleva diventare una principessa.

Ecco cosa gli dice Letty.

«La mia sorellina Pam aveva sempre desiderato diventare una principessa. Ritagliava delle corone nel cartoncino e si faceva degli abiti lunghi con la roba vecchia che trovava in soffitta, e insisteva perché la portassi in giro sul carrettino come fosse Cenerentola sulla carrozza, e diceva che saremmo dovute tornare indietro entro mezzanotte o il carrettino si sarebbe trasformato in una zucca. Che, tra l'altro, era l'unica cosa che cresceva in quel posto.

«Siamo state allevate in una misera fattoria nei dintorni di Perris: il mio patrigno coltivava lattuga avvizzita, grano secco e pomodori avvizziti, perché non aveva i soldi per irrigare. Avevamo qualche mucca e alcune pecore e "papà" aveva persino cercato di allevare capre per produrre latticini ma l'attrezzatura era troppo costosa, così niente da fare.

«Io ero il maschiaccio e Pam la principessa. Io volevo le scarpe da basket e lei le scarpette di vetro. Io volevo tirare a canestro, lei ballare.

«Il mio patrigno beveva e mia madre lavorava: un alcolizzato e una fanatica del lavoro che hanno trasmesso le loro fissazioni alle figlie. In poche parole, io mi sono beccata la passione per il lavoro e Pam quella per l'alcol.

«Ma io le volevo bene» dice Letty, «e questo devi mettertelo bene in testa, Jack: Pam era una splendida persona.

«Altruista, dolce, adorabile.

«Quando mamma e papà litigavano, tipo otto sere alla settimana, io mi rifugiavo in camera nostra per cercare di non sentire le loro urla, e Pam veniva a raccontarmi delle storie per "portarmi via da lì", capisci? Io mi prendevo cura di lei in senso materiale, e lei di me sul piano emotivo. Mi raccontava splendide storie di principi e principesse e terre da favola e mostri e draghi e maghi e bellissimi cavalieri. Con il passare del tempo i particolari sono cambiati, ma la trama di fondo è rimasta sempre la stessa. Diceva che saremmo andate al college, ci saremmo iscritte alla stessa associazione femminile, avremmo incontrato dei ragazzi straordinari e ci saremmo sposate.

«Ce ne saremmo andate da Perris per venire qui...» Letty fa un ampio gesto con la mano in direzione del porto e dell'oceano. «... sulla costa d'oro, dove ci sono i soldi e il divertimento, avremmo fatto i soldi e ci saremmo divertite.

«E guardandola, era impossibile non crederle. Innanzitutto, era un vero schianto. Hai visto le sue foto? Era *così* bella» dice Letty. «Quel tipo di bellezza che ti fa pensare che le basti schioccare le dita per trovare dei ragazzi. Ragazzi belli e ricchi.»

«Ed è andata così» interviene Jack.

«Ed è andata così» conferma Letty. «È scappata di casa a diciassette anni. Al penultimo anno di liceo. Io lavoravo già nell'ufficio dello Sceriffo. Per parecchio tempo ho dato la colpa a me stessa, perché ero andata a vivere da sola e l'avevo lasciata alla fattoria.

«Comunque, lei era arrivata al punto di rottura e, senza dire una parola, ha preso le sue cose ed è partita per Los Angeles.»

Trova un buco a Santa Monica insieme ad altre quattro ragazze, fa la cameriera in un bar malfamato. Con lei ci provavano un migliaio di ragazzi a sera, ma Pam non è il tipo da uscire, e tantomeno andare a letto, con i ragazzetti che fanno a turno per ordinare caraffe di birra.

Risparmia fino all'ultimo centesimo e si compra un bel costume da bagno, un bel vestito da giorno, un bel vestito da sera, e comincia a frequentare la spiaggia. Ha i capelli neri come la notte e quegli occhi alla Liz Taylor, due belle tette e un sedere a mandolino, e punta diretta ai ragazzi di serie A. Gira per la spiaggia con il suo bel vestitino nero, la gente la nota, la invita a delle feste, e se l'indirizzo le piace lei ci va.

Dopo un po' frequenta così tante feste che decide di lavorare soltanto tre sere alla settimana, e niente weekend, prego. Le basta guadagnare i soldi per l'affitto, perché mangia alle feste, cena fuori e fa colazione fuori.

La invitano a Hollywood, a Brentwood, a Beverly Hills. Fa gite in barca a vela, sulle barche da pesca, va a Newport Beach e a Laguna a cenare sugli yacht.

E non si concede.

«Questo *devi* capirlo, Jack. Pam non la dà a nessuno. E i ragazzi si rassegnano: sono talmente cotti. È bella, ha un gran fisico e un gran carattere. È divertente e affettuosa. È tutto quel che si potrebbe volere, e loro continuano a inseguirla.»

Ma lei non si fa prendere.

Pam aspetta l'amore *vero*.

Vuole la favola tutta intera, come Cenerentola. Il principe azzurro, i soldi e l'amore.

«Non era una che mirava solo ai soldi, Jack. Aveva un sacco di occasioni ma mi ripeteva sempre: "Devo amarlo, Letty. Devo amarlo".»

Una sera è a una festa al Las Brisas di Laguna Beach, e incontra Nicky. Il ristorante si affaccia su una scogliera che dà sull'oceano. Le jacaranda sono in fiore, ci sono lanterne appese agli alberi, un chitarrista messicano che suona canzoni d'amore, e il chiaro di luna si riflette sull'acqua in un mare di scintille.

Nicky la vede e l'accompagna fuori.

E qual è la prima cosa che le dice?

Sembri una principessa.

38

«La madre di Nicky non approvava» dice Letty.

«Ma non mi dire» ribatte Jack.

Dopo cena, Letty e Jack vanno a fare una passeggiata nel porto turistico. Centinaia di barche a vela e motoscafi ondeggiano sulla marea calante.

Una ventiduenne che non ha neanche finito il liceo? Cresciuta in una fattoria? Madre Russia la *detestava*. Se devi sposare una gentile, non puoi almeno trovartene una ricca? Di buona famiglia? gli diceva.

«Per fortuna non sapeva che Pam era per metà messicana» dice Letty. «Altrimenti le sarebbe venuto un infarto. E forse non sarebbe poi stato un gran danno...»

Comunque, Madre Russia la odiava.

Ma Nicky aveva in mano la carta vincente.

«Nipoti» indovina Jack.

«Esatto.»

Madre Russia era preoccupata che il loro cognome sarebbe morto insieme al figlio scapolo. E poi cominciavano a girare le solite voci: trentacinque anni, e non è ancora sposato?

Comunque, Madre Russia convoca Pam e Nicky nel soggiorno di quella sua casa da morti viventi e dice: «Mio figlio si è infatuato di te, ma solo perché non è ancora riuscito a infilarsi nelle tue mutande».

Pam risponde: «Signora Valešin, se mai *dovesse* infilarsi nelle mie mutande, ne uscirebbe più infatuato che mai».

Per poco Madre Russia non si strozza con il tè, e a Nicky viene un'erezione che gli dura almeno fino alla luna di miele.

Matrimonio in pompa magna, celebrato all'esterno della casa dei Valešin. Chiamano un rabbino e un sacerdote, che si dilungano a spiegare che in realtà condividono la stessa eredità culturale, e dopotutto Gesù *era* ebreo. È chiaro che Nicky li ha pagati per andarci piano in materia di religione, così sorvolano sui dettagli e si concentrano sulla benevolenza e sulla tolleranza. Insomma, Nicky e Pam si scambiano gli anelli, si calpesta il bicchiere, e sono marito e moglie.

«Aspetta un attimo» dice Jack. «Tu eri tra gli invitati?»

«Come *amica* della sposa» risponde Letty. «Mi vergogno a dirti che ci sono andata. Mia madre era già morta di fatica, e il mio patrigno era troppo sbronzo per interessarsi alla faccenda. E non volevo rovinarle la giornata. Era felice. Cristo, Madre Russia era già sconvolta dal fatto che non fosse ebrea... se avessero scoperto che era anche mezza messicana avrebbero annullato il matrimonio e l'avrebbero messa a lavare i piatti. O almeno la metà dei piatti.

«Il ricevimento è stato una cosa sensazionale, ovviamente, sempre lì a Monarch Bay. Speravo di sentir suonare la balalaika e vedere gli uomini fare quel ballo dove si piegano e scalciano, invece nisba. Una festa in pieno stile borghesia danarosa di Orange County, talmente banale che mi sarei potuta addormentare in piedi.»

Ma Pam era davvero una principessa.

«Sembrava che avesse preso lezioni di etichetta o roba simile.

«Mentre mi aggiravo inebetita tra gli invitati sentivo ripetere in continuazione: "Ma dove l'ha trovata una così?".»

E lo dicevano in tono di *ammirazione*.

Di invidia.

Pam era una stella.

«Se il film finisse qui» dice Letty, «potrebbe intitolarsi *Sabrina*.»

Ma il film non finisce qui, pensa Jack.

Finisce come finisce ogni cosa.

In cenere.

39

Cenere che il vento sbatte loro negli occhi.

Sono in piedi sul viale, davanti alla casa. Jack non è d'accordo, ma Letty vuole vederla e lui pensa che sia meglio accompagnarla.

«Sai cosa stanno facendo adesso?» dice Letty. «Vanno al largo con la barca, per spargere le ceneri in mare. Nicky non vuole avere tra i piedi neanche la più piccola parte di lei.

«Era già così da anni» aggiunge.

Dopo la nascita di Michael.

Il figlio.

Un Valešin.

«Credevo di essere una principessa» le aveva detto Pam. «Invece sono una fattrice.»

È ancora in ospedale con Michael quando Nicky si scopa una cameriera al Salt Creek Inn. Lei lo viene a sapere da un'amica che la va a trovare portandole fiori e malignità.

«Non vorrei *stressarti*, tesoro, ma...»

Non finisce qui.

Nicky ha fatto Dio solo sa quanti debiti per finanziare le sue operazioni immobiliari. Maxirate finali che incombono, poi tutto crolla. La contea di Orange va in bancarotta e non si riesce a ottenere un prestito per costruire case a nessuna condizione. Sono soldi che nemmeno i soldi possono comprare.

Prima l'attività immobiliare, poi i mobili. Se la gente non riesce a pagare le rate del mutuo, di certo non va a comprarsi dei tavolini Giorgio II. Allora quello che era un investimento diventa una collezione, su cui Nicky riversa tutto il suo ego. Quei maledetti mobili diventano i suoi *beni*. Persino nelle rare occasioni in cui gli fanno un'offerta, lui non la accetta.

E sono al verde, hanno un disperato bisogno di soldi.

Lui ipoteca la casa, a un prezzo psicologico elevatissimo.

Interessi da capogiro, e le sue palle.

Si sfoga con la coca e il sesso. I soldi gli entrano dal naso e gli escono dall'uccello.

Pam diventa lo stereotipo della moglie ricca e abbandonata, e inizia a bere. All'inizio sostituisce il pranzo con gli alcolici. Dopo un po', arriva già sbronza all'ora di pranzo. Al pomeriggio torna a essere sobria per i bambini, prepara loro la cena, li lava, li mette a letto, poi beve fino a crollare addormentata.

«Letty» dice Jack.

«Lo so» lo anticipa lei. «Ma ti assicuro che era *sobria*.»

«Forse non quella sera. Sai, i bambini erano con Nicky, lui aveva chiesto il divorzio...»

Letty scuote la testa. «Era *lei* a voler divorziare da *lui*.»

«Oh.»

Alla fine è Pam a stufarsi di Nicky, riprende Letty. È stanca delle scopate e della sua coca, delle sue balle, delle botte che le rifila quando un'operazione immobiliare va storta o quando lei si oppone all'acquisto di una scultura da cinquemila dollari con i soldi che non hanno.

È stanca persino di se stessa. Stanca di come si sente e del suo aspetto. E si rende conto con orrore che comincia a vedere i bambini in modo distaccato, attraverso le lenti offuscate delle pillole e dell'alcol.

Allora decide di andare in un centro di riabilitazione.

Non so cosa sia successo là dentro, dice Letty, ma quando entra Pam è una falsa principessa; quando esce è una donna vera. Deve aver passato dei momenti piuttosto *duri*, perché quando esce è una persona diversa. Più reale, in un certo senso. Più appassionata.

Comincia a telefonarmi, a invitarmi da lei. Arriva al punto di presentarmi come la sua sorellastra. Insieme parliamo spagnolo, cosa che manda Nicky fuori di testa. Io passo del tempo con i bambini, li porto in spiaggia o in campagna.

«Cosa ne sai della campagna?» chiede Jack.

«È lì che abito, adesso» risponde Letty. «Ho comprato una casetta dalle parti della Ortega Highway, nella Cleveland National Forest. Ma stiamo parlando di me o di Pam?»

«Di Pam.»

Quando esce dalla riabilitazione Pam è una donna più appassionata.

E *forte*.

Dà a Nicky un ultimatum: riga dritto, o il matrimonio è finito.

Lo convince a fare terapia di coppia. *Quella sì* che funziona. Tre settimane dopo torna a casa e lo trova a letto con una puttana di Newport Beach strafatta di cocaina. Dice a Nicky di fare le valigie e sparire.

Nicky esce, torna un'ora dopo fatto come un copertone e la pesta a sangue. La principessa Pam le avrebbe prese senza aprir bocca, ma *questa* Pam il giorno dopo va in tribunale, ottiene un'ordinanza restrittiva e butta *lui* fuori di casa.

Lui corre da Mammina. Lei chiama Pam e le dice che mai e poi mai le lasceranno tenere i bambini. Che è una madre indegna. Gli avvocati di Vale la faranno a pezzi.

«Pam – stai a sentire, Jack – le risponde: "Per avere i bambini dovrai passare sul mio cadavere".»

Bruciato, pensa Jack, sciolto sul letto, poi cremato una seconda volta e sparso nell'oceano.

«Lui aveva il terrore del divorzio» dice Letty. «Era già indebitato fino alla punta dei capelli, e lei si sarebbe portata via la metà di tutto. La casa, i bambini...»

Papà dice che la mamma è tutta bruciata.

«Hai il tuo movente» dice Jack, «ma...»

«Le *disse* che l'avrebbe uccisa» riprende Letty. «Entrava in casa mentre lei era fuori, arraffava della roba e le lasciava messaggi minatori. La chiamava nel cuore della notte e le *diceva* che l'avrebbe ammazzata.»

«Gesù.»

«Pam mi ha chiamato la mattina prima di morire» racconta Letty. Non finisce la frase e scoppia a piangere.

«È venuto a prendere i bambini» aveva detto Pam. «E mi ha sussurrato all'orecchio che stasera tornerà, e mi ucciderà.»

«L'ho supplicata di venire a stare da me per quella sera, ma non ha voluto.» Le lacrime le rigano il volto. «Avrei dovuto *costringerla*. Avrei dovuto andare io da lei, e restarle accanto. Avrei dovuto...»

«Letty...»

«Adesso i bambini ce li ha lui, Jack» dice Letty. «Quel lurido bastardo e quella stronza di sua madre cresceranno i bambini di Pam.»

«Mi sa di sì.»

«Dovranno passare sul mio cadavere» esclama Letty.

Poi scoppia a piangere. È talmente scossa dai fremiti che forse crollerebbe a terra se non ci fosse lui a reggerla. Jack le chiede: «Vuoi venire a casa da me?».

Lei annuisce.

Mentre si allontanano, Jack si accorge di un'auto parcheggiata lungo la strada.

Accanto all'auto ci sono due uomini.

Gli stessi due che erano in chiesa.

I gorilla prezzolati di Nicky.

40

Jack abita nella tipica “zona residenziale” neofascista della California del sud. Un grappolo di condominî con il tetto di tegole e villette a schiera circondati da mura e cancelli, appollaiati come un castello su una collina disboscata all’angolo tra Golden Lantern e Camino del Avión.

«Da quando non vivi più nella casa mobile?» chiede Letty scendendo dall’auto parcheggiata nella zona riservata ai non residenti.

«Da quando hanno distrutto il parcheggio per costruire case che non mi sarei potuto permettere. Così ho comprato questo.»

“Questo” è un appartamento con una stanza da letto, all’ultimo piano di un condominio a tre livelli. Attaccate alla sua, lungo il fianco digradante della collina, ci sono altre due case. A dire il vero si allontanano ogni giorno di più, poiché stanno letteralmente scivolando a valle.

Jack spiega: «L’hanno costruita durante il boom degli anni Ottanta, quando le case spuntavano come funghi. Tutti si improvvisavano imprenditori, e siccome c’erano in ballo dei bei soldi hanno fatto le cose alla carlona. Mancava il tempo di consolidare il terreno, così ogni piattaforma poggia su una base instabile. Tutto il complesso sta scivolando a valle. Il comitato dei proprietari vorrebbe fare causa ai costruttori, che però sono spariti da un pezzo, per via della recessione. Quindi il comitato farà causa alla compagnia d’assicurazione dei costruttori. E così via e così via... L'unica cosa certa è che il complesso sta scivolando verso l'oceano».

«Credevo che cose del genere potessero accadere solo al momento del Big One» dice Letty. Big One è il grande Terremoto, l'evento apocalittico sul quale tutti in California scherzano ma che tutti temono.

«Non servirà aspettare il Big One» dice Jack. «Vedi quelle colline alle nostre spalle? Sono le ultime non ancora edificate della costa sud. C'è un altro tratto simile a questo sopra Laguna, e un altro sopra San Clemente. È la stagione degli incendi: calda, secca e ventosa, e quelle colline sono coperte di arbusti. Una scintilla in un giorno ventoso e ci ritroveremo a combattere le fiamme sulla spiaggia. Il fuoco infurierà attraverso queste gole e circonderà questi complessi: alcuni ce la faranno, altri bruceranno.»

Una pausa, poi riprende: «Dopo la stagione degli incendi arriverà quella delle piogge. Sono anni che non piove sul serio, ma prima o poi succederà. Immaginiamo che ci sia un grande incendio che spazzi via gli arbusti da quelle colline. Poi arrivano le piogge... C'è da aspettarsi la madre di tutte le colate di fango. Tutte quelle colline che hanno disboscato per costruire questa merda crolleranno come un castello di carte. E i condominî e le villette a schiera costruiti su terreni instabili faranno la stessa fine, crolleranno come castelli di carte perché la terra cederà letteralmente sotto di loro. Scivoleremo giù in una marea di materiali da due soldi, speculazione edilizia e fango. Madre Natura ci brucerà, poi tirerà lo sciacquone».

«Ne saresti contento, Jack, vero?»

Sono in piedi sulla strada, accanto al garage di Jack. Sotto una fila di casette una identica all'altra.

Jack risponde: «Forse sì».

Così, forse, non avrebbero l'occasione di rovinare gli Strands.

Sulla porta del suo garage c'è un biglietto.

> Si raccomanda ai proprietari di parcheggiare il proprio veicolo nel garage, e non negli spazi di parcheggio in strada. Le autorimesse sono fatte per ospitare automezzi, non officine per surf.
>
> Il comitato dei condomini

«Officine per surf?»

«Lì dentro ci tengo un paio di vecchie tavole» risponde Jack. A causa della struttura a sbalzo dell'edificio, il garage di Jack si trova proprio sotto la cucina. Jack preme un pulsante su un telecomando e la porta dell'autorimessa si apre con uno scricchiolio metallico.

Officina per surf è una descrizione calzante, pensa Letty.

Ci sono due vecchie *longboards* deposte su dei cavalletti e un altro paio appese alle pareti. Il garage odora di cera da surf e vernice per legno. Alle pareti sono affisse locandine di vecchi film sul surf.

«Non cambi proprio mai, Jack.»

«Questa è la migliore» dice Jack, carezzando una vecchia tavola stesa su due cavalletti. Tre diverse essenze di legno, con tre tinte diverse, perfettamente unite senza giunture visibili. Un capolavoro. «L'ha realizzata Dale Velzy nel 1957.»

«Era di tuo padre.»

«Già.»

«Mi ricordo di queste cose.»

«Lo vedo.»

«Vivi ancora nel passato.»

«Erano giorni migliori» ribatte lui.

«Se lo dici tu.»

Salgono i sedici scalini di cemento che conducono all'ingresso del suo appartamento.

La casa di Jack si trova nel Blocco C, "L'ammiragliato". Appena entrati, sulla destra, c'è una cucina piccola ma funzionale, con una finestra che si affaccia sul vicolo cieco alla fine del complesso; nelle giornate di sole, guardando verso est si può ammirare la collina di Saddleback Butte. A sinistra c'è un angolo pranzo e un soggiorno con il camino. La stanza da letto è a sinistra del soggiorno.

Nel soggiorno, una porta di vetro scorrevole conduce su un piccolo balcone.

«*Mira*» dice Letty. «Hai un bel panorama.»

Esce sul balcone.

«Sì» conferma Jack, accennando col capo in direzione di un centro commerciale sul lato opposto della Golden Lantern. «Vedo lo Hughes Market, il Burger King e la lavanderia a secco. Se il vento soffia da ovest mi arriva la puzza di fritto del Burger King. Quando soffia da est, sento la puzza di aglio del ristorante italiano.»

«Ma smettila» dice Letty, perché la vista dal balcone è davvero spettacolare. A parte il centro commerciale e le residenze lungo la collina, in avanti lo sguardo spazia su miglia e miglia di oceano. L'isola di Catalina è a destra, San Clemente è proprio davanti. Il porto di Dana Point è subito dietro una bassa collina sulla sinistra. Il resto è tutta costa aperta, fino al confine con il Messico.

«Chissà che tramonti» dice Letty.

«Sono belli» conferma Jack. «D'inverno l'oceano è come un'enorme striscia blu. È a due miglia di distanza, ma almeno lo vedo.»

«Vuoi scherzare? Questo è un panorama da un milione di dollari.»

La casa ne è costata duecentosessantamila. Poco, per gli standard locali.

Letty dice: «Mi sa che mi metterò a piangere di nuovo».

«Vuoi compagnia o preferisci piangere da sola?»

«Sola.»

Jack sta per dire *Mi casa es su casa*, poi ci ripensa.

«Fai come se fossi a casa tua» dice invece.

«Non volevo buttarti fuori.»

«Ho delle cose da fare di sotto. Se hai bisogno di me, pesta sul pavimento e ti sentirò.»

«Va bene.»

Esce in fretta, perché persino mentre diceva: «Va bene» Letty aveva la voce incrinata e gli occhi lucidi. Jack scende nel garage e si mette al lavoro sulla tavola da surf. Prende un foglio di carta vetrata triplo zero, lo ripiega intorno a un blocco di legno e lo fa scorrere su e giù lungo la tavola. Lentamente, delicatamente, finché non trova il ritmo adatto per carteggiare il vecchio legno di balsa.

Sente Letty singhiozzare, di sopra. Singhiozza e grida e lancia cuscini e altri oggetti, al punto che Jack si aspetta di ricevere una telefonata dal comitato e sentirsi dire che quelle sono case, non imprese di pompe funebri o studi di strizzacervelli, e che le esternazioni pubbliche di dolore costituiscono una violazione al regolamento.

Ci vuole un'ora e mezzo prima che di sopra torni il silenzio.

Jack aspetta altri venti minuti, poi torna su.

Lei è addormentata sul divano.

Ha le guance paonazze e gli occhi sembrano due fessure, ma sono comunque chiusi. I suoi capelli neri sono sparsi sul cuscino come una macchia.

Guardarla dormire è meraviglioso e doloroso al tempo stesso. Guardare Letty che dorme è come guardare un incendio sotterraneo. In superficie tutto è placido e incantevole, ma sotto c'è qualcosa di invisibile pronto a scatenarsi. Quando stavano ancora insieme, Jack era sempre il primo a svegliarsi, e restava lì a guardarla dormire, chiedendosi cosa avesse fatto perché una persona così bella e buona scegliesse di stare con lui.

E dodici anni dopo, pensa, ti amo ancora.

Ma che importa? Ti ho buttata fuori dalla mia vita.

Come quando butti qualcosa nell'oceano, e dopo un po' un'onda la riporta sul tuo piccolo tratto di spiaggia. La vita ti restituisce qualcosa che non meriti.

Non farti strane idee, pensa. Cerca di essere distaccato. Non è tornata perché ti ama, è tornata perché le servi.

Perché c'è stato un incendio e sua sorella è morta.

Prende una coperta dall'armadio nell'ingresso e la posa sopra di lei.

Quel che Letty gli ha raccontato non cambia niente. Pam aveva un passato da alcolista, si impasticcava. Le analisi del sangue hanno dato esito positivo per entrambi.

Nulla che Letty possa dire cambierà mai questo fatto.

Solo il fuoco, e Jack lo sa bene, può raccontare la verità.

41

Il fuoco parla una sua lingua.

Non c'è da stupirsi, pensa Jack, che si usi il termine "lingue di fuoco", perché il fuoco comunica. Lo fa mentre arde, con il bagliore della fiamma, del fumo, con la velocità con cui si propaga, con i suoni che produce a seconda delle sostanze che brucia; e una volta spento, lascia anche un resoconto scritto del suo passaggio.

Il fuoco è lo storico di se stesso.

È talmente orgoglioso, pensa Jack, che non può a fare a meno di narrarti cosa ha fatto e come l'ha fatto.

Ecco perché, il mattino dopo, Jack si trova nella stanza da letto dei Vale.

È in piedi nella stanza scura e sente il fuoco sussurrargli qualcosa. Lo sfida, lo deride. È come se gli dicesse: «Avanti, interpretami, tu che sei tanto furbo. È tutto scritto qui, ma devi conoscere la lingua. Devi parlare la mia lingua».

Nessun problema, pensa Jack.

La lingua del fuoco la parlo correntemente.

Cominciamo dal letto.

Perché Bentley ha detto che l'incendio è partito da lì, e pare sia proprio vero.

Hanno dovuto raschiarla via dalle molle del letto.

Jack individua tracce di sangue secco sul metallo. Sente l'inconfondibile odore di carne bruciata.

Le molle sono contorte, raggrumate. Ci vuole un fuoco

molto caldo per ottenere questo effetto. Questo tipo di metallo inizia a fondersi solo al di sopra dei mille gradi centigradi.

Ecco cosa dice il fuoco: «Sono cattivo, amico. Sono un fuoco *molto* cattivo, e mi sono fatto la padrona di casa proprio qui, sul suo letto».

Poi c'è il buco sul soffitto. È quello che gli addetti ai lavori chiamano: "Esplosione per evaporazione di un liquido in ebollizione". Altrimenti noto come effetto camino. Il fuoco scatena la sua furia dal punto di ignizione, e i gas surriscaldati salgono a formare una palla incandescente. La palla di fuoco colpisce il soffitto e *boom*. Il che significa che intorno al letto c'è stato moltissimo calore. Il fuoco dice: «Sono così stronzo che non puoi tenermi chiuso nella stanza, Jack. Sono talmente grosso e stronzo che devo volare. Uscire, amico. Mostrare al cielo di che pasta sono fatto».

Jack abbassa lo sguardo verso il punto in cui Bentley ha rovistato tra le ceneri su quel che resta del pavimento di legno, sul lato sinistro del letto, e individua la macchia di vodka, letteralmente marchiata a fuoco sul pavimento. Ci sono frammenti di vetro affumicato e oleoso, compreso il collo della bottiglia.

Capisce su quali basi Bentley ha costruito la sua teoria.

Ma quel pigro bastardo si è fermato lì. Ha trovato la risposta più facile e non se l'è lasciata sfuggire, per poter mollare tutto al più presto e andarsene a pesca.

E così Jack continua a cercare.

Non solo perché pensa che Bentley sia un cretino, non solo per via della storia di Letty, ma anche perché ricopiare il lavoro già fatto da altri è segno di pigrizia. È così che si perpetuano gli errori, sempre ammesso che ne siano stati fatti. Un pigro bastardo che ricopia il lavoro di un suo simile.

Un circolo vizioso di idiozia.

Così Jack ricomincia da capo.

Comincia da zero, senza preconcetti, e ascolta il fuoco.

La prima cosa che il fuoco gli dice è che in quella stanza

ha bruciato un sacco di roba, perché Jack è immerso fino alle caviglie nei resti carbonizzati. Aggancia il registratore a un risvolto della camicia e inizia a prendere appunti.

«Nota: resti carbonizzati alti fino alle caviglie» dice Jack. «Probabile presenza di un grosso carico di combustibile. Non mi è ancora possibile determinare se si tratti di combustibile vivo o morto.»

I resti carbonizzati rivelano anche un'altra cosa, che però Jack non registra sul nastro. Di solito una simile quantità di resti carbonizzati sta a indicare un fuoco caldo e impetuoso che ha avuto la possibilità di bruciare parecchia roba – e *in fretta* – prima dell'arrivo dei pompieri.

La seconda cosa che controlla è la *disposizione* dei resti.

Se il fuoco parla una sua lingua, i resti carbonizzati ne sono la grammatica, la struttura sintattica, la sequenza soggetto-verbo-complemento. E in questo caso i resti parlano come Kerouac sotto anfetamine, perché è come se fossero verbo-verbo-verbo. Parlano di un fuoco che si *muoveva*, si muoveva senza fermarsi a mettere punti né virgole né altro.

Secondo Jack, quel fuoco correva come il vento. Perché i resti carbonizzati che si trova davanti sono quelli che in gergo vengono definiti "ad alligatore". Proprio così, come una pelle di coccodrillo. Di fatto, un fuoco molto caldo si muove in fretta. Brucia rapidamente e passa oltre, lasciando linee di demarcazione molto nette tra ciò che brucia e ciò che non brucia. Alla fine, il risultato sembra una pelle di coccodrillo.

Più caldo è il fuoco, più velocemente brucia, più grosso è l'alligatore.

E Jack ha davanti a sé un alligatore da competizione.

Controlla i resti carbonizzati di quella che era la pregiata carta da parati bianca e oro, che sicuramente costerà una fortuna sostituire, e si chiede se quella costosissima carta da parati sia stata un combustibile sufficiente per l'alligatore affamato.

Non lo dice nel registratore, però. Tiene per sé questi pensieri. Il commento che incide sul nastro è: «Procedendo lungo la parete ovest della stanza, osservo ampie tracce di materiali carbonizzati "ad alligatore"».

Osservare è una cosa, registrare è un'altra, perché la stanza è nera e il nero in foto rende a meraviglia. Jack tira fuori la macchina fotografica e comincia a "dipingere" la camera con i lampi del flash.

Si piazza in un angolo e guarda attraverso il mirino, mentre sposta il flash da una parete verso il centro. Memorizza fino a dove arriva la luce, in modo da sapere da dove ripartire con lo scatto successivo. Scatta foto in bianco e nero e a colori, poi dirige il flash verso il centro della stanza. Fatto questo, si posiziona in un altro angolo e ripete il procedimento finché non ha fotografato tutta la stanza. Prende un appunto per ogni foto che scatta e descrive le proprie azioni nel registratore.

Poi abbozza una piantina della stanza e annota i punti da cui ha scattato le varie foto e quali parti della stanza ha fotografato. Così quando il furbo avvocato di turno gli chiederà: «Lei *non può* affermare con certezza che si trovava nell'angolo sudoccidentale della camera quando ha scattato questa foto, vero?» Jack potrà tirare fuori il suo blocco di appunti e ribattere: «In realtà sì, avvocato, perché è mia abitudine registrare sempre il punto da cui...».

Perché il punto è, pensa Jack, che lo devi fare tutte le volte. Prenditi il tempo che ti serve, fallo con cura poi passa alla fase successiva.

In quel caso, la fase successiva è prendere le misure.

Tira fuori il nastro d'acciaio e misura le dimensioni della stanza, annotando i punti di riferimento da cui effettuare la triangolazione. La scelta è ampia, perché i grossi mobili della stanza hanno lasciato macchie di calore sul muro.

Pallide chiazze, come sagome in negativo, nei punti in cui i mobili hanno protetto la parete dalla fiammata iniziale. Jack sfrutta due di quelle ombre come punti di triangolazione e procede. Infine, torna ad ascoltare il fuoco.

Cos'altro ha da dirgli?

I travetti carbonizzati.

Stessa cosa: chiazze ad alligatore sul legno, nette linee di demarcazione tra la parte inferiore dei travetti, quasi completamente carbonizzata, e quella superiore.

In questo caso niente di strano, pensa Jack. Il fuoco brucia verso l'alto, ed è normale che la parte inferiore dei travetti sia più carbonizzata di quella superiore. E non sarebbe strano trovare tracce più marcate sopra il letto, dove il fuoco è bruciato più a lungo. Quello che invece non ci si aspetterebbe di trovare è ciò che Jack ha davanti agli occhi: in *numerosi* punti i travetti sono più carbonizzati che in altri. Sopra la parete opposta, accanto all'armadio, accanto alla porta del bagno.

«Evidenti segni di carbonizzazione sui travetti soprastanti il letto» dichiara. «Nette linee di demarcazione. Si notano tracce dello stesso tipo sui travetti sovrastanti l'armadio e l'ingresso del bagno.»

Tira fuori un righello d'acciaio e lo infila in una spaccatura del legno sopra il letto.

«La profondità della parte carbonizzata del travetto sopra il letto è pari a tre centimetri e mezzo» dice, poi ripete l'operazione negli altri due punti. «Tre centimetri e mezzo nella zona vicino all'armadio e tre centimetri e mezzo in quella accanto al bagno.»

Effettua le stesse misurazioni anche nei due punti che sembrano meno carbonizzati. La parte di travetto carbonizzata è profonda solo due centimetri e mezzo.

Interessante, pensa Jack. Perché non possono esserci *tre* punti in cui il fuoco è bruciato più a lungo. Non accidentalmente. Certo, potrebbero esserci altre spiegazioni. Dipende da cosa si trovava *sotto* quei travetti carbonizzati. Forse qualcosa che l'alligatore ha trovato molto gustoso, qualcosa che è bruciato a lungo, producendo molto calore. Questo potrebbe spiegare l'apparente anomalia.

È anche vero, però, che il cane era in giardino quando non avrebbe dovuto esserci. E le fiamme e il fumo erano del colore sbagliato.

Tutto questo, insieme ai tre segni più profondi nei travetti, comincia a far incazzare Jack.

Sa perfettamente cosa ha fatto Bentley. Ha guardato il buco nel tetto sopra il letto, ha guardato i travetti carbonizzati sopra il letto, ha frugato tra le ceneri intorno al letto e ha visto che il fuoco aveva marchiato il pavimento. Ha visto i cocci della bottiglia di vodka e il materasso bruciato e le molle contorte e si è convinto di aver trovato il punto di origine.

Perché dovrebbe sempre esserci solo un punto di origine, e fumare a letto è la principale causa degli incendi letali che scoppiano nelle camere da letto.

Tutto vero, pensa Jack, ma non è abbastanza.

Così inizia a cercare impronte a forma di V.

42

Il fuoco brucia verso l'alto e verso l'esterno.

Come una V.

Si innesca alla base della V e sale verso l'alto, perché lì c'è l'ossigeno, e verso l'esterno, perché l'atmosfera della stanza cerca di bilanciare il calore e la pressione.

Parte dal punto di origine e si espande in alto e in fuori, spesso lasciando una traccia a forma di V. In tal caso, il fuoco *ti indica* da dove è partito.

Quando un incendio si propaga dal centro di una stanza, non c'è nessuna traccia a forma di V, perché il fuoco non ha superfici da marcare. Quando un incendio parte lontano da una parete ci si aspetta di trovare, anziché un'impronta a V, un'impronta circolare sul soffitto, sopra il punto di origine.

E questa c'è. Senza dubbio. Sopra il letto non c'è solo una bruciatura circolare, bensì un vero e proprio *buco* nel soffitto. Ma ci sono anche resti carbonizzati alti fino alle caviglie e numerosi travetti profondamente carbonizzati e un buco sul tetto e un cane che abbaia all'esterno.

Jack comincia da ciò che è rimasto del guardaroba.

Che in realtà è una cabina armadio.

Non puoi semplicemente entrarci, potresti addirittura farci una gita, visto che è appena più piccola del Delaware.

La cenere è alta fino ai polpacci, cosa che tutto sommato Jack si aspettava perché lì dentro c'erano un sacco di cose. Perché è a questo che serve un guardaroba, no? A metterci dentro la roba, e poiché questo era un guardaroba gigantesco da persone ricche, c'è da aspettarsi che l'alligatore, qui dentro, si sia fatto un bel banchetto.

Soprattutto se c'erano dei vestiti appesi alle grucce, perché i tessuti sono saporiti e sotto di essi si trova un sacco di ossigeno. Ed è anche normale trovare molta cenere causata delle tante "ricadute". Le ricadute sono proprio quello che il nome suggerisce: roba che brucia e poi cade sul pavimento.

Come già detto, il principio base del fuoco è bruciare verso l'alto, in cerca di ossigeno e combustibile. Se l'ossigeno non è sufficiente il fuoco soffoca. Se il combustibile non è sufficiente, il fuoco si spegne. La situazione *preferita* dal fuoco è quella in cui può bruciare verso l'alto e trovare lì il suo combustibile. Per esempio, dei vestiti. O scatole poggiate sugli scaffali, nonché gli scaffali stessi.

Il fuoco sale verso l'alto, consuma tutti questi oggetti e i resti carbonizzati ricadono al suolo. Molte volte le ricadute sono sufficienti per spegnere il fuoco sul pavimento. Ecco perché è possibile che durante un incendio bruci il soffitto e non il pavimento, anche se è lì che le fiamme hanno avuto origine.

A volte il fuoco sale e poi *si sposta di lato*. Il fuoco non brucia sul pavimento, ma verso il soffitto, dove si trova il combustibile. Brucia tutto quello che trova e diventa sempre più caldo e affamato, e a quel punto si genera la cosiddetta convezione. Il fuoco produce talmente tanto calore che questo – non la fiamma – incendia il materiale sul pavimento, e solo allora il pavimento brucia.

Ma tutto deve cominciare da qualche parte.

Dalla base di una V. Ecco perché Jack cerca nell'armadio: perché è un cinico bastardo.

Un cinico bastardo pensa che, se qualcuno vuole appiccare un incendio, l'armadio è un ottimo punto di partenza perché non è immediatamente visibile e l'effetto ricaduta nasconde spesso le prove.

Così ora Jack è in ginocchio a scavare tra la cenere sulla

parete posteriore dell'armadio e non ci mette molto a trovare quello che cerca: una V alta e stretta sulla parete. È importante che sia stretta e non ampia. Con una V ampia il fuoco ti dice che è divampato normalmente, come un animale al pascolo. Con una V stretta, il fuoco ti dice qualcos'altro.

Il fuoco ti dice: «*Ero rovente*».

«Ero *impetuoso.*»

C'è anche qualcos'altro in questa V. Il vertice non è a punta, sembra una V con la punta tagliata.

È come se il fuoco bisbigliasse a Jack: «*Ehi, amico, forse mi hanno dato una mano. Una spintarella.* Forse qualcuno mi ha aiutato a, insomma... *a partire*».

In un incendio accidentale, la V sarebbe a punta. Ma se il fuoco ha ricevuto un aiuto – per esempio, se qualcuno ha versato dell'accelerante sul pavimento – allora la base della V avrebbe la stessa ampiezza della pozza di accelerante versata a terra. Perché non si avrebbe più un punto d'origine bensì una *pozza* d'origine, che si incendia tutta nello stesso momento.

Quindi ora, pensa Jack, non abbiamo più solo un punto d'origine, ma almeno due.

Uno di troppo.

Se c'è una cosa che Jack sa bene sugli incendi accidentali, è che hanno un solo punto d'origine. Contare non è difficile, si fa presto ad arrivare a *uno*.

Un incendio non si origina accidentalmente in due punti.

Non è possibile.

Jack scosta dal pavimento i resti carbonizzati di quelli che avrebbero potuto essere dei cappotti, accanto alla parete dove ha trovato la V.

Gli sembra di sentire il fuoco ridere.

Perché c'è un buco sul pavimento. Ampio quanto la base della V.

Il che induce Jack a pensare che forse Letty ha ragione.

Forse Pam è stata uccisa.

43

Letty del Rio è a Garden Grove, da uno sfasciacarrozze che ricicla auto rubate, circondata da rottami di auto. Contro il muro ci sono cinque ragazzini vietnamiti ammanettati con legacci di plastica, ma nessuno di quei buffoni le dice quello che lei vuole sapere.

Ossia, che stavano combinando Tranh e Do quando hanno fatto il loro numero alla Houdini.

Non vuole sbatterli dentro per le auto, perché sarebbe una grande scocciatura per un piccolo risultato, ma è quello che sarà costretta a fare, se non mostrano un po' di buonsenso.

Letty dice all'interprete: «Spiega loro che si beccheranno da cinque a otto anni per le macchine».

Scarta una gomma da masticare alla frutta e se la infila in bocca mentre l'interprete traduce la sua minaccia e riceve una risposta.

«Dicono che otterranno la libertà vigilata.»

«No» ribatte lei. «Mi occuperò personalmente di fotterli con il giudice. Diglielo.»

Lui glielo dice.

Gli rispondono, e l'interprete riporta: «Dicono che la tua vita sessuale non li riguarda».

«Ma che simpatici» commenta Letty. «Molto simpatici. Digli che sarà meglio che non abbiano precedenti, perché in quel caso me la vedrò con l'incaricato della libertà vigilata e farò in modo che finiscano in uno di quegli istituti dove ti fanno fare flessioni finché non vomiti. No, anzi, non dirglielo. *So* che parlano inglese.»

Merda, pensa Letty, quei ragazzini sono nati qui a Little Saigon, che geograficamente si trova in California ma in realtà è come se fosse Vietnam (del Sud). Tutti capiscono l'inglese salvo quando vengono arrestati. Allora fanno gli indiani e mettono su il teatrino dell'interprete perché è difficile che il pubblico ministero riesca a compiere i suoi incantesimi quando deve aspettare la traduzione.

E questo fa incazzare Letty.

«Tu parli inglese, vero?» chiede al ragazzo che sembra il più grande. Quello che guardava gli altri come per dire: "Tenete la bocca chiusa". Controlla il suo documento e vede che si chiama Tony Ky. «Sto cercando Tranh e Do, e *so* che erano coinvolti nel vostro giro di pezzi di ricambio. Quindi vi starò con il fiato sul collo, e non smetterò di farlo finché non mi avrete aiutato. No, non dire *niente* all'interprete. Faccio a meno delle vostre spiritosaggini. Voglio solo che riflettiate su quel che ho detto.»

Come se servisse a qualcosa, pensa.

Little Saigon è un mondo chiuso e non si aprirà certo per lei. È incazzata con questi ragazzini, ed è incazzata con il suo capo per aver mandato una latina in quell'universo asiatico, chiuso e maschile.

Con me non parleranno mai, pensa.

Ed è incazzata anche perché dovrà andare a parlare con Zio Nguyen, l'unica persona che potrebbe aiutarla a ottenere delle informazioni, e Zio Nguyen le fa venire il mal di testa. Lui faceva il poliziotto a Saigon, la vera Saigon, quindi tratta i poliziotti con questo cazzo di cameratismo ma anche lui non le dirà un bel niente. Né dirà a qualcun altro di parlare.

Merda. Se Tranh e Do sono stati accoppati, sicuramente Zio Nguyen deve aver dato l'*okay*, quindi è molto probabile che Letty si sia cacciata in un vicolo cieco. Ma è una pista che deve comunque seguire per far contento il suo capo.

Ma, pensa, mi verrà il mal di testa.

Dice agli agenti di arrestare i ragazzini e comincia a perquisire l'officina.

La cosa bella dei vietnamiti, pensa Letty, è che tengono traccia di tutto. Si rubano le auto a vicenda, le smontano, rivendono i pezzi e intascano l'assicurazione, e prendono nota delle auto "rubate" e del prezzo di ciascuna.

Pensando, come gli allibratori di un tempo, di poter dare fuoco alle carte prima che i poliziotti sfondino la porta.

Spiacente, ma avete perso. La vicesceriffo Del Rio è più veloce del poliziotto medio.

E anche più furba.

Ed è molto più veloce e più furba anche del ragazzino medio, che non ha nemmeno i *cojones* per provare a prendere un diploma, e si mette invece a smontare auto rubate.

Letty non prova nessuna compassione per loro.

Gira per l'officina cercando i registri e raccogliendo fino all'ultimo foglietto che trova. Li cataloga come potenziali prove e se li fa tradurre.

Dice all'interprete: «Voglio vedere subito tutto il materiale in cui compaiono i nomi Tranh e Do».

Il che, pensa, è come andare a Chula Vista e chiedere di vedere tutti i documenti su cui c'è scritto González. Ma cosa ci può fare?

44

Il fuoco brucia verso l'alto.

Perché è lì che si trova l'ossigeno.

Il fuoco brucia verso l'alto...

A meno che...

... non abbia un *motivo* per bruciare verso il *basso*.

Jack sa che esiste un numero limitato di possibilità riguardo a quel motivo. Qualunque cosa venga versata sul pavimento per alimentare un incendio – in gergo si chiama *accelerante* – cola verso il *basso*, proprio come fa ogni liquido. *Scende* verso il pavimento e il fuoco lo segue. Lo segue *verso il basso* perché ora c'è qualcosa che lo spinge in quella direzione: l'accelerante, che è un combustibile migliore dell'ossigeno. Il fuoco divora l'accelerante (benzina, cherosene, stirene, benzene), *poi* brucia verso l'*alto*. Impetuoso, rovente e incazzato.

Jack osserva il buco che il fuoco ha scavato nel pavimento, lungo circa sessanta centimetri e largo trenta, e si chiede perché. Proietta la luce nel buco e sui travetti del pavimento. La parte superiore del travetto che si trova immediatamente sotto il foro è carbonizzata. Quella inferiore sembra intatta. Jack si piega in avanti e proietta la luce sul travetto, oltre il buco.

Vede quello che si aspetta di vedere: delle macchie di forma oblunga sulla parte superiore del travetto.

«Si notano segni di gocciolamento sul travetto sotto il

foro nel pavimento della cabina armadio» dice al registratore.

È tutto. Non aggiunge che sono proprio quel che ci si aspetterebbe di trovare in presenza di un incendio accelerato. Tracce di gocciolamento dove l'accelerante è filtrato fra le assi del pavimento colando sul travetto.

Quel cazzone di Bentley, pensa Jack. Cazzone e scansafatiche. Vede il punto di origine che più gli fa comodo, sposta un po' di cenere, ed ecco pronte causa e origine. Dopodiché tira fuori le canne e va a pescare.

Non si preoccupa di guardare in giro, di scavare tra i resti.

Per determinare la causa di un incendio è *essenziale* scavare tra i resti carbonizzati. Almeno, questo è ciò che hanno sempre insegnato a Jack. *Bisogna* scavare. E non solo dove si ritiene che sia il punto di origine, ma in tutta la struttura.

Insomma, è difficile bruciare una casa.

Molti pensano che sia facile, ma si sbagliano. Un incendio ha bisogno di parecchio ossigeno e di parecchio combustibile per diventare forte e impetuoso, e parecchi degli incendi che si sviluppano tra le pareti domestiche non trovano abbastanza ossigeno e combustibile per diventare belli grossi. Nei casi di incendio doloso a cui Jack ha lavorato, gli è capitato di trovare pareti bucate per dare sfogo alle fiamme, o finestre lasciate aperte. Una volta, indagando su un incendio in una casa in costruzione, aveva notato che le tramezze di cartongesso erano state tolte affinché il fuoco avesse ossigeno sufficiente per diffondersi in tutto l'edificio.

E non è solo una questione di ossigeno e di combustibile: è anche questione di tempo.

Il tempo che precede l'arrivo dei pompieri.

In passato era diverso: la California era un paese agricolo, le case erano più distanti dalle stazioni dei pompieri, nessuno aveva sistemi di allarme automatico o impianti antincendio a pioggia o cose simili.

Ma ora, soprattutto in quell'unica grande megalopoli che è il sud della California, tutto e tutti sono collegati. Non appena scoppia un incendio partono gli sprinkler, scatta l'allarme, la stazione dei vigili del fuoco è a non più di dieci minuti di distanza, e i pompieri arrivano in massa.

Se vuoi bruciare una casa, o l'ala di una casa, è una lotta contro il tempo. Se appicchi il fuoco in un solo punto, è una lotta persa in partenza. Le ferree leggi della fisica giocano a tuo sfavore.

Devi portarle dalla tua parte.

In due modi.

Prima di tutto, acceleri la combustione. Generalmente si usa del combustibile fossile e con quello si accende un fuoco più veloce di una lepre. L'altra cosa da fare è appiccare più incendi. Di solito un incendio doloso è fatto di diversi incendi. Ne serve più di uno, altrimenti nemmeno un fuoco notevolmente accelerato riuscirà a compiere il danno necessario prima di esaurire il tempo a sua disposizione.

Occorre combinare diversi fuochi accelerati per:

a) arrivare in tutte le zone che si vogliono distruggere;

b) aumentare la quantità totale di BTU e ottenere l'effetto di convezione necessario.

Bisogna generare all'interno della struttura un calore sufficiente affinché non siano le fiamme a diffondere l'incendio, ma il calore, che dovrà raggiungere il punto di ignizione dei materiali presenti nella struttura. E a quel punto...

Whoosh.

Fase di *flashover.*

Il fuoco è fuori controllo.

L'alligatore mangia tutto quello che trova.

L'orgasmo, come l'avrebbe definito Fuller.

Certo, Jack sa che l'effetto convezione non avviene sempre in questo modo. Magari uno appicca due o tre fuochi, ma due si spengono prima di sviluppare il calore necessario. È per questo che molti incendiari cercano di raccordare gli incendi, affinché le fiamme si diffondano in tutta la struttura. Versano una scia di accelerante da un punto all'altro, o a volte usano quelli che in gergo si chiamano "rimorchi":

spesso si tratta di lenzuola arrotolate e disposte in tutta la casa da una pozza di accelerante all'altra.

Una miniautostrada lungo la quale il fuoco può prendere velocità.

E le prove si bruciano da sole.

A meno che non si parli la lingua del fuoco, e in tal caso le prove sono lì davanti ai tuoi occhi: come un buco nel pavimento e tracce di gocciolamento sul travetto sotto il buco.

Che mostrano che il fuoco è bruciato verso il basso e non verso l'alto.

La fisica, pensa Jack, non mente mai.

Le leggi della natura non possono essere sovvertite, nemmeno dagli avvocati di parte civile o dai giudici. Se lanci una palla in aria, ricade a terra. Se finisci sotto un'onda, ti spinge sul fondo. Il fuoco si accende e brucia verso l'*alto* a meno che non abbia un motivo dettato dalla fisica per bruciare verso il basso.

Jack si inginocchia, sudato nella sua tuta di carta bianca. L'odore della cenere gli penetra nelle narici e una parte di lui vorrebbe essere immersa nelle fresche acque blu dell'oceano, sotto un cielo dello stesso colore, invece che nelle ceneri di una stanza chiusa e nera, che puzza di fuoco e di morte.

Ripete tutto il procedimento fotografico, illumina e fotografa la V, il foro nel pavimento, il travetto e l'intero guardaroba. A colori e in bianco e nero. Registra i dati sui suoi appunti e sul nastro.

Una volta terminato, estrae dalla tuta una busta di plastica per la raccolta delle prove. C'è chi preferisce usare i barattoli di vernice, ma Jack teme che il metallo possa contaminare i campioni. Idem per i sacchetti da surgelati con chiusura a pressione. Jack preferisce le buste speciali, trattate e sterilizzate. Sono più costose, ma almeno hai la certezza che le tue prove non verranno considerate "inaccettabili" in tribunale e questo, a conti fatti, permette di risparmiare un sacco di tempo e di seccature. Preleva un piccolo quantitativo di residui carbonizzati dal foro nel pavimento e li ripone nella busta. La sigilla e la etichetta specificando data, ora, caratteristiche del campione e punto da cui è stato prelevato. Poi firma l'etichetta.

Annota le stesse informazioni sul blocco per gli appunti e sul nastro.

Come dire, cintura e bretelle.

Ripete il procedimento più volte: preleva piccoli campioni del travetto e del pavimento, e un po' di residui carbonizzati raccolti in un altro punto del guardaroba, lontano dalla V e dal buco. Gli servono come elementi di raffronto, sperando che non contengano dell'accelerante. Altrimenti, se i campioni risultassero positivi, si potrebbe obiettare che l'accelerante è contenuto nel legno stesso. I pavimenti in legno di pino, per esempio, contengono molta trementina. Quindi bisogna procurarsi un campione "pulito" per mostrare la differenza.

Preleva campioni da diversi punti della stanza.

Dovrò scavare, pensa Jack.

In tutta la stanza.

Scavare per portare via i residui carbonizzati e mettere a nudo il pavimento, in modo da controllare se ci sono altri buchi, potenziali chiazze di versamento dell'accelerante, segni di sfaldamento sulla soletta di cemento sotto il pavimento. Tutti indizi di un fuoco accelerato.

Prende la pala e inizia a scavare.

Comincia dalla cabina armadio. Parte dall'angolo che sa essere problematico, per poi procedere con il resto della stanza da letto. Solleva i residui con la pala e li getta in uno dei capienti sacchi di plastica per l'immondizia che ha portato con sé. I residui torneranno utili più tardi, quando li passerà al setaccio.

Scavando, di tanto in tanto trova pezzi di materiale più voluminosi – vestiti parzialmente bruciati, parti di elettrodomestici, residui di mobilio. Mette da parte i frammenti più voluminosi, le maniglie in ottone dei mobiletti, le cerniere in rame, il piede lavorato di un mobile, e registra tutto nei suoi appunti. Annota la posizione dei frammenti sulla sua piantina della stanza, li fotografa e li ripone nei sacchetti di plastica.

Tutto questo lavoro gli porta via un sacco di tempo.

Quando ha finito di scavare, ciò che resta del pavimento è allo scoperto.

Fa un passo indietro, dà un'occhiata e sente il fuoco parlargli.

Le chiazze di versamento che cominciano nell'armadio arrivano fino al letto.

«Ma tu guarda» dice Jack ad alta voce.

Se Bentley avesse fatto bene il suo lavoro, avrebbe potuto tracciarle nella direzione opposta, dalla vodka versata all'armadio. Ma, a differenza di Jack, non lo ha fatto, e ora Jack si trova davanti un libro aperto.

Qualcuno ha versato parecchio accelerante nell'armadio. Jack lo sa perché il pavimento è bruciato, mettendo a nudo la lastra di cemento sottostante. Poi qualcuno ha sparso una scia di accelerante dall'armadio al letto. Jack distingue chiaramente la scia chiara sul legno. Qua e là c'è un foro nel pavimento, dove il fuoco ha bruciato con maggiore violenza.

Ma non c'è nessun foro accanto al letto, vicino ai cocci della bottiglia di vodka. Chiunque abbia versato l'accelerante, ha fatto attenzione a non spargerlo in quel punto.

Jack solleva il materasso carbonizzato e lo sposta. Si aspetta di vedere un pavimento relativamente intatto, ancora una volta a causa dell'effetto ricaduta. Se l'incendio si fosse generato sul pavimento accanto al letto, ne avrebbe bruciato la struttura in legno. Quando questa fosse crollata, il materasso e le molle avrebbero protetto la porzione di pavimento sottostante.

Ma non è questo ciò che vede.

E nemmeno ciò che sente, perché il fuoco gli parla nuovamente.

Abbaia, *cinguetta*, e gli dice: «*Me la sono fatta qui, ami-*

co. Me la sono fatta sul suo letto. Poi sono uscito dal soffitto, amico».

Perché ci sono ceneri pesanti dove non dovrebbero essercene.

Jack scava tra le ceneri.

Sotto c'è un grosso foro. La forma è irregolare, ma è grande più o meno quanto il letto. Anzi, è più ampio sul lato opposto a quello dove c'erano i cocci di bottiglia.

Jack continua a scavare.

Scava attraverso il pavimento, fino alla lastra di cemento.

Toglie i residui dalla lastra e vede una chiazza bianca nel punto in cui il cemento è stato bruciacchiato.

Sfaldamento.

È l'ennesima traccia di un incendio doloso, perché, ancora una volta, il fuoco brucia sempre verso l'alto a meno che qualcosa non lo costringa a bruciare verso il basso. Sfaldamenti di questo tipo si verificano quando l'accelerante raggiunge il cemento, attirandovi l'alligatore per uno spuntino.

Dal punto in cui si trova, Jack vede un buco sotto di lui e uno sopra, nel soffitto.

«Gesù Cristo» dice.

È come se il fuoco stesse urlando.

Lo sente provenire dal profondo della sua anima.

Chiunque abbia appiccato l'incendio ha versato dell'accelerante sotto il letto. Poi l'ha gettato anche addosso a Pamela Vale. L'ha cosparsa di accelerante dalla vita in giù. Poi ha acceso un fiammifero.

Nessun incendiario professionista agirebbe in questo modo, pensa Jack.

Almeno, non se volesse soltanto appiccare un incendio. Versare dell'accelerante addosso a una donna sdraiata nel suo letto indica che si tratta di una faccenda personale. Una faccenda sessuale. È un gesto dettato dal rancore.

Jack ripete nuovamente la procedura. Fotografa il pavimento e la stanza, in bianco e nero e a colori, registra le foto, poi riprende la stanza con la videocamera, infine segna sulla piantina della stanza i punti del pavimento in cui pensa sia stato versato l'accelerante. Insomma, bretelle e cintura: vuole avere una quantità di prove da presentare alla giuria.

La cosa migliore sarebbe se la giuria potesse visitare il luogo dell'incendio, ma sa che non succederà. Innanzitutto, le possibilità di ottenere un'ingiunzione contro la demolizione e la ricostruzione della stanza sono praticamente nulle e, in secondo luogo, raramente i giudici consentono le visite in loco, soprattutto se c'è stata una vittima. La giuria potrebbe avere una reazione emotiva e la capacità di giudizio verrebbe compromessa.

Se potessi portarli qui, pensa Jack, potrei dimostrargli che Nicky Vale ha bruciato viva sua moglie nel letto nuziale. Se potessi portare qui una giuria e spiegare loro cos'hanno davanti agli occhi...

Ma è pressoché impossibile che succeda, così documenta al meglio la scena – foto, video, disegni – e preleva campioni intorno alla scia dell'accelerante e sotto il letto. Per ogni campione potenzialmente "sporco", un altro potenzialmente "pulito" per consentire i raffronti. Li mette nelle buste di plastica e li cataloga.

Ora i campioni sono *tutto*.

Se i campioni dovessero risultare positivi al test per gli acceleranti, la teoria dell'incendio-scoppiato-perché-fumava-a-letto andrebbe a puttane.

Non sarebbe più un incendio accidentale, né una morte accidentale.

Sarebbe incendio doloso.

E omicidio.

Jack decide di andare a parlare con Bentley.

Per dirgli di riaprire il caso Vale.

Tracce di versamento[1]

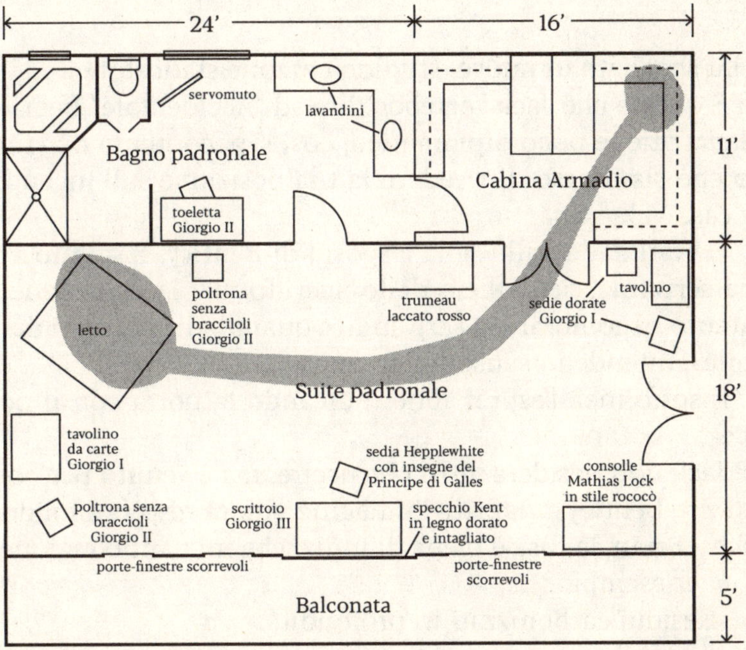

1 Le aree ombreggiate corrispondono alle tracce di versamento.

45

«Hai sbagliato di nuovo, stupido cazzone sfaticato!»

È questo che Jack vorrebbe dire ad "Accidentale" Bentley. Ma lo ritiene poco diplomatico, così si accontenta di: «Credo che sia il caso di rivedere la tua posizione sull'incendio di casa Vale».

«Levati dalle palle» è la risposta di Bentley. È seduto alla sua scrivania, nell'ufficio dello Sceriffo. Per la precisione, è intento a sgombrare la scrivania, e quando dice «Levati dalle palle», intende in senso letterale.

E sottolinea l'espressione indicando la porta con il pollice.

Jack non desidera altro che uscire, ma è venuto per convincere Bentley a riaprire l'indagine. Allora respira a fondo e dice: «Brian, la casa è piena di indizi che mi danno ragione».

«Per esempio?»

«Residui carbonizzati in profondità.»

«In quella casa c'era un sacco di roba.»

«Bruciature ad alligatore sulle travi.»

«Solo chiacchiere» risponde Bentley, senza nemmeno guardare Jack. È indaffarato a mettere della roba in uno scatolone. «Potrebbe significare tutto o niente.»

«Scheggiature sulla lastra di cemento.»

«Idem.»

«La struttura del letto è praticamente temprata alla fiamma.»

Bentley ripone una tazza nella scatola. «Jack, se mi vuoi

dire che è stato un incendio molto caldo, sono d'accordo. Credimi, c'era tanto di quel materiale combustibile che avrebbe potuto bruciare Chicago. Ora smamma.»

Un paio di agenti, in piedi intorno a un'altra scrivania, si girano verso di loro.

«Ho trovato delle chiazze di versamento» dice Jack. «Con una scia che le collega.»

«Non c'era nulla del genere.»

«Non hai scavato tra i residui.»

«Non ce n'era bisogno.»

«Cosa cazzo *vuol dire* che non ce n'era *bisogno*?»

Adesso gli agenti li stanno guardando sfacciatamente. Pronti a intervenire nel caso sia necessario sbattere fuori Jack con la forza.

Bentley ribatte a voce alta: «La donna fumava a letto! È la più comune causa di morte in caso di incendio!».

«Nei suoi polmoni non c'erano tracce di fumo!» grida Jack. «Nel sangue c'era meno del dieci per cento di CO!»

«*Beveva!*» strilla Bentley. «Era fatta di alcol e di pillole! Era in overdose!»

«E prima dell'overdose se ne è andata in giro per la stanza a versare degli acceleranti?» chiede Jack. «Si è preparata un bel funerale vichingo? Dài, Brian.»

«Di che cazzo parli? Acceleranti?»

«Ho prelevato dei campioni di macerie e risulteranno positivi agli esami.»

«Stronzate.»

«Voglio solo darti la possibilità di riconsiderare le tue conclusioni.»

«Sei proprio un ragazzo dal cuore d'oro, Jack» commenta Bentley. «Ma io non ritratterò un bel niente. Ora torna a imbrogliare le vedove e gli orfani.»

«Devi riaprire...»

«Proprio non ti basta fare il liquidatore, vero?» chiede Bentley. «Vuoi ancora fare il poliziotto. Be', non lo sei più, Jack. Ti hanno buttato fuori, ricordi?»

Me lo ricordo, pensa Jack.

«Sì» risponde. «Mi ricordo che al processo ti sei calato le brache.»

Bentley lo afferra per la camicia. Jack fa altrettanto. I due agenti intervengono per separarli, così quando Letty sbuca da dietro l'angolo si trova davanti a una zuffa in piena regola.

«Jack, per l'amor del cielo...»

«Ehi, Jack» dice Bentley, «magari puoi *pestare a sangue* Vale per ottenere una confessione.»

«Tu non sai fare il tuo lavoro.»

«Ti ho detto di non ficcare troppo il naso...»

«*Jack...*»

«... in cose di cui non sai un cazzo...»

«... sei uno stupido sfaticato...»

«Jack!»

Letty lo afferra per un gomito e lo trascina verso una parete. «Che diavolo stai facendo?»

Jack trae un profondo respiro. «Sono venuto per cercare di convincerlo a riaprire il caso.»

Lei lo guarda con aria interrogativa.

«Si tratta di un incendio doloso» spiega lui.

«Ah, quindi voi due siete in combutta, eh?» chiede Bentley. «Ehi, Jack, hai ripreso a *scopartela*?»

Jack si lancia verso di lui ma Letty si mette in mezzo.

«Lascialo fare» dice Bentley.

«Non è quel che vuoi, e lo sai.»

«Non ti avevo detto di starne fuori, Del Rio?» chiede Bentley.

«Era mia sorella.»

«Era fatta e sbronza ed è andata a fuoco.»

«Se tu, almeno per una volta, facessi il tuo cazzo di lavoro» interviene Jack.

«Sparisci!» grida Bentley, lisciandosi la camicia e ravviandosi i capelli.

«Se ne va subito» dice Letty. Solleva una mano verso i due agenti che stanno per scortare Jack fuori dall'edificio. Tiene stretto Jack per il gomito e lo accompagna lungo il corridoio. Sentono Bentley gridare: «Sei uno stronzo, Jack!».

«Forse non ha tutti i torti» commenta Letty.

«Probabile.»

«Probabile» ripete Letty, e ridacchia. Poi dice: «Doloso?».

«Non posso esserne sicuro finché non avrò gli esiti dei test sui campioni, ma...» Poi chiede: «È possibile che sia stata Pam, Letty? È possibile che fosse così depressa da farla finita portandosi appresso la casa?».

«Pam non si sarebbe mai ammazzata.»

«Come fai a...»

«Per i bambini. Non avrebbe mai abbandonato i bambini.»

«Era molto ubriaca.»

Letty scuote la testa. «L'ha ammazzata lui, Jack.»

«Letty...»

«L'ha ammazzata lui» ripete. Poi: «Sarà meglio che te ne vada».

Jack sale in macchina e si allontana. Quando lei torna in ufficio, Bentley le chiede: «Allora, come sta il vecchio fidanzato?».

«Chiudi il becco, stupido cazzone sfaticato» risponde Letty.

46

Dinesh Adjati assomiglia a Bambi.

Non a Bambi da grande, pensa Jack, quando prende a calci in culo il suo rivale alla fine del film. Ma a Bambi *da piccolo*, l'amico di Tamburino.

Dinesh ha occhioni marroni come quelli di Bambi, ciglia lunghe, è magro e ha la carnagione olivastra. Ma ha anche un dottorato in ingegneria chimica, quindi è un *dottor* Bambi.

Dinesh lavora per un'azienda chiamata Disaster Incorporated.

La Disaster Inc. è la società a cui ci si rivolge quando qualcosa va decisamente storto.

Se vuoi sapere perché un treno è deragliato, perché un ponte è crollato, perché un autobus è finito in un fiume o perché c'è stato un incendio, devi chiamare la Disaster Inc.

La Disaster Inc. regala ogni anno ai suoi clienti il calendario con i Disastri del Mese, ma Jack non ha mai conosciuto nessuno così perverso da appenderlo davvero alla parete. Il calendario propone, per ogni mese, una magnifica foto in technicolor dell'incidente più spettacolare, e brevi cronache di tragedie del passato tipo "Esplosione dell'Hindenburg", "Incendio in una scuola di Chicago"; c'è n'è persino una intitolata "Il Vesuvio erutta", che Billy "Porca Puttana" ha modificato in "Il Vesuvio erutta e la Disaster Inc. non può emettere fattura".

Negli anni Novanta la Disaster Inc. ha fatto un sacco di

soldi perché in quel decennio si sono verificati una quantità di disastri. Solo in California ci sono stati gli incendi del '93 a Malibu, a Laguna, a Sherman Oaks, e i bravi cittadini erano ansiosi di sapere per quale motivo gli incendi si erano estesi così rapidamente, bruciando così tante case.

Poi era arrivata la Madre di Tutti i Disastri: il terremoto di Northridge. Il 17 gennaio 1994 erano bastati trenta secondi per prosciugare un terzo delle riserve della California Fire and Life e rendere ricchi i proprietari della Disaster Inc.

Dinesh ci aveva guadagnato un bonus da capogiro, perché è lui che alla Disaster si occupa degli incendi, e per cercare di stabilire le cause degli incendi scoppiati in seguito al terremoto aveva fatturato un sacco di ore. Molti proprietari della zona non erano assicurati contro i terremoti ma erano coperti contro gli incendi, e così, quel giorno, un bel po' di edifici erano andati distrutti per combustione spontanea.

Anche Jack conosce il trucco. Copertura completa contro i terremoti a solo un dollaro e sessantacinque al giorno. Basta tenere sopra la caldaia una latta con qualche litro di benzina, così quando iniziano le scosse... *boom*! Ed ecco l'assicurazione contro i terremoti.

Ma la maggior parte della gente non lo sapeva, così dopo il terremoto se ne andava in giro a spargere acceleranti sulle macerie delle proprie case. Ecco perché Dinesh Adjati a ventotto anni ha una Porsche, una casa a Laguna e un appartamento a Big Bear.

Jack, però, gli vuole bene.

Gli vuole bene perché il dottor Bambi si fa un culo così, è bravo ed è un ottimo testimone. Guarda i giurati con quegli occhi da cerbiatto, spiega in perfetto inglese i risultati delle sue complicatissime analisi chimiche, e loro assorbono tutto come spugne.

Jack decide di recarsi direttamente al laboratorio della Disaster, a Newport Beach, proprio sopra il parco.

Un pass da Miglior Cliente gli permette di accedere direttamente al laboratorio di Dinesh: il dottor Bambi indossa un camice ignifugo e un casco dotato di maschera, e sta torturando un pick-up con la fiamma ossidrica.

Spegne la fiamma, solleva la maschera e stringe la mano a Jack.

«Una causa di diffamazione contro uno spettacolo televisivo» spiega. «Io lavoro per il querelante.»

Jack gli dice che ha il bagagliaio dell'auto pieno di campioni.

«Potresti eseguire i test?» gli chiede. «Con la massima urgenza?»

«Qualcuno sentiva il bisogno di bruciare qualcosa?»

«Non solo *qualcosa*. C'è una vittima.»

Dinesh fa una smorfia. «Sul serio?»

«Sul serio.»

«Brutta storia.»

«Mi servono alla svelta, Dinesh.»

«Entro oggi va bene?»

«Perfetto. E può darsi che mi servirà anche la tua testimonianza.»

«Be', ho una buona notizia e una cattiva.»

«Spara.»

«Quella buona è che posso mettermi al lavoro oggi stesso. Dovrò assegnare una squadra di tecnici al caso, con relativo aumento dei costi, ma avrai i tuoi risultati oggi, redatti con la massima precisione.»

«Qual è quella cattiva?»

«La cattiva» dice Dinesh. «È che non sono sicuro di poter testimoniare.»

Cosa?

«Che vuoi dire?»

«Non sono sicuro» ripete Dinesh, «che un gascromatografo, anche se dotato di spettrometro di massa, possa individuare con precisione tracce di acceleranti.»

Jack sente il pavimento sprofondargli sotto i piedi.

«Abbiamo sempre usato il GC con lo spettrometro di massa. Cos'ha che non va?»

«Viviamo nella società della plastica» risponde Dinesh. «Le case moderne sono piene di oggetti in plastica che, quando bruciano, rilasciano una marea di sostanze chimiche che possono essere confuse con idrocarburi o acceleranti. Per esempio, la gascromatografia con lo spettrometro di massa rivela la presenza di circa duecento tipi di sostanze chimiche nel cherosene.»

«Quindi?»

«Quindi ho lavorato con uno strumento che permette di individuarne duemila.»

«Duemila?» chiede Jack.

«Esatto. Diciamo che è più efficace nel distinguere le lucciole chimiche dalle lanterne.»

Jack dice: «E ovviamente è più costoso».

Dinesh sorride. «L'unica cosa più costosa della buona scienza è la cattiva scienza. Diciamo che non potrei più presentarmi davanti a una giuria e dichiarare con la mano sulla Bibbia che il GC, pur fornito di spettrometro di massa, è totalmente attendibile.»

«Invece, con il tuo nuovo procedimento, potresti farlo.»

«Non è nuovo» puntualizza Dinesh. «Sono mesi che lo provo. È una cosa chiamata GC x GC. O gascromatografo bidimensionale, se preferisci. Forse è ora di metterlo in azione.»

«Fallo.»

«Ti costerà parecchio.»

«Quanto?»

«Intorno ai diecimila.»

Fallo lo stesso, pensa Jack. Non è da furbi perdere una causa da qualche milione e consolarsi dicendo: «Però ne ho risparmiati diecimila sui test».

«Fallo» conferma Jack.

«Ecco perché ti ho sempre voluto bene, Jack.»

«Fallo prima con il metodo vecchio, poi con quello nuovo. Fallo finché non ottieni un risultato soddisfacente. Ma fallo.»

Di qualunque cosa si tratti.

47

Letty è al solito incontro del giovedì alla sede degli Alcolisti Anonimi lungo la costa meridionale, che a causa dell'ora e del luogo in cui si tiene viene chiamato scherzosamente "Donne (che bevevano) a pranzo".

Non è il tipo di incontro a cui è abituata. Lei conosce le riunioni serali nei seminterrati delle chiese, con biscotti sbriciolati e caffè di pessima qualità, e gente che racconta che i soldi dell'affitto sono finiti in birra o in bourbon.

Non è abituata a una riunione in pieno giorno in uno "spazio collettivo" su un porticciolo con vista sul mare, ma è qui che le signore vengono a condividere esperienze, forze e speranze. È qui che Pam veniva, ed è per questo che oggi Letty si trova qui.

Dice a se stessa: queste donne sono splendide. In forma perfetta, soprattutto se pensi che erano delle ubriacone. Tutto il grasso da alcol accumulato nei loro giorni scellerati l'hanno smaltito sui tapis-roulant e sulle cyclette. La loro pelle è liscia, gli occhi scintillano di vita, i capelli sono in ordine e, nel complesso, sono sexy e attraenti. Se gli Alcolisti Anonimi decidessero di girare una pubblicità progresso, dovrebbero riprendere questi incontri pomeridiani sulla costa sud.

Persino le donne non alcolizzate si metterebbero a bere per poi poter partecipare a questi incontri e somigliare a queste signore.

Quanti miracoli possono fare il programma in dodici passi e qualche centinaio di migliaia di dollari, pensa Letty.

Comunque, ormai è qui, e le signore non bevono caffè scadente – ma Frappuccino (caffè decaffeinato e latte scremato) in bicchieri di plastica chiara da asporto. Ci sono anche degli uomini. Non i soliti impiegati, ma imprenditori immobiliari e assicuratori e altri lavoratori che possono prendersi un mezzo pomeriggio libero per condividere esperienze, forze e speranze e magari pure rimorchiare e finire nell'Holiday Inn che guarda la combinazione si trova a soli cinque minuti dal luogo della riunione. Da queste riunioni nascono talmente tante storie da una notte, che potrebbero chiamarsi "Donne (che bevevano) a pranzo e Uomini che gli sbavano dietro".

Piantala di fare la stronza, si dice Letty.

Non è colpa loro se sono ricche e tu no.

Se sono bellissime e tu no.

Fattela passare.

E fatti passare anche Jack Wade. Dodici anni di attesa sono un po' troppi per tenere accesa la fiamma. Si finisce per farsi male. Dodici anni, e quel figlio di puttana non ti ha mai chiamato. Non lo avrebbe mai fatto. E tu non lo avresti più rivisto se non avessi avuto bisogno del suo aiuto. E sei talmente stronza che sei disposta a usarlo senza farti problemi.

Ma la verità è che Letty mantiene accesa la fiamma da dodici anni. Ha avuto qualche ragazzo, ma niente di serio, perché in fondo all'anima aspettava di ritrovare qualcosa che aveva perso.

Jack.

Jack aveva perso la propria anima, e si era portato dietro anche la tua. E così ora ti ritrovi a quasi quarant'anni senza marito, né figli, né uno straccio di vita, a parte dare la caccia a barboni e derelitti.

E non è colpa di queste donne.

È solo tua.

Quindi piantala, ragazzina.

Letty si siede e ascolta il preambolo dell'oratrice, che è uguale dappertutto: se sei un alcolista sei un alcolista. Qualunque sia il panorama che hai davanti, diventa inevitabilmente una merda. Durante la pausa chiacchiera del più e del meno con un paio di donne, e quando la riunione riprende e la moderatrice domanda se qualcuno vuole parlare, Letty lascia che alcuni raccontino i fatti loro e poi alza la mano.

Mi chiamo Letty. Ciao, Letty. Bla, bla, bla...

«Sono qui» dice, «per chiedervi se qualcuno di voi conosceva mia sorella Pam. È morta tre notti fa, e hanno detto che era ubriaca. Era alta circa un metro e settanta, con i capelli neri e gli occhi viola. So che frequentava questi incontri... Non so se ne frequentava anche altri, ma speravo poteste aiutarmi.»

Tra i vari «Oh mio Dio» e i «No, Pam no!» e un paio di improvvisi singhiozzi, si alzano cinque mani.

E, in effetti, possono aiutarla.

48

Pam era sobria quella notte, dice Letty.

Lei e Jack sono seduti a un tavolino all'aperto da Pirets, accanto all'ingresso principale del South Coast Plaza.

«Quella sera era andata a un incontro» spiega, sorseggiando un tè freddo. Solleva il bicchiere e il tovagliolino di carta viene portato via dal vento caldo e secco di Santa Ana. «Era sobria. L'incontro è terminato alle nove e mezzo, poi lei è andata a prendere un caffè. Con altre otto donne. A quell'ora era sobria.»

«Questo non significa che fosse sobria anche alle quattro del mattino dopo» obietta Jack.

Jack sta sorseggiando una Coca-Cola. I camerieri del Pirets hanno dovuto sudare sette camicie per trovare una bibita che non avesse Diet stampato sopra. Ma alla fine ce l'hanno fatta.

«Ha detto ai suoi amici dell'Alcolisti Anonimi di aver paura» prosegue Letty. «Paura che Nicky la uccidesse. Loro le hanno detto di chiamare la polizia. L'hanno supplicata di restare con loro, ma lei ha risposto che in quel modo non avrebbe fatto altro che rimandare le cose.»

Jack dice: «È tornata a casa, e la paura e l'ansia l'hanno spinta verso la bottiglia».

«Da quando Nicky se n'era andato non teneva più alcolici in casa.»

«Aveva comprato una bottiglia di vodka...»

«Ho controllato tutti i negozi di alcolici sulla strada che porta a casa sua. Ho parlato con tutti quelli che erano di turno quella sera. Nessuno ricorda di averla vista.»

«Sei brava.»

«Sono motivata.»

«Puoi anche scordartelo» dice Jack.

«Scordarmi di cosa?» chiede lei.

In realtà sa benissimo di cosa sta parlando Jack.

«Di avere la custodia dei bambini» risponde lui.

«Se riuscirò a farlo condannare per omicidio...»

Jack scuote la testa. «Sei molto lontana. Ammettiamo che si sia trattato veramente di un incendio doloso. Come è morta Pam? Ng l'ha catalogata come overdose. Ipotizziamo che tu riesca a fare il passo successivo e a farlo dichiarare omicidio. Non hai niente in mano con cui incolpare Nicky. Ipotizziamo che tu riesca a superare anche questa difficoltà, non so come ma ipotizziamo che tu ci riesca. Nicky viene condannato per l'omicidio di Pam... Madre Russia avrà comunque la tutela dei bambini. Se li prenderà lei.»

«Lei è invischiata quanto lui nella faccenda.»

«Ha fornito lei l'alibi» obietta Jack.

«Allora le porteranno via i bambini.»

«No, invece» replica Jack. «E comunque non si arriverà mai a una condanna per omicidio. Anche se tu riuscissi a raccogliere abbastanza informazioni da confutare la teoria di Bentley e a costringere lo sceriffo a riaprire il caso. O il procuratore distrettuale a occuparsene.»

È un'ardua impresa. Sarà dura ottenere un'indagine criminale, ancora più dura giungere a formulare delle accuse, e arrivare a una condanna sarà come fare un tiro da tre punti nella NBA, perché le prove diventano sempre più fredde ogni giorno che passa.

E Letty lo sa bene, ma non vuole ancora accettarlo.

Nicky e Madre Russia che si tengono i bambini. No, questo no.

Nicky che la passa liscia.

«Allora, cosa vuoi fare?» chiede Letty. «Mollare tutto?»

«No» risponde Jack. «Farò il mio lavoro. Svolgerò le indagini necessarie per liquidare il danno. Scoprirò se Nicky Vale ha avuto il movente e l'opportunità di appiccare il fuoco e uccidere sua moglie. Se troverò prove sufficienti, negherò il risarcimento.»

«Tutto qui?»

«Tutto qui.»

«La cosa peggiore che può succedere a Nicky è di non essere pagato per l'omicidio di sua moglie?»

«Mi dispiace.»

«Ma a te sta bene, vero, Jack? A te non interessa cosa succederà ai bambini. Ti importa solo che il danno non venga liquidato, dico bene?»

«È il mio lavoro» risponde Jack.

Non è l'unica cosa che mi importa, dice a se stesso. È l'unica cosa che posso fare.

Letty si alza: «Sei il solito vecchio Jack».

«Il solito vecchio Jack.»

«Be', sta' a sentire, solito vecchio Jack. Ti direi di andare al diavolo, ma sei l'unica possibilità che mi rimane. Se negherai il risarcimento, forse Nicky ti farà causa per malafede. Forse allora ci sarà un verdetto della giuria in cui si dice che Nicky ha ucciso Pam. Il giudice del tribunale civile dovrà considerare il verdetto come "fatto notorio" durante l'udienza per l'affidamento.»

«È un'impresa molto ardua.»

«Allora vai a fare il tuo lavoro, Jack.»

Come se facesse anche altro.

«E cerca di farti una vita.»

Brava, Letty, pensa Jack. Mi dici di farmi una vita.

E mentre esci la porti via con te.

49

Dinesh Adjati prende uno dei campioni di Jack, un pezzetto di legno carbonizzato, e ne colloca un frammento in una fiala di vetro. Aggiunge 50 millilitri di pentano poi versa la soluzione in una fiala pulita, filtrandola attraverso un pezzo di carta.

Il risultato è un liquido trasparente.

Ripete la procedura con tutti i campioni di Jack, etichettando e collocando le fiale in un contenitore di metallo.

Una macchina colloca un tappo su ciascuna fiala, vi inserisce un ago da siringa, preleva un millimetro cubo di liquido poi allinea i campioni per l'esame al gascromatografo.

Il primo a essere analizzato è uno dei presunti campioni sporchi.

Il campione è iniettato in un flusso di elio gassoso, pressurizzato a 60 libbre per pollice quadrato e riscaldato a 275 gradi centigradi, in modo che il liquido si vaporizzi. L'elio trasporta il campione vaporizzato all'interno del gascromatografo.

Si tratta di un tubo capillare, lungo circa sessanta metri e con un diametro di un quarto di millimetro. L'interno è rivestito di silicone metilico, un liquido denso e viscoso. (Ecco in che modo Dinesh spiega ai giurati cos'è il silicone metilico. Dice: «Se mettete del silicone metilico in un barattolo, lo ribaltate e tornate il giorno dopo, probabilmente vedrete che solo metà del liquido è scesa sul coperchio del barattolo.

E solo il giorno successivo, probabilmente, la maggior parte del liquido sarà scesa. Ecco quanto è densa questa roba»).

Il primo tratto del tubo capillare (detto anche colonna del GC) è a temperatura ambiente, e qui il campione si condensa nuovamente in un liquido, ma poi la colonna viene gradualmente riscaldata all'interno di un forno che la porta a 200 gradi. In questo modo il liquido si vaporizza di nuovo e poco per volta scende lungo il tubo.

I diversi elementi chimici compiono questo viaggio a velocità diverse, separandosi gli uni dagli altri. Alcune sostanze si dissolveranno all'interno del silicone e impiegheranno molto tempo ad attraversare il tubo. Altre sostanze, invece, correranno come razzi.

Ma, una dopo l'altra, emergeranno tutte, generando una serie di segnali di ritorno sullo schermo del computer. L'altezza di ciascun picco indica la quantità presente di una determinata sostanza. Alla fine del processo, ci si trova davanti a una sequenza di cuspidi o picchi di varia altezza, che insieme formano uno schema riconoscibile chiamato cromatogramma.

(Per spiegare questo concetto in tribunale, Dinesh si serve di una metafora culinaria. Dice: «In una ricetta per fare i biscotti potreste trovare tra gli ingredienti un cucchiaio di cannella e un cucchiaino di zucchero. La sfoglia, quindi, conterrà cannella e zucchero in queste quantità. Il gasolio, il cherosene e il napalm, o qualunque accelerante sul quale si esegue il test, sono come biscotti, in questo senso: contengono diverse sostanze, presenti in diverse quantità all'interno del preparato»).

Tutte le sostanze presenti in ogni tipo di miscela produrranno un cromatogramma unico e prevedibile, una "firma" caratteristica di quella determinata miscela.

Dinesh controlla le firme sullo schermo.

Dopo cinque minuti compare una lieve increspatura. Dopo dieci un picco. La traccia scende verso il basso, poi al dodicesimo minuto si forma una collinetta. Al quindicesimo c'è una cuspide alta quanto l'Himalaya. Schizza in alto come un razzo. A quindici minuti e dieci secondi, la traccia è di nuovo bassa. Risale dopo diciassette. Segna un bel picco a diciotto minuti, poi inizia a stabilizzarsi. Altri picchi di modesta altezza a venti minuti, in graduale declino. Intorno al ventottesimo minuto la linea è di nuovo piatta.

Dinesh osserva il grafico.

La firma è completa.

Una firma che recita: Cherosene.

Per il prossimo numero di magia, Dinesh analizzerà il campione attraverso un gascromatografo con uno strumento speciale, uno spettrometro di massa, agganciato sul retro.

I gas che fuoriescono dalla colonna del GC vengono risucchiati nello spettrometro di massa, che è un cilindro d'acciaio largo dieci centimetri e lungo sessanta. Ha un portello di vetro attraverso il quale è possibile vedere al suo interno, dove ci sono sostanzialmente una pompa a vuoto, delle placche d'acciaio, cilindri, fili, tubi di ceramica e turbopompe che ruotano intorno ai 100.000 giri al minuto.

Al centro di tutto questo si trova un filamento luminoso che bombarda i vapori chimici di elettroni, spezzandoli in frammenti elettricamente caricati delle dimensioni di una molecola, detti ioni. Ci vuole un microsecondo per pesare gli ioni, e un nanosecondo per contarli.

La dimensione e il numero di questi ioni producono una caratteristica "firma di frammentazione".

(Ecco come Dinesh spiegherebbe questo passaggio alla giuria: «Immaginate di lanciare un vaso da fiori sul marciapiede. Si frantumerà in modo casuale. Ogni volta, i pezzi saranno diversi in numero e dimensione. Non ci saranno due frammenti uguali tra loro. Ma una molecola è un tipo diverso di vaso da fiori: è dotata di scanalature predeterminate, se vogliamo. Ogni volta che la si rompe, si dividerà nello stesso numero di frammenti, che avranno sempre la stessa dimensione. Ogni sostanza ha la sua unica e prevedibile firma di frammentazione»).

A questo punto il computer confronta automaticamente le firme di frammentazione con i profili degli spettri di massa conservati presso il NIST, l'Istituto Nazionale per gli Standard, finché non trova una corrispondenza.

Cherosene.

Quasi tutti gli analisti del paese la definirebbero una corrispondenza definitiva. Ma non Dinesh. Non con un gascromatografo dotato di spettrometro di massa, non con tutti quei plastificanti che incasinano tutto.

Allora Dinesh prende i campioni e li sottopone al test del GC x GC.

Il termine tecnico è "cromatografia gassosa completa a due dimensioni". Dinesh, però, non la vede in questi termini. Per lui è come osservare una miscela di elementi chimici attraverso il telescopio Hubble.

All'inizio è piuttosto semplice. Dinesh fa passare i campioni attraverso un gascromatografo. Stesso procedimento: i campioni vengono vaporizzati e sparati attraverso un tubo capillare pieno di silicone metilico, dove si separano in circa duecento gruppi di sostanze chimiche.

Anziché fermarsi a questo o farli passare attraverso uno spettrometro di massa, grazie a un congegno a interfaccia Dinesh li spara in una seconda colonna di cromatografia gassosa. Ciascun picco esce dalla prima colonna per una decina di secondi. All'interno del forno c'è un elemento riscaldante che viene ruotato meccanicamente ogni tre secondi circa. Ha una fessura che ruota sopra la colonna e la riscalda localmente, in maniera da spingere via tutti gli elementi chimici. Non appena superano questa "zona calda", le molecole raggiungono la "zona fredda", non riscaldata, e vengono risucchiate nel silicone metilico. Questo genera un impulso chimico di una certa intensità. Esso viene spinto lungo un breve tratto della colonna – circa cinquanta millimetri – e lanciato lungo il tubo nella seconda colonna del GC.

Ancora una volta, le molecole percorrono il tubo e si separano.

Il trucco sta nel silicone metilico dentro la seconda colonna.

È stato modificato.

Miscelato con sostanze chimiche che producono un criterio di separazione completamente diverso dal silicone metilico nella prima colonna.

(«Ci sono tre meccanismi di separazione delle sostanze chimiche» direbbe Dinesh a una giuria in difficoltà. «Volatilità, polarità e forma. La volatilità è la pressione del vapore che una sostanza emette a una certa temperatura. Il suo punto di ebollizione, per dirla in parole semplici. La polarità si riferisce alle proprietà elettroniche delle molecole. La forma è semplice: è la forma della molecola, a catena o a cerchio chiuso, per esempio.

«Ora, la prima colonna del GC separa basandosi sulla volatilità. Quindi due sostanze chimiche che hanno la stessa volatilità usciranno insieme dalla prima colonna, anche se hanno polarità e/o forme diverse. Ma quando colpiscono il silicone metilico modificato nella seconda colonna, trovano un meccanismo chimico che non hanno mai incontrato in precedenza e si separano.

«Quindi: la polarità è una proprietà elettronica delle molecole. In termini elettrostatici, il positivo attrae il negativo e viceversa. Le molecole tendono ad abbracciarsi. Possono mantenere questo legame attraverso la prima colonna, ma quando raggiungono la seconda... be', l'amore non vince sul silicone metilico rivestito di sostanze chimiche con una carica elettrica superficiale, e così si separano. Lo stesso vale per la forma. Due molecole dalla forma diversa ma con la stessa polarità possono attraversare la prima colonna restando unite come fossero una sola. Ma quando raggiungono la seconda subiranno una reazione diversa rispetto alla fase stazionaria – quella del silicone metilico rivestito – e si separeranno.

«Le prestazioni di un GC moltiplicano quelle dell'altro. Non si *sommano*, si moltiplicano. Così se il primo può separare cento picchi e il secondo trenta, combinati non ne separano centotrenta, bensì tremila.»)

I cromatogrammi che ne risultano somigliano a stalagmiti che si innalzano verso il soffitto, anziché a pinne di squalo che spuntano dal mare.

È la differenza tra un grafico e un caleidoscopio. Tra un libro da colorare per bambini e un Matisse. Tra, come piace dire a Dinesh, una polka da balera e un assolo di Charlie Parker. Il sistema GC x GC produce uno schema multicolore, che sarà sempre lo stesso per una determinata miscela. Ogni volta che si gira il caleidoscopio nella posizione definita "cherosene", si otterrà sempre lo stesso schema, bellissimo e complesso.

Come una firma in 3d.

Come un'impronta digitale in technicolor.

Ma migliore.

Ed è quello che Dinesh vede quando finisce di sottoporre il primo campione al GC x GC. Un puzzle di duemila pezzi che può raffigurare solo un'immagine.

Cherosene.

Sei ore dopo lui e la sua squadra hanno esaminato tutti i campioni.

Il caleidoscopio finisce sempre nella stessa posizione.

Cherosene.

Chiama Jack per comunicargli i risultati.

50

Forse la vista migliore della costa sud è quella che si gode dalla terrazza del bar di Las Brisas, da dove si vedono Laguna Bay e la città di Laguna estendersi in basso come un villaggio mediterraneo, edifici bianchi e tetti in tegole di terracotta. Soprattutto al tramonto, quando il cielo vira dal blu al color lavanda e il sole rosso dell'estate si avvicina all'orizzonte per baciare l'oceano.

«Grazie per essere venuto» dice Nicky. Inclina il suo bicchiere di vodka collins verso Jack in segno di saluto.

«Grazie per il drink» risponde Jack, sollevando la sua bottiglia di birra.

Nicky dice: «Be', volevo ringraziarla per essere intervenuto l'altro giorno in chiesa, in quella situazione spiacevole».

«No» replica Jack. «Lei voleva sapere cosa mi ha detto Letitia del Rio.»

Nicky sorride. «Anche questo.»

«Mi ha detto cose piuttosto inquietanti.»

«Non ne dubito. Sicuramente si è inventata una storia bizzarra e ben elaborata. Immagino che a volte ci creda lei stessa. Letty è una donna malata.»

«Ah sì?»

«Be', quelle due provenivano dalla stessa famiglia disfunzionale, no?»

«Letty dice che Pam era andata in un centro di riabilitazione.»

«Sì» Nicky ride. «Vuole vedere le fatture?»

«E...?»

«Si è mantenuta sobria per circa due settimane, direi. Non è stato un buon affare.»

Restano seduti a bere e ad ammirare il tramonto, lo spettacolo di luci della California meridionale, il cielo che passa dal lavanda al viola e si tinge di rosso all'orizzonte.

«Questo potrebbe essere il paradiso» commenta Nicky. Poi aggiunge: «Ci pensi, Jack. Dopo di me, il primo beneficiario della polizza assicurativa è Letty, nel caso dovesse ottenere la tutela dei bambini. È nel suo interesse inventarsi delle storie, non crede?».

Jack osserva la parte inferiore del sole fondersi con l'oceano.

«Sa cosa penso?» dice Jack. Beve un lungo sorso di birra.

«Non mi permetterei mai di tirare a indovinare, Jack.»

Calmo, rilassato, perfetto controllo della situazione.

«Quello che penso» riprende Jack, «è che lei ha ucciso sua moglie e bruciato la casa. Ecco cosa penso.»

Lo dice sorridendo, e Nicky sbianca.

Lo fissa per un lungo momento, poi si costringe a fare un sorriso condiscendente. Guarda Jack dritto negli occhi.

Dice: «Lo dimostri».

Jack risponde: «Lo farò».

Alle spalle di Nicky il sole, il cielo e l'oceano sembrano in fiamme.

Che splendido inferno, pensa Jack.

Un inferno bello da morire.

51

Ecco la storia di Nicky Vale.

Dazjatnik Valešin cresce a Leningrado, suo padre è un *apparatčik* di terz'ordine e sua madre insegna in un ginnasio statale. Lei sente di vivere al di sotto delle sue possibilità: entrambi i genitori erano professori, e lei se l'era cavata in modo egregio all'università. Non fosse stato per quell'unica notte di incauta follia, anche lei avrebbe avuto la sua cattedra. Ma ormai aveva un figlio da crescere, da sola, perché il padre di Daz aveva divorziato quasi subito, quando il piccolo Daz gattonava ancora.

Dazjatnik vede solo la madre.

In modo costante, oppressivo.

Lei lo cresce in modo che diventi qualcuno, *non* un *apparatčik* di terz'ordine. Rinunciano alla carne per settimane per andare agli spettacoli di danza classica, e allungano la zuppa per poter presenziare a una registrazione di Čajkovskij. Naturalmente Daz è precoce, legge Tolstoij da bambino, e Puškin e Turgenev, e prima di andare a letto è lei a leggergli Flaubert, in francese. Lui non capisce il francese, ma la madre è fermamente convinta che riuscirà ad assorbirne comunque il significato attraverso il ritmo e il tono.

La madre gli insegna ad apprezzare le cose più raffinate, come l'arte, la musica, la scultura, l'architettura e il design. Gli insegna le buone maniere a tavola, nella conversazione e con le donne. Si esercitano a simulare una serata di società al ristorante, seduti al tavolino pieghevole nella loro angusta cucina: studiano come comportarsi durante tutte le portate e conversano come se lei fosse una giovane donna e lui il pretendente.

Per quanto riguarda i modi e i voti scolastici, lei accetta solo il massimo. Non appena Nicky torna a casa, lo mette a sedere davanti ai libri, poi gli chiede di ripeterle tutto ciò che ha imparato.

Deve essere perfetto.

Altrimenti, dice, ti ritroverai a essere un proletario qualsiasi, come tuo padre. Stupido, infelice, annoiato e con la sola prospettiva di rimanere stupido, infelice e annoiato.

Quando inizia ad avere l'età giusta per interessarsi alle ragazze, è lei che le sceglie. O, più spesso, le esclude. Questa è troppo sciocca, quella troppo grassa, questa è troppo intelligente, quella è una sgualdrina.

Daz si rende conto che sua madre pretende alti standard soprattutto perché è una donna bellissima. Il viso è un perfetto ovale di porcellana, i capelli sono una scultura di raso nero, il collo è lungo, elegante e bianchissimo, i suoi modi sono raffinati, la sua intelligenza brillante Come abbia fatto suo padre a lasciarla, è una cosa che Daz proprio non riesce a capire.

E lui le ubbidisce. È il primo della classe in inglese, storia, letteratura e matematica. Non solo: è anche subdolo, cattivo e capace di incutere paura, qualità che attirano l'attenzione dei talent scouts locali, sempre alla ricerca di nuove leve per la cara, vecchia agenzia di stato.

Daz finisce davvero in Afghanistan, ma non come un soldato che si fa il culo, non come un combattente riluttante in una guerra non sua. No, Daz ci va come agente del KGB distaccato presso un'unità militare: il suo lavoro è interrogare gli abitanti dei villaggi e scoprire dove si nascondono i *mujaheddin*.

Nelle prime settimane fa il suo lavoro in modo civile, ma non ottiene risultati. Quando inciampa nel terzo soldato russo nudo, scuoiato vivo e con i genitali infilati in bocca, Daz cambia tattica. Il metodo che preferisce consiste nel legare insieme come maiali tre abitanti di un villaggio, tagliare la gola a due di loro e offrire al terzo, ancora inzuppato di sangue caldo, una tazza di tè e la possibilità di una conversazione fruttuosa. Se le sue buone maniere non producono nulla, Daz ordina a un soldato di cospargere di benzina il guerriero della fede. Poi finisce il tè, si accende una sigaretta, butta il fiammifero e si scalda le mani al fuoco. Quindi ordina alla sua unità di bruciare tutto il villaggio.

Aspetta uno o due giorni affinché la notizia giunga al villaggio successivo, poi va lì a fare domande. E di solito ottiene delle risposte.

Per tutto il tempo, la madre è preoccupatissima che suo figlio resti ucciso in quella guerra stupida e inutile. Gli scrive tutti i giorni e lui le risponde, ma il sistema postale sovietico è quello che è, così trascorrono lunghi ed estenuanti giorni in cui la corrispondenza non arriva e lei si convince che il figlio sia morto. Il giorno dopo arriva una lettera e, con essa, un torrente di lacrime di sollievo.

Daz finisce il tour afghano.

Trascorre la licenza con sua madre in una dacia di stato sul Mar Nero, come ricompensa per una guerra combattuta bene. Una sera escono e vanno a cenare in un bel ristorante sulla spiaggia. Un tavolo sulla terrazza e il chiaro di luna che si riflette sull'acqua. Consumano un pasto da otto portate e la loro conversazione è frizzante come l'acqua.

Tornati nella dacia, quella notte lei gli insegna come stare con una donna.

Gli serve un altro incarico, e il KGB non tarda a trovargliene uno.

Il suo istruttore, un colonnello del KGB di nome Karpotsov, lo porta a fare una passeggiata al Gorkij Park. Karpotsov è un tipo ben messo, con una faccia larga tipicamente slava, i capelli grigi pettinati all'indietro con il gel, una passione per la vodka e una passione ancora più grande per le donne. Karpotsov è un uomo affascinante, che dipinge con le parole, ed è bravissimo a lavorare di pennello con Daz.

Karpotsov sa riconoscere il talento quando lo vede, e lo ha visto nel giovane Valešin. Valešin è un saputello furbo, un sociopatico senza ombra di pietà, che darebbe fuoco a sua madre se fosse necessario. E questo è proprio il tipo di sociopatico che Karpotsov sta cercando. Così passeggia per un po' nel parco con lui, guardando le donne e parlando del più e del meno, poi compra due gelati e invita Daz a sedersi su una panchina.

Gli dice: «Ti piacerebbe andare in America?».

Tira fuori la sua lunga lingua e dà una leccata quasi oscena al gelato. Sorride, un sorriso mefistofelico.

«Mi piacerebbe molto» risponde Daz.

Era come se gli avesse proposto di andare in cielo.

«Gli Stati Uniti» riprende Karpotsov, proseguendo la lezione tra una leccata di gelato e l'altra, «stanno intraprendendo una guerra economica contro l'Unione Sovietica. Reagan sa, e lo sappiamo anche noi, che non possiamo competere. Non possiamo continuare a costruire missili e sottomarini a questo ritmo, e continuare a essere il paradiso dei lavoratori. La triste verità, Daz, è che loro possono vincere la guerra fredda semplicemente obbligandoci a spendere troppo.»

Si ferma e guarda il parco come se da un momento all'altro potesse scomparire, insieme allo stile di vita sovietico.

Si scuote e prosegue: «Ci servono contanti, in valuta pregiata, e l'economia sovietica non è in grado di produrne. In termini semplici, qui è impossibile trovarlo».

«E allora dove?»

«In America» risponde Karpotsov. «I nostri criminali russi che vivono a New York e in California spremono dollari dal sistema americano come latte da una vacca. Sono gangster, bada bene, e se dobbiamo credere che dei semplici criminali riescano a ottenere simili risultati, be'...»

«Cosa potrebbe fare una cellula di agenti del KGB ben addestrati?»

«È un'idea brillante» riprende Karpotsov. Ed è giusto che sia così, visto che l'ha concepita lui. «Ha un doppio vantaggio: priva loro di risorse e le dà a noi. Ogni dollaro guadagnato da noi è un dollaro perso da loro. Qual è il punto migliore per sferrare un attacco al sistema capitalista se non il suo stesso capitale?»

«Quindi la mia missione consisterebbe in un sabotaggio economico.»

«La possiamo mettere in questi termini» dice Karpotsov, «oppure potremmo dire che la tua missione è rubare. E rubare, e rubare.»

Daz non crede alle sue orecchie. Si è congelato le chiappe nel panorama lunare dell'Afghanistan e ora che sta per arrivare l'inverno si congelerà le chiappe in un'Unione Sovietica chiaramente diretta verso il baratro, e la cosa *migliore* in cui può sperare è di dividere camera e cucina con sua madre vita natural durante, e forse trascorrere una settimana in estate in una dacia sul Mar Nero. Una parte di sé gli dice: «Questa è la tua possibilità, devi allontanarti da lei», ma un'altra grida: «Questa è la tua occasione per offrirle la vita che si merita!». E ora gli stanno offrendo di trasferirsi in America con lo scopo dichiarato di fare una fortuna.

Dove sta la fregatura, allora?

«Naturalmente dovrai diventare ebreo» spiega Karpotsov.

«Ebreo? Perché proprio un ebreo?»

«Altrimenti come faremmo a farti entrare nel paese?» chiede Karpotsov. «Cristo, gli americani non fanno che dirci in continuazione: liberate gli ebrei, liberate gli ebrei. Bene, libereremo degli ebrei, e tra le loro fila mescoleremo alcuni dei nostri agenti addestrati al, come l'hai definito tu, sabotaggio economico.»

«Ma per diventare un ebreo...»

«È un sacrificio, me ne rendo conto» ammette Karpotsov. «Forse un sacrificio che è eccessivo chiedere...»

«No, no, no» si affretta a rispondere Daz. Per mezzo secondo vede l'opportunità scivolargli tra le dita. «No, naturalmente accetto l'incarico.»

Karpotsov finisce il suo gelato e sorride.

«*Mazel tov*» dice.

E così Daz comincia a frequentare la "scuola ebraica".

È un piccolo corso organizzato dal KGB in cui dei prigionieri ebrei insegnano la Torah, la diaspora, l'olocausto e tutto il catalogo delle atrocità commesse dai russi contro gli ebrei. Daz studia la storia sionista, la storia d'Israele, la cultura e la tradizione ebraica. Gli artisti, gli scrittori e i compositori ebrei.

Alla fine del corso celebrano una Pasqua ebraica.

E Dazjatnik pensa: Ecco fatto, ora datemi il mio biglietto aereo.

Ma Karpotsov lo frena. Calma, ragazzo ebreo prima c'è la faccenda della prigione.

«Prigione?» chiede Dazjatnik. «Non mi aveva detto niente al riguardo.»

«Be', te lo sto dicendo adesso» gli spiega Karpotsov durante un'altra passeggiata nel parco. «Daz, devi infiltrarti nella mafia, la *Organizacija*. Sono *loro* che succhiano i soldi agli Stati Uniti. Se non diventerai uno di loro, per noi sarai totalmente inutile. E, purtroppo, il requisito per entrare nella loro cerchia è trascorrere un periodo in galera. Per stabilire la tua *bona fides*, diciamo.»

Daz è furioso, con Karpotsov e con se stesso, perché ha permesso a quell'uomo di attirarlo in una trappola, un passo dopo l'altro.

«Non può crearmi una falsa fedina penale?» gli chiede.

«Lo faremo» risponde Karpotsov, «ma non sarebbe abbastanza. Ti servono informazioni, esperienze e conoscenze che puoi ottenere solo in carcere.»

«Quanto tempo?» chiede Daz.

«Non molto. Diciotto mesi o poco più, per un furtarello di poco conto. Potrei *ordinartelo*, ma preferirei non farlo.»

A Daz sembra di avere le vertigini. *Un anno e mezzo in prigione?*

«Non lo so, colonnello...»

«E chi può saperlo?» chiede Karpotsov. «Magari potremmo preparare dei documenti per far uscire dal paese anche tua madre.»

Karpotsov è un viscido pezzo di merda. Come tutti i pezzi di merda che gestiscono gli agenti, sa benissimo quali tasti toccare e quando.

Daz risponde: «Qualche mese in prigione non sarà poi un gran male, no?».

Ah ah.

52

Daz è ospite del sistema carcerario sovietico da una decina di minuti quando un enorme galeotto di nome Vecchio Tillanin lo sbatte in un angolo, gli punta un coltello alle costole e gli intima di consegnarli la sua coperta e il suo prossimo pasto. E si tratta solo dei preliminari.

Daz è ospite del sistema carcerario sovietico da una decina di minuti più 0,00025 secondi quando infila il dito indice nell'occhio sinistro di Vecchio Tillanin. L'occhio cade sul lurido pavimento di cemento un secondo prima di Tillanin.

L'uomo si rotola a terra gridando di dolore e cercando di recuperare il bulbo oculare prima che qualcuno lo calpesti, come se una squadra di chirurghi fosse già pronta a ricucirglielo.

Prima ancora che le guardie accorrano per vedere chi ha eseguito quella "occhiectomia", Daz è già nell'angolo più lontano della cella. Gran parte degli altri *zeki* verranno a sapere solo per sentito dire che è stato quel tipo nuovo, Daz.

Però ci sono due testimoni oculari. Uno è un rapinatore di Mosca di nome Lev, della stazza di un barile, l'altro è un ricattatore alto e magro di Odessa di nome Dani. I due rimangono colpiti nel vedere un nuovo *zek* mostrare tanto coraggio e stupidità da inimicarsi Vecchio Tillanin, che in queste celle è il Re.

Di Lev si dice che abbia una passione speciale per la motosega, e che sia molto abile nello "spezzatino di pollo", il metodo preferito della *Organizacija* per togliere di mezzo qualcuno. Come suggerisce il nome, si prende una motosega e si fanno tanti pezzetti. È l'hobby di Lev. Gli piace.

Stando alle voci su Dani, invece, pare che a Odessa suo fratello avesse consegnato qualcuno alla polizia e il boss locale, il *pakhan*, volesse ricambiare il favore con gli interessi. Ma Dani ha detto, calma, ci penso io.

E ha sparato in pancia *a suo fratello*.

Dani è talmente stronzo che ammazza la gente persino in prigione. Quando le guardie entrano nel blocco al mattino, trovano sempre uno o due *zeki* freddati, con il collo spezzato o le interiora sparse sul pavimento. E Dani è lì in piedi con la sua scodella che aspetta la sbobba della colazione.

Dani è freddo.

Quando Dani e Lev vedono il nuovo *zek* togliere di mezzo Vecchio Tillanin in quel modo, decidono che è un tipo, insomma, da tenere d'occhio.

Comunque, una delle guardie chiede chi è stato. Non si aspetta di ricevere una risposta più di quanto non si aspetti di vedere la principessa Anastasia scendere dal soffitto su un trapezio, e ha perfettamente ragione perché persino Vecchio Tillanin tiene la bocca chiusa.

Così la guardia afferra Dani, poiché ritiene che in ogni episodio violento che si verifica nel blocco ci sia lo zampino di quello stronzetto, e comincia a trascinarlo nel corridoio per dargli una ripassata con il bastone quando questo nuovo *zek*, un certo Valešin, un ladruncolo da due soldi di Leningrado, grida: «Sono stato io».

«Cosa hai detto?» chiede la guardia.

«Sono stato io.»

Che è la cosa più stupida che una guardia abbia mai sentito dire da uno *zek*, una categoria già di per sé sotto la media come quoziente intellettivo. La guardia è così seccata da questa faccenda della lealtà tra ladri che afferra quell'idiota di Valešin, lo lega con una cintura allo stipite della porta della cella e lo frusta con un tubo di gomma finché quella testa di cazzo non sviene. La guardia gli assesta qualche altro colpo alle costole, così, per sicurezza, poi lo slega e lo spinge a calci nella cella. Sarebbe inutile portarlo in infermeria perché a) non ci sono dottori e b) gli amici di Vecchio Tillanin lo ammazzeranno comunque.

Il che è vero. Daz giace svenuto nella sua cella e tre amici di Vecchio Tillanin aspettano solo che cali il buio per toglierlo di mezzo, prima che rinvenga e faccia quel giochetto del dito a uno di *loro*.

Improbabile. Anche se fosse cosciente, Daz non riuscirebbe nemmeno a sollevare le mani sopra le costole livide, e anche se ci riuscisse avrebbe meno forza di un bambino. Quindi gli si prospetta un soggiorno in prigione alquanto breve. Se non muore per il pestaggio, cosa niente affatto impossibile, ci penseranno gli amici di Vecchio Tillanin. E se non ci riusciranno nemmeno loro, lo farà la vita di prigione, perché sarà troppo debole per lottare per il cibo o per la sua coperta (che, tra l'altro, gli è già stata sottratta), o per il suo stesso corpo.

Congelerà, patirà la fame e sarà stuprato fino a morirne, sempre che superi la notte.

Quando rinviene, è avvolto in due coperte e ha la testa appoggiata sul grembo di Dani. Daz sente le fasce stringergli le costole ferite; qualche minuto dopo Dani, premuroso come una Madonna, lo convince a bere un po' di tè. Dove si sia procurato le fasciature, il tè e l'acqua calda, Daz non lo saprà mai. Quel che sa è che Dani e Lev trascorrono le tre settimane successive a prendersi cura di lui, per rimetterlo in una condizione che gli permetta in qualche modo di sopravvivere.

Il che significa sorvegliarlo ventiquattr'ore su ventiquattro.

Daz non è in grado di rendersene conto, ma gli amici di Vecchio Tillanin cercano per tre volte di fargli del male. La prima è quando Dani e Lev lo trascinano nel loro angolo di cella e lo avvolgono nella coperta di Dani.

«Se lo vuoi, ebreo, te lo devi prendere tutto» avverte uno

del gruppo di Vecchio Tillanin, riferendosi al debito contratto da Daz quando ha ferito il suo capo.

«Mi sta bene» risponde Lev.

Poi dà una testata al tizio e gli rompe il naso, quindi gli rompe anche il resto della faccia con una ginocchiata. E questo pone fine alla prima aggressione.

La seconda arriva più tardi, quando Dani e Lev sembrano essersi addormentati. Invece salta fuori che non è così, visto che Dani centra con una coltellata lo stomaco dell'uomo che guida l'assalto, procurandogli una ferita che nel giro di sei interminabili settimane farà infezione e si rivelerà fatale, perché quell'uomo non ha i soldi necessari per comprarsi un banalissimo antibiotico, e l'infermeria accetta solo pagamenti in contanti.

Il terzo attentato si compie nella tremenda ora che precede l'alba (non si può dire "prima che sorga il sole", perché in quel buco di seminterrato senza finestre il sole non sorge mai), e stavolta sono in quattro ad attaccare. Lev e Dani spingono Daz in un angolo e si battono, sfruttando le pareti per ridurre lo spazio da difendere.

Il primo uomo si fa avanti armato di coltello, ma non è abbastanza veloce e Dani gli afferra un braccio e glielo spacca all'altezza del gomito, con uno schiocco che somiglia al rumore di un ramo che si spezza in inverno. Il secondo si getta contro Lev, che lo spinge contro la parete, poi con l'enorme mano destra prende a sbattergli la testa contro il muro mentre con la sinistra sferra coltellate al terzo assalitore. Dani si accovaccia e, con un movimento dall'alto al basso, affonda il coltello nell'inguine del quarto uomo. Intanto Lev sta per essere sopraffatto dal numero tre, il quale, chinatosi per estrarre il coltello da una scarpa, sta per rialzarsi e pugnalare il suo avversario alle costole, ma Daz riesce ad afferrargli la mano e la tiene ferma con tutte le sue forze.

In qualche modo, Daz è riuscito a strisciare tra le gambe di Lev e impedisce al numero tre di sollevare il coltello, poi gli morde la mano e stringe, anche se le costole gli fanno un male lancinante e sicuramente ha in corso qualche emorragia interna.

Finalmente Lev lascia andare il numero due e alza le mani come una mazza sopra la testa, per poi abbatterle sul collo del numero tre, e Daz sente improvvisamente la vita abbandonare quel corpo.

La mattina dopo, la guardia trova un cadavere con il collo spezzato.

Ora la coperta del morto riscalda Daz e quando Vecchio Tillanin torna dall'infermeria trova che le cose sono un po' cambiate. Lo scopre la prima notte, quando i suoi sogni sono interrotti da un acuto dolore al petto che inizialmente attribuisce a un attacco di cuore, diagnosi che si rivela non del tutto errata visto che ha un cucchiaio affilato piantato nel torace.

Piantato da uno dei suoi stessi uomini, perché Vecchio Tillanin non è più il Re delle Celle.

Titolo che ora spetterebbe a Dazjatnik Valešin, il quale però non riesce a salire sul trono perché quando le guardie entrano nella cella e trovano Vecchio Tillanin pronto per il suo ultimo viaggio, deducono ragionevolmente che Valešin ha finito il lavoro iniziato il giorno del suo arrivo e lo portano via. Vecchio Tillanin, dopotutto, pagava le guardie in contanti e con altri beni materiali, e devono almeno fingere di investigare sulla sua morte, nel caso che uno dei suoi scagnozzi prenda il suo posto.

Così legano Daz, ancora malato e dolorante a causa del primo pestaggio, e lo scaraventano nudo in una cella d'isolamento, dove trascorre le due settimane successive a patire il freddo e la fame, seduto nella sua merda e nel suo piscio, ma tanto lui non parla. Morirà di fame e di freddo ma terrà la bocca chiusa.

La cosa che lo spinge ad andare avanti è un unico pensiero.

America.

Nello specifico, la California.

Se fai parte del KGB hai accesso a qualche lusso, come la televisione, i film e le riviste, perciò Daz ha visto alcune immagini della California. Ha visto le spiagge e il sole e le palme. Le barche a vela, i surfisti, le belle ragazze che prendono il sole seminude, come se non aspettassero altro che di essere scopate lì sulla spiaggia. Ha visto le macchine sportive, le autostrade, le ville, e sono queste immagini che gli danno la forza di tenere duro.

Due settimane dopo, le guardie decidono che può bastare e lo tirano fuori. Cieco come una talpa, nudo e tremante, torna zoppicando in cella.

Il che sarebbe un miglioramento, se non fosse che una delle guardie, uno stronzo di fuori Gorkij, gli dice che lo pesterà comunque, lentamente, giorno dopo giorno, fino a farlo crepare.

«C'è solo un modo per fermarlo» spiega Dani. «Devi dimostrargli che puoi sopportare più dolore di quanto lui te ne possa infliggere.»

Dani gli racconta della vecchia *Organizacija*, che ai tempi dello zar era chiamata *Vorovskoj Mir*, il Mondo dei Ladri. In quei giorni, gli racconta Dani, i carcerati erano ossi davvero duri. Consapevoli di non potersi vendicare delle guardie, non avevano altra scelta fuorché intimidirli dando prova non di aggressività, ma di resistenza.

«Mostravano alle guardie che erano capaci di infliggersi più dolore da soli di quanto non riuscissero a fare i loro aguzzini» gli dice Dani.

Daz trova che tutto questo abbia un senso. In un paese che ha sofferto così tanto e così a lungo, la resistenza è il potere ultimo.

Dani gli racconta storie di carcerati che si sfiguravano il volto con il coltello e che si cucivano le palpebre o le labbra per spaventare le guardie e impedire loro di picchiarli. E poi c'era quel carcerato tostissimo che, pare, si era inchiodato lo scroto a un tavolo da lavoro ed era rimasto ad aspettare che arrivasse la guardia.

La quale era rimasta assai impressionata.

Dani racconta queste storie a Daz, poi lui e Lev restano a guardare.

Daz aspetta che sia il turno di quella guardia. Prende in prestito un chiodo e un "martello" improvvisato, e si siede all'estremità della panca accanto alla porta. Quando l'uomo arriva per picchiarlo, Daz lo guarda dritto negli occhi, respira a fondo e si pianta il chiodo nella mano, tra pollice e indice, inchiodandola alla panca.

Con la mascella serrata e madido di sudore, non stacca mai gli occhi dalla guardia.

Quella sera Lev e Dani lo ammettono nella *Vorj v Zakone*.

La fratellanza dei ladri.

53

Di Fratellanza dei Ladri non ce n'è una sola.

In Russia ne esistono circa cinquemila – e di queste forse solo trecento fanno sul serio – ma quella di cui fanno parte Lev e Dani è una di quelle buone. Osservano tutte lo stesso codice di comportamento, il *Vorovskoj Zakon*.

Il *Vorovskoj Zakon*, il Codice dei Ladri, contiene in sé tutto ciò che ci si può aspettare da un codice criminale. C'è la versione russa dell'omertà: tenere la bocca chiusa, non collaborare con le autorità, non tradire mai un altro ladro. C'è anche una clausola che, come avviene per la mafia, affida a una cerchia di confratelli il potere di appianare i problemi e punire, se necessario, il trasgressore.

Ma ha anche un paio di caratteristiche tipiche. La prima è una sorta di voto da prete cattolico, in quanto il codice proibisce il matrimonio. Ci si può accoppiare con ragazzi, ragazze e animali domestici. Anche con animali da fattoria, se uno lo desidera, ma nel caso ci si dovesse innamorare il matrimonio è proibito.

La seconda, che sembra scritta da un gesuita, richiede una devozione incondizionata al crimine, poiché il *Vorovskoj Zakon* proibisce di vivere nell'onestà.

Sono questi i punti che Dani e Lev spiegano a Daz mentre gli curano le ferite e gliene procurano un paio di nuove. Una di queste è un tatuaggio da carcerato dietro il ginocchio sinistro. Con un ago, un po' di inchiostro e un po' di alcol contrabbandato, Lev disegna due croci collegate, con due stelle di Davide appese alle traverse.

Le due croci hanno una loro ragion d'essere: quel famoso venerdì a Gerusalemme Cristo sarà anche stato il primo attore, ma accanto lui c'erano anche due anonimi *zeki* crocifissi, ed erano entrambi ladri ebrei.

Poi gli incidono i polsi, fanno lo stesso sui loro e poi li uniscono, mentre Daz recita: «Ubbidirò alle regole del *Vorovskoj Zakon* e aiuterò gli altri ladri ogni volta che mi sarà possibile. Accorrerò sempre in aiuto dei miei fratelli e non li tradirò mai. Mi sottometterò all'autorità dei fratelli più anziani, sottoporrò tutte le controversie al loro giudizio e accetterò le loro decisioni. Punirò i trasgressori se i miei fratelli mi chiederanno di farlo, e non collaborerò mai con le autorità...».

Un po' melodrammatico, pensa Daz, ma sopporta.

«Abbandonerò la mia stessa famiglia» intona Dani, «poiché la mia sola famiglia sono le Due Croci...»

Daz esita.

Dani ripete: «Abbandonerò la mia stessa famiglia, poiché la mia sola famiglia sono le Due Croci...».

Perdonami, Mamma, dice a se stesso. Un giorno rimedierò.

«Abbandonerò la mia stessa famiglia, poiché la mia sola famiglia sono le Due Croci... Se mai dovessi trasgredire le regole del *Vorovskoj Zakon*, possa io bruciare all'inferno.»

Nessuno gli torce più un capello sino alla fine della pena. Dopo aver detronizzato Vecchio Tillanin, Daz mantiene salda la sua nuova posizione, supportato da Lev e Dani in veste di guardie del corpo. Non c'è un solo *zek* in tutta la prigione che abbia l'ardire di mettersi contro loro tre, sapendo che a) è molto più probabile essere ammazzati che ammazzare, b) anche se, per un caso fortunato, qualcuno riuscisse a eliminarli tutti e tre, se la dovrebbe poi vedere con i trecento membri delle Due Croci, i quali troveranno il modo di farlo fuori in prigione o nel momento stesso in cui farà il primo passo sotto il dolce ed effimero sole della libertà.

Insomma, è una situazione in cui nessuno che abbia *un briciolo* di cervello vorrebbe ficcarsi.

Così Daz può finalmente tirare il fiato.

Un po' di spazio vitale.

Anzi, un *ampio* spazio vitale, considerati gli standard delle carceri russe.

Ha sempre un po' di sbobba in più degli altri, una coperta in più, svariate sigarette e un po' di vodka prodotta artigianalmente, distillando bucce di patate in una stanzetta della prigione. Gli viene anche concesso l'uso esclusivo di una delle checche della prigione, che con un po' di trucco e la giusta penombra ha persino un'accettabile parvenza di femminilità.

A quest'offerta Daz risponde: «Grazie, ma preferisco di no». Per diciotto mesi può anche tenere a freno la sua sessualità e mantenere il rispetto di sé. Si conserva per la sua fantasia a base di belle ragazze californiane. Così rinuncia al surrogato e scarica la frustrazione con le sigarette, la vodka e gli altri piccoli vantaggi che le conoscenze giuste e il titolo di Re delle Celle gli consentono di avere.

Daz vede gli *zeki* crollare sfiniti e restare lì, stesi a terra, lasciati a morire. Vede gli *zeki* cadere e le guardie picchiarli fino a ridurli in fin di vita per poi lasciare che la natura faccia il resto.

Daz vede tutto questo e giura che a lui non succederà mai. Né a lui, né a Dani o a Lev, perché sono *fratelli*, e se uno cade l'altro sarà pronto a tirarlo su. E se alle guardie non sta bene, 'fanculo alle guardie. Dovranno ammazzarci tutti prima che possano ammazzare uno solo di noi.

Ma Daz non pensa alla morte.

Pensa alla vita, e fa in modo che anche Lev e Dani pensino alla stessa cosa. Daz sa che non è solo il corpo a tenerti in vita, ma anche la mente e l'anima. Così, la notte, racconta loro delle storie. Storie dei filmati che ha visto e delle riviste che ha letto. Storie di posti dove splende sempre il sole, le macchine sono veloci, le case sono belle e le donne ancora più belle.

Vi porterò in una nuova vita, sussurra loro.

Ve lo prometto, fratelli...

Sarete con me in Paradiso.

54

L'incontro con la madre si risolve in una scenata.

Daz sconta tutta la pena e fa richiesta per un visto d'uscita, che Karpotsov gli procura con la velocità di un proiettile. Stavolta niente passeggiata nel parco, anzi, i due uomini non si incontrano affatto. Quei giorni appartengono al passato, e ora sarebbe sconveniente per Daz farsi vedere in giro con un colonnello del KGB. Le Due Croci potrebbero prenderla male e ridurlo come uno spezzatino di pollo. Daz va a prendersi le istruzioni nei punti di deposito concordati, e gli ordini sono chiari: vai e arricchisciti, vai e ruba. Ecco dove e come inviare il denaro.

Insomma, datti da fare.

La madre guarda Daz fare le valigie.

Grida e piange, geme, se lo stringe al petto, piagnucola. «Avevi detto che mi avresti portato con te.»

«Non posso. Non ancora.»

«Perché no?»

Non può dirglielo. Non può dirle che è un membro delle Due Croci. Se violasse il codice o se scoprissero che è un impostore, lui e il suo sogno di andare in America finirebbero in una tomba.

Così ripete soltanto: «Mi dispiace, ora non posso».

«Non mi vuoi bene.»

«Sì che te ne voglio.»

Lei appoggia il collo contro il suo.

«Come puoi abbandonarmi?»

«Manderò qualcuno a prenderti.»

«Bugiardo.»

«Lo farò.»

«Bugiardo. Ingrato.»

Si lascia cadere sul divano e singhiozza. Si rifiuta di guardarlo mentre lui cerca di dirle addio. L'ultima cosa che Daz ricorda di sua madre è il collo eburneo steso su un piccolo cuscino nero.

Poi le palme.

Daz le vede dall'aereo mentre atterra a Los Angeles e pensa: Ci siamo.

California.

Esce dal terminal sul cemento bollente del marciapiede ed entra in una cabina telefonica. Ha il numero di Tiv Lerner, un "generale di brigata" della succursale americana (Costa Ovest) delle Due Croci. Gli fornisce delle referenze e venticinque minuti dopo un taxi lo scarica davanti a casa di Lerner, nel quartiere Fairfax di Los Angeles.

Lerner fa accomodare Daz nel pacchiano soggiorno della sua casa pacchiana e tra un bicchierino e l'altro di vodka gli spiega che l'organizzazione funziona proprio come nel loro paese natale: il *pakhan* controlla quattro diverse sottogang, controllate a loro volta da generali di brigata. Le sottogang si dividono in "cellule" che gestiscono strozzinaggi, estorsioni, frodi e semplici furti. Ogni cellula è composta da un certo numero di uomini che lavorano in strada e si occupano di commettere i crimini veri e propri. Oltre ai generali di brigata, il *pakhan* dispone anche di un'élite di consiglieri che lo supportano nel comando e di una "cellula di sicurezza" composta dai sicari più abili, incaricati di proteggerlo.

«Comincerai dal basso» gli dice Lerner. «E ti farai strada verso l'alto. In perfetto stile americano.»

«Va bene» accetta Daz.

«Io sono il tuo generale di brigata. Verrai assegnato alla cellula di Tratčev.»

«Di cosa si occupa?»

«Di furti. Il tuo compito sarà rubare. Metà di quello che incassi andrà a Tratčev. Il dieci per cento va nell'*obočeck*.»

In questo senso, i russi sono come i mormoni: versano una decima. Il dieci per cento dei loro guadagni finisce nell'*obočeck*, il fondo che ogni *pakhan* utilizza come cassa per le tangenti e altri pagamenti. Tecnicamente non sono soldi suoi, ma della gang. Servono a pagare i poliziotti, gli avvocati, i giudici, i politici e tutti gli ingranaggi che devono essere oliati. L'*obočeck* è un fondo intoccabile, il più sacro, perché senza l'*obočeck* non è possibile salvaguardare la ricchezza finanziaria e la sicurezza fisica della gang. La gang resterebbe a mollo priva di scialuppe in un mare in tempesta.

A Daz non dispiace fare i versamenti per l'*obočeck*, ma quel cinquanta per cento a Tratčev... be', non durerà a lungo. Daz sa che una bella fetta di quei soldi verrà passata a Lerner e poi al *pakhan*, ed è lì che *stanno i soldi veri*. Checché ne dica Ronald Reagan, i soldi non scendono verso il basso, ma salgono verso l'alto, ed è lì che Daz vuole arrivare.

«Chi è il nostro *pakhan*?» chiede.

Lerner sorride. «Non occorre che tu lo sappia.»

Daz annuisce ma pensa: Invece lo *so*, arrogante succhiacazzi. Il colonnello Karpotsov – a proposito di arroganti succhiacazzi – gli aveva detto tutto: «Il *pakhan* è Natan Šakalin, uno dei primi emigranti».

Daz ha visto la scheda: la foto di Šakalin, la fedina penale, tutto.

Lerner ride e dice: «Forse quando sarai un generale di brigata potrai incontrare il *pakhan*».

E succederà molto prima di quanto immagini, pensa Daz.

Ormai ha imboccato la strada verso la sua Grande Occasione.

Il pomeriggio successivo inizia a lavorare come conducente delle limousine che Lerner noleggia, avanti e indietro dall'aeroporto. Daz dice: «Un momento, ma non avevo giurato che non avrei più fatto lavori onesti?».

E Lerner risponde: «Devi ancora crescere, ragazzino».

Daz va a prendere importanti uomini d'affari a casa, e chiacchiera con loro del più e del meno mentre li accompagna all'aeroporto. Scopre se sono single, se vivono da soli, se hanno una famiglia e che combina di bello questa famiglia. Poi cerca di assicurarsi anche il giro di ritorno («Quando torna, signore? Se vuole posso passare a prenderla. Mi troverà non appena mette piede giù dall'aereo, glielo assicuro»). Tutte queste informazioni passano agli scagnozzi di Lerner: indirizzo, ore e giorni in cui la casa è vuota eccetera. E mentre l'uomo d'affari è fuori, guarda un po', la sua casa viene svaligiata.

A Daz spetta una fetta della torta.

Va avanti così per un paio di mesi, ma quei miseri introiti non riusciranno certo a destabilizzare l'economia americana né a renderlo ricco, così convince Lerner a lasciargli rubare qualche auto. Ora Daz passa le giornate a fare la spola da e verso l'aeroporto, e le notti a rubare Mercedes e BMW. Dopo un paio d'anni Lerner gli permette di entrare in società. Daz mette su un'officina, in cui smonta le auto e spedisce i pezzi in Russia, dove il KGB si incarica di introdurli sul mercato e fornisce la protezione necessaria.

Con questo mestiere Daz inizia a guadagnare bene, ma dà prova della sua genialità quando si rende conto che può vendere due volte la stessa auto: una a chi acquista i pezzi di ricambio e una alla compagnia di assicurazioni. Basta concordare il furto con un proprietario che sia in ritardo con i pagamenti. Il proprietario lascia l'auto in un punto prestabilito: un parco giochi, il parcheggio di un palasport durante un concerto, e quando torna a prenderla, magia! è scomparsa. L'auto viene smontata in poche ore e spedita all'estero nel giro di pochi giorni. Il proprietario risolve i suoi guai, Dazjatnik incassa una parte del compenso pagato dall'assicurazione e inoltre rivende i pezzi dell'auto.

Passa i soldi a Tratčev, che li passa a Lerner, che li passa a Šakalin.

Daz guadagna un sacco di soldi e viene ricompensato con una cellula personale nella brigata di Lerner, cosa che fa incazzare Tratčev. Ma Daz non si ferma qui.

Perché dal furto d'auto con frode al finto incidente con frode, il passo è breve.

A Daz il settore delle assicurazioni sembra una grossa vacca, che puoi mungere, e mungere, e mungere...

Ci sono un sacco di capezzoli da spremere.

Daz diventa un impresario di incidenti simulati.

Scopre che lievi danni ai tessuti molli, provocati da incidenti, fruttano un sacco di contanti in false parcelle mediche e indennizzi. Scopre quanto è facile corrompere un dottore, un chiropratico, un avvocato, un giudice. Munge la Grossa Vacca con le polizze per gli infortuni, i risarcimenti per danni morali e materiali («Amico, spero che tu sia assicurato!») e le parcelle mediche: esami, fisioterapie, consulti, visite chiropratiche. I dottori fatturano alla compagnia assicuratrice e passano una fetta del rimborso a Daz, in contanti.

A questo punto Daz compie l'ovvio passo successivo.

Capisce che si possono fare *ancora* più soldi se le terapie e i consulti non avvengono affatto. Basta che il medico firmi i documenti. Il dottore fatturerà alla compagnia assicuratrice e passerà a Daz una fetta ancora più grossa.

I soldi passano a Lerner, che li passa a Šakalin. Daz ne manda anche a Karpotsov, così il KGB può finalmente assaggiare un po' di latte appena munto. Dopo tutti questi passaggi, a Daz resta pressappoco lo stipendio di un maggiore del KGB (il grado a cui è stato promosso *in absentia*), e per ora si accontenta.

Per il lungo termine, però, ha altri piani. Ora che gestisce due attività, il furto d'auto e la frode assicurativa, il giro di grana è notevole. Ma, per quanti soldi spedisca in patria, non sono mai abbastanza. L'economia della vecchia Unione Sovietica va a rotoli, e Karpotsov gli manda messaggi in continuazione, il cui succo è *ancora, ancora, ancora.* Daz deve guadagnare sempre di più perché il KGB possa permettersi di comprare persino *le graffette*, così sia lui che Karpotsov cominciano ad averne le tasche piene di essere in società con Lerner, per non parlare di Šakalin.

E siccome Karpotsov gli sta decisamente con il fiato sul collo, Daz escogita un nuovo piano.

Che non condivide con Lerner.

Stavolta rischia grosso, perché quello che fa è uscire dal giro delle Due Croci e contattare gli armeni. Gli armeni sono la gang più importante della California. Hanno le mani in pasta a Hollywood e a Glendale, dove spremono i commercianti armeni, fanno strozzinaggio agli immigrati armeni e costringono gli onesti mercanti armeni a rubare la loro stessa merce e a richiedere il risarcimento alle assicurazioni. Daz li studia con attenzione, e dopo aver notato che lo stesso tappeto armeno viene "rubato" cinque, sei, sette volte, immagina che forse gli armeni accetteranno di buon grado una proposta di frode assicurativa.

Così organizza un incontro dove di fatto dice: «Perché ci spacchiamo la schiena con questi lavoretti da poco? Un pezzo qui, uno lì? Una macchina, un tappeto, un colpo di frusta? Se lavoriamo insieme, possiamo arrivare in alto. Alla Grande Occasione».

Lui e Kazzy Azmekian sono seduti al tavolino all'aperto di un ristorante di Sunset Boulevard, e chiacchierano in russo. Daz è venuto da solo. Se Azmekian ha deciso di ammazzarlo anziché fare affari con lui, Daz non potrà farci nulla. Ne sono entrambi consapevoli, e di conseguenza Azmekian decide che il giovane ebreo è uno con le palle. Kaz sorseggia il caffè, guarda il nuovo arrivato ed è indeciso se sequestrarlo e rivenderlo a Lerner, ammazzarlo o starlo a sentire.

Azmekian dice: «Cos'hai in mente?».

Incendi dolosi.

Ecco cos'ha in mente Daz.

Comprare un magazzino, riempirlo di merci in eccedenza, bruciarlo e intascare i soldi dell'assicurazione.

Azmekian risponde: «Già fatto» e riconsidera seriamente

l'opzione del sequestro, ma non è certo di voler scatenare una guerra con gli ebrei proprio adesso. Il problema nel piano del ragazzino è che non porterà mai molta grana, perché il guadagno sta nella merce che il magazzino contiene. La compagnia assicuratrice paga solo il valore dell'edificio, quindi al massimo si andrebbe in pari.

Azmekian fa un cenno al cameriere: «Il conto, per favore» e Daz comincia a spiegargli cosa c'è di tanto geniale nella sua idea.

«Noi creiamo delle società» dice. «Le intestiamo a dei prestanome in modo che sia impossibile individuarle. La mia società compra un magazzino e lo paga due soldi. La tua lo compra a un prezzo più alto. Un'altra delle mie compagnie lo compra da te. E così via, finché il prezzo dell'edificio non lievita. A quel punto lo riempi di merci in eccesso, il magazzino va a fuoco, e noi ci dividiamo il guadagno sulla merce in eccesso e il guadagno sull'edificio.»

«Dell'altro caffè» dice Azmekian al cameriere che intanto è arrivato. Poi, rivolto a Daz: «Perché sei venuto da me? Perché non ne hai parlato con i tuoi?».

«Sarebbe un'unione tra consanguinei. Troppo facile da rintracciare.

«E poi, perché non voglio. Voglio organizzare la truffa e presentarla come fatto compiuto. E la faremo fuori da L.A.» dice Daz. «Scopriamo nuovi territori. E portiamo avanti la faccenda al di fuori delle rispettive organizzazioni. In questo modo, niente collegamenti. Niente tracce.»

Azmekian ci sta.

Lui e Daz fondano le rispettive società di facciata e partono.

Il primo edificio che comprano è il magazzino Atlas.

C'è qualche intoppo: un sorvegliante muore nell'incendio, poi salta fuori un testimone. La compagnia assicuratrice dichiara che si è trattato di un incendio doloso e nega l'indennizzo. Ma l'intoppo viene risolto, e Kazzy Azmekian ottiene un bonus imprevisto quando vince la causa per malafede. Ora che i due sanno dove risiedono i potenziali problemi non commetteranno più *quegli* errori.

E Daz incassa duecentomila dollari.

Che non divide con Lerner.

Lerner lo viene a sapere (Daz stesso fa in modo che lo venga a sapere) e grida: «Dove cazzo è la mia parte?». E Daz tira in ballo il *Vorovskoj Zakon*.

«Se hai delle lamentele» dice a Lerner, «convoca una riunione. Vai dal *pakhan*.»

Lerner lo pesterebbe a sangue seduta stante, ma questo pezzo di merda di Valešin è un fratello, e per farlo gli serve il permesso. Lerner ne parla con il *pakhan* e con gli altri generali di brigata.

Frigna davanti a Natan Šakalin come un maialino ferito. Valešin ha agito fuori dell'organizzazione. Valešin è andato dagli armeni. Valešin ha organizzato un'operazione tutta sua. E, soprattutto, Valešin ha fatto un pacco di soldi e a me non ha dato niente.

Šakalin lo ascolta, corruga la fronte, poi sentenzia: benché Lerner sia da lungo tempo un prezioso e onorato membro della nostra organizzazione («*bla, bla, bla*») questo Valešin è un ragazzo che *produce*, uno che sa come fare i soldi, quindi Lerner deve lasciarlo in pace.

E Valešin diventa generale di brigata.

Lerner ci resta di merda. È evidente che Valešin lo ha appena scavalcato e si è pagato la promozione coprendo di soldi Šakalin. Non è così che dovrebbe andare. Dovrebbe funzionare come nel marketing multilivello, dove si salgono tutti i gradini della piramide senza mai saltarne uno.

Lerner è così incazzato che per un istante pensa di ammazzare sul posto il vecchio Natan, solo che quello stronzo è seduto in mezzo a due guardie del corpo, arrivate direttamente dalla Russia, e anche Valešin, il nuovo talento, ha la reputazione di essere parecchio irascibile.

Molto abile nel vecchio spezzatino di pollo.

Così Lerner decide di aspettare. Daz sale di livello e Lerner gli dà la sua benedizione e i due si baciano e si abbracciano e tutte quelle stronzate da persone felici e con la vodka brindano alla loro eterna amicizia e alla comune prosperità.

I discorsi sull'amicizia sono stronzate, ma in quanto a prosperità...

Ora che Daz ha la sua brigata, i soldi arrivano a palate.

Come onde sulle spiagge californiane.

Ma non bastano.

Dazjatnik vuole di più.

Vuole qualcosa di diverso.

Vive a Fairfax, in mezzo a migliaia di altri immigrati russi, e gli sembra di stare in una Leningrado con le palme. Parla russo, lavora con i russi, mangia con i russi, dorme con i russi.

Fa i soldi e ne gira la maggior parte a dei russi (Šakalin e Karpotsov) per tenerli buoni, ma Daz si chiede quando potrà avere la sua fetta di paradiso.

Dazjatnik studia e impara la storia.

Degli irlandesi, degli italiani, degli ebrei.

I nonni erano gangster. I nipoti, avvocati.

E banchieri e politici e giudici.

E uomini d'affari.

È un ciclo di tre generazioni, e Dazjatnik si chiede il perché.

Perché non una generazione soltanto?

Perché no?

Se in soli quattro anni una spia del KGB può diventare *zek*, poi autista di limousine, ladro di auto, gestore di un'officina che ricicla auto rubate, truffatore di assicurazioni e infine generale di brigata, perché non potrebbe trasformarsi con altrettanta rapidità in un onesto uomo d'affari?

In questa terra delle opportunità.

In questa nuvola fluttuante di terra dove un uomo può inventare e reinventare se stesso. Bruciare le pagine della propria storia e far scomparire il suo passato nel cielo blu della California come una voluta di fumo.

E Daz sa come attuare questo piano.

Sa che là fuori, da qualche parte, la California lo attende a braccia e gambe aperte, ed è lì che vuole arrivare. Vuole libertà, distinzione, vuole allontanarsi dai suoi tristi compatrioti emigrati, da quella stupida, ottusa, noiosa ripetitività che soffoca l'anima.

Vuole diventare Nicky.

Così si mette alla ricerca dell'opportunità giusta. Non è difficile. L'occasione è così lampante, evidente e chiara che persino un idiota la vedrebbe.

La dolce, gustosa e matura pera sul punto di staccarsi dall'albero.

Il settore immobiliare.

Qualunque sciocco capirebbe che la vena d'oro della California di metà anni Ottanta è il settore immobiliare. Investi in quel settore e guadagnerai un sacco di soldi, a volte anche da un giorno all'altro. Diversifica le operazioni con investimenti a lungo termine: condominî e complessi di villette. La faccenda diventa ancora più proficua se sfrutti le conoscenze malavitose per smussare gli angoli: materiali più economici, tempi di costruzione più veloci. Raramente c'è bisogno di ricorrere alla violenza o alle minacce: in quel periodo tutti hanno una gran fretta. Tira su un edificio, vendilo e investi i soldi nel successivo.

Il lavoro nel settore immobiliare rende parecchio, e questo gli permette un'ulteriore infrazione al codice. Abbandona la chiusa comunità etnica di L.A. e si trasferisce a sud, lungo la costa d'oro. Dove può reinventarsi come Nicky Vale.

Daz cambia nome. Dazjatnik Valešin è un nome troppo impegnativo da portarsi appresso. Non va bene per firmare tutte quelle carte. È troppo difficile da ricordare per i clienti che hanno per le mani un buon affare e cercano investitori a cui telefonare.

Chiamami, dice Daz.

Anzi, chiamami Nicky.

È qui che viola nuovamente il codice, ma Nicky dice che non si sta allontanando. Sta *colonizzando*. Porta gli affari sulla lucrativa costa d'oro. Va dove ci sono i soldi. Dove c'è terreno vergine su cui lavorare. Dove, senti questa, la gente partecipa a una *lotteria* per avere l'opportunità di acquistare una villetta nei nuovi complessi.

Era impossibile, ricorda Nicky, costruire abbastanza rapidamente.

Nicky continua a comprare terreni e a edificare case.

Si indebita fin sopra i capelli, ma che importanza ha?

Il mercato cresce più del debito.

E Nicky prospera.

Casa nuova, vestiti nuovi, stile nuovo, persona nuova.

Nicky Vale: investitore nel settore immobiliare.

È l'ennesima violazione del codice, del *Vorovskoj Zakon*, il quale stabilisce senza ombra di dubbio che fare soldi in modo legale è vietato. Alcuni degli uomini di Daz non vedono di buon occhio la cosa. Lui gli intima di tenere la bocca chiusa, fare soldi a palate ed essere felici. Lerner coglie al volo l'occasione e va da Šakalin a sputtanare Daz, dicendogli che Dazjatnik è diventato un americano e che piscia sul *Vorovskoj Zakon*.

Šakalin è d'accordo.

I legami si sono troppo allentati.

Come l'Unione Sovietica, anche le Due Croci rischiano di tramontare.

È ora di prendere "Nicky Vale" e trasformarlo in un esempio.

55

È legato a una sedia di legno.

Tutti i pezzi grossi sono seduti in semicerchio davanti a lui: i generali di brigata, numerosi tenenti, il vecchio Natan Šakalin e le sue guardie del corpo, una delle quali impugna una pistola con silenziatore e l'altra una motosega McCullogh.

Nicky guarda la motosega e sente una stretta alle palle.

Lerner si alza e recita la litania delle sue trasgressioni al codice: ha intrapreso un lavoro onesto e ha escluso l'organizzazione dai ricavi. In breve, "Nicky Vale" ha disatteso la fiducia dei suoi fratelli.

Ha infranto il *Vorovskoj Zakon.*

Per il momento, Nicky non è ancora troppo preoccupato. Parla della corruzione nel settore immobiliare, dei materiali scadenti, delle tangenti agli ispettori, delle evasioni fiscali, degli occasionali incendi dolosi. Il succo del suo discorso è: «Col cazzo che è un lavoro onesto». In merito alla quota non versata all'organizzazione, Nicky promette di rimediare. È solo un problema di contabilità, spiega, e una volta sistemati i registri pagherà il suo debito.

«Forse» dice Lerner, «il motivo per cui non riesci a pagare quanto ci devi è perché mandi troppi di quei soldi ai tuoi capi del KGB.»

«Come, prego?»

«Hai capito bene, *maggiore* Valešin.»

Oops.

Ecco. *Adesso* Nicky è preoccupato.

È come se sentisse fremere la vecchia motosega.

Quella faccenda dello spezzatino di pollo non è affatto piacevole. Prima ti tagliano le mani, poi le braccia, poi i piedi, poi le gambe, poi i genitali... e anche se a quel punto probabilmente sei già morto, ti tagliano anche la testa per una questione di coerenza estetica.

«Perché *adesso* sei un maggiore, vero?» chiede Lerner. «Congratulazioni. *Mazel tov.* I nostri fratelli all'interno del KGB ci hanno informato della tua promozione.»

Lerner chiede la pena di morte.

Accendete la motosega.

Šakalin si alza in piedi.

Si mette di fronte a Nicky e dice: «Anni addietro hai giurato fedeltà alle Due Croci. Le Due Croci ti hanno protetto, nutrito, da miserabile *zek* che eri ti hanno reso ricco oltre misura. Sei venuto qui che eri una nullità e ora navighi nell'oro. E qual è il tuo ringraziamento? Ci imbrogli. Ci volti le spalle. Sputi sulle nostre tradizioni e sulle nostre leggi. Ora ti fai chiamare "Nicky Vale", e credi di essere troppo in gamba per noi».

Una pausa, poi riprende: «E adesso scopriamo che sei anche un traditore. Un informatore».

Sputa in faccia a Nicky.

Senza girarsi, chiede agli altri qual è il verdetto.

Colpevole.

Sai che sorpresa, pensa Nicky, visto che hanno già preparato la motosega.

E si rende conto che il sudore gli scende come un torrente lungo il collo. Šakalin chiede quale punizione applicare.

Morte, morte, morte, morte, morte, morte su tutta la linea.

Morte per smembramento.

«Confermo il verdetto e la sentenza» dice Šakalin, fissando Nicky dritto negli occhi. «Brucia all'inferno, Dazjatnik

Valešin.» Poi dice alla guardia del corpo: «Esegui la sentenza».

Lev avvia la motosega da novantacinque dollari, Offerta Speciale della Settimana nei grandi magazzini del bricolage, e taglia la gola a Šakalin. Mentre la testa di Šakalin rotola a terra, Dani spara in faccia a Tiv Lerner tre colpi con il silenziatore. Poi slega Nicky, tenendo la pistola puntata sul resto del gruppo. Lev avvicina la motosega al collo di uno dei generali di brigata e Nicky dice: «Chi è in favore della mia nomina a *pakhan* alzi la mano».

Viene eletto all'unanimità.

«Siamo in America, adesso» spiega Dazjatnik con voce gentile quando gli altri hanno finito di pisciarsi nei pantaloni. «Siamo in *California*, e qui le cose sono diverse. Diverse dalla Russia e anche da Brighton Beach. Guardate fuori e ammirate il sole. Sentite il calore. Contemplate la testa di Natan Šakalin sul pavimento. Sul serio, amici miei, il settore immobiliare è la Grande Occasione. Va contro il codice, è vero, ma il succo del codice è fare soldi, *da*?»

Da.

«E questa accusa relativa al KGB è un'assurdità, ma del resto, a chi interessa? 'fanculo al KGB. Nel caso non l'abbiate saputo, l'Unione delle Repubbliche socialiste sovietiche non esiste più. La guerra fredda è finita. Non sono più nostri nemici, perché sono affondati.»

Il che probabilmente è vero. Nicky ne ha le prove. Ha smesso di mandare soldi a Karpotsov. Ha smesso di rispondere ai messaggi. Ha smesso di mandare messaggi. È sparito del tutto dagli schermi dei radar. E cosa è successo?

Niente.

Non è successo niente.

Il tanto decantato KGB è impotente.

C'è un nuovo ordine mondiale.

«Siete rinati tutti in me» dice Nicky, alzando la voce per coprire il ronzio della motosega con cui Lev smembra il corpo di Lerner in pezzetti facilmente eliminabili. Nicky fa il suo discorsetto. Con convinzione. Crede di essere Al Pacino ne *Il padrino*. «Io rimarrò *pakhan* per sette anni, poi ogni generale di brigata sarà libero di avviare una propria organizzazione. Userò questo tempo per rendere del tutto legittima la mia attività. Vi consiglio di fare altrettanto, ma queste sono decisioni che spettano solo a voi.

«Alcune parti del vecchio codice restano valide e le conserveremo. Altre parti hanno fatto il loro tempo e sono diventate obsolete. Io voglio una famiglia. Una moglie. Voglio dei bambini che possano ereditare quello per cui ho lavorato. Com'è possibile creare una dinastia senza eredi? Lavoriamo per costruire un impero che finisca con noi nella tomba? Sarebbe una follia. Se qualcuno non è d'accordo, lo dica subito.»

L'unico suono che si sente è quello della motosega.

«Allora siamo tutti d'accordo» riprende Nicky. «Ristrutturerò l'organizzazione. Tratčev, visto che Tiv Lerner non è più in grado di svolgere il proprio incarico, sei promosso a generale della sua brigata. Ti occuperai esclusivamente di frodi sugli incidenti stradali. Rubinskj, la tua brigata si occuperà di furti d'auto. Ščaller, la tua di incendi dolosi ed estorsione. E, fratelli, prendete contatto con altri gruppi etnici: i messicani, i vietnamiti, i bianchi più poveri. Fatene la vostra manovalanza. Voi lavorate nell'ombra. Non voglio leggere sui giornali di "Mafia russa" né vedere le vostre facce in televisione.

«Io conserverò i componenti della mia squadra di sicurezza. Li avevo temporaneamente prestati al fu Natan Šakalin, per motivi che ormai dovrebbero essere ovvi, ma ora me li riprendo. Voi farete rapporto a loro e non a me. Mi pagherete il venti per cento, e non il cinquanta, e verserete il dieci per cento all'*obočeck*, che io controllerò. Fate soldi e investite in attività economiche. I vostri figli diventeranno senatori.»

Nicky è soddisfatto di quest'ultima frase. Gli è venuta in mente mentre preparava il discorso. L'ha ripassato più è più volte per darsi animo, quando ancora sperava che tutto sarebbe andato per il meglio. Che la sua lungimiranza nel convincere Karpotsov a concedere visti d'uscita anche a Dani e Lev avrebbe dato i risultati auspicati. Che Dani e Lev sarebbero stati fedeli al giuramento che si erano fatti in prigione.

Sarete con me in Paradiso.

Ora c'è un'altra promessa da mantenere.

Manda a prendere sua madre.

In una Russia in rovina e a corto di contanti, organizzare la sua uscita dal paese è più facile che prenotare un tavolo da *Wolfgang Puck*.

Quando si rivedono, all'inizio prevale la freddezza.

Lei è ferita, arrabbiata e amareggiata da quei sei anni di lontananza. Nel tragitto in limousine dall'aeroporto a Dana Point quasi non apre bocca. Il malumore inizia a passarle quando giungono davanti ai cancelli di Monarch Bay e la guardia di turno si fa in quattro per accoglierli. Comincia a sorridere quando vede la casa.

«Dazjatnik, è a malapena arredata» dice.

«Credevo che ti sarebbe piaciuto occupartene, Madre» ribatte lui. «E mi fido del tuo gusto. Comunque, è casa tua.»

«Mia?»

«Ho tenuto una stanza per me. Se lo ritieni accettabile.»

Lei lo bacia su entrambe le guance, poi, fuggevolmente, sulla bocca.

«Lo ritengo accettabile.»

Nicky si separa dalle Due Croci. Tranne la squadra di sicurezza, non incontra mai i suoi luogotenenti. Lascia che gestiscano autonomamente le loro operazioni, purché gli facciano avere i soldi. Si accontenta di amministrare l'*obočeck* e i propri investimenti immobiliari.

E di collezionare mobili. Va alla prima asta con alcuni dei suoi nuovi amici, per ammazzare il tempo in un nuvoloso sabato di gennaio. E si innamora. Non delle donne ricche e sofisticate presenti in sala, ma di una toeletta Giorgio II che sembra gridargli: «Sono tua».

Anzi, di più.

Gli grida: «Sono te».

E prima di rendersene conto, Nicky alza la mano e spende quindicimila dollari per un gran pezzo di legno di noce.

Del quale si è innamorato.

Ci sono amori passeggeri e amori duraturi. I primi soddisfano il corpo e il cuore, mentre i secondi alimentano l'anima.

I mobili sono l'unica cosa che riesca a nutrire l'anima di Nicky.

Al principio lo fa per darsi un tono.

Compra mobili perché *può permetterseli*, perché spendere quei soldi sancisce il suo trionfo sul ghetto. Perché acquistare oggetti d'arte, invece di auto o cavalli, gli offre un biglietto d'ingresso in un mondo fatto di bella gente. Fa di lui non solo l'ennesimo magnate del settore immobiliare, ma un uomo di cultura, di stile e, sì, di *classe*.

Nicky è troppo furbo per non capirlo.

Ma col tempo – e nemmeno troppo – l'arte diventa più di un semplice *status symbol*.

Diventa un vero amore.

È stata l'arte a farlo innamorare? si chiede Nicky. Ma questo lo dà per scontato. Forse è stata la purezza d'intenti che un'opera d'arte rappresenta, il sincero desiderio di creare qualcosa che sia davvero bello. La purezza di intenti come antidoto a un mondo tanto corrotto?

O forse è la bellezza? Può essere, si chiede Nicky, che io sia irresistibilmente attratto dal possesso della bellezza? Ragionando in termini di psicologia da due soldi (Ah, sono *proprio* diventato un americano!) non è difficile immaginare che un ragazzo cresciuto nella povertà desideri possedere la bellezza.

Per i primi trent'anni, diciamocelo, la mia vita è stata uno schifo. Lo squallido appartamento, le mostruosità dell'Afghanistan, gli orrori della prigione. Ghiaccio sporco, neve sporca, fango, sangue, merda e sudiciume.

A volte si sveglia ancora di soprassalto dopo aver avuto un incubo sulla guerra – un odioso stereotipo che lo imbarazza – e in quei casi gli è d'aiuto accendere la luce e passare un po' di tempo con una delle sue opere d'arte. Ne ammira la bellezza, ne studia la forma e il disegno, lascia che lo allontanino dalle immagini di corpi rigonfi e commilitoni mutilati, o dal sogno ricorrente del *mujaheddin* centrato dal lanciafiamme, che barcolla in avanti avvolto da lingue di fuoco, ruotando su se stesso come un derviscio in agonia.

In momenti come questi, ammirare le sue opere d'arte è un toccasana.

Altre volte il sonno lo porta nelle celle del carcere, sui gelidi pavimenti di cemento, incrostati di sporcizia. Il lezzo di sudore, di merda e di piscio, l'odore della paura. I pazzi che urlano, i sodomiti violenti, la rapida morte somministrata con lame fatte in casa, per strangolamento o semplicemente a furia di botte. Crani schiantati contro le pareti, teste sbattute a terra, volti ridotti in poltiglia dai manganelli delle guardie. Nemmeno un centimetro di spazio tutto per sé. Non un momento di privacy. Nemmeno un briciolo di bellezza, a nessun prezzo.

L'inferno.

Poter stare nella propria casa, nella pulita, confortevole serenità della propria casa, e contemplare la bellezza sotto forma di un'opera d'arte, ogni volta e per tutto il tempo che vuole... be', è il cibo che l'anima chiede quando ha bisogno di essere nutrita.

Ed è un atto completamente passivo, pensa Nicky. È solo bellezza di cui godere. Una volta acquistata non ha alcuna pretesa, fuorché essere ammirata e apprezzata.

E gli dice che è riuscito a innalzarsi sopra il suo passato. Sopra l'angusto appartamento nel condominio senza ascensore che divideva con la madre, sopra la sporcizia, il freddo, il sangue e il fuoco dell'Afghanistan. *Molto* più in alto del sudiciume e del fetore e del gelo della prigione, più in alto del monotono kitsch delle Due Croci.

L'opera d'arte gli dice che è un uomo arrivato. Che non è uno squalo, uno speculatore immobiliare arricchito, ma un gentiluomo.

Si mette a comprare libri, a contattare rivenditori, lo si vede sempre più spesso alle aste, e in poco tempo diventa un importante collezionista di mobili antichi di fattura inglese. Compra, vende, scambia e si crea un nuovo giro di amici.

Si procura una nuova identità.

Nicky Vale: magnate del settore immobiliare e collezionista.

Tutto il ciclo in una sola generazione.

Stringe le nuove amicizie che il denaro chiama, e dagli amici impara lo stile di vita della costa sud. Scopre i negozi del South Coast Plaza e diventa un cliente abituale di Armani, Brooks Brothers, Guiducci e via dicendo. Diventa un *habitué* delle feste che contano a Newport Beach, a Corona del Mar e a Laguna. Si compra una barca e organizza i suoi party in mezzo al blu dell'oceano.

Dazjatnik diventa Nicky, e Nicky piace a tutti.

Perché no? È affascinante, ricco, divertente, e ha un ottimo gusto in fatto d'arte. È bello, esotico, e in appena un anno è già entrato nel giro dei party più esclusivi della costa sud.

E a uno di questi party conosce Pamela.

56

Origine volontaria, occasione e movente.

Altrimenti noti come “Prova Tripartita”.

Comunque li si voglia chiamare, questi tre elementi sono necessari per dimostrare in tribunale che un incendio è stato doloso. E se si vuole negare un indennizzo sostenendo che si è trattato di un incendio doloso, bisogna avere i mezzi per dimostrarlo.

Lo stesso vale per l’omicidio, pensa Jack. Per negare il risarcimento dell’assicurazione sulla vita, devo dimostrare che *è stato* un omicidio, e che Nicky aveva il movente e l’occasione per farlo.

Origine volontaria è solo un modo per dire che qualcuno ha appiccato il fuoco di proposito. Per soddisfare questo criterio servono tracce di acceleranti, i resti di un dispositivo incendiario, magari un timer. Fanno comodo anche le tracce di un fuoco molto caldo e repentino: evidenti tracce a V, macchie ad alligatore, parecchi residui carbonizzati sul pavimento, vetri screpolati e tracce di versamenti.

I più importanti di tutti questi indizi sono gli acceleranti, e Jack li ha trovati. Il dottor Bambi si presenterà in tribunale e testimonierà di aver riscontrato un’elevata presenza di cherosene sul pavimento e sui travetti. Mostrerà alla giuria i suoi schemi e i suoi grafici e la giuria si ritirerà per deliberare convinta che qualcuno abbia versato del cherosene in giro per la stanza.

Così Jack segna una crocetta mentale accanto alla voce "origine volontaria" e la mette da parte. Occasione: ovvero, l'assicurato ha avuto modo di appiccare il fuoco o di farlo appiccare? In realtà non è così semplice. La definizione precisa è "occasione *esclusiva*": l'assicurato era l'unica persona che aveva accesso alla casa durante il periodo di tempo in cui il fuoco è stato appiccato?

L'occasione è una furbacchiona. È a causa sua che si controlla se le finestre e le porte erano chiuse a chiave. È a causa sua che si domanda ai vicini cosa e chi hanno visto. È a causa sua che si raccolgono dichiarazioni scritte per stabilire con certezza dove si trovava l'assicurato al momento dell'incendio.

È sfuggente.

Gli incendiari, a meno che non siano *molto* stupidi, tendono a usare dispositivi a tempo perché ti permettono di allontanarti senza andare a fuoco. Se versi in giro della benzina e accendi un fiammifero, hai buone possibilità di diventare una torcia umana. Ciò che molti dilettanti non sanno è che sono i vapori a incendiarsi, non il liquido. Così versano la benzina, fanno un passo indietro, buttano il fiammifero e un istante dopo li vedi correre nella notte avvolti dalle fiamme.

Inoltre, un buon dispositivo a tempo ti dà, appunto, il *tempo* di crearti un alibi. Quando è scoppiato l'incendio ti trovavi altrove, quindi non hai avuto l'occasione esclusiva di appiccare il fuoco.

Un dispositivo a tempo può essere molto semplice o molto sofisticato. Semplice come una serie di lenzuola legate insieme a formare una lunga miccia, che puoi accendere e allontanarti prima che raggiunga il combustibile e ci sia il *boom*. Oppure può essere un banalissimo timer impostato per far scoccare una scintilla nell'accelerante a una determinata ora, e questa possibilità ti lascia ancora più spazio di manovra.

Per Jack, il timer più sofisticato in assoluto è quello descritto nel fascicolo di una coppia che, al di là di ogni ragionevole dubbio, si trovava a Las Vegas nel corso del weekend in cui era bruciata la loro casa. I due avevano scontrini e testimoni che coprivano un periodo di circa cinquanta ore e nella casa non vennero trovati i resti di nessun dispositivo a tempo.

Ma il fuoco era senza dubbio di origine dolosa, poiché c'erano tutti gli indizi del caso e qualcuno aveva lavorato parecchio perché la casa avesse la struttura giusta per alimentare le fiamme. Erano stati aperti buchi nelle pareti per migliorare la circolazione dell'aria (il fuoco mangia ossigeno), le finestre erano spalancate (vedi sopra) e i campioni prelevati dal pavimento contenevano tracce di acceleranti.

Il sistema di sicurezza era intatto e privo di segni di effrazione.

Allora, com'era stato appiccato l'incendio?

Jack si lambiccò il cervello per settimane. Studiò il posto più e più volte. Alla fine trovò quello che cercava nella stanza da letto matrimoniale al primo piano. Sotto i resti carbonizzati di un videoregistratore.

Un congegno a tempo fantastico: una videocassetta programmata per essere espulsa a un determinato orario, rovesciando un fornelletto e facendolo finire nella pozza di accelerante.

La coppia la passò liscia, ovviamente, ma Jack fu soddisfatto di essere riuscito a svelare il mistero.

Tutto questo per dire che, generalmente, l'occasione è strettamente legata al tempo, il quale, a sua volta, è strettamente legato a un dispositivo a tempo.

La stessa cosa vale anche quando gli assicurati assumono un incendiario. Per esperienza, Jack ha scoperto che, di solito, questo succede soprattutto negli esercizi commerciali, perché ci vuole un abile professionista per bruciare a dovere un magazzino. Non mancano certo casi in cui i proprietari di un'abitazione privata hanno pagato qualcuno per fare il lavoro al loro posto e sono andati in vacanza per crearsi un alibi, ma Jack pensa che questo non valga per Nicky.

Quando dai fuoco a tua moglie *nel tuo letto*, è una faccenda personale.

Così Jack si chiede: Nicky ha avuto l'occasione di entrare in casa, uccidere sua moglie e appiccare il fuoco? Non se la storia fornita da sua madre è vera, ma Jack pensa che siano un mucchio di stronzate. Allora si chiede: Nicky ha avuto l'occasione *esclusiva* di appiccare il fuoco? Be', le porte erano chiuse a chiave e i vetri delle finestre aperti solo di una fessura. Niente tracce di effrazione. Quindi chi, oltre al proprietario, aveva accesso alla casa?

Ma è un'argomentazione debole. O riuscirà a dimostrare che Nicky ha mentito o sarà dura aggiudicarsi il punto dell'occasione.

Il che porta Jack al movente.

57

Ci sono tre motivi alla base di un incendio doloso: follia, vendetta e denaro.

E il principale è il denaro.

Prendiamo in considerazione la follia. Si tratta dei piromani di cui si legge nei libri, di quel tipo di pazzi che sono irrimediabilmente innamorati del fuoco. La cosa triste è che c'è una sorprendente coincidenza tra abusi sessuali subiti nell'infanzia e la piromania. Nel calore c'è qualcosa che evoca la sessualità e allo stesso tempo una sensazione di purificazione. Accende la fiamma della libido e la consuma.

Questo tipo di incendio, però, è raro nei casi di frode assicurativa, perché i piromani tendono a bruciare le cose *altrui* e di solito vengono colti sul fatto. Quindi si paga l'indennizzo all'assicurato e amen.

Poi c'è la vendetta. Un po' più comune ma sempre abbastanza inconsueta, perché oggigiorno chi è incazzato con qualcuno di solito gli spara in mezzo agli occhi. Ci sono comunque casi del genere: il pazzo che in nome della supremazia della razza ariana lancia molotov contro le sinagoghe, la donna delle pulizie licenziata che pulisce il pavimento con il liquido per accendere la carbonella e poi sfrega un fiammifero, oppure il marito che sta per perdere la casa a causa della ex moglie e la brucia come a dire: "Prova a vivere *qui dentro*, puttana".

E questa è la vendetta. Nel fuoco c'è sicuramente qualcosa

di catartico, ma non sono in molti a servirsene per vendicarsi.

Sia la follia che la vendetta, comunque, impallidiscono di fronte al motivo numero uno che sta alla base degli incendi dolosi... ecco, apriamo la busta con il nome del vincitore...

Il denaro.

Il denaro, mio caro.

Intorno agli otto miliardi di dollari all'anno soltanto negli Stati Uniti.

Jack sa che ci sono circa ottantaseimila incendi dolosi all'anno. Più o meno uno per ogni ora del giorno, e il movente nella maggior parte dei casi sono i soldi.

O, per meglio dire, la mancanza di soldi.

Il fuoco rende nuova ogni cosa.

Un fuoco, in natura, brucia il vecchio per creare spazio al nuovo. Lo stesso vale negli affari: si bruciano i vecchi investimenti e si crea spazio per i nuovi. È un ciclo antico, e l'incidenza degli incendi dolosi corrisponde direttamente al ciclo economico. Nei periodi di crescita economica, gli incendi diminuiscono. In quelli di recessione, aumentano. Nei periodi di crescita, la gente compra un sacco di roba a credito perché riesce a fare soldi con cui pagare il debito. Poi arriva la crisi, i soldi non sono più quelli di una volta ma il debito è lo stesso.

Lo stesso vale per le case. La maggior parte delle persone spende in case più soldi di quanti se ne possa permettere. Le comprano quando le cose vanno a gonfie vele, convinti di poter navigare sempre in buone acque. Poi arrivano i periodi di magra e il mutuo è ancora lì, bello grasso. Il mutuo non si mette mai a dieta.

La maggior parte della gente dice addio alla casa e ricomincia da capo.

Altri, invece, dicono: «Col cazzo che mollo tutto!» e diventano intraprendenti.

Fanno in modo che sia la compagnia assicurativa a pagare il mutuo.

È successo molte volte a Orange County, pensa Jack. Negli anni dell'amministrazione Reagan tutto andava a gonfie vele. L'intera economia scommetteva sugli incassi. Poi è arrivata la dura realtà e quello che tutti avevano comprato a credito durante la presidenza Reagan è andato in fumo durante l'amministrazione Bush. I tesorieri di Orange County sono stati travolti dalla valanga e la contea è finita in bancarotta. Il mercato immobiliare è collassato, l'edilizia è finita giù per lo sciacquone del cesso e l'unico settore che andava a gonfie vele era quello degli incendi dolosi.

Fuori il vecchio, dentro il nuovo.

L'eterno ciclo naturale.

A volte la natura lo applica da sola.

È difficile accettarlo, ma Jack sa che la ripresa economica della California del sud ha preso corpo grazie ai disastri: prima il fuoco, poi il terremoto.

Siamo nel 1993 e l'economia fa schifo. Il mercato immobiliare e quello edilizio sono moribondi e tutto il resto si ferma insieme a loro. Poi arrivano gli incendi: Laguna, Malibu, Thousand Oaks. Grandi incendi incontrollabili che si innalzano dal terreno arido e vengono alimentati dal caldo vento secco e bruciano migliaia di acri e centinaia di case. Un sacco di gente brucia insieme alle proprie case e le compagnie assicuratrici pagano centinaia di milioni di dollari di indennizzo.

E a questo punto arriva la ripresa economica, perché gli incendi fanno rifiorire il settore edilizio. Le assicurazioni forniscono il contante per ricostruire le case bruciate. Vengono assunti degli imprenditori, i quali assumono degli operai, comprano il materiale dai fornitori, i fornitori iniziano ad assumere gente, la gente incassa lo stipendio e ricomincia a spendere...

Il ciclo è in ripresa.

Poi arriva il terremoto.

La natura costringe le assicurazioni a versare miliardi su miliardi. Miliardi di dollari che vengono pompati nell'economia della California del sud e le cose ripartono.

È così che, a volte, la natura interviene nel ciclo.

Ma più spesso è opera delle persone.

Accendono la scintilla della ripresa economica con un fiammifero.

E Jack si chiede se è proprio questo che ha fatto Nicky Vale.

In realtà non c'è sempre bisogno di un movente per riuscire a dimostrare che un incendio è doloso. L'esempio che Jack ha studiato sui libri di scuola era: immaginate che una persona, a mezzogiorno, dia fuoco alla sua casa, sulla strada principale della città, davanti a cento testimoni, cinque dei quali riprendono l'evento. In quel caso, non è necessario stabilire un movente, perché si dispone già di prove inconfutabili.

Jack ritiene che questo sia un esempio molto significativo, perché nella sua esperienza non è mai successo nulla del genere e non succederà *mai*.

La volta in cui Jack si è avvicinato di più a quella specie di paradiso professionale è stato con il caso del marito che, tornando a casa dal lavoro, vede una colonna di fumo sollevarsi dal tetto. Cinque camion dei pompieri gli sfrecciano accanto con le sirene spiegate e tutto il resto. Il marito arriva al cancello e vede sua moglie seduta sul prato, con una bottiglia di Jack Daniel's in una mano e una tanica di benzina nell'altra. Alza lo sguardo verso di lui e dice: «Ho sempre *odiato* quella maledetta casa».

Questo è ciò che viene definito in gergo un colpo perfetto, e Jack ha sempre provato un reverenziale senso di ammirazione per l'onestà di quel marito, perché è stato lui in persona a raccontargli tutta la storia.

«Direi che posso anche scordarmi il mio indennizzo» dice il marito dopo aver raccontato la storia a Jack. I due si trovano in piedi accanto ai resti carbonizzati di quella che era la bellissima villetta cittadina dell'uomo, del valore di trecentosettantacinquemila dollari.

«Temo di sì» dice Jack.

È quasi tentato di pagare il risarcimento, tanto gli dispiace per quell'uomo che, dopotutto, è stato sincero. Ma la legge stabilisce che se uno degli occupanti abituali dell'abitazione appicca il fuoco, il proprietario resta con un pugno di mosche in mano.

Ma Jack gli dà un consiglio.

«Potrebbe *provare* a sostenere che sua moglie è inferma di mente e che quindi le sue azioni non sono intenzionali.»

«Crede che funzionerebbe?»

«Ehi, siamo in California.»

Il tipo è onesto sino in fondo e non ci prova.

Chiede però il divorzio.

Comunque, tranne in rari casi come questo, occorre cercare il movente.

Oggi è la Giornata del Movente.

E riguardo all'omicidio... be', è strano ma l'omicidio si porta in spalla l'incendio doloso. Il movente e l'occasione coincidono. L'origine dolosa si lega all'omicidio, perché il medico legale ha detto che la vittima era già morta prima dell'incendio. Se poi si dimostra che l'incendio è stato intenzionale... è praticamente impossibile concludere che la morte sia stata accidentale.

Lo dimostri, ha detto Nicky.

Puoi scommetterci il culo che lo farò, pensa Jack.

58

Pertanto, prima i soldi.

Cherchez la grana.

Semplice come prendere in mano il telefono.

Ventiquattr'ore al giorno, sette giorni alla settimana, se hai un nome e un numero di previdenza sociale, puoi scoprire a quanto ammontano i debiti di una persona.

Jack compone un numero, viene messo in attesa e cerca di ignorare la musichetta di sottofondo. Passano tre lunghi minuti prima che un operatore gli risponda.

Nicky ha spremuto al massimo tutti i pezzi di plastica che ha nel portafoglio.

È sul punto di vedersi disattivare la carta di credito dalla prima persona che gli risponderà: «Salve, sono Diane, come posso aiutarla?». Insomma, è come se il tizio della pubblicità gli dicesse: «Nicky, non uscire mai di casa *con* la tua American Express».

Il conto di Nicky Vale è talmente rosso che sembra un assorbente usato. Nicky deve più di diciottomila dollari solo alle compagnie delle carte di credito.

E non finisce qui.

Nicky ha anche un altro creditore.

Lo Zio Sam.

C'è un pignoramento immobiliare del valore di cinquantasettemila dollari sulla proprietà di Bluffside Drive.

Poi Jack va su internet.

Apre un servizio chiamato AmeriData, inserisce il numero di previdenza sociale di Nicky e la sua data di nascita e in pochi secondi ottiene la lista di tutto quello che Nicky possiede.

C'è la casa a Bluffside, naturalmente... con un'ipoteca a favore della Pacific Coast Mortgage and Finance.

Anche la casa di Madre Russia è a suo nome, e sempre ipotecata a favore della Pacific Coast.

Ha cinque macchine. Tre le ha pagate in contanti, due a rate, ma è in arretrato con i pagamenti.

Niente aerei.

Niente barche.

Ma una barca ce l'aveva, ricorda Jack. Cos'è successo alla barca, e quando?

Prende un appunto per ricordarsi di controllare.

Si scollega e controlla il conto corrente di Nicky.

Il russo è al verde.

Ha qualche migliaio di dollari sul conto corrente, sufficienti per le spese di tutti i giorni, ma non abbastanza per stare dietro ai pagamenti più grossi.

Torna al computer. Inserisce alcuni numeri e si collega al database dell'ufficio del segretario di stato californiano. Ripete la procedura "numero di previdenza sociale più data di nascita" e ottiene una lista delle aziende di cui Nicky è un pezzo grosso.

E vede quello che si aspetta di vedere.

Nicky è presidente e amministratore delegato della Vale Investments.

Deve essere la sua impresa di sviluppo immobiliare, pensa Jack.

Poi c'è la ValeArt.

I preziosi mobili.

E basta.

Jack si scollega dal database dello stato e accede a quello della contea.

Inserisce: "Vale, Nicky – Aziende intestate a" e ottiene

tre società, più altre due a partecipazione limitata: la South Coast Management, la Côte D'Or Management e la Sunset Investment. Poi la TransPac Holding e la TransNat Holding.

Jack appunta i nomi, poi si collega alla Dun & Bradstreet e a Moody's per un altro controllo del credito.

Ottiene sempre lo stesso risultato.

I conti di Nicky Vale stanno annegando nel Mar Rosso.

I suoi affari sono sul punto di naufragare per la terza volta e non ci sono scialuppe di salvataggio all'orizzonte. Ha condominî mezzi vuoti, edifici in costruzione senza i fondi per completarli e i creditori in fila davanti alla porta.

Movente.

Jack sta per recarsi alla Pacific Coast Mortgage and Finance quando Carol lo chiama e gli dice di andare nell'ufficio di Billy.

59

«*Porca puttana, Jack!*» grida Billy.

«Che c'è?» chiede Jack.

Come se non lo sapesse.

Sono nel giardino di cactus di Billy, fuori dell'ufficio. Billy tira da una sigaretta come fosse una maschera a ossigeno.

«Il fascicolo Vale, ecco cosa c'è» dice Billy. Getta il mozzicone per terra e se ne accende un'altra. Deve mettere le mani a coppa per riuscire a farlo poiché soffia un vento fortissimo. La cosa gli peggiora ulteriormente l'umore. «Ieri sera hai fatto due chiacchiere con l'assicurato?»

Ha fatto presto ad arrivargli la voce, pensa Jack.

«Volevo vedere la sua reazione» risponde Jack.

«E?»

«È un cliente tranquillo.»

«Be', lascia che ti racconti la sua reazione» dice Billy. «Vale ha chiamato il suo agente...»

«Roger Hazlitt?»

«Proprio lui, e gli ha fatto una scenata su di te. Hazlitt si è preso una pausa nella sua giornata piena di impegni, tipo sbattersi la segretaria e cose del genere, e ha chiamato il capoarea, che ha chiamato il vicepresidente della divisione commerciale, che ha chiamato me e mi ha rigirato la scenata.»

«La copertura delle proprietà personali di Vale supera di molto i nostri standard, Billy. Lo stesso vale per le clausole aggiuntive.»

«Cosa stai dicendo?»

«Sto dicendo che la copertura delle proprietà personali di Vale supera di molto i nostri standard, e lo stesso vale per le clausole aggiuntive.»

«Non mettere zizzania tra me e i commerciali, Jack.»

Come la maggior parte delle compagnie d'assicurazione, la California Fire and Life è suddivisa in tre parti: una divisione commerciale, una divisione che si occupa della sottoscrizione dei rischi e l'ufficio liquidazione sinistri. In teoria, le tre parti hanno uguale dignità, e ciascuna ha un vicepresidente che risponde al presidente, ma in realtà è la divisione commerciale a reggere lo scettro. Chiunque riesca a portare le chiappe nella sala da pranzo per dirigenti al piano di sopra di Mahogany Row arriva dal commerciale. Tutti i membri del consiglio d'amministrazione provengono dal reparto commerciale.

Perché è da lì che arrivano i soldi, pensa Jack.

All'ufficio liquidazione sinistri non si fanno soldi. Si risarciscono i danni e nient'altro. E di sicuro i soldi non arrivano dalla Sottoscrizione rischi. Al massimo quelli possono cambiare i tassi in modo che i premi assicurativi siano abbastanza alti da garantire un guadagno.

Il commerciale, quello sì che è la gallina dalle uova d'oro. È da lì che arrivano i soldi. Da quel piccolo esercito di agenti che vendono assicurazioni sulla vita, sull'auto, sugli incendi. E si prendono le loro commissioni: il dieci per cento sulle polizze auto e incendio, il quindici sulle polizze vita.

Sono un sacco di soldi.

E si rigenerano. Basta che un agente venda una polizza e, a quel punto, per intascare ogni anno la sua commissione deve solo fare in modo che venga rinnovata. A lui interessa solo conservare il cliente e non si preoccupa di quello che l'ufficio liquidazione sinistri deve pagare. Se uno dei clienti ha subito un danno, l'agente vuole che i liquidatori paghino. Paga *e basta*, dolcezza. Perché i soldi non escono di certo dalle tasche dell'agente o dalle sue commissioni.

Escono dall'ufficio sinistri.

Che, naturalmente, li prende dalle casse della società, tanto ai pezzi grossi non interessa molto quanti soldi spendono, purché ne incassino di più. Quindi, finché la gente continua ad assicurarsi con la California Fire and Life, tutto va bene.

Basta mantenere un costante afflusso di denaro.

Certo, è difficile vendere nuove polizze a un cliente se un cretino dell'ufficio sinistri sostiene che quel cliente è un incendiario e un assassino. Perché il cliente minaccia di annullare tutte le sue polizze. E di raccontare ai suoi amici come la compagnia assicuratrice l'abbia fottuto. Così, in men che non si dica, la voce si sparge nei campi da golf e un sacco di clienti se ne vanno ed è l'inizio della fine.

A quel punto devi ripartire da zero, e ti ritrovi seduto nel soggiorno di mamma e papà, a cercare di vendergli una polizza sulla casa che al massimo ti frutterà cento dollari all'anno.

Quindi, prima che questo succeda, bisogna prendere in mano il telefono e fare in modo che lo scettro del commerciale si abbatta sulla testa di qualcuno.

In questo caso, Billy "Porca Puttana" Hayes.

Il quale chiama il vicepresidente della divisione commerciale della California del sud e dice: «Non paghiamo nessuno per aver ammazzato la moglie e bruciato la casa».

Quindi, di fatto, non c'è nessun bisogno che Jack metta zizzania tra Billy e i commerciali. O l'ufficio sottoscrizione rischi.

«La sottoscrizione rischi?» chiede Jack.

«Già, hanno chiamato anche loro. Vogliono controllare come gestiamo questa faccenda.»

«Ma cosa c'entra la sottoscrizione rischi con tutto questo? Da quando dobbiamo relazionarci con loro?»

«È quello che gli ho detto anche io. Ma se proprio vuoi tenere il conto di chi mi sta scocciando sul caso Vale c'è il commerciale, la sottoscrizione rischi e... ah, sì, l'ufficio dello Sceriffo!»

«Scusa.»

«Sei stato dallo sceriffo?»

«Ho suggerito al vicesceriffo Bentley di rivedere la sua perizia sull'incendio a casa Vale.»

«Porca puttana, ma vuoi farci denunciare?» grida Billy. «Se neghi un rimborso sostenendo che si è trattato di un incendio doloso dopo che lo sceriffo l'ha già dichiarato accidentale, verremo denunciati per malafede. Ed è proprio questo che succederà se continuiamo a *indagare* sulle cause dell'incendio dopo che è già stato dichiarato accidentale.»

«La Disaster ha dichiarato che i campioni presi sulla scena dell'incendio sono positivi» spiega Jack. «E Nicky Vale è indebitato fino al collo.»

Gli racconta del funerale.

E la storia di Letty.

Quando ha finito, Billy dice: «Pettegolezzi».

«Cosa vuoi?» chiede Jack. «Che Pamela Vale salga sul banco dei testimoni?»

«Sarebbe utile.» Poi Billy aggiunge: «*Forse* hai un'origine volontaria e *forse* hai un movente, ma non hai nulla per sostenere l'occasione. Vale ha passato la sera con i bambini e si è allontanato solo per andare a pisciare».

«La madre mente. O forse lui ha assunto qualcuno per fare il lavoro.»

«Dimostralo» lo incalza Billy.

«Mi serve tempo» dice Jack.

«Non ne abbiamo.»

«Cosa vuoi dire?» chiede Jack.

«Vogliono che ti tolga il caso, Jack.»

«Chi è che lo vuole?»

«Tutti. Il commerciale, la sottoscrizione rischi, l'ufficio dello Sceriffo. Non lo so. C'è qualcun altro che hai fatto incazzare con questa storia, Jack?»

«No, ma la giornata non è ancora finita.»

«Piantala, Jack.»

«Billy, mi stai dicendo che intendono pagare?!» grida Jack.

«Ma certo che vogliono pagare!» grida di rimando Billy. «Che cazzo *credi* vogliano fare? Qui si parla di un uomo d'affari miliardario con talmente tante polizze che nemmeno un cammello riuscirebbe a trasportarle tutte, porca puttana! Qui si parla di uno che potrebbe piantare un casino nell'ufficio del presidente, ed è proprio la prossima cosa che farà. Quelli del commerciale sanno di essere nella merda, la sottoscrizione rischi idem... credi che vogliano vedere questa faccenda finire in tribunale? Che vogliano dei guai? No, se possono risolvere la questione con il caro vecchio Impiastro Verde.»

L'Impiastro Verde. Il modo in cui Billy definisce una richiesta d'indennizzo problematica, risolta spargendoci sopra un po' di soldi.

«L'Impiastro Verde riporterà in vita Pamela Vale?» chiede Jack.

«Jack, porca puttana! Quello non è il tuo lavoro, spetta ai poliziotti.»

«Non riapriranno l'indagine.»

Billy gli dà un colpetto sulla fronte. «Prontoooo? C'è nessuno? Questo particolare non ti *suggerisce* niente?»

«Mi suggerisce che non fanno il loro lavoro.»

«E tu sì, invece?» chiede Billy. «Jack Wade ha sempre ragione. Tutti gli altri scazzano. Solo Jack Wade fa la cosa giusta. Non importa a quale costo per gli altri. Cresci. Non puoi fare in eterno il cowboy solitario, che va a fare surf al tramonto.»

«Cosa dovrei rispondere a questo, Billy?»

Perché è vero.

Jack se ne sta lì con il vento che gli soffia in faccia sputandogli negli occhi e nel naso la merda verdastra emessa dalle macchine che sfrecciano sulla 405.

Billy dice: «Tu occupati dell'indennizzo. È quello il tuo lavoro».

«L'indennizzo non è fondato.»

«Provalo.»

«Mi serve il *tempo* per farlo!»

«Non ce l'hai!»

Due amici in mezzo a un finto deserto che gridano l'uno contro l'altro. Lo capiscono. Billy si siede.

Dice: «Merda».

«Scusa.»

«Billy» chiede Jack, «puoi coprirmi le spalle su questa faccenda?»

Billy sbuffa e risponde: «Sì, per un po'. Ma solo per *un po'*, Jack, perché ti assicuro che ho il pepe al culo».

«Grazie, Billy.»

«Ma non parlare *mai più* in quel modo a un assicurato» lo ammonisce Billy. «E continua ad accertare l'entità del danno.»

Un'altra conseguenza della fobia verso le cause per malafede. La legge della California impone alle compagnie assicurative di calcolare l'entità dell'indennizzo contestualmente alle indagini sul sinistro. Questo per evitare che, se la compagnia impiega mesi per le indagini e *poi* decide di pagare, il risarcimento venga erogato con indebito ritardo.

«E va bene» accetta Jack. «Lavorerò a una stima.»

Vuole dire che farà una "panoramica" per determinare cosa è stato danneggiato o distrutto, poi scenderà nel "dettaglio", ovvero calcolerà quanto costerà la riparazione o la sostituzione di ogni singolo oggetto.

Cioè quello che farebbe nel caso di un indennizzo regolare.

«Limitati a fare il tuo lavoro, porca puttana» ripete Billy.

«Se avrò abbastanza prove» dice Jack. «Negherò il rimborso.»

«La scelta spetta a te. Fai quella giusta.»

Che è proprio quello su cui conta Billy.

60

Jack odia il golf.

Ma le diciotto buche sono il posto adatto per cercare un agente assicurativo. Dipende anche dall'ora del giorno, certo. Tra le sette e le undici di mattina bisogna cercarli sul campo. A ora di pranzo, al country club. Nel primo pomeriggio, dopo pranzo, si torna a cercarli sul campo, e nel tardo pomeriggio è meglio non cercarli da nessuna parte a meno che non si voglia diventare dei testimoni in una causa di divorzio.

Jack è sul campo per guadagnare un po' di tempo.

Trova Roger Hazlitt alla diciassettesima buca.

Insieme a due medici e a un impresario edile.

Vedete, non si fanno i milioni vendendo singole polizze alle famiglie. Si fanno i milioni vendendo polizze a complessi residenziali, condominî e, ogni tanto, a ricchi proprietari come Nicky Vale.

Questo, naturalmente, è ciò di cui vuole parlare Jack.

Roger Hazlitt invece non vorrebbe parlarne affatto.

Quando vendi una barcata di polizze e la casa dell'assicurato va a fuoco con sua moglie dentro, il tuo indice di sinistralità è fottuto per tutto l'anno. Non che siano soldi di Roger, ma se sei tra i primi quaranta agenti con il miglior rapporto tra sinistri avvenuti e premi incassati, la California Fire and Life spedisce te e tua moglie in viaggio premio a Roma, a Parigi, alle Hawaii o in un altro posto del genere, e Roger detesta perdersi quelle vacanze.

E non è per nulla contento di vedere Jack Wade camminare sul green, con indosso la sua giacchetta blu e i pantaloni kaki e la camicia bianca e la cravatta, perché i due medici e l'impresario edile stanno costruendo un enorme complesso residenziale a Laguna Niguel e Roger è convinto che gli basterà arrivare alla diciottesima buca e sbagliare un putt per ottenere le polizze e il dieci per cento di commissioni relative.

Sfoggia comunque un sorrisone di circostanza, stringe la mano a Jack e dice: «Ragazzi, vi presento Jack Wade, il miglior ispettore assicurativo di questa nostra grande Terra. Non scherzo».

Jack pensa che siano tutte stronzate, ma sorride e stringe mani mentre Roger aggiunge: «Naturalmente speriamo di no, ma se mai dovesse succedere qualcosa ai vostri palazzi, potete chiamare Jack e lui gestirà la cosa personalmente. Dico bene, Jack?».

Jack si sente un vero stronzo, ma risponde: «Potete scommetterci».

«Non hai portato le mazze, Jack?»

«Io *lavoro*», è quello che vorrebbe rispondergli, ma si limita a dire: «Roger, posso parlarti un attimo?».

«Facciamo così» propone Roger. «Fammi mettere a segno questo *tee shot*, e mentre i signori vanno in giro per il *rough* a cercare le loro palline, noi ci facciamo la nostra chiacchierata. Che ne dici?»

«Mi sembra perfetto.»

«Andiamo a incominciare, allora.»

Roger effettua uno splendido lancio, com'è giusto che sia, visto che gioca sette volte alla settimana oltre a prendere lezioni da un professionista. La pallina atterra lontano e lui prende Jack da parte.

«Sto per perdere una partita da cinquecento dollari» dice Roger. «Poi ne guadagnerò duecentomila, dollaro più, dollaro meno, con i premi delle loro assicurazioni, quindi vediamo di sbrigarci, Jack. Cosa ci fai qui? Non potevi venire nel mio ufficio?»

«Non sei mai in ufficio.»

«Be', non poteva pensarci una delle bambole?»

Con "bambole" si riferisce alle donne che lavorano nel suo ufficio.

«Sei tu l'agente di Nicky Vale.»

«Confesso, vostro onore.»

«Gli hai venduto una vagonata di *endorsements* speciali» dice Jack. «Beni artistici, mobili artigianali, gioielli...»

«Quindi?»

«Hai superato di *molto* le direttive, Roger.»

«L'ufficio sottoscrizione mi ha dato l'okay» risponde Roger, sulla difensiva. Inizia ad agitarsi.

«Chi, in particolare?»

«Non lo so. Chiedilo a loro.»

«Dài, Roger. Per ottenere una simile eccedenza, devi come minimo avere un'amante alle sottoscrizioni.»

«'fanculo, Jack.»

Jack cinge le spalle di Roger con un braccio.

Gli sussurra in un orecchio: «Roger, io non ho niente contro il modo in cui ti guadagni da vivere. So che cerchi di accaparrarti tutti i soldi che le tue manine avide riescono ad arraffare. So che hai una moglie, tre figli e due amanti da mantenere. Più le spese professionali».

Roger è il "Signor Alta Società". Per la sfilata dei carri al Festival delle Balene a Dana Point, Roger noleggia un elefante. Alla festa annuale delle *Tall Ships*, il veliero con l'alberatura più alta ha una bandiera con su scritto: AGENZIA ASSICURATIVA HAZLITT. Sono cose che costano parecchio. Come i braccialetti di diamanti e le operazioni di chirurgia estetica.

«Per cui so bene» prosegue Jack, «quanto hai bisogno di quella grana.»

«Hai proprio ragione, Jack.»

«Ottimo. E non me ne frega un cazzo se ogni tanto ti devi scopare qualcuno alle sottoscrizioni per ottenere uno strappo alle regole. A me non interessa. All'ufficio sinistri non interessa. A meno che, sai, io non abbia bisogno di andare a curiosare proprio da quelli delle sottoscrizioni. In tal caso, magari anche quelli di Mahogany Row potrebbero drizzare le orecchie e interessarsi alla faccenda.»

«Sei uno stronzo.»

«O, se preferisci, posso andare da quei signori» riprende Jack, indicando con il mento verso i compagni di golf di Roger, «e dire loro che farebbero meglio a sottoscrivere le loro polizze oggi stesso, finché hai ancora la licenza.»

«Un vero stronzo.»

«Voglio solo un nome, Roger. Qualcuno con cui poter parlare. Me ne frego dei soldi.»

«Sì, come no. Voi colletti bianchi dell'ufficio sinistri siete solo invidiosi. Quanto prendi all'anno, Jack? Trentacinque? Quarantacinque? Magari cinquanta? Io quei soldi li uso per asciugarmi l'uccello dopo aver pisciato, Jack.»

«Buon per te, Roger.»

Però è vero, pensa Jack. Noi colletti bianchi dell'ufficio sinistri siamo invidiosi di tutti quei soldi.

«Bill Reynolds» sussurra Roger.

«Un nero?»

«Ai neri non fanno comodo i soldi?» chiede Roger. «Gli ho sganciato mille bigliettoni.»

«Come puoi fare...?»

«Io *non* guadagno sulle clausole speciali, Jack. Guadagno sulla casa, sulla vita, sulle auto...»

«Vedi, è per questo che sei ricco, Roger.»

Roger lo guarda e ribatte: «Ho dovuto approvare quelle clausole, o Vale non mi avrebbe concesso di stipulare polizze su tutti gli altri suoi affari. Sai a quanto ammontano quelle commissioni, anno dopo anno? E poi Vale possiede tre condominî e ho stipulato polizze anche su quelli. Inoltre posso proporre agli inquilini assicurazioni sull'affitto e sulle loro auto. Sai quanti soldi sono?».

«Non voglio saperlo» risponde Jack. «Sarei solo invidioso.»

«Be', sono un bel po'.»

Jack guarda verso il green. Gli amici di Roger sono là che guardano loro. Mi sa che hanno trovato le loro palline, pensa Jack. Chiede: «Tu e Nicky siete *amici* o qualcosa del genere?».

«'fanculo gli *amici*» risponde Roger. «Non ho tempo per gli *amici*. Prendiamo insieme un drink di tanto in tanto, sì. Un pranzo... E va bene, un paio di volte è capitato che andassi a fare un giro sulla sua barca per due tiri di coca e una scopata. Non guardarmi così, Jack.»

«Credo che il tuo amico abbia ammazzato sua moglie, Rog. Per incassare l'assicurazione. Quindi 'fanculo alla sua barca, alla sua cocaina e alle sue puttane. E, Roger, non provare più a chiamare il mio capo o il tuo capo o il capo di *chiunque altro* per far sì che quell'indennizzo venga pagato.»

«Tienimi fuori da questa storia, Jack» mormora Hazlitt.

Bravo, pensa Jack, prima fai i soldi e adesso vuoi restarne fuori. Adesso che è scoppiato il casino e sono cazzi amari.

«Tientene fuori tu, Rog» risponde. «Prova a ficcare un'altra volta il tuo cazzo nelle faccende dell'ufficio sinistri e mi occuperò personalmente di fartelo tagliare.»

Ora asciugati questo.

61

Jack fa una sosta alla Pacific Coast Mortgage and Finance.

L'ufficio di due stanze si affaccia su Del Prado, a Dana Point, nello stesso edificio di un negozio di costumi da bagno e uno di gingilli erotici. Gigantografie patinate di scene marine dominano le pareti. Bei ragazzi e ragazze slanciate che fanno surf, con i corpi scintillanti per gli spruzzi. Splendidi yacht a vela che tagliano onde morte da due metri e mezzo. Un gruppo di surfisti e di graziose fanciulle che rientra con le tavole da surf sottobraccio, sullo sfondo di un tramonto infuocato.

Insomma, la vita è bella.

La vita è breve.

Chiedi un prestito e goditela prima di crepare.

Il tizio seduto dietro la scrivania è un giovane con i capelli pettinati all'indietro alla Pat Riley, una polo rosa e una giacca blu. Ha l'aria di uno di quelli che trovano piacevole persino la finanza, del tipo "sbrighiamo queste pratiche e andiamo a fare surf". La targhetta rivela che il suo nome è Gary Miller.

Jack si presenta e gli mostra il modulo d'autorizzazione firmato da Nicky, poi gli chiede: «Gestite voi la pratica per la casa del signor Vale?».

È solo una domanda proforma, perché il nome della società di mutuo compare sulla polizza e sulla denuncia dei danni, ma Jack lo chiede per vedere se gli occhi di Gary si illuminano.

E lo fanno.

Lo si legge chiaramente in quegli ingenui occhioni blu che il ragazzo ha una tonnellata di documenti sulla casa di Vale e che è un pezzo che non riceve pagamenti. E ora si accende in lui la speranza che la compagnia assicuratrice arrivi a cavallo per salvargli il culo.

Dio benedica la California Fire and Life.

«È successo qualcosa?» chiede, cercando di mascherare il tono speranzoso.

«È bruciata» risponde Jack.

«Davvero?»

«E la signora Vale è rimasta uccisa» aggiunge Jack.

«Una vera disgrazia» commenta Gary.

Non è *cattivo*. Gli dispiace davvero per Pamela Vale, che sembrava una signora a posto ed era senza dubbio una delle donne più belle che avesse mai visto. D'altra parte, però, Nicky Vale pare essere davvero al verde e la California Fire and Life sembra avere tasche molto profonde.

«Sì» conferma Jack. «Una vera disgrazia.»

«Come è successo?» chiede Gary. Non vuole porre subito la *bruciante* domanda: è andato tutto distrutto?

Ma ovviamente pensa: Ti prego fa' che sia andato tutto distrutto.

Una circostanza simile basterebbe per pagare tutto il mutuo.

Jack dice: «Il rapporto ufficiale ipotizza che la signora Vale stesse fumando a letto».

Gary scuote la testa. «Una brutta abitudine.»

«Decisamente» conviene Jack. «Le dispiace mostrarmi la documentazione?»

«No, si figuri.»

È un fascicolo molto pesante.

Non quel tipo di cosa che uno vorrebbe portarsi sulla schiena sotto il sole, diciamo. Nicky aveva comprato la casa in contanti. *E chi cazzo ha due milioni di dollari in contanti?* Jack scopre poi che nemmeno Nicky li aveva, perché sei anni dopo ipoteca la casa con la Pacific per un milione e mezzo. Con una rata mensile da seimila dollari.

«Ha saltato, ehm, gli ultimi tre pagamenti» dice Gary.

Non riesce a trattenersi. Dentro di lui bruciano ancora le braci di una speranza che Jack tiri fuori il libretto degli assegni e dica: «Ah, tenga, buon uomo».

Se il mutuo di Vale finisce giù per il cesso, Gary subirà la stessa sorte.

«Tre rate non pagate?» chiede Jack. «Stiamo parlando di una preclusione del diritto ipotecario?»

«Ci stiamo pensando» risponde Gary. «Insomma, è una cosa che preferiremmo *evitare*.»

«Ne sono convinto.»

«Ma che alternative avremmo?»

Praticamente nessuna, fuorché portare a debito le rate non riscosse e aspettare che lui vi paghi, pensa Jack. Almeno finché non migliora il mercato immobiliare. Altrimenti potete pignorare la casa e cercare di venderla, sempre che ci riusciate. E, anche così, ci perderete un sacco di soldi.

«Seimila dollari mi sembrano una rata un po' bassa, o sbaglio?» chiede.

«Continui a leggere.»

Jack continua a leggere.

Non ci mette molto a trovare quel che cerca.

Il movente perfetto per un incendio doloso.

Una maxirata finale da seicentomila dollari.

In scadenza tra sei settimane.

Non c'è da stupirsi che Nicky avesse tanta fretta di avviare la pratica di indennizzo.

«Ha scritto *lei* questo contratto di mutuo, Gary?»

«All'epoca mi era sembrata una buona idea.»

«Erano altri tempi.»

Jack si immagina Gary sulla barca di Nicky, che tira di coca, si sbatte una *chucha* e chiacchiera un po' d'affari con il padrone di casa. Cosa vuoi che siano un milione e mezzo di dollari tra amici?

Festeggiamo, piuttosto.

«Allora, che ne pensa?» chiede Jack. «Pagherà? Voglio dire, se lei dovesse scommettere.»

Gary ride. «Io *amo* scommettere.»

«Immagino.»

«Ehi, ma io pago quello che devo» dice Gary. Ora c'è un accenno di rabbia nei suoi occhi, come a dire: "Vaffanculo, adesso sta a te pagare".

«Ecco, prima che si monti la testa» dice Jack, «stia a sentire questa: Nicky deve cinquantasettemila dollari all'agenzia delle entrate e all'agenzia fiscale della California.»

Gary sbianca.

«C'è un pignoramento?» chiede.

«Indovinato.»

«Voi farete la tratta a *noi*» dice Gary.

«A voi *e* a Vale» puntualizza Jack.

Perché è così che stabilisce la legge: l'ordine di pagamento per un indennizzo viene emesso a nome del proprietario e del creditore ipotecario. Che se la sbrighino tra loro. Certo, in questo caso, dovranno vedersela tra loro *e* con l'agenzia delle entrate *e* con Sacramento. Un vero spasso.

«Oh, *andiamo*» frigna Gary.

Jack fa spallucce. «È la legge.»

«Nicky di merda.»

«C'è un qualche genere di rapporto tra voi?»

«Sì che c'è. Mi sono fatto inculare da lui» risponde Gary.

La festa è finita.

Jack chiede: «Ha qualche altra operazione in corso con lui, Gary?».

Gary vorrebbe dirglielo. Jack glielo legge negli occhi.

Poi Gary decide di tacere.

«Niente che debba essere gestito da voi» risponde.

E questo significa che non *può* dirmelo, pensa Jack. È in possesso di altri documenti, ma poiché non si tratta di roba assicurata con la California Fire and Life, non può rivelarmi di cosa si tratta.

«Ho l'autorizzazione» dice Jack.

«Ha l'autorizzazione su Nicky Vale» risponde Gary, poi guarda Jack come per dire: "Svegliaaa. Lo capisci o no?".

Jack lo capisce.

Gary ha dei documenti che riguardano una compagnia in cui Nicky ha degli interessi.

«Le spiace farmi un paio di copie di questi?» chiede Jack, restituendo i documenti del mutuo.

Gary torna con le copie e chiede: «Allora, quanto vi ci vorrà per emettere l'ordine di pagamento?».

«Sempre che lo emettiamo.»

«Cosa intende dire?»

È come se Jack riuscisse a sentire lo sfintere di Gary serrarsi.

«Solo che la procedura di indennizzo non è ancora conclusa» risponde, con un sorriso. Raccoglie le carte e si alza.

«Sia lodato il surf» dice.

62

Jack è all'agenzia di mediazione marittima di Dana Harbor.

Sale le scale dell'edificio in legno. È un posto che conosce bene, fino all'ultima tavola, perché l'ha costruito lui, insieme al suo vecchio.

Entra nell'ufficio e trova Jeff Wynand seduto al solito posto, cioè alla scrivania: sta parlando al telefono e guarda le migliaia di barche ormeggiate nel porticciolo, metà delle quali vendute da lui nel corso degli anni.

Vede Jack e gli fa segno di sedersi. Jack aspetta mentre Jeff racconta al suo interlocutore i dettagli di una barca da regata di undici metri e mezzo. Jeff ha il tipico aspetto da mediatore marittimo, e veste casual come un telecronista sportivo, solo che a lui quei vestiti stanno bene. Non li indossa perché vuole dimostrare qualcosa: sono solo abiti intonati alle barche ormeggiate nel porto. Jeff si è sempre vestito così, fin dai tempi in cui Jack gli consegnava i giornali.

Quando riaggancia, Jack gli chiede: «Posso invitarti a pranzo?».

«Chez Marsha?»

«Buona idea.»

Chez Marsha è in realtà un chiosco a Baby Beach, lungo il West Harbor. Quando Jack era bambino, il chiosco era in fondo al molo che si allungava dal porto. Jack partecipava sempre alla gara di pesca organizzata da Marsha per i bambini del posto. In seguito hanno costruito l'attracco per il brigantino *Pilgrim* e l'Orange County Marine Institute, e per farlo hanno dovuto arretrare di parecchio il molo originale, così ora Marsha si trova sulla passeggiata vicino alla base del molo accorciato.

Il chiosco non si affaccia più sull'acqua, e per questa ragione non si organizzano più gare di pesca, ma serve ancora hot dog con fagioli stufati e cipolle tritate. Jack e Jeff prendono posto a uno dei tavolini d'acciaio accanto al chiosco.

Jack si avvicina alla finestrella del chiosco e dice: «Signorina Marsha».

«Ehi, ciao, Jack» risponde lei. «Quello insieme a te è Jeff Wynand?»

«Indovinato.»

Marsha gestisce questo posto da più di trent'anni e conosce tutti quelli che vale la pena di conoscere, al porto. Se non ha troppo da fare, a volte si siede insieme a Jack a uno dei tavoli e parlano delle ultime idiozie compiute dal progresso.

Stanno riprogettando il porto. Demoliscono il vecchio per fare posto al nuovo. Costruiranno una "struttura di parcheggio" in cemento, a due piani, e sposteranno i vecchi negozi e ristoranti per aprire quelli appartenenti alle varie catene. Così il porto diventerà uguale a mille altri.

«Due hot dog, per favore» chiede Jack. «Uno con senape, salsa e cipolle. L'altro solo senape e cipolle. Due sacchetti di patatine e due Coca-Cola.»

«Arrivano subito» risponde lei. Mette gli hot dog a scaldare e chiede: «Allora, come va la vita?».

«Bene. La tua?»

«Indaffarata. Troppo. Vorrei non essere sempre così impegnata. Mollerei tutto, ma poi non saprei come riempire la mia vita sociale. Il tuo è un pranzo di lavoro?»

«Più o meno.»

«Allora vi lascio stare. Sette e cinquanta, Jack.»

«Signorina Marsha, sai che sul tuo tetto c'è un grosso gufo di plastica?»

Marsha fa roteare gli occhi. «L'hanno messo lì quelli della contea per tenere alla larga i piccioni. I quali invece fanno a gara per posarglisi sulla testa.»

Jack alza di nuovo lo sguardo e, in effetti, c'è proprio un piccione sulla testa del gufo.

Torna al tavolo e mette davanti a Jeff il suo hot dog con senape, salsa e cipolle. Poi dice: «Uscire con te non è certo costoso».

«Non esiste un pranzo migliore su tutta la Terra.»

Jack è perfettamente d'accordo. Starsene lì, seduti sotto il sole, accanto a un chiosco che si trova in quel punto da un bel pezzo, con dentro una donna che ci lavora da un bel pezzo, a guardare le barche e l'acqua.

Se si resta seduti a uno di quei tavoli abbastanza a lungo si scopre tutto ciò che succede a Dana Point. Affari, politica, immobili, e anche cose più importanti, come i punti dove pescare certi pesci e quali esche usare.

«Allora, che succede?» chiede Jeff.

«Nicky Vale.»

«Il capitano della *Love Boat*.»

«Lo chiamano davvero così?»

Jeff ride. «No, ma diciamo che Nicky portava un sacco di amichette a bordo.»

«Ti occupavi tu della sua barca, Jeff?»

«Gliel'ho venduta. Poi l'ho venduta a un altro quando lui mi ha chiesto di farlo.»

«Non sapevo che se ne fosse sbarazzato.»

«Posso controllare, ma a memoria direi che è stato sei mesi fa.»

«E perché l'avrebbe venduta? Te l'ha detto?»

«Conosci il detto» risponde Jeff. «I due giorni più felici della tua vita sono quando compri la tua prima barca e quando la rivendi.»

«Se ne era stancato?»

«Mettiamola in questi termini, Jack. Tu possiedi un cabinato da diciotto metri?»

«No.»

«Perché no?»

«In primo luogo, perché non ho abbastanza soldi da permettermelo.»

«Perfetto.»

In secondo luogo, pensa Jack, se *avessi* i soldi per una barca non comprerei *quella* barca. Ne comprerei una con cui andare a pesca. Una barca che potrei usare per guadagnarmi da vivere.

Una barca da lavoro.

«Hai avuto l'impressione che gli servissero dei soldi?» chiede Jack.

«Non ho avuto *l'impressione*» risponde Jeff. «Vendendola ha perso un sacco di soldi. Il mercato delle barche va a rilento, Jack. E sei mesi fa era peggio. Nicky l'ha venduta per cinquantamila dollari in meno del suo valore. Gli ho consigliato di aspettare, ma lui aveva una gran fretta e ha insistito per concludere.»

Jack nota il cipiglio sul volto dell'amico. Jeff fa questo mestiere da un sacco di tempo. Ha fatto una vagonata di soldi vendendo barche al loro giusto prezzo. Non molto di più, non molto di meno. Non è tanto la commissione che gli interessa, ma l'idea alla base del lavoro.

«Le barche sono costose» riprende Jeff. «Non c'è solo il costo dell'acquisto. Cazzo, Nicky l'aveva pagata in contanti. Poi devi metterci l'assicurazione, il carburante, la manutenzione... Soltanto il posto barca per un cabinato di quelle dimensioni costa, qui da noi, intorno ai due e mezzo al mese. E Nicky dava dei *festini* con i fiocchi su quella nave. Aggiungi il costo degli alcolici e...»

«Della cocaina?» chiede Jack.

«Voci che girano.»

«Hai mai sentito dire che picchiasse sua moglie?»

Jeff trae un lungo sospiro. «Tu sì che sai come guastare l'allegra atmosfera di un pranzo.»

«Scusa.»

«Ascolta» dice Jeff. «A volte li si sentiva litigare sulla barca. Sai che il suono rimbalza sull'acqua. Lei beveva e lui aveva un caratteraccio. Un paio di volte è stata chiamata anche la polizia portuale. Se la picchiava? Non lo so. Quel che so è che quasi tutti qua intorno sono stati molto contenti quando lui ha venduto la barca. Tranne, forse, il proprietario del negozio di liquori. Jack, si può sapere perché sei qui?»

«La casa di Vale è bruciata.»

«E lei è morta nell'incendio» lo anticipa Jeff. «Questo lo sanno tutti.»

«Quand'ero piccolo adoravo questo porto. Quanto vorrei che non lo avessero rovinato così.»

«È il progresso, Jack.»

«Tu dici?»

«Nah.»

«Ora rovineranno Dana Strands» riprende Jack. «La fottuta Great Sunsets.»

«Be', per un po' li abbiamo fermati» commenta Jeff. E che battaglia è stata. Save the Strands ha mobilitato un sacco di gente del posto, ha portato dalla sua parte alcuni consiglieri municipali, alcuni gruppi ambientalisti. Ha raccolto soldi per una campagna pubblicitaria, ha fatto circolare le petizioni, ha persino portato in tribunale la società Great Sunsets accusandola di illeciti ambientali e ha vinto. «Ma torneranno. Si procureranno avvocati migliori, compreranno alcuni consiglieri comunali... non si può vincere contro il denaro, Jack.»

Restano seduti a fissare le barche per un po'. Poi Jeff appallottola l'involucro di carta del suo hot dog, lo butta in un cestino e dice: «Allora è un bene che sia riuscito a vendere la barca di Nicky, no? L'ultima cosa di cui abbiamo bisogno è un incendio nel porto turistico».

«Io non voglio insinuare niente» dice Jack.

«Ma certo, ti ho capito forte e chiaro» risponde Jeff. «Ora devo andare a vendere barche.»

«Grazie per il tuo tempo.»

«Grazie a te per il pranzo.»

Si alzano e prima di allontanarsi si fermano a chiacchierare un po' con Marsha.

Parlano di progresso.

63

Il dottor Benton Howard.

Il dottor Howard si accomoda su un divanetto rosso dell'Hamburger Hamblet di Westwood. Sullo stesso divanetto siede già un tizio smilzo con un brutto taglio di capelli e un completo blu altrettanto brutto.

«Avevo chiesto un posto nella zona non fumatori» dice Howard.

Dani fa spallucce e sorseggia il suo tè freddo.

Howard protesta: «Sono pur sempre un dottore, dopotutto».

A malapena, pensa Dani. Dà un altro tiro alla sigaretta e soffia il fumo in faccia al dottore. Howard tossisce in modo plateale e agita le mani nell'aria.

«Che schifo» dice.

E anche *tu* fai schifo, pensa, ma non lo dice. Vorrebbe dare a Dani il nome della sua lavanderia ma preferisce non farlo. Però, Cristo, quell'abito ha un disperato bisogno di essere lavato. Puzza di sudore, di fumo di sigaretta stantio e di quella roba che Dani si mette sui capelli, qualunque cosa sia.

Una specie di grasso d'orso russo, immagina Howard.

Fa segno alla cameriera di portargli un tè freddo.

«Mi aspettavo una persona diversa» dice Howard.

Precisamente Viktor Tratčev, il quale, anche se è un po' rozzo, almeno ha cura della sua igiene personale.

«D'ora in avanti ti incontrerai con *me*» dice Dani.

«A Viktor la cosa sta bene?»

«Ma certo» risponde Dani.

O, almeno, gli *starà* bene, pensa, quando lo scoprirà. E se non gli starà bene, può anche andare a farsi fottere.

«Hai i miei soldi?» chiede Dani.

«Quindicimila» sussurra Howard. «Nella valigetta.»

Il dottor Benton Howard ha quarantasette anni e alle spalle una carriera di medico che definire insignificante è un eufemismo. Penultimo della sua classe, ha completato il tirocinio in un ospedale pubblico della Louisiana, poi ha iniziato a lavorare privatamente nella "medicina sportiva". Il suo lavoro gli portava via molto tempo, soprattutto quello che trascorreva in tribunale a difendersi dalle accuse di imperizia, perché al dottor Howard capitavano spesso episodi spiacevoli, per non parlare di quelli che capitavano ai suoi pazienti. Lastre lette al contrario, per esempio, che portavano alla rimozione della cartilagine dal ginocchio sbagliato, oppure alla ricostruzione di una caviglia ancora in perfette condizioni. A questo avevano fatto seguito un paio di sfortunati episodi in relazione a degli interventi su delle ernie del disco (sbagliati *solo* per un pelo), ma proprio quando il dottor Howard era sul punto di vedersi togliere la licenza e dover dichiarare bancarotta erano arrivati i russi.

Un bel giorno Howard è nel suo ufficio a cercare un modo per schivare un mandato di comparizione, quando entra un russo e gli consiglia di aprire uno studio specializzato in una sottobranca della medicina.

Lesioni ai tessuti molli.

La cosa bella del curare i tessuti molli, come scopre Howard, è che non è necessario visitare i pazienti, né tantomeno curarli, cosa che era alla fonte di tutti i suoi problemi. No, tutto quello che il dottor Benton Howard deve fare è incontrare Viktor in un ristorante qualsiasi, sorseggiare un tè freddo e firmare diagnosi, resoconti sulla terapia, impegnative per trattamenti chiropratici, massaggi e riabilitazione.

Non è che i pazienti non vadano mai nel suo studio. Ci

vanno eccome. Ci vanno dopo essere stati nello studio di un avvocato, si siedono nella sala d'attesa dove leggono riviste finché l'infermiera non li chiama e chiede loro di accomodarsi in ambulatorio, dove si siedono a leggere altre riviste finché non arriva Howard a dire loro di andare a casa. O dal chiropratico, dal massaggiatore o da uno specialista per la riabilitazione.

E i soldi arrivano a palate. Tutti i suoi problemi scompaiono. Le cause di imperizia decadono o vengono risolte, i creditori la piantano di stargli con il fiato sul collo, sua moglie licenzia l'avvocato e torna a dormire con lui.

Tutto grazie alle lesioni ai tessuti molli.

Basta che Howard firmi dei referti in cui si dice che il Paziente X accusa acuti dolori e un'invalidità che va da lieve a completa a causa di un tamponamento avvenuto a cinque miglia all'ora, e il treno dei soldi effettua fermate regolari alla stazione di Howard.

Ed è tutto molto semplice: visto che i referti sono già stati scritti da qualcun altro, Howard non deve fare altro che sedersi al tavolo di un qualche squallido ristorante e firmare finché il polso non inizia a dolergli.

Va a finire che il dottor Benton Howard deve sottoporsi a una terapia – che viene *effettivamente* eseguita – per la sindrome del tunnel carpale causata dai troppi moduli firmati.

Cosa che deve fare anche oggi. Dani tira fuori una serie di referti medici e Benton inizia a firmare. È una vera catena di montaggio, come in una fabbrica. Questi tizi riescono a sfornare referti medici come se uscissero da una fotocopiatrice.

Infatti, Dani tira fuori i fogli così in fretta (e Benton non vede l'ora di allontanarsi dall'odore sgradevole di quell'uomo) che il medico firma involontariamente delle prescrizioni di terapie per sette persone che in realtà sono morte, uccise da un'autocisterna che si è schiantata contro un furgone sulla corsia d'immissione dell'autostrada.

Howard non se ne rende conto, naturalmente, e nemmeno Dani, ma è un casino colossale in potenza.

Persino Benton Howard avrebbe difficoltà a spiegare come mai ha prescritto tre mesi di massaggi al collo a un uomo che non solo è morto, ma è anche rimasto carbonizzato.

64

Jack si dirige a Laguna Beach.

Il tragitto di quindici minuti verso sud, lungo la Pacific Coast Highway, è uno dei preferiti di Jack. La PCH passa accanto all'altopiano costiero ed è una strada piena di saliscendi che ti porta oltre Dana Strands e la spiaggia di Salt Creek Beach e il *Ritz-Carlton*, oltre Monarch Bay, poi risale una collina e scende di nuovo nei pressi del molo in cemento di Aliso – da dove si possono ammirare tramonti spettacolari – e della spiaggia di Aliso Creek. Poi risale su un'altra collina a South Laguna, tra lussuosi hotel, ristoranti e negozi d'arte, e si inerpica sopra i tetti delle case di lusso che fiancheggiano le vie laterali fino alla riva dell'oceano.

Ancora qualche minuto e si arriva a Laguna Beach.

Laguna Beach era, inizialmente, una colonia di artisti.

Negli anni Venti alcuni pittori e scultori avevano abbandonato Los Angeles per trasferirsi su quella che all'epoca era una spiaggia incontaminata; avevano tirato su le loro casette da artisti e si erano messi a dipingere panorami marittimi e a intagliare statue di legno dei pescatori che ancora vivevano da quelle parti.

Era il posto perfetto per una colonia di artisti, perché Laguna Beach è davvero bella. Costruita intorno a una mezzaluna di costa che si innalza in una serie di scogliere e poi in uno stretto altopiano dove si trova la città, dietro la quale si stagliano le ripide e verdi colline chiamate Laguna Hills.

Una profusione di palme e fiori e piante di aloe, che a guardarla dall'alto era impossibile non paragonare alla tavolozza di un pittore.

Così gli artisti si stabilirono qui.

Di tanto in tanto giungevano dei turisti per comprare un quadro o una scultura, così gli artisti misero su dei mercatini all'aria aperta e allestirono delle bancarelle dove continuare a dipingere e a scolpire mentre attendevano l'arrivo dei clienti.

Dalle bancarelle si passò in poco tempo alle gallerie d'arte, dalle gallerie ai ristoranti, e dai ristoranti agli hotel. Nel giro di cinquant'anni la città era diventata un punto d'attrazione turistica. Negli anni Ottanta ci fu il boom come in tutto il resto del paese, l'area fu edificata in modo selvaggio, divenne un po' yuppie ma non perse mai il contatto con le sue origini bohémien.

Per i residenti della costa meridionale, Laguna Beach è ancora un nome che richiama alla mente pittori e scultori, caffetterie e librerie (e librerie in cui si poteva già prendere un caffè quando ancora non era di moda), scrittori e poeti, Hare Krishna e gay.

Laguna Beach è il fulcro della vita gay della costa sud.

Ecco perché (e il fatto che sia uno stereotipo non lo rende meno vero) il servizio nei ristoranti è così amichevole e di buona qualità. La città è divisa in zone ben articolate e ha uno stile particolare che non è possibile trovare in nessun altro centro della costa sud.

Laguna ha una sensibilità tutta sua, ecco perché Jack, come la maggior parte di quelli che vivono qui da un sacco di tempo, le è profondamente affezionato.

Ecco perché ha sofferto tanto quando è stata distrutta dall'incendio.

Quel giorno Jack si era concesso una giornata di svago. Era un giorno d'ottobre e la maggior parte dei turisti se ne era già andata ma il sole era ancora caldo e il clima asciutto. Troppo caldo e troppo asciutto, in effetti. Il che permise al vento di spingere le fiamme sull'erba secca e marrone delle brulle colline sopra Laguna Canyon.

Jack era in mare sulla sua tavola quando notò una sottile colonna di fumo innalzarsi dalle colline a est della città, poi, come un gigante, arrivò il vento a soffiare sulle braci e Jack, incredulo, riuscì a sentire il crepitio dell'erba che bruciava nonostante il rumore delle onde. Vide le fiamme gialle e arancioni bruciare sopra le colline, poi scendere verso il canyon, mentre le autocisterne dei pompieri sfrecciavano verso le fiamme per fermare l'incendio prima che potesse raggiungere il canyon abitato sottostante. Ma, dal suo punto di osservazione in mezzo all'oceano, Jack si rese subito conto che non ce l'avrebbero fatta: il fuoco superò il canyon e si spinse oltre Laguna Canyon Road, la strada perpendicolare all'oceano che portava in città, poi si arrampicò sul pendio di fronte con estrema facilità.

Il vento soffiava con una ferocia impressionante.

Un vento che portava con sé tutta la collera di Dio, che spinse il fuoco a valicare le colline parallele alla costa e a dirigersi giù per il canyon e verso il cuore della città.

E Jack pensò: perché Laguna? Di tutta la merda e le costruzioni da quattro soldi che hanno tirato su lungo la costa, perché proprio Laguna?! Tornò a riva, si rivestì e corse ad aiutare i soccorritori.

Al tramonto combattevano nei pressi della battigia.

Poi il fuoco si fermò.

Il vento cambiò direzione e spinse le fiamme su un terreno già bruciato e ormai privo di combustibile.

Così, come niente fosse, pensò Jack. Ce le ha suonate a dovere poi se ne è andato. Ci ha messo in ginocchio e ora ci permette di rialzarci. Come se Dio avesse cambiato idea. Come se avesse voluto darci una sorta di ammonimento, ma per *cosa*? si chiese Jack. Uno scorcio dell'Apocalisse? Un'anteprima dell'inferno? Un'idea di cosa sono la vita e il fuoco in California?

Jack era rimasto in piedi nell'acqua a porsi queste domande, mentre guardava l'incendio indietreggiare. Era piegato in avanti e cercava di riprendere fiato, accanto a sconosciuti e a persone con cui aveva fatto surf, a donne che erano state sue compagne di scuola, a turisti tedeschi che, per caso, quel giorno si erano trovati lì, a tizi di colore che giocavano a pallacanestro sui campetti pubblici di Main Beach, a capocamerieri gay con i loro compagni, a milionari le cui ville sul fianco della collina erano diventate un mucchio di rottami carbonizzati. Se ne stavano tutti lì come soldati che avevano affrontato un violento attacco e che ora guardavano il nemico arrendersi e ritirarsi. Non ci furono grida di esultanza, perché erano tutti troppo stanchi, ma Jack ricorda che in quel momento non si parlò di distruzione, di sconfitta, o di ipotesi del tipo: "E se succedesse di nuovo?".

Si parlò solo di una cosa.

Di ricostruire.

Di fatto, la gente diceva: «Abbiamo salvato il nostro cane/gatto, le nostre foto, qualche oggetto personale... il resto è solo paccottiglia. È una vera scocciatura, certo, ma no, non ce ne andremo. Alloggeremo per un po' in un hotel, in un appartamento in affitto o in un camper, finché non avremo ricostruito».

E Jack ricorda di aver pensato: Cazzo, chi ama davvero questo posto non se ne andrebbe mai. Né per un terremoto, né per un incendio, né per qualsiasi altra cosa.

L'altra cosa che Jack ricorda di quella sera è Billy "Porca Puttana".

Billy a capo di un vero e proprio convoglio di camion.

Dietro i mezzi dei pompieri e le ambulanze, ecco Billy seduto al posto del passeggero del primo camion della fila. La strada è chiusa ai veicoli privati, ma Billy si sporge dal finestrino e grida ai poliziotti: «Questi non sono veicoli privati, porca puttana! Qui dentro ho delle manichette antincendio! Maschere e guanti! Ho pompe e generatori! Coperte, cuscini e cibo! Orsacchiotti e cazzate del genere per i bambini!».

E così lo lasciano passare.

Billy entra a Laguna come il generale Patton.

Il fatto è che, quel pomeriggio, Billy stava ascoltando le comunicazioni radio, quando era scoppiato l'incendio. Aveva controllato il vento e il clima e aveva immaginato che sarebbe stato un bel casino, così aveva attivato il piano d'emergenza sul quale aveva lavorato per anni perché "tanto *prima o poi* sarebbe successo".

E così aveva allertato tutti gli scagnozzi dell'ufficio sinistri, indipendentemente da dove fossero o da cosa stessero facendo. Ogni liquidatore, ogni addetto alla manutenzione, ogni impiegato della sala mensa, ogni supervisore, ammesso che non stesse già combattendo le fiamme. La California Fire and Life possedeva alcuni autocarri, ma Billy aveva anche svuotato tutte le agenzie di noleggio Ryder e U-Haul di Costa Mesa, e nel giro di un paio d'ore i camion erano stati caricati di scorte e spediti contro le fiamme. Si erano appostati ai lati della strada, come avvoltoi in attesa, fino all'arrivo dei mezzi dei pompieri, poi Billy aveva dato l'ordine di intervenire.

Buona parte del materiale che fu distribuito ai rifugiati e alle persone che combattevano contro le fiamme fu fornito dalla Croce Rossa e dalla Guardia Nazionale, ma anche dalla California Fire and Life. E mentre Jack era sulla spiaggia ed era certo che il fuoco li avrebbe spinti tutti fino all'acqua, o peggio, con lui c'era anche Billy "Porca Puttana", con in mano un idrante, a sbraitare che bisognava spegnere alla svelta quell'incendio del cazzo, così si sarebbe potuto accendere una sigaretta.

Bisogna proprio voler bene a Billy, pensa Jack mentre entra a Laguna. Si ricorda di quella notte perché è questo che gli capita ogni volta che viene a Laguna, non riesce a evitarlo.

Succederà di nuovo, pensa Jack. Qui o da qualche altra parte.

Si ferma nel parcheggio pubblico dietro la libreria Fahrenheit 451 e cammina lungo la Pacific Coast Highway fino alla galleria di Vince Marlowe.

La Marlowe Gallery.

Un nome che Jack trova decisamente migliore di altri, troppo pretenziosi, tipo Ricordi di Epoche Passate o Bout-Ant-ique o cose del genere.

Vince Marlowe vende mobili. Mobili antichi e costosi. Vince arreda case da milioni di dollari con vista sul mare. Jack lo ha contattato una ventina di volte per avere le stime dei danni provocati dal Grande Incendio.

Jack entra nel negozio che odora di cera per legno.

Il locale è pieno di vecchi armadietti, scrivanie, tavoli, sedie, credenze, specchi...

Vince, sulla sessantina, capelli grigi, una polo color salmone sopra pantaloni bianchi e mocassini senza calze, è seduto dietro una delle scrivanie e sta facendo i conti con una calcolatrice.

«Oh oh» dice appena vede Jack. «È bruciato qualcosa.»

La sua voce è morbida come whisky invecchiato.

Fa segno a Jack di sedersi.

«Conosci Nicky Vale?» chiede Jack.

«Se lo conosco? Ho battezzato in suo onore la mia piscina. "In ricordo di Nicky Vale." Oh, Dio, non vorrai dirmi che Nicky è diventato *davvero* un ricordo?»

«Sua moglie, Pamela.»

Vince sprofonda nella sedia. «Pamela?»

«Sul serio non lo sapevi?»

Vince ha un sacco di conoscenze nell'alta società della costa sud.

«Sono stato fuori città» dice soltanto, come se non ci fosse bisogno di aggiungere altro. Insomma, chi è che rimane a Laguna in agosto? Per favore.

«È morta nell'incendio» spiega Jack.

«E i bambini?»

«Non erano in casa. C'era solo Pamela.»

«So che avevano dei problemi» dice Vince. Mima il gesto di portarsi un bicchiere alle labbra. «Come sta Nicky?»

«È preoccupato per i suoi mobili.»

Jack porge a Vince una copia dell'inventario di Nicky e domanda: «Ti andrebbe di dare un'occhiata a questa lista e dirmi se le stime sono in linea con il valore degli oggetti?».

Vince sfoglia le pagine, poi dice: «Controllerò nel dettaglio, ma a prima vista direi che sono corrette. Cazzo, Jack, ho venduto io a Nicky la metà di questi mobili».

«Quindi è tutta roba pregiata?»

«Decisamente. Nicky è un intenditore. A volte credo che in questo negozio abbia speso più soldi lui di me.»

«Non di recente, però.»

«Il periodo non è dei migliori in generale» dice Vince.

«Ha cercato di venderti qualcosa?»

«Qualcosa sì» risponde Vince. «Non i pezzi più rari, comunque. A quelli era troppo affezionato. Però sì, voleva che gli ricomprassi alcuni dei pezzi meno costosi.»

«E l'hai fatto?»

«No.»

«Te li ha dati in conto vendita?»

Vince scuote la testa. «Lo spazio è denaro. Quando l'economia va male, tutti vogliono vendere, ma allo stesso tempo nessuno vuole comprare. A seconda del periodo, sono tutti acquirenti o venditori.»

«Adesso in che periodo siamo?»

«In ripresa, grazie.»

«Quindi adesso riusciresti a vendere quei mobili.»

«Probabile.»

«A questi prezzi?» chiede Jack, indicando l'inventario.

«Non voglio danneggiare un cliente e un amico» risponde Vince.

«Parli di me o di Nicky?»

«Di entrambi.»

«Rilassati» dice Jack. «Se i prezzi sono più o meno in linea con quelli che ha pagato al momento dell'acquisto, pagheremo quelle cifre. Non mi interessa giocare al ribasso.»

«Allora, supponendo che io riesca a vendere questi mobili, il prezzo sarebbe leggermente più basso» ammette Vince. «Definiamolo un assestamento del mercato.»

«Ha cercato di venderti anche il letto?»

«*Noooo*» dice Vince. «Quello forse l'avrei comprato per me. Il letto è...»

«Un mucchio di cenere.»

«Un vero peccato.»

«Allora, puoi farmi questi controlli, Vince?»

«Ma certo. Puoi darmi qualche giorno?»

«Prenditi tutti i giorni che ti servono, ma fai un buon lavoro.»

«Posso offrirti un cappuccino?»

Ma nessuno beve più un normale caffè? si chiede Jack.

«Devo scappare» dice. «Magari un'altra volta.»

«Quando vuoi.»

Jack si alza e i due si stringono la mano. Fa per andarsene, poi chiede: «Ehi, Vince, ti ricordi la sera dell'incendio?».

Vince rabbrividisce. «E come dimenticarla?»

«Hai pensato anche tu che sarebbe stata la fine del mondo?»

«Non so se di *tutto* il mondo» risponde Vince. «Però ho pensato che sarebbe stata la fine del *nostro* mondo.»

«Già.»

La fine del *nostro* mondo.

65

Letty del Rio ha mal di testa.

Ha mal di testa per il motivo per cui si aspettava di averlo: è seduta nel covo di Zio Nguyen e sta parlando con Zio Nguyen.

«Da poliziotto a poliziotto» dice Nguyen. «So come vanno queste cose.»

È un bell'uomo, per uno della sua età. Capelli grigi e folti, occhi vispi, una pelle perfetta. Forse è in sovrappeso di una quindicina di chili, che però non stonano. È anche ben vestito: polo Calvin Klein color prugna e pantaloni bianchi.

«Allora forse può aiutarmi» dice lei.

«Difficile» risponde lui. «Questi casi sono difficili.»

«Molto difficili.»

Letty è distratta dal fatto che Nguyen sta osservando qualcosa oltre la sua spalla. In tv stanno trasmettendo una partita degli Angels. Edmonds è in battuta all'ottavo inning, con un out e un uomo in base.

Anche io preferirei guardare la partita, pensa.

«Tranh e Do?» chiede Nguyen.

«Tranh e Do.»

Per la settima, dannata volta.

«Sono scomparsi?» chiede lui.

Letty ha la sensazione che qualcuno le stia infilando degli aghi nelle orecchie.

«Scomparsi» ripete.

«Chi ne ha segnalato la scomparsa?» chiede Nguyen.

«La madre di Tommy Do.»

Nguyen guarda Edmonds fare un terzo strike, rimugina un po' su cosa dire, poi ripete: «La madre di Tommy Do».

Letty teme di essere sull'orlo di un'emorragia cerebrale. Si gira, abbassa il volume della televisione e dice: «Zio Nguyen, possiamo piantarla con le stronzate?».

Nguyen sorride. «Due poliziotti? Due poliziotti dovrebbero essere capaci di piantarla con le stronzate.»

«Bene» dichiara Letty. «Allora la smetta di tirare la corda. E la smetta di ripetere tutto quello che dico. So che da queste parti è lei a gestire tutto quanto. So che a Little Saigon nessuno si azzarda nemmeno a pisciare senza prima averle chiesto il permesso di aprire la lampo. Lo so già, quindi non deve dimostrarmi niente. Okay?»

Nguyen annuisce.

«E *so* che lei deve sapere *qualcosa* su questi due ragazzi» riprende Letty.

«Sono ragazzi del quartiere.»

«Bazzicavano un'officina che smonta auto rubate.»

«Auto rubate?»

«Oh, andiamo. Senta, questo pomeriggio ho arrestato cinque ragazzi che fingevano di non aver mai sentito parlare di Tranh e Do, quando invece so benissimo che quei due lavoravano lì dentro.»

Questa non è una novità per Nguyen, che era già stato informato della retata ancor prima che quei cinque fossero portati via.

Nguyen è molto incazzato perché la polizia ha fatto irruzione in una delle sue officine, il che significa che ora perderà quel guadagno e per giunta dovrà sganciare la cauzione per un gruppo di giovani incompetenti.

Letty del Rio sa che appena sarà tornata a sedersi nella sua macchina a trangugiare analgesici, Zio Nguyen sarà già occupato a muovere le sue pedine. Letty del Rio è abbastanza furba da sapere che Nguyen non sarà il primo a parlare.

Lo scopo della sua visita è quello di accendere un petardo sotto le sue chiappe compiaciute e stare a guardare cosa succede.

Stavolta vuol farlo venire a *lui*, il mal di testa. Tanto per cambiare.

66

Jack parcheggia al centro commerciale di Monarch Bay e cerca un drugstore. Ce n'è solo uno, non gli è difficile trovarlo. Un attimo dopo è al banco della farmacia.

Dice: «Sono venuto a ritirare una ricetta per Pamela Vale?».

Mette il punto interrogativo alla fine della frase perché nella California del sud è un modo educato di fare una richiesta. Una specie di tacito: «Se non le dispiace».

«Lei è un famigliare?» chiede la farmacista.

È giovane e carina e i suoi capelli rosso chiaro fanno un magnifico contrasto con il camice bianco. La targhetta appuntata al petto rivela che si chiama Kelly.

«Sono una sorta di assistente personale» risponde Jack.

«Aspetti» dice Kelly, e consulta lo schermo del computer dietro il bancone. Poi chiede: «Di che ricetta si tratta?».

«Pillole per dormire?»

«Valium» puntualizza Kelly. «Ma quella ricetta è già stata ritirata.»

«Davvero?»

«Tre giorni fa. Ed era l'ultimo rinnovo.»

«Ooops» dice Jack.

«Mi dispiace. Crede che la signora si arrabbierà?»

«Di sicuro non sarà contenta.»

Kelly lo guarda con indulgenza, poi chiede: «Ha provato la melatonina?».

«Di cosa si tratta?»

«È una specialità da banco. Ti spedisce tra le braccia di Morfeo ed è totalmente naturale.»

«Bello.»

«Dovrebbe provarla» suggerisce Kelly.

«Io?»

«Certo.»

Jack scuote la testa. «Io dormo come un bambino.»

«Dev'essere proprio *piacevole*.»

Poi Kelly dice: «Non voglio fare la guastafeste, ma non penso che lei sia il suo unico assistente personale».

«No?»

Kelly si piega sul bancone: «L'altro che è venuto era parecchio più grosso di lei».

«Oh oh.»

«Ma non così attraente.»

Una descrizione che non corrisponde a Nicky Vale, pensa Jack. Nicky Vale è molto più attraente di me.

Kelly aggiunge: «Spalle molto larghe, indossava un'orribile camicia hawaiana. Di quelle che si trovano praticamente in tutti i negozi di Catalina. Sembrava un negozio di fiori con i capelli. Aveva un accento straniero».

«Che tipo di accento?»

Kelly chiede: «Lei guarda mai i cartoni animati?».

«Coincidono con il mio orario di lavoro.»

«Su *Cartoon Network* vanno in onda ventiquattr'ore su ventiquattro.»

«Okay.»

«Comunque» riprende Kelly. «C'è un cartone intitolato *Rocky e Bullwinkle*.»

«Lo davano quando ero piccolo.»

«Davvero?»

«Già.»

«Quindi ha presente chi sono i due cattivi?» chiede Kelly. «Boris e Natasha? Sono sempre vestiti di nero e lui ha dei baffetti dritti.»

«Sì, sì.»

«Ecco, quel tizio parlava così. Tipo: "Oooh, prima o poi beccherò quell'alce e quel maledetto scoiattolo!". Così.»

«Ottima imitazione.»

«Grazie.»

Jack dice: «Ora è meglio che vada».

Kelly fa spallucce.

Come per dire: "Fai come ti pare".

Come per dire: "Qui gli assistenti personali vengono e vanno tutto il tempo".

67

La Mustang può *correre*.

Non è certo la Porsche di Nicky ma, d'altra parte, non ci si può mettere a fare i duecentodieci sulla PCH. Certamente non sul tratto tra Monarch Bay e Dana Point: quindi la classica Mustang del '66 è perfetta per lo scopo.

Jack guida fino a Monarch Bay, ignora la guardia, fa un'inversione a U davanti al cancello e si ferma.

Controlla l'orologio.

Dice: «Via».

Pesta sull'acceleratore e si lascia alle spalle i segni di una bella sgommata. Imbocca la PCH, svolta a destra e si dirige a sud verso Dana Point. Si ferma al rosso davanti al Ritz-Carlton («'fanculo, Ritz-Carlton, tu e il tuo semaforo personale»), poi riparte. Arriva al punto dove la PCH South si biforca e diventa Del Prado, poi gira a destra sulla Blue Lantern. La segue sino in fondo ad Harbor Drive, svolta di nuovo a destra e bingo, eccolo sul vialetto di casa Vale, al 37 di Bluffside Drive.

Otto minuti e quindici secondi.

Jack si rilassa e fa un profondo respiro.

«Via.»

Il percorso al contrario. Gira a sinistra sulla Harbor. A sinistra sulla Blue Lantern. Aspetta il verde e di nuovo a sinistra sulla PCH. Dritto fino al cancello.

Nove minuti tondi.

Stavolta la guardia esce dal gabbiotto.

«Signore, posso aiutarla?» è quel che *dice*, ma in realtà intende: "Cosa cazzo crede di fare?".

«Può darsi» risponde Jack. «Mi chiamo Jack Wade, della California Fire and Life.»

«Mike Derochik.»

«Mike» riprende Jack, «lei era in servizio mercoledì scorso?»

«Ho iniziato a mezzanotte» risponde l'uomo.

«Il signor Vale è uscito nel corso della notte?»

La guardia risponde: «Gli spostamenti dei nostri residenti non sono questioni di cui possiamo discutere».

Jack gli porge il suo biglietto da visita.

«Se il signor Vale è uscito da qui durante quelle ore» spiega Jack, «probabilmente è andato ad ammazzare sua moglie. Immagino che la conoscesse anche lei, vero, Mike? Una bella donna con due bambini? Ci pensi su e magari mi dia un colpo di telefono, d'accordo?»

Derochik infila in tasca il biglietto da visita.

Jack sta per andarsene, quando la guardia dice: «Non l'ho visto uscire».

«Okay.»

Tentare non costa nulla.

«Però l'ho visto entrare.»

Cazzo.

«A che ora?» chiede Jack.

«Intorno alle cinque meno un quarto» risponde la guardia.

Beccato, caro il mio Chiamami Nicky.

Hai detto una bugia.

Origine volontaria.

Movente.

Adesso anche l'occasione.

Ora devo solo riuscire a guadagnare un po' di tempo.

68

Jack aspetta nel parcheggio della California Fire and Life.

Aspetta che Bill Reynolds, il dirigente dell'ufficio sottoscrizione rischi che ha autorizzato una copertura di un milione di dollari per le proprietà personali di Vale, esca per tornare a casa.

Jack lo aspetta nel parcheggio perché non vuole entrare nel suo ufficio e metterlo in imbarazzo o alimentare pettegolezzi. Jack non vuole danneggiare Bill Reynolds. Vuole solo un po' di tempo per concludere la sua indagine.

Reynolds esce dall'edificio. È alto, almeno un metro e novantacinque, e piuttosto robusto... anzi, decisamente sovrappeso. Indossa un abito grigio da assicuratore e regge in mano una valigetta. Quelli delle sottoscrizioni si portano il lavoro a casa.

Jack gli va incontro.

«Bill? Sono Jack Wade dell'ufficio sinistri.»

«Bill Reynolds.»

Reynolds lo guarda da dietro gli occhiali, con un'espressione come a voler dire: "Che cazzo succede?".

«Bill, hai approvato tu la copertura sulle proprietà personali di Vale, per la polizza stipulata da Roger Hazlitt?»

«Dovrei controllare.»

Jack appoggia la polizza di Vale sul cofano della Lexus blu di Reynolds.

«Vieni a trovarmi in ufficio» dice Reynolds. «Non ho intenzione di parlare qui nel parcheggio. Ci saranno quaranta gradi...»

«È meglio lasciar stare l'ufficio.»

«Ci sono delle procedure...»

«Non ti conviene che io rispetti le procedure» lo interrompe Jack.

Quando prendi bustarelle dai tuoi agenti, le "procedure" non stanno dalla tua parte.

Reynolds lo guarda dall'alto in basso, in senso letterale e in senso figurato.

«Cosa sei, un terzo livello?» chiede, riferendosi ai livelli di stipendio.

«Quarto.»

«Quarto» ripete Reynolds. «Io sono un sesto. Non sei in condizione di minacciarmi.»

Jack annuisce. «Roger dice di averti passato mille dollari perché tu approvassi questa copertura.»

Forse, a pensarci bene, Jack è in condizione di minacciarlo.

«Allontanati dalla mia macchina.»

«È vero?»

«Ho detto, allontanati dalla mia macchina.»

«Ascolta, di solito cercheresti di alleggerire una parte del rischio, no?» domanda Jack. «Proporresti al cliente di contattare altre due o tre assicurazioni con cui spartire parte della copertura, no? Non è così che fai quando il rischio è troppo alto ma non vuoi perdere il cliente?»

«Queste sono decisioni che spettano al reparto sottoscrizioni.»

«Infatti è per questo che lo chiedo a *te*.»

«Non capisci come funzionano le assicurazioni.»

«Allora insegnami.»

Reynolds si toglie gli occhiali. Guarda Jack a lungo, poi dice: «Non ho tempo di spiegarti cose che non hai la formazione adatta per capire, quindi lascia stare».

«Non posso.»

«Come hai detto che ti chiami?»

«Jack Wade. Grandi sinistri.»

«È il reparto di Billy Hayes.»

«Lo sai benissimo» risponde Jack. «La prima cosa che hai fatto stamattina è stata convincere il tuo capo a chiamarlo al telefono.»

«Be', senti, Jack Wade dei grandi sinistri» riprende Reynolds. «Te lo dirò una volta sola: lascia stare questo caso. Intesi?»

«Non ho la formazione adatta» ribatte Jack. «E poi me l'hai già detto due volte.»

«Non ho intenzione di ripeterlo.»

«Bene, perché mi stavo annoiando.»

«Ti assicuro che domani mattina non ti annoierai.»

«Farai altre telefonate, Bill?»

«Allontanati dalla mia macchina.»

«E tu piantala di dar fastidio a Billy.»

Reynolds sale al posto di guida e accende il motore. Jack toglie le carte dal cofano.

Il finestrino dell'auto si abbassa con un soffice ronzio elettrico.

«Liquida il sinistro» dice Reynolds.

«No.»

«Liquida il sinistro» ripete.

«Me lo dicono tutti.»

«Hanno tutti ragione.»

«Lascia che ti spieghi una semplice legge fisica» dice Jack. «Prima che il calore possa scendere, sale. Il calore va verso l'alto. Quindi non cercare di mettere il fuoco sotto il culo di Billy Hayes, perché altrimenti ci penso io ad accendere qualche fiammifero, e io sono già sotto di te. Sono un quarto livello, ricordi?»

Il finestrino si richiude.

Reynolds scompare dietro il vetro azzurrato.

Vetro affumicato, pensa Jack.

69

Il parcheggio è un luogo inospitale, oggi.

Jack sta per entrare nell'edificio quando vede Sandra Hansen venire verso di lui.

«Sandra» dice Jack.

«Jack.»

Jack sa che questa conversazione non porterà nulla di buono, perché Sandra Hansen è la direttrice della UIS della California Fire and Life, sezione California del sud. UIS sta per Unità investigativa speciale, il reparto che si occupa delle frodi. Ogni grande società assicuratrice ne ha uno per gestire i casi potenzialmente fraudolenti. La UIS della California Fire and Life funziona pressappoco come un'organizzazione di spionaggio. Non si preoccupa dei pesci piccoli: il suo compito principale è individuare *organizzazioni* fraudolente, specializzate nel frodare milioni di dollari all'anno con richieste di risarcimento false.

Come ex poliziotto, Jack sarebbe stato un candidato perfetto per la UIS. Peccato che Jack non voglia più fare il poliziotto, nemmeno in senso lato.

La UIS serve anche da ufficio affari interni, e questa è un'altra ragione per cui Jack non è interessato a entrarci. Quando uno dell'ufficio sinistri intasca bustarelle perché raccomanda una certa impresa edile, o un liquidatore che si occupa di incidenti automobilistici divide i guadagni con un carrozziere o, mettiamo, un assicuratore prende soldi da un agente per falsificare i registri, è lì che interviene la UIS.

E Jack preferisce essere spiato che fare la spia.

«Mi tenevi d'occhio, Sandra?» le chiede Jack.

«In effetti sì» risponde la Hansen. «Jack, hai per le mani un caso che interessa anche a noi.»

«Olivia Hathaway?» chiede Jack.

La Hansen non trova divertente la battuta. Rivolge a Jack la tipica occhiataccia torva da funzionario dell'Unità investigativa speciale, e dice: «Il caso Vale».

Sai che sorpresa, pensa Jack.

«Di cosa si tratta?»

«Vogliamo che tu lo lasci perdere.»

«Vogliamo chi?»

«La UIS.»

Dovrei farmela addosso? pensa Jack. Questi stronzi della UIS credono di essere la CIA o l'FBI, solo che non devono rispondere a nessuno.

Be', vaffanculo.

«Perché?» chiede Jack. «Perché la UIS vuole che lasci perdere?»

«Ha importanza?»

«Per me sì.»

La Hansen è incazzata. Di solito, quando dice a un ispettore di abbandonare un caso, l'ispettore obbedisce e basta.

«Ti stai addentrando in un territorio molto accidentato» lo ammonisce.

Questo è vero, pensa Jack.

Davvero interessante.

«Senti un po'» riprende Jack. «Se voi sapete qualcosa, Sandra, ti chiedo di condividerlo con me. Una mano mi farebbe comodo.»

«Finirai per inciampare...»

«Allora accendimi una luce. Dico sul serio, mostrami la via.»

«... su una merda troppo grossa e ci affonderai dentro.»

«Forse sta a me decidere se la merda è davvero così grossa.»

Sandra cala il suo asso. «Non costringermi a farti togliere il caso con le brutte maniere.»

Questi stronzi della UIS possono farlo davvero. Possono decidere come e quando togliere un caso a qualcuno.

Allora perché non lo ha già fatto? pensa Jack. Se ci tiene così tanto al caso Vale, *perché* non se lo prende? Un grosso, succulento incendio doloso. Un sacco di gloria per la UIS...

«Sto cercando di trattarti con le buone, Jack...» dice Sandra. «Credimi: stanne fuori.»

«Mi stai dicendo di liquidare il sinistro?»

«Non sto dicendo niente.»

«Ti stai già lavorando Vale, vero?»

«Chiudi il becco, Jack.»

«Mi sa che hai un fascicolo segreto, ed è saltato fuori...»

«Non dire un'altra parola.»

«... il nome di Vale e hai paura che io mi metta in mezzo e rovini la tua indagine.»

«La UIS non ha per le mani nessun fascicolo del genere.»

«Oh, andiamo.»

«Non l'ho mai detto» insiste la Hansen. «E noi due non abbiamo mai avuto questa conversazione.»

Tono da dichiarazione ufficiale.

«E tu liquiderai il sinistro» aggiunge Sandra.

«Sono stufo che tutti mi vengano a dire di liquidare il maledetto sinistro» dice Jack. «I commerciali, l'ufficio sottoscrizione rischi, e ora persino la UIS? Ma che succede? Chi è questo Vale, il re?»

«Tu liquida il suo sinistro, e basta.»

«È stata assassinata una donna.»

«È una cosa ancora più grossa.»

Jack resta immobile a fissarla.

«Sei pazza» dice.

«Se ci costringi...»

«Matta da legare.»

«Se ci costringi a prendere il controllo di questo caso, ti prometto un mondo di guai. Il resto della tua breve carriera sarà una continua doccia di merda.»

Può farlo davvero, pensa Jack. Non deve fare altro che convincere un impresario edile a dichiarare di avermi allungato dei soldi e mi ritroverò in braghe di tela. Può farlo e lo farà, perché Sandra Hansen è un osso duro. Basta guardarla, con il suo abito bianco professionale e i capelli biondi che sembrano un elmetto. Attraente, sexy, letale. Ha appena trentacinque anni ed è già a capo dell'Unità investigativa della California del sud. La sua carriera è un proiettile e io sono sulla sua traiettoria.

«Pensaci, Jack» aggiunge lei.

«Stai lontana dal mio caso, Sandra.»

La Hansen decide di fare un altro tentativo.

«Entra in squadra, Jack.»

«Quale squadra?»

«Vuoi restare all'ufficio sinistri per tutta la vita?» chiede la donna. «Con la tua esperienza, potresti entrare nella UIS. Mayhew andrà in pensione a fine anno e il suo posto si renderà disponibile...»

«Mi stai offrendo un accordo, Sandra?»

«Chiamalo come ti pare.»

«Io non accetto accordi.»

La risposta fa incazzare la Hansen.

«O sei con noi, o sei contro di noi.»

Jack afferra Sandra per le spalle e si posiziona proprio davanti alla sua faccia.

«Se tu vuoi liquidare questo sinistro, sono io a essere contro di te.»

La lascia andare e si allontana.

«Non ti conviene!» gli grida lei. «Credimi, *non* ti conviene!»

Jack continua a camminare e, senza voltarsi, solleva il dito medio sopra una spalla.

Sandra Hansen pensa che Jack Wade sia uno stupido cocciuto. Pensa che la sua tavola da surf gli sia finita in testa una volta, o anche due, di troppo.

E che dovrà toglierlo di mezzo.

Tre anni.

Ha impiegato tre anni e Dio solo sa quanta parte del suo budget in una indagine a lungo termine sul crimine organizzato russo e non permetterà a un quarto livello del cazzo di mandare tutto a puttane.

Donna morta o no.

Certo, le dispiace.

L'idea che Vale la passi liscia per l'omicidio della moglie le dà la nausea, ma è così che vanno le cose.

70

Pamela.

L'offesa più grave che Nicky potesse fare a Madre Russia.

Nonché un'offesa al vecchio codice, ma Nicky ha inaugurato quello nuovo e ora i fratelli possono sposarsi.

Con delle russe, però, non con le californiane.

Possono sposare donne della loro stessa lingua e cultura, di solito con legami famigliari nella mafia russa. Mogli che capiscono come funzionano le cose, che rinsaldano ulteriormente i rapporti tra i loro mariti e l'organizzazione, donne le cui famiglie in Russia potrebbero essere usate come ostaggi se i maritini dovessero mettersi in testa di ribellarsi.

Niente mogli americane, niente ragazze californiane.

Che non conoscono il codice, che fanno domande, che avanzano pretese, che non sanno tenere la bocca chiusa, che si sentono inappagate e poi chiedono il divorzio.

«Sposa una ragazza russa» gli dice Dani quando vede Pamela a braccetto con Nicky per due, tre o quattro appuntamenti di fila.

«Voglio dei bambini» ribatte Nicky.

«Allora fai dei figli russi» gli consiglia Dani, e apre un catalogo di aspiranti mogli russe ansiose di immigrare. «Scegline una. Una *qualsiasi* e sarà tua. Alcune sono veramente belle.»

In effetti è così, e Nicky deve ammetterlo. Bellezze mozzafiato, russe al cento per cento, ma non è quello il punto. Lui vuole un'americana. Non vuole rafforzare il legame, vuole allentarlo.

E loro non capiscono.

Madre Russia sì.

Lei capisce perfettamente la situazione.

«È come uno schiaffo in pieno viso» dice.

«No, ti sbagli.»

«Sei un russo.»

«Sono un americano.»

Nicky Vale.

Il ciclo completo in una sola generazione, ma per renderlo tale deve riprodursi. Avere dei figli.

Figli americani.

A parte questo, *deve* avere *lei*. Pamela lo sta facendo impazzire. Sa che si veste in quel modo per provocarlo. Gli mostra uno scorcio dei suoi seni bianchi, delle sue lunghe cosce. Si mette un profumo che glielo fa venire duro non appena lei entra nella stanza. Lo bacia con labbra morbide e calde e muove la lingua come se gliela stesse passando sul cazzo, poi si allontana, gli sorride per fargli sapere che sa esattamente cosa lui sta pensando e *ride di lui*.

Oppure gli si struscia contro. Gli preme i seni sul petto e sulla schiena o peggio – anzi meglio, anzi peggio – gli strofina il pube contro il davanti dei pantaloni e gli dice: «Oh, tesoro, quanto vorrei che potessimo».

«Possiamo» risponde lui.

«No» obietta lei, accigliata. Poi geme debolmente e arriccia le labbra in un broncio frustrato. «È contro i miei principi.»

Poi si rotola contro di lui, sospira, fa un'altra smorfia e si allontana.

A volte si tocca da sopra il vestito e lo guarda con occhi tristi e lui *sa* cosa sta facendo. Sa che lei è un'abilissima rizzacazzi, lo sa bene, ma non può farci niente.

Per Nicky, Pamela rappresenta tutto quello che è così vicino eppure così irraggiungibile.

Come l'America.

Come la California.

Come una nuova vita.

Un ciclo completo in un'unica generazione.

E riesce a vedere in lei la madre dei suoi figli americani. È bella, libera e felice, con la tipica spensieratezza californiana, svincolata dalla pesante e tragica eredità storica di tutti i russi. E Nicky immagina che se i suoi figli nasceranno da lei, saranno in qualche modo esonerati da quel passato.

E, a parte questo, deve averla.

«Allora prenditela come amante» suggerisce sua madre. «Se proprio devi averla, comprale un appartamento, riempila di soldi, falle dei regali e scopala finché non ne potrai più, poi dalle un altro po' di soldi e mandala al diavolo, ma *non sposarla*.»

Se la sposerai, dice Madre Russia, si prenderà il tuo cuore, i tuoi soldi e i tuoi figli perché qui siamo in America e in America il padre non ha diritti. Ti rovinerà. Le interessano solo i tuoi soldi.

«Se sposi quella stronzetta» aggiunge, «ti ritroverai nella merda.»

Il che, naturalmente, conduce a una svolta.

Quella sera Nicky chiama Pam.

Due mesi dopo si sposano.

Durante la luna di miele, sul prato della villa privata a Maui, lei si toglie il vestito a fiori e lo invita dentro di lei.

Dove è calda e dolce come il miele.

Oro liquido.

Nicky si ricorda del suo collo, del profumo di vaniglia nell'incavo del collo, mentre lui le stava alle spalle e le baciava la pelle profumata sotto l'orecchio, sotto i capelli neri. Ricorda come si muoveva contro di lui mentre le infilava la mano giù per la scollatura e le toccava il seno. Il reggiseno leggero che scivolava via, e lui che le prendeva i capezzoli tra l'indice e il pollice. E siccome lei non protestava lui aveva fatto scivolare giù il vestito e le aveva preso i seni tra le mani e le aveva carezzato i capezzoli con i pollici e lei aveva sollevato una mano. Vuole fermarmi, aveva pensato Nicky, ma lei l'aveva accarezzato sulla nuca. Allora lui aveva abbassato la mano, sotto lo stomaco, sempre più giù, e lei era bagnata.

Nicky ricorda il suo "mmm-*hmmm*", un suono di spudorato piacere, e lui che la accarezzava con un dito e lei che si premeva ancora di più contro il suo corpo.

Sono strani i ricordi, pensa di nuovo, perché Nicky ricorda soprattutto il profumo del suo collo e il vestito a fiori. L'immagine di quel vestito che scendendo le sfiorava i seni e si fermava intorno alla vita, poi si accartocciava ai suoi piedi, e Pamela che se lo sfilava, ci si stendeva sopra e lo invitava a entrare in lei.

È strano, pensa, ma per lui quel momento, quell'invito a braccia e gambe aperte verso un piacere senza vergogna era l'America, era la California. Il suono che per lui rappresenterà sempre la California: mmm-*hmmm*.

E ricorda i suoi grandi occhi viola, quando lei gli stringeva le gambe intorno ai fianchi e lo spingeva più a fondo dentro di lei, tenendolo lì mentre raggiungeva l'orgasmo e poi era venuto anche lui e aveva sprofondato il viso in quel collo profumato.

E lei che gli diceva: «Se mi baci il collo non posso più fermarti».

«Perché non me l'hai detto molto, *molto* tempo fa?»

«Perché non avrei più potuto fermarti.»

E poi lei gli aveva graffiato la schiena con il diamante dell'anello di fidanzamento.

Mmm-*hmmm*.

71

Per un po' vivono felici la loro vita californiana.

I soldi arrivano a palate grazie al boom del settore immobiliare. Lei diventa la tipica casalinga della California del sud. Mattina in palestra, pranzo con le amiche, pomeriggio con gli arredatori d'interni, che si avvicendano per trasformare la loro casa in un'opera d'arte. Oppure va a farsi sistemare i capelli, il trucco, le unghie in un salone di bellezza, di solito con le stesse amiche con cui ha pranzato.

Di sera va alle feste. Splendidi amici, bella gente.

Presto rimane incinta, come lui aveva immaginato che sarebbe successo, lui che vedeva il suo corpo come un campo rigoglioso di fiori primaverili. Quando nasce Natalie, Nicky è in sala parto, a fare quella cosa tipicamente americana di aiutare sua moglie a respirare con il ritmo giusto. Ma non c'è bisogno di molto aiuto. La gravidanza di Pamela è stata serena, rilassata e felice. Il parto avviene con la massima semplicità possibile.

«Sono una contadina russa» scherza lei. «Il prossimo figlio lo partorirò in un campo di grano.»

«Non sei affatto una contadina» dice lui.

Lei gli ricorda di essere cresciuta in una fattoria.

«Facciamone un altro» gli propone.

Lui è ben felice di accontentarla.

Anche il parto di Michael fila liscio come l'olio.

Nicky pensa che Pamela sia nata per fare la madre. È

inseparabile dai suoi figli. Non è semplice convincerla a chiamare una baby-sitter e a uscire anche solo una volta alla settimana. Lui finge di essere infastidito da quel comportamento, ma in realtà gli fa piacere che la moglie americana ami l'ambiente domestico. Che sia felice di stare con i suoi figli. Che li porti a fare lunghe passeggiate, che giochi con loro nella palestra che lui ha costruito nel cortile sul retro. Mentre loro fanno il riposino, Pamela dipinge nel piccolo studio che lui le ha messo su accanto alla loro stanza da letto. Si mette in piedi davanti al cavalletto, guarda fuori della finestra e dipinge paesaggi marittimi con gli acquerelli.

I suoi quadri non sono granché, ma lei è felice.

E lui ha tutta la libertà di scoparsi chi gli pare.

Ora che ha una moglie, Nicky inizia a collezionare amanti. Continua a trovare bella Pamela, ma ora che è diventata madre ha perso parte della sua attrattiva erotica. E così lui cerca altrove, e dappertutto trova nuovi stimoli. Pamela è tutta curve, sia nel seno che nei fianchi, così lui si procura donne snelle al tennis club e le porta al Laguna Hills Resort o al Ritz per incontri di sesso sfrenato dopo le partite. Pamela è tutta dolcezza e romanticismo, e lui si sceglie delle cameriere da bar, le riempie di cocaina e se le scopa sul cofano della macchina parcheggiata sulla spiaggia di Dana Strands. Prova un piacere particolarmente perverso nel sedurre le amiche di sua moglie, anche se la seduzione non è certo la parte più difficile... Così, mentre i bambini dormono e Pamela è intenta a compiere le sue blande offese all'arte nello studio assolato, lui è nella camera da letto di una delle sue amiche, *dentro* una delle sue amiche, e *loro* sembrano provare gusto a chiedergli: «Pam *questo* te l'ha mai fatto? E *questo*?». Poi gli fanno questo e quello e quell'altro ancora finché una delle amiche di Pam non decide di provare un altro, nuovo brivido e le spiffera tutto.

Quella sera lui arriva a casa e va tutto bene, poi lei mette a letto i bambini, va da lui e gli dà un ceffone.

«E questo perché?» chiede lui.

«Per Leslie» risponde lei. «Provaci un'altra volta e chiederò il divorzio e mi prenderò i bambini.»

Lui la afferra per un polso, la costringe a inginocchiarsi sul pavimento e con tono paziente le spiega che ci sono state, ci sono e ci saranno un sacco di Leslie. E ci sarà di nuovo *quella* Leslie, se gliene tornerà voglia, e che Pam non divorzierà mai e poi mai da lui.

«Ecco come funziona» dice. «Tu hai la casa, i bambini e tutti i soldi e i lussi che puoi desiderare. Tutto questo ti spetta in quanto mia moglie. Goditelo. Sii felice. E ascoltami bene: non ci sarà *mai* un divorzio. Non ti prenderai *mai* i miei bambini. Tu sarai la loro mamma e *mia* moglie e *mia* amante. E io avrò tutte le altre donne che vorrò.»

«E io?» chiede lei, con rabbia. «Posso avere altri uomini?»

E così lui la picchia per la prima volta.

Un violento manrovescio sul volto.

Poi le dice di andare in camera da letto, mettersi qualcosa di sexy e farsi trovare tra le lenzuola. Si siede, sfoglia per un po' un catalogo di mobili poi si alza. Lei è sul letto, come le ha ordinato, con un corsetto blu, sexy come lui le ha ordinato, ed è decisamente provocante.

Di una bellezza quasi sconvolgente. I capelli neri splendono sulle spalle bianche. Il collo è lungo e invitante. I seni sono spinti verso l'alto e luccicano bianchi nella tenue luce. I peli pubici neri già scoperti.

È come se lei potesse riprenderselo usando unicamente la sua energia sessuale.

È come se gli dicesse: «Puoi avere tutte le donne del mondo, ma non avrai mai nulla come *questo*».

E quel bellissimo volto, quegli occhi viola che scintillano di rabbia e paura e sfida...

La solleva e la rigira. Le mette le mani sulla testiera del letto e la prende come i carcerati prendevano gli *zeki* giovani e spaventati in prigione.

Pam ti fa anche *questo*?
Pam fa quello che le dico di fare.
Poco dopo, Pam inizia a bere.

72

E le cose vanno a rotoli.

Credevano che il boom sarebbe durato per sempre.

Nella terra del sole e dell'acqua limpida, dove ai belli succedono solo cose belle.

Ma il mercato immobiliare rallenta, poi si blocca, e Nicky si ritrova indebitato fino ai capelli. Non si vende né si affitta più nulla. Nessuno investe e i creditori vogliono i loro soldi.

Che Nicky non ha.

Ha scommesso tutto su guadagni futuri che ora non arrivano.

Complessi di villette, condominî, terreni.

Tutto è immobile, come un afoso pomeriggio d'estate in cui non spira un filo di vento.

E gli altri affari, be'... Tutti gli affari hanno bisogno di essere seguiti, e Nicky ha trascurato l'organizzazione. Le due unità agiscono praticamente da sole, inviando una fetta dei guadagni a Nicky e trattenendo ogni giorno che passa una quota maggiore di ciò che spetterebbe a lui. Ščaller, Rubinskj e Tratčev cospirano per fare a Nicky quello che lui voleva fare prima che la recessione gli prosciugasse le tasche: abbandonare l'organizzazione e mettersi in proprio.

E il malumore serpeggia: Nicky non contribuisce più agli affari, Nicky non ha più il polso della situazione, Nicky si è rammollito.

Nicky è diventato americano.

Dani e Lev cercano di metterlo sull'avviso. Dani gli consiglia di riprendere il controllo finché è ancora in tempo. Assegnare dei compiti ai suoi uomini, tenerli svegli e con le armi ben oliate. Nicky risponde di no.

Ci sarà una svolta. L'economia risalirà. In una certa misura è vero quel che si dice di lui, che si è rammollito. Non ha alcuna nostalgia per la pistola, il coltello o lo spezzatino di pollo.

Spreca soldi senza criterio.

Raccoglie tutto il denaro che può per pagare le banche, ma non basta mai. Mese dopo mese il mercato precipita sempre più in basso.

I suoi appartamenti e le sue villette sono vuoti. Cazzo, ha persino due condominî in via di costruzione e gli mancano i soldi per finirli perché ha dirottato i fondi sulle rate degli altri mutui.

Inizia a tirare sempre più coca. Lo fa sentire meglio. Compra opere d'arte che non può pagare né rivendere, perché anche questo lo fa sentire meglio e lo aiuta a mantenere una facciata di successo. Paga per andare con donne che fino a sei mesi prima se lo sarebbero scopato gratis. Regala loro cocaina e opere d'arte. Loro glielo fanno venire duro e, per qualche minuto, Nicky si sente di nuovo potente.

Intanto sua moglie beve come una spugna, si riempie di pillole e gli fa delle scenate alle feste. («Quante delle presenti si sono scopate mio marito? Per favore, alzate la mano!») Litigano spesso, lui la picchia. I suoi figli cominciano a guardarlo come fosse una specie di mostro. Una volta o due picchia anche *loro*. («Non provate *mai più* ad alzare la voce con me»). Passa sempre più notti fuori casa.

Nulla di tutto ciò sfugge all'attenzione di Tratčev, Rubinskj e Ščaller.

Se di notte si ascolta con attenzione, si sentono i lupi girare intorno alla preda.

Pam entra in riabilitazione e torna incazzata come una iena.

È sobria, e la prima volta che Nicky la picchia, lei va dritta alla polizia e si fa rilasciare un'ordinanza restrittiva temporanea.

E così il nome di Nicky entra nel casellario giudiziale.

In questo paese ho rubato milioni di dollari, pensa Nicky. Ho imbrogliato e ucciso e rubato milioni di dollari e questa è la *prima volta* che il mio nome viene citato in un tribunale. Ed è colpa di mia *moglie*.

Mia *moglie*.

Ma non per molto.

Pam chiede il divorzio.

«Ti ho detto che ti avrei ammazzata» le dice Nicky. «Non scherzavo.»

«Non mi interessa» risponde lei. «Così non posso vivere.»

«Se te ne vai, te ne vai come sei venuta. Senza niente a parte un vestito da due soldi a coprirti il culo.»

«Non penso proprio» ribatte Pam. «Mi prenderò i bambini e la casa e metà di tutto il resto. Mi prenderò anche i tuoi preziosi mobili, Nicky.»

Potrebbe riuscirci, pensa Nicky. In questo paese abbandonato da Dio, dove un uomo non ha alcun diritto. Affideranno i bambini a quella sgualdrina alcolizzata, le daranno la casa e avvieranno un'indagine sulle mie finanze che potrebbe rivelarsi costosa e pericolosa.

Metterebbe a repentaglio il piano.

Un piano semplice ed elegante, pensato con equilibrio, con una simmetria tanto perfetta a conferma della mia genialità.

Il crimine come creazione artistica.

Un piano che, se andrà a buon fine, mi permetterà di chiudere il giro in una sola generazione, pensa Nicky.

E Pamela potrebbe rovinare tutto.

Potrebbe portarsi via il suo sogno e la sua identità.

Durante una discussione particolarmente animata, lei sbotta: «Mio figlio *non* diventerà un gangster».

No, questo è sicuro, pensa Nicky.

Disperato, corre da Madre Russia.

Entra nella sua stanza alle prime ore del mattino, si siede sul suo letto e le dice: «Madre, potrei... potremmo... perdere tutto».

«Devi fare qualcosa, Dazjatnik.»

«Cosa?»

«Lo sai, Dazjatnik» risponde, e gli prende il volto tra le mani. «Sai cosa devi fare.»

Sì, lo so, pensa Nicky, mentre si distende sul letto.

So cosa devo fare.

Riprendere il controllo della mia organizzazione.

Proteggere la mia famiglia.

È a casa e passeggia sul prato, quando gli viene l'idea. Guarda verso Dana Strands e pensa alla Great Sunsets.

La simmetria perfetta.

Il meraviglioso equilibrio.

Una poesia dalla struttura perfetta, come un mobile pregiato.

Tutto in un colpo da maestro.

Ammira il sole tramontare su Dana Strands.

73

Più probabile del suo contrario.

È la frase che ronza nella mente di Jack, seduto nel suo cubicolo in ufficio.

Più probabile del suo contrario.

Nelle cause civili, l'insieme delle prove prodotte dalle parti in causa deve far sì che una certa ipotesi risulti "più probabile del suo contrario". Nelle cause penali la formula è "oltre ogni ragionevole dubbio" e la distinzione è importante per il caso Vale.

Se negherò l'indennizzo, pensa Jack, saremo, con *molta* probabilità, citati in giudizio per malafede. Alla fine del processo il giudice spiegherà alla giuria in cosa consiste l'onere della prova e dirà loro che la domanda cruciale è: «L'ipotesi che il signor Vale abbia appiccato o fatto appiccare il fuoco alla sua abitazione è o non è più probabile del suo contrario?».

È così che dice la legge.

In realtà è molto più complicato.

Il criterio di valutazione delle prove prodotte in un giudizio civile è "più probabile del suo contrario", quindi, tecnicamente, se una maggioranza anche minima di giurati ritenesse che il querelante abbia davvero dato fuoco alla sua casa, allora la giuria dovrebbe esprimere un verdetto a favore della compagnia assicuratrice. In teoria è così che dovrebbe funzionare, ma Jack sa che in pratica le cose vanno diversamente.

In realtà i membri della giuria sanno benissimo che l'incendio doloso è un crimine. Al di là di quello che il giudice dirà loro, non misureranno mai le prove secondo il criterio di valutazione del processo civile, cioè "più probabile del suo contrario". Applicheranno lo standard penale, ovvero "oltre ogni ragionevole dubbio".

Jack sa che se si vuole negare un indennizzo basandosi sulla motivazione dell'incendio doloso, bisogna essere sicuri di poter convincere la giuria che l'assicurato ha appiccato il fuoco o l'ha fatto appiccare... *oltre ogni ragionevole dubbio*.

Quindi si chiede: l'ipotesi che Vale abbia appiccato o fatto appiccare il fuoco alla sua abitazione è o non è più probabile del suo contrario?

Sì, è più probabile del suo contrario.

Oltre ogni ragionevole dubbio?

Jack prende un foglio di carta e un righello e traccia due linee verticali, dividendo il foglio in tre colonne. In cima alle colonne scrive: ORIGINE VOLONTARIA, MOVENTE e OCCASIONE.

Nicky è immerso nei debiti fino alla punta dei capelli. Sta per perdere la casa. Ha una maxirata finale in scadenza e nessuna risorsa per pagarla. Deve dei soldi ai federali e allo stato. Anche le sue società sono nei guai. Vende la sua amata barca a un prezzo più basso del valore di mercato pur di tirare su qualche soldo. Possiede un piccolo tesoro in mobili antichi e, secondo Vince Marlowe, non può vendere i mobili che *vuole* vendere. Ma non cerca nemmeno di vendere i mobili a cui è *affezionato*. Sta per divorziare da sua moglie e questo dimezzerebbe ulteriormente le sue già magre finanze.

Il movente, pensa Jack, è solido come una roccia.

Quindi il motivo è sicuro, l'occasione ce l'abbiamo e l'origine volontaria è fuori discussione.

A meno che "Accidentale" Bentley non continui a portare avanti la sua teoria della "sigaretta e vodka".

Jack traccia una linea tratteggiata al centro di ciascuna colonna, e sopra a ciascuna metà scrive un più e un meno, in modo che le categorie della Prova Tripartita siano divise tra pro e contro.

Quando ha finito, lo schema appare in questo modo:

ORIGINE VOLONTARIA		MOVENTE		OCCASIONE	
+	-	+	-	+	-
Accelerante	Bentley	Maxirata finale del mutuo	Riconciliazione	Porte chiuse	Alibi
Chiazze di versamento	Sigaretta/ Vodka	Tasse		Finestre chiuse	
Punti d'origine multipli	Carico di combustibile	Redditi ridotti		Distanza dalla casa	
Chiazze ad alligatore		Divorzio		Cane all'esterno	
Letto temprato				È stato visto alle 4:45	
Buco nel tetto				Ha dichiarato il falso	
Vetro zigrinato					
Fiamme rosse	Contenuto della stanza?				

Jack studia lo schema per qualche minuto, poi traccia una linea orizzontale sul fondo, titola il nuovo schema OMICIDIO e ricomincia:

ORIGINE VOLONTARIA		ORIGINE VOLONTARIA		ORIGINE VOLONTARIA	
+	-	+	-	+	-
Tutte le motivazioni precedenti più:	Sigaretta/ Vodka	Tutte le motivazioni precedenti più il rancore?		Tutte le motivazioni precedenti	Alibi
Assenza di fumo nei polmoni	Alcol+CO				Nessun testimone
Carbossiemoglobina	Ubicazione del cadavere				
Posizione del pugile					

Okay, si dice Jack. Partiamo dall'incendio doloso. Cominciamo con l'origine volontaria. Quali sono i tre punti più rilevanti? («La regola del tre» dice Billy. «Cercate sempre di presentare le prove a gruppi di tre. Alle giurie piace così.

Come nelle barzellette: sulla barca ci sono sempre un sacerdote, un pastore e un rabbino.»)

Allora, quali sono i miei tre punti di forza? Be', la positività del campione di residui carbonizzati rende ridicola l'ipotesi "sigaretta e vodka" di Bentley. E questo sarebbe il numero uno. Il numero due? Le chiazze di versamento: non c'è modo di collegarle a un fuoco accidentale. Il numero tre? Punti d'origine multipli. Ancora una volta, incompatibili con un incendio accidentale.

Ora, quali sono i punti deboli?

La confutazione partirebbe dal fatto che parte del contenuto della stanza avrebbe potuto bruciare in modo molto "caldo", e lasciare così una traccia distorta di molteplici punti d'origine. E, fin qui, quanto Bentley sostiene riguardo al carico di combustibile è corretto. Nella stanza c'era parecchia roba, ed è possibile che le tracce potessero essere confuse con quelle di un fuoco accelerato. Un dubbio ragionevole.

Ma non con dei campioni positivi che dimostrano la presenza di un accelerante.

Con un campione positivo, pensa Jack, tutto va a posto.

Movente.

Solido come una roccia. I tre punti più rilevanti? Il grosso pagamento in scadenza, la carenza di introiti, le rate saltate. Non sarà un problema dimostrare che Nicky era in braghe di tela e che aveva un movente per dare fuoco alla casa. I punti deboli? Non ce ne sono.

Occasione.

I tre punti più rilevanti? Le porte e le finestre chiuse e nessun segno d'effrazione, il cagnolino Leo all'esterno e la dichiarazione di Derochik secondo cui Nicky sarebbe rientrato alle quattro e quarantacinque.

Dunque Nicky ha mentito. Jack ha un nastro in cui lui afferma di non essere uscito, che era stata la telefonata a svegliarlo. E Jack pensa che questo lo fotterà a dovere.

Punti deboli? Non ci sono testimoni che collochino Nicky sulla scena del crimine o negli immediati paraggi. Nulla che lo colleghi direttamente all'incendio.

Due: l'alibi fornito da Madre Russia, anche se la dichiarazione di Derochik lo invaliderà.

E l'occasione?

È più difficile, ma quando si uniscono insieme l'origine volontaria dell'incendio e il movente, il conto torna.

Si passa così all'omicidio, perché è un passaggio obbligato. Una giuria non crederà mai che un omicidio e un incendio accidentale possano coincidere. Allo stesso modo, non crederà mai che ci sia stata una morte accidentale in concomitanza con un incendio doloso.

Qui abbiamo un piatto unico, pensa Jack.

I punti più rilevanti con cui sostenere che Pamela Vale sia stata assassinata?

Uno: è morta a brevissima distanza temporale da un incendio doloso.

Due: nel suo sangue sono state rinvenute tracce di alcol e barbiturici, ma ci saranno testimoni pronti a sostenere che aveva smesso di bere. Inoltre qualcun altro, probabilmente un complice di suo marito, ha ritirato il Valium che le era stato prescritto.

Motivazioni contro?

Innanzitutto, il medico legale ha dichiarato un decesso per overdose.

In secondo luogo, Bentley sostiene l'ipotesi dell'asfissia da CO accelerata da ubriachezza acuta. L'alcol riduce la quantità di ossigeno nei polmoni, rendendo l'avvelenamento da CO rapido e letale.

È possibile, pensa Jack.

Se avesse bevuto.

E se non ci fossero tracce di accelerante.

E se, pensa Jack, non avessi guardato Nicky negli occhi e non avessi capito senza ombra di dubbio che ha ammazzato sua moglie.

E se quel bastardo arrogante non avesse mentito durante il colloquio registrato.

Jack va da Billy "Porca Puttana".

74

Viktor Tratčev è un gangster *très* incazzato.

«Valešin voleva fare l'impresario edile» dice Tratčev al capintesta dei suoi scagnozzi, un obelisco umano conosciuto solo come Orso, «e ha fatto l'impresario edile. Bene. Pensa di poter tornare a fare il capo quando pare a lui?»

Orso fa spallucce. Forse non conosce l'espressione "domanda retorica", ma sa riconoscerne una quando la sente.

Tratčev comincia a innervosirsi.

«Cosa crede? Che mi metterò a novanta gradi e me ne starò buono e tranquillo a farmi inculare da lui?»

Questo è proprio quello che dovrebbe fare, in realtà, almeno secondo Dani e Lev, che quel pomeriggio passano a trovarlo a casa sua per una tazza di tè e qualche intimidazione.

«Hai ridotto la percentuale di guadagno che spettava al *pakhan*» spiega Dani.

Di circa il cento per cento, pensa, ma non lo dice.

«Stronzate» ribatte Tratčev.

«Nessuna stronzata» insiste Dani. «Cosa credi, di giocare con dei bambini?»

«Io...»

Dani solleva una mano per fermarlo. «Non aggiungere la beffa al danno. Tieniti le menzogne in bocca. Ascolta, Viktor, detto tra noi, ammetto che le cose ci sono un po' sfuggite di mano. E tu ne hai approfittato. Va bene, è nella natura umana. Forse la colpa va divisa fra entrambe le parti.»

Una pausa, poi riprende: «Ma oggi, Viktor Tratčev, sono qui per dirti che i giorni di libertà sono finiti. Il *pakhan* è di nuovo il *pakhan*. D'ora in avanti, fino a che non ti sarai riguadagnato la sua fiducia, incasseremo noi i pagamenti e ti daremo la parte che ti spetta. Tu ti occuperai di operazioni più piccole, di quelle che non finiscono sui notiziari della sera. E, Viktor Tratčev, se causerai altri problemi, ti taglierò la testa personalmente e piscerò in quella tua bocca spalancata. Grazie per il tè».

Dani e Lev si alzano e se ne vanno, e Tratčev sembra sul punto di scoppiare.

«Lo ammazzerò.»

«Dani?» chiede Orso.

«Anche lui» risponde Tratčev.

Ma in realtà parlava di Nicky.

Comincia a fare alcune telefonate.

75

Nell'ufficio di Billy c'è Tom Casey.

«Fammi capire, Jack» dice Casey. «Vuoi negare un indennizzo perché un barboncino è uscito a pisciare.»

«Uno Yorkshire» puntualizza Jack. «Perché uno Yorkshire è uscito a pisciare.»

Casey si gira dalla finestra e gli sorride, tra il minaccioso e l'allegro.

«Mi prendi per il culo, Jack?»

«Non ti prenderei mai per il culo, Tom.»

Questo è senza dubbio vero, perché Jack Wade e Tom Casey non solo sono buoni amici, ma Tom Casey è anche l'Uomo Più Cattivo della California.

E non è solo Jack a pensarla così: è un titolo che Casey si è guadagnato con voto unanime a una riunione dell'Associazione californiana degli avvocati difensori dopo una agghiacciante lezione sulla raffinata arte del controinterrogatorio.

La lezione di Casey era stata una barzelletta.

Letteralmente. Aveva detto più o meno così:

«C'è un contabile che finisce in prigione per appropriazione indebita e non appena entra in cella il suo compagno, un tizio *enorme* e dall'aria *minacciosa*, gli dice: "Sai, qui in prigione ci piace giocare alla famiglia. Preferisci fare il marito o la moglie?"

«Il contabile, terrorizzato, non vuole essere né l'uno né

l'altra, naturalmente, ma dopo aver soppesato le alternative decide di essere il marito. Così risponde in tono rauco: "Il marito. Farò il marito".

«"Bravo, maritino", gli dice il compagno di cella. "Adesso vieni qui e succhia il cazzo a tua moglie."».

Dopo la conseguente esclamazione di sorpresa e la risata dei presenti, Casey dice: «Questa barzelletta vi insegna tutto quello che dovete sapere sul controinterrogatorio, e cioè: quando arrivate alla domanda cruciale, non fa differenza se il testimone risponde sì o no».

Dopo quella volta, Casey viene nominato ufficialmente l'Uomo Più Cattivo della California.

«Porca puttana, Jack» interviene Billy. È irritabile perché Casey ha insistito affinché si incontrassero nell'ufficio con l'aria condizionata, dove non si può fumare.

«Che cazzo c'entra la *razza* del cane?» chiede Casey.

Jack guarda il capolavoro di sartoria che Casey ha indosso. Un doppiopetto grigio perla di Halbert & Halbert con una camicia in due diverse tonalità di bianco e una cravatta di seta rossa. Casey è famoso per i suoi vestiti, soprattutto per le sue cravatte. Nell'ufficio si scherza dicendo che è possibile fare una visita guidata della sua cabina armadio e che il pullman si ferma per la pausa pranzo nella sezione delle camicie prima di ripartire verso il santuario delle cravatte.

Solleva le mani nel suo caratteristico gesto di indifferenza e pone a Jack la stessa domanda che pone spesso (in modo retorico) alle giurie: «Mi sta forse *sfuggendo* qualcosa?».

«Ti sta sfuggendo *un sacco di roba*» risponde Jack.

«Allora illuminami» dice Casey, poi si siede e accavalla le gambe. Allarga gli occhi per simulare ingenuità. «Per favore, insegnami.»

Come dire, spiegami il tuo punto di vista.

Convinci me e forse riuscirai a convincere una giuria.

Se non mi convincerai, consiglierò a Billy di liquidare il sinistro.

Jack sa come funziona. Tira fuori lo schema che ha realizzato e lo appoggia sulla scrivania di Billy.

«La teoria dell'overdose sostenuta da Bentley si basa sul fatto che Pamela Vale abbia fumato e bevuto alcolici a letto. Ho otto testimoni pronti a giurare che alle 22 era sobria.»

«Avrebbe avuto comunque metà della notte per...»

«Non teneva alcol in casa.»

«Lo ha comprato.»

«Non a Dana Point.»

«Vai avanti» lo incoraggia Casey.

«Gli stessi testimoni dichiareranno che quella sera Pam era terrorizzata» continua Jack. «Ha detto loro che Nicky l'avrebbe uccisa.»

«Dicerie.»

«Puoi comunque tenerne conto.»

Casey sorride. «Può darsi.»

«Ne terrai conto.»

«Anche se lo facessi, che importanza può avere?» chiede Casey. «Pamela Vale aveva paura ed era sola. Purtroppo, ha perso il controllo ed è ricaduta nel suo vecchio vizio, la bottiglia. Ha bevuto fino a svenire, la sigaretta le è scivolata di mano e lei è morta per asfissia da CO o per overdose prima che le fiamme la raggiungessero. Un tragico incidente.»

«Ma prima di svenire» riprende Jack, «ha versato del cherosene nell'armadio, su tutto il pavimento, sopra e sotto il letto?»

Porge a Casey il rapporto di Dinesh.

«Il rapporto formale arriverà tra un paio di giorni. Dinesh mi ha inviato i grafici via fax.»

«Mi lasci senza parole» dice Casey.

«Cherosene» dice Jack.

«Quanto?»

«Da nove a ventidue litri.»

Casey dice: «La teoria di Bentley va a puttane. Movente?».

Jack gli snocciola quanto ha scoperto.

«Per me può bastare» dichiara Billy.

«Piano, amico» interviene Casey. «Abbiamo l'origine volontaria e il movente. Ma l'occasione? Non hai nulla in mano che collochi il tuo assicurato sul posto.»

«Non c'è nulla che indichi che qualcun altro ha avuto accesso al luogo del delitto» spiega Jack.

«Un fidanzato?» chiede Casey. «Un amante? Vale afferma che si stavano riconciliando. Lei dice al suo ragazzo: "Scusa, Charlie, è stato bello ma ora è finita". Il ragazzo, scusa il gioco di parole, brucia di rabbia. E pensa: Te lo faccio vedere *io*, puttana. La strangola e le dà fuoco. Una vendetta perfetta contro lei e il marito.»

«E così questo amante fantasma la ammazza, appicca il fuoco, poi prende una chiave e si richiude la porta alle spalle?» domanda Jack. «E perché mai? Inoltre, non c'è la minima traccia di amanti fantasma. E poi c'è Leo.»

«Il barboncino.»

«Lo Yorkshire» ripete Jack. «Nicky aspetta che i bambini si addormentino, che in strada non ci sia più nessuno, poi esce dalla casa di Madre Russia, sale in macchina e va a Bluffside Drive. Entra. Il cane non abbaia perché lui è il suo padrone. Certo, il padrone ha con sé una tanica di cherosene, ma cosa ne sa un cane?»

«Di che ora stiamo parlando?» chiede Casey.

Jack fa spallucce. «Delle tre. Tre e mezzo.»

«Okay. Vai avanti.»

«Nicky entra in camera da letto» dice Jack. «Forse ha una pistola, forse un coltello... In un modo o nell'altro la costringe a bere. Forse la violenta, non lo so. Comunque la soffoca sul letto. Poi prende il cherosene e ne versa un bel po' nell'armadio, lo fa colare nella stanza e ne versa ancora di più sotto il letto e sul corpo della moglie.»

«Perché?» chiede Casey. «Se lei è già morta...»

«Per rabbia» spiega Jack. «La bagna dalla cintura in giù.»

«Continua.»

«Ma non vuole arrostire anche il botolo. Non riesce a fare questo al piccolo Leo. Così lo fa uscire e chiude la porta. Ora parliamo delle quattro e mezzo circa. Torna dentro e accende il fiammifero.»

«Dispositivo a tempo?» chiede Billy.

«Suppongo che abbia usato una sigaretta infilata in una scatola di fiammiferi. In questo modo ha da cinque a dieci minuti per allontanarsi prima che la fiamma venga a contatto con il cherosene. Impiega nove minuti per tornare a Monarch Bay. La guardia lo vede rientrare intorno alle quattro e quarantacinque.»

«Un minuto dopo che Meissner ha visto le fiamme» dice Casey.

«È la stessa ora in cui Madre Russia lo vede controllare come stanno i bambini. Comodo, no?»

«La guardia è disposta a testimoniare?» chiede Casey.

«Sì, con un mandato di comparizione.»

«Dimostrare che Nicky avrebbe potuto farlo, però» dice Casey, «non equivale a dimostrare che l'ha fatto.»

«Ha mentito durante una deposizione registrata. A meno che Pamela Vale non torni dalla morte per testimoniare...»

«... questo è il nostro maggior punto di forza» conviene Casey. «Il problema è: sarà abbastanza forte?»

I tre fissano la tabella di Jack. Dopo qualche minuto, Billy chiede: «Jack?».

«Neghiamo l'indennizzo.»

«Tom?»

«Secondo me corriamo un grosso rischio.»

Tira fuori il rapporto di Bentley e il referto del medico legale.

«Se Vale ci farà causa» riprende Casey, «dovrai chiamare a testimoniare due pubblici ufficiali e costringerli a rimangiarsi quanto hanno dichiarato. Alle giurie questo non piace.»

Jack dice: «Se diamo a Ng le prove che gli mancano, sarà ben felice di modificare il suo rapporto. Riguardo a Bentley...».

«Che si fotta?» chiede Casey.

Jack fa spallucce.

«Non sono ancora convinto» dice Casey.

«E tu, Billy?» chiede Jack. «Tu che ne pensi?»

Billy infrange il divieto di non fumare. Prende una Camel dal pacchetto, se la infila tra le labbra, la accende, tira una lunga boccata e soffia fuori il fumo.

Poi dice: «A te la scelta, Jack».

«Davvero?»

«Sì.»

«Allora ci rifiuteremo di liquidare il danno per le polizze sulla vita e contro gli incendi. Annulleremo le polizze e faremo causa per riavere l'anticipo.»

«Scrivi la lettera di rifiuto» dice Billy "Porca Puttana". «E informa l'assicurato delle nostre decisioni.»

Oh, sì, pensa Jack.

Lo informerò eccome.

76

Sandra Hansen bussa alla porta della stanza 813 del Ritz-Carlton. Attende che l'agente dell'FBI all'interno controlli la sua identità. La porta si apre leggermente, lei si infila nella stanza e si richiude rapidamente la porta alle spalle.

L'agente dell'FBI si chiama Young e Sandra lo conosce da tre anni. Hanno lavorato nello stesso gruppo antifrode insieme agli altri due presenti nella stanza: Danny Banner, un investigatore dell'ufficio Anti-COR (Crimine Organizzato Russo) del procuratore generale della California, e il sergente Richard Jimenez, della polizia di Los Angeles. Banner e Jimenez sono seduti su un divano accanto al tavolino, dove stanno predisponendo una telecamera e ripassano degli appunti.

«Ragazzi» li saluta la Hansen.

«Sandy.»

«Dottor Howard» dice la Hansen.

Seduto su una sedia a braccioli, Howard solleva lo sguardo. È molto infelice.

«Sono Sandra Hansen» si presenta lei. «Della California Fire and Life. Ci sta costando un sacco di soldi, Howard.»

«Al telefono aveva detto "niente polizia"» dice Howard.

«Eh eh, mi sa che l'ho imbrogliata, dottore.»

«Potrei alzarmi e andarmene.»

«Vada pure.»

Howard non andrà da nessuna parte. La Hansen lo sa. Si

accomoda su una sedia di fronte a lui e appoggia un fascicolo sul tavolo. Lo apre: «Dottor Howard, lei ieri ha sottoposto a terapia una donna di nome Lourdes Hidalgo per un trauma muscolare. Ecco il referto del trattamento. Quella è la sua firma, vero?».

«Sì.»

«Ma, dottore» riprende la Hansen, «il problema è che questa Lourdes Hidalgo è morta in un incidente d'auto il giorno precedente alla terapia.»

«Come ho detto al telefono, devo averla confusa con qualcun altro. Un errore nella certificazione.»

«Be', allora quando ha sottoposto a terapia la signora Hidalgo?» chiede la Hansen. «E con chi l'avrebbe confusa?»

«Non saprei.»

«Non lo sa perché ha fatto una cazzata» dice la Hansen. «Lei non ha mai visto Lourdes Hidalgo, lei ha solo firmato dei documenti. Firmava parcelle fasulle per terapie che non ha mai eseguito. Non è così, dottore? O forse ha somministrato una terapia agli ultrasuoni a un'urna piena di ceneri? Persino *lei* se ne sarebbe accorto, no, dottor Howard? Avrebbe notato che la sua paziente era un mucchietto di ossa carbonizzate?»

«Non c'è bisogno di...»

«Io invece credo che ce ne sia, dottore. Hanno identificato Lourdes con il calco dentale. Ora io sporgerò denuncia contro di lei per frode alla California Fire and Life. Il sergente Jimenez è qui per leggerle i suoi diritti e arrestarla.»

«Un reato minore» commenta Howard.

«Dove si è laureato in medicina?» chiede Banner. «Perché lei è davvero stupido, dottore. Questo referto la collega a otto omicidi. In quel furgone sono rimaste carbonizzate otto persone.»

«Io non c'entravo niente con...»

«Invece c'entrava eccome. La sua fabbrica di parcelle è il vero motivo per cui si organizzano dei falsi incidenti. Questo però è andato storto. Di conseguenza lei è complice.»

«I miei avvocati...»

«Daranno lettura del suo testamento» conclude la frase Jimenez. «Perché tra poco lei sarà morto. Conosco i nomi di tre secondini che sono sul libro paga dei russi. La metteranno in una cella e lei non uscirà mai più. Non arriverà mai alla contestazione dell'accusa.»

Banner dice: «Possiamo farle avere la pena capitale semplicemente accusandola. Non abbiamo nessuna necessità di vincere il processo».

«Se la denuncio» spiega la Hansen. «I suoi soci la ammazzeranno, perché avranno paura che lei parli. Forse, se *fosse* un reato minore chiuderebbero un occhio, ma *sette* accuse d'omicidio?»

Howard non è un osso duro. Comincia a piangere. Chiede: «Cosa volete da me?».

«Semplicemente tutto» risponde la Hansen. «Lei si incontrerà con noi. Passeremo in rassegna tutte le sue cartelle e lei ci dirà quali sono false. Ci darà i nomi delle persone per cui lavora.»

«A cominciare da subito» puntualizza Banner. «Chi le porta i moduli da firmare?»

«Hanno cambiato da poco. Adesso ci sono due tizi nuovi.»

«I nomi.»

Howard scrolla le spalle.

«Non lo *sa*?» chiede Banner.

«Mi spiace.»

Banner guarda Jimenez. «Cosa stiamo a fare qui? Leggigli i suoi diritti.»

«Non lo so davvero.»

«Oh, insomma» interviene la Hansen. «Quando l'hanno contattata, le avranno pur detto: "Salve, parla...".»

«Ivan» risponde Howard.

«Vorrà scherzare» commenta Banner.

«Ivan e Boris» ribadisce Howard. «Come nelle barzellette.»

«Ma pensi un po'.»

L'agente Young chiede: «Ce li descriva».

Howard li descrive. Quando ha finito, Banner prende alcune foto da un fascicolo e le butta sul tavolo.

«Questi due» indica Howard.

«Per chi lavorano?»

«Non lo so. Credevo lavorassero in proprio.»

«Non ci prenda per il culo, Howard. Lei non è un idiota. Sa benissimo di lavorare per la mafia russa, e non per "due tizi di Kiev".»

«Ma non te lo vengono certo a dire» ribatte Howard. «Sono arrivati e mi hanno detto: "Da adesso farai riferimento a noi".»

«Qualcuno ti ha mai fatto il nome di un certo Tratčev?» chiede Hansen.

«No.»

«Rubinskj?»

«No.»

«Ščaller?»

«No.»

Jimenez si gira verso la Hansen. «Vuoi sporgere denuncia?»

«Assolutamente sì.»

«No» frigna Howard.

La Hansen si piega verso di lui, in modo che i due volti siano molto vicini, poi gli dice: «Stammi bene a sentire, ciarlatano. Ascoltami molto attentamente: me ne sbatto se ti ammazzano. Per me sei feccia e non meriti altro. Accetterò di stare vicino a una merda come te solo fino a quando mi sarai utile. Se un giorno non mi servirai più, se provi a ostacolarci o non fai esattamente quello che ti diciamo, hai chiuso. Ti farò arrestare e, tanto per essere sicura, chiamerò il signor Tratčev e gli dirò che ti sei messo in contatto con noi e hai fatto la spia su due dei suoi ragazzi. Gli invierò una versione modificata del video che stiamo registrando. A proposito, un sorriso per le telecamere, dottor Howard».

«Lei è una persona orribile.»

«Puoi scommetterci.»

«Voglio la custodia protettiva» dice Howard a Banner.

«Non sei abbastanza informato» risponde questi. «La custodia protettiva ha un prezzo e tu non puoi permettertela. Devi salire almeno di un altro livello per ottenerla.»

«Potrei lasciare la California» suggerisce Howard.

Young dice: «Dottore, secondo lei io cosa ci faccio qui? Lo sa che sono un agente *federale*? Si può sapere cosa *cazzo* le passa per la testa? Pensa di potersi sistemare in Arizona e che i suoi vecchi compagni di gioco si fermeranno al confine? Quelli agiscono in tutta la nazione. Sono in Arizona, Texas, West Virginia, Ohio, New York... Mi guardi quando le parlo. Ogni settimana questi figli di puttana russi portano cinque milioni di dollari fuori dal mio paese e lei li aiuta a farlo. Non c'è posto dove lei può nascondersi da loro o da me».

«Cosa deve fare?» chiede Jimenez.

Banner dice: «La prossima volta che si incontrerà con loro avrà un microfono».

Howard scuote la testa. «Mi ammazzeranno.»

«Me ne frego» ribatte Banner. «Lei si siederà con loro e chiederà di incontrare il loro capo.»

«Non lo farò.»

Jimenez dice: «Ha il diritto di restare in silenzio. Qualunque cosa dirà potrà essere usata e sarà usata...».

«Va bene, va bene.»

Howard affonda il viso tra le mani e singhiozza. Va avanti per due minuti, poi la Hansen dice, rivolta al dottore: «Non ne posso più. Se ne vada».

«Le faremo sapere quando e dove si terrà il nostro prossimo incontro» dice Jimenez. «Lei porti le sue cartelle e noi porteremo l'attrezzatura per registrare.»

«Sarà divertente» commenta la Hansen.

Prende Howard per un braccio e lo aiuta ad alzarsi dalla sedia. Lo accompagna alla porta e dice: «Grazie per essere venuto».

Torna a sedersi e Young dice: «Collaborerà».

«Quel medico è già un cadavere» commenta Banner.

«Lo so» dice la Hansen.

In un'operazione di quella portata, qualche vittima è inevitabile.

77

Din-don.

Nicky va ad aprire. In mano ha un bicchiere di champagne.

«Dispiaceri?» chiede Jack.

«A ciascuno i suoi.»

«So che è molto ansioso di sapere in che modo verrà risolta la sua domanda di indennizzo» riprende Jack. «Pertanto, come parte dell'impegno della California Fire and Life nel fornire un servizio d'eccellenza, sono venuto a informarla di persona.»

«Di cosa, precisamente?»

Jack vede Madre Russia in piedi, pochi passi dietro Nicky.

«Domani riceverà una comunicazione ufficiale nella quale sarà informato che le neghiamo l'indennizzo tanto sull'assicurazione sulla vita quanto sull'assicurazione contro gli incendi, poiché lei ha violato i termini di contratto in modo intenzionale. In altre parole, riteniamo ci siano prove sufficienti per stabilire che lei è coinvolto nella morte di sua moglie e nell'incendio della sua casa.»

Jack vede gli occhi di Nicky stringersi a fessura e assumere un'espressione dura.

«Sta commettendo un grave errore» dice Nicky.

«Sì, be', ne ho già commessi tanti.»

«E non ha imparato niente?»

«Temo di no.»

Nicky fa il disinvolto, scrolla le spalle e sorseggia lo champagne.

Jack guarda oltre la sua spalla e chiede: «Non mi invita a bere un tè?».

La porta gli viene chiusa in faccia.

«Immagino che sia un *njet*» commenta Jack.

Non si sentiva così bene da una decina d'anni.

È come la fine di una lunga notte.

78

Il sole sale in cielo come se avesse aspettato per tutta la notte di bruciare qualcuno.

Jack è in acqua e ammira l'alba.

Quando il sole gli illumina il volto, è una faccenda *personale*. È come se gli dicesse: «Buongiorno! Sveglia!». Il tempo dei sogni è finito.

Subito dopo il sole arriva il vento.

Soffia vigoroso un assolo di Miles Davis.

Sarà una giornata molto calda, nella California del sud.

79

Non ci vuole molto.

Tre ore dopo, Paul Gordon è nella sala conferenze di Tom Casey e, paonazzo in volto, punta l'indice contro Jack. Jack pensa che Paul Gordon potrebbe essere il primo caso di combustione spontanea con testimoni.

L'idea non gli dispiacerebbe.

Non c'è un solo liquidatore di sinistri in tutta la California che non vorrebbe vedere Paul Gordon esplodere in una palla di fuoco. Se Paul Gordon prendesse fuoco, il liquidatore di sinistri farebbe intervenire i pompieri a mezzo posta.

Si diceva che Paul Gordon sedesse alla destra di Dio. Ma un giorno Gordon è riuscito a farsi dare quaranta milioni di dollari dalla Fidelity Mutual Insurance come risarcimento esemplare in una causa di malafede. Ora si dice che sia Dio a sedere alla destra di Paul Gordon.

Gordon ha anche il *physique du rôle* appropriato. È alto, con i capelli grigi, gli occhi azzurri e glaciali, i lineamenti duri. In piedi accanto alla finestra nell'ufficio di Casey, volta le spalle al pittoresco scenario del porticciolo di Newport Beach e sta dicendo a Jack, a Tom e a Billy che riscuoterà dalla California Fire and Life il più grosso risarcimento nella storia delle cause per malafede.

Dice che batterà il suo record personale.

«Farò in modo che il verdetto contro la Fidelity Mutual

sembri una vincita alla tombola della chiesa!» grida, tra le altre cose.

«Quell'individuo... quell'individuo...» dice Gordon, indicando Jack. «... ha detto al mio cliente, *un giorno dopo il funerale di sua moglie*, che pensava che fosse stato proprio lui a ucciderla e a bruciare la casa con lei dentro! Poi si è presentato dal mio cliente per *consegnargli a mano* una lettera di diniego!»

«L'hai fatto davvero, Jack?» chiede Billy "Porca Puttana".

«Certo.»

«Perché?»

Billy si pente immediatamente di aver fatto quella domanda, perché Jack si gira verso Nicky, seduto poco distante con il solito sorrisetto stampato in faccia e risponde: «Perché ha ammazzato sua moglie e ha bruciato la casa con lei dentro».

«VISTO? VISTO?!?» grida Gordon. «Lo sta facendo di nuovo!»

«Jack, tieni la bocca chiusa, per favore» dice Casey, seduto sulla sua poltrona, dove sorseggia caffè con aria serafica, come se stessero discutendo delle possibilità dei Dodgers di vincere il campionato.

Ecco una storiella su Tom Casey.

Casey va a una riunione di patteggiamento con Billy "Porca Puttana" e ha in tasca un'autorizzazione di pagamento fino a centomila dollari. L'avvocato del querelante ne chiede cinquemila. Casey si alza, picchia il pugno sul tavolo e grida: «Vi sembro forse *Babbo Natale*?!». L'avvocato si accontenta di duemila.

Così, anche se nel suo ufficio c'è Paul Gordon, l'avvocato di parte lesa più duro e temuto di tutta la California del sud, che minaccia di scatenare l'Apocalisse, Casey non è per nulla impensierito. Perché Casey è l'avvocato della *difesa* più cattivo e temuto di tutta la parte sud dello stato con un orso sulla bandiera.

Per gli appassionati di processi multimilionari per cause di malafede, è la finale del campionato dei pesi massimi.

Gordon contro Casey.

Si potrebbe guadagnare una fortuna vendendo i diritti in *pay per view* agli avvocati che li guarderanno nella speranza che si ammazzino a vicenda.

La cosa buffa è che i loro uffici si trovano nello stesso stabile.

Sia Casey che Gordon hanno lo studio nei Black Boxes, o "Scatole Nere", una meraviglia moderna di vetro nero e superbia, di fronte alla zona dei parchi di Newport Beach. Li chiamano Scatole Nere perché è esattamente ciò a cui assomigliano, tranne per il fatto che l'angolo inferiore destro di ciascun edificio è tagliato via, per cui sembrano scatole nere sul punto di capovolgersi. Ed è da questo che si riconosce la genialità dell'architettura moderna.

Casey li chiama i palazzi del "Non ci sarà nessun cazzo di terremoto", perché a occhio sembra che basterà una buona scossa per farli crollare. In uno c'è Casey e nell'altro Gordon, entrambi al dodicesimo piano, uno di fronte all'altro. Se aprissero le tende potrebbero scambiarsi educati gesti di buongiorno, una cosa probabile come trovare O. J. e Fred Goldman che mangiano insieme una fonduta.

Comunque, Casey dice: «La condotta di Jack è stata inappropriata e su questo non si discute, Paul».

Gordon annuisce con una punta di soddisfazione, ma è conscio che sta per arrivare una mazzata di qualche genere.

E infatti Casey la sferra: «Ma, Paul, se una giuria deciderà che il tuo cliente è un assassino e un incendiario, secondo te cosa gliene fregherà della leggerezza commessa da Jack?».

«La giuria non deciderà nulla del genere, Tom.»

«Forse no» ammette Tom, facendo spallucce. «Ma, giusto per dare un po' di sapore alla faccenda, sappi che se porti questa storia in tribunale farò in modo che il processo venga controllato dal procuratore federale perché tenga conto delle potenziali accuse di omicidio contro il tuo cliente.»

Casey, sorridendo, si gira in direzione di Nicky per chiarire: «L'incendio doloso può essere considerato un crimine *federale*, a discrezione del procuratore generale».

Nicky fa spallucce, imitando il tipico gesto di Casey.

Come a dire: Il vostro procuratore generale ve lo potete mettere nel culo.

E poi muovervi avanti e indietro.

«Non avete nessuna prova» dice Nicky.

«Signor Vale» dice Casey. «Per usare un termine tecnico, di prove ce ne sono un fottio.»

E gliele mostra tutte.

Origine volontaria.

Movente.

E occasione.

Soprattutto occasione, perché Nicky ha dichiarato il falso quando ha detto dove si trovava quella notte.

«La guardia l'ha vista rientrare alle quattro e quarantacinque» dice Casey.

«E allora?»

Bravo, Nicky, continua pure a fare il disinvolto.

«Allora sei fottuto» dice Jack.

Lo dice per vedere se riesce a far incazzare Paul Gordon.

80

E ci riesce.

Gordon si incazza *alla grande*.

Casey impiega dieci minuti per convincerlo a rimettersi seduto, poi manda una stagista alla caffetteria fighetta di sotto a prendere una tazza extragrande di cappuccino con latte scremato e una spruzzata di noce moscata.

«Decaffeinato» precisa Casey alla stagista.

Nella comunità legale della California del sud è risaputo che Gordon ha una grande passione per i cappuccini, al punto di pagare una persona che ha l'unica mansione di assicurarsi che ne abbia due sul tavolo prima di ogni riunione.

E ora Gordon è seduto nell'ufficio di Casey e ansima e sbuffa, rosso in volto, con piccole gocce di sudore che gli imperlano la fronte.

Un vero spettacolo.

E Casey pensa che, se sarà necessario, per togliersi dai problemi in tribunale gli farà venire uno di questi attacchi davanti alla giuria.

Il cappuccino decaffeinato arriva poco dopo, Gordon ne beve un lungo sorso per rilassarsi, poi dice a Nicky: «Prego».

Jack pensa: *Prego* cosa? Prego, buttati dalla finestra?

Ma non è questo che Nicky ha in mente.

Nicky posa il suo sguardo glaciale su Jack e dice: «Trovo ridicolo il fatto che uno dei miei collaboratori possa aver ritirato la ricetta di Pamela. Lo stesso vale per questa presunta dichiarazione della guardia. Non so con chi lei abbia parlato, o se effettivamente ha parlato con qualcuno. Posso solo dirle che io sono rimasto a casa con mia madre e i miei figli per tutto il tempo, proprio come ho dichiarato nella registrazione».

Gordon posa un documento sul tavolo. «Questa è la deposizione scritta autenticata e firmata nella quale il signor Michael Derochik, la guardia che era di turno la sera dell'incendio, afferma di non aver visto il signor Vale entrare o uscire dopo le venti e trenta di quella sera.»

Jack ha la sensazione che non sarà Nicky a buttarsi dalla finestra.

È l'occasione che è appena volata fuori dalla finestra.

Nicky prosegue: «Riguardo alle mie finanze, ho detto al signor Wade che, poiché mi occupo di affari internazionali, la liquidità delle mie risorse è in continuo mutamento. La marea, come si sa, va e viene. Se il signor Wade controllasse oggi i miei conti, vedrebbe che ho il denaro necessario a far fronte alle mie responsabilità, sia personali che commerciali. Per quanto riguarda la mia casa, i pagamenti del mutuo sono puntuali e ho ampi fondi per sostenere quelli futuri».

Il movente è già sul davanzale.

Ma resta sempre l'origine volontaria, pensa Jack. Finché questo sarà considerato un incendio doloso, tutto il resto seguirà a ruota. E l'origine c'è ancora.

Per poco meno di cinque secondi.

«E i suoi campioni che mostravano tracce di acceleranti?» riprende Gordon. «Il vicesceriffo Bentley ha prelevato dei campioni e li ha inviati al laboratorio statale, e il loro esame ha dato esito negativo. Oh, sì, ci sono deboli tracce di combustibile di classe O, probabilmente dovute alla trementina presente nel pavimento di pino, ma di certo non di cherosene. Ora, non so da dove il signor Wade abbia prelevato i suoi cosiddetti campioni, ma di sicuro non da casa dei Vale.»

Ecco fatto. Jack pensa che se guardasse giù dalla finestra,

sul marciapiede vedrebbe i resti sfracellati dell'origine volontaria, del movente e dell'occasione.

«Vi farò causa oggi stesso» aggiunge Gordon. «Per inadempimento contrattuale, mancanza di indagine adeguata e malafede. Se volete patteggiare, venite con cinquanta milioni in tasca o non venite affatto.»

«Cinquanta milioni, porca puttana?!»

Gordon sorride e annuisce. «Oltre a quello che dovete per le polizze, s'intende.»

«Questa è estorsione bella e buona.»

«Come una tombola in chiesa» dice Paul Gordon a Casey. «Voi avrete i vostri testimoni e noi i nostri.»

Sono sulla soglia dell'ascensore quando Gordon aggiunge: «Ah. A proposito del dare un po' di sapore alla faccenda... riguardo al tentativo del dottor Ng di contattare il mio cliente e di essere stato respinto da un avvocato, abbiamo una dichiarazione firmata del dottor Ng nella quale nega che una cosa del genere sia mai accaduta. Non so dove il signor Wade si sia procurato le sue informazioni, ma potete stare certi che glielo chiederemo quando sarà sotto giuramento».

«D'altra parte, sapendo che il signor Wade è stato condannato per falsa testimonianza e ha precedenti per aver collocato prove false... Be', signor Wade, cominci a pensare se preferisce fare il marito o la moglie.»

Gordon sta per entrare nell'ascensore ma all'ultimo momento fa un plateale dietro-front.

«Ah, quasi dimenticavo. Il signor Wade va a letto con la signorina Del Rio, che è la persona che intascherà i benefit dell'assicurazione se l'indennizzo dovesse essere negato al mio cliente. Un investigatore li ha fotografati mentre uscivano insieme dalla residenza di Wade alle prime ore del mattino. A me questa storia puzza di collusione. *Anche noi* sappiamo come portare testimonianze al procuratore in un processo civile.»

«Cinquanta milioni per chiuderla qui» ripete Gordon. «Oltre, naturalmente, all'indennizzo. L'offerta è valida per quarantott'ore, signori. Vi diamo un po' di tempo per raccogliere i soldi.»

Gordon fa un passo nell'ascensore, ma deve premere il pulsante d'attesa perché Nicky Vale si ferma e passa un braccio intorno alle spalle di Jack, poi gli sussurra all'orecchio: «Avresti dovuto imparare dall'ultima volta».

A quel punto Jack capisce di essere stato manovrato.

81

E alla grande.

È quello che pensa Jack mentre torna a tutta velocità a casa dei Vale, sperando che non sia troppo tardi.

L'inganno. Nicky Vale non voleva solo incassare l'indennizzo. Nicky voleva le cifre grosse, il biglietto vincente della Lotteria Californiana della Controversia, così ha preparato un'esca sufficiente per convincerti a negare l'indennizzo e poi *snap*.

L'amo.

E tu hai abboccato.

Sei davvero stupido, Jack Wade.

E sei anche arrivato tardi.

L'hanno già demolita.

Jack si ferma accanto alla casa e vede che l'ala occidentale non c'è più.

Al suo posto c'è "Accidentale" Bentley.

Con un agente in uniforme.

«Immaginavo che saresti venuto, Jack» dice Bentley.

«Quando è successo?»

«Stamattina. Ho avvisato il signor Vale che la porzione bruciata della casa costituiva un rischio per la sicurezza e che se ne sarebbe dovuto occupare. Non vuoi beccarti una denuncia per aver ostacolato le procedure, vero?»

E così ora anche le prove non ci sono più, pensa Jack. I buchi nel pavimento, le ragnatele di schizzi sui travetti.

Dice: «Ho un sacco di foto e le videocassette, brutto stronzo».

«Sì, e hai anche dei *campioni*» dice Bentley. «Sparisci, Jack. Non hai il permesso di stare qui.»

«Dove hai preso i tuoi campioni?»

«Dalla casa» risponde Bentley. «Prima che arrivassi tu.»

«Quanto ti paga Nicky?»

«*Sparisci*, Jack, prima che ti arresti.»

«No, sul serio, quant'è la tua fetta?» insiste Jack. «Quanta pensione metti da parte grazie alla morte di una donna?»

«Sparisci *adesso*, Jack.»

«Mi hai fregato, Brian.»

«Ti sei fregato da solo» risponde l'altro. «Come fai sempre. Io avevo cercato di avvisarti, ti avevo detto di non ficcare il naso. Ma tu proprio non sai resistere, vero?»

«Non finisce qui.»

«Credimi, Jack. È già finita.»

Jack risale sulla Mustang e guida fino a Monarch Bay.

Si ferma davanti al cancello.

«Signore, posso aiutarla?»

«Dov'è Derochik?»

«La persona che di solito fa questo turno?»

«Esatto. Sa dove si trova?»

«No, e lei?» chiede la guardia. «Ci ha chiamato per dirci che non lavora più qui. Ha incasinato tutta la programmazione dei turni.»

«Sa dove abita, dove posso rintracciarlo?»

«Se lo scopre, lo faccia sapere anche a *me*.»

Jack sa che lo cercherà ma sa anche che non riuscirà a trovare Mike Derochik, il quale, con ogni probabilità, si trova ormai in un altro stato.

Jack va al drugstore del centro commerciale di Monarch Bay. Sa già cosa troverà.

O cosa non troverà.

E cioè Kelly.

Dietro il bancone c'è un'altra dipendente.

«C'è Kelly?» chiede Jack.

La donna gli sorride. «Ecco un altro cuore infranto. No, Kelly si è licenziata all'improvviso.»

«Sa dov'è andata? Come posso contattarla?»

«Sì e no» risponde la donna. «So dov'è andata, ma non come può contattarla.»

Jack non è dell'umore giusto per i giochetti.

«Cosa vorrebbe dire?»

«Scusi» risponde la donna. «È che ne ho avuto abbastanza di quella Kelly. Se lei fosse furbo, la penserebbe come me. Kelly, ieri sera, è partita per l'Europa. Ha conosciuto un "tipo fantastico" che le ha promesso il mondo. Quindi, a meno che anche lei non possa offrirle il mondo, mi sa che con Kelly avrà poca fortuna.»

Mi sa che la fortuna non c'entra niente, pensa Jack.

Conoscevano ogni mossa.

Ogni mossa che ho fatto.

Guida fino alla Pacific Coast Mortgage and Finance.

Non fa nemmeno in tempo a scendere dalla macchina che Gary gli viene già incontro.

«Ehi, è passato Nicky» dice Gary. «Ha saldato in anticipo la maxirata finale.»

«Davvero?»

«Sì, amico, ci eravamo preoccupati per niente.»

Sì, amico.

Sei proprio un ingenuo.

Jack va da Ng e lo trova in casa.

Una bella casetta su una strada senza uscita a Laguna Niguel. La casa è stata da poco riverniciata di azzurro. In fondo al vialetto, sopra il garage, è montato un canestro.

Il medico legale gli apre la porta in maglietta e pantaloni del pigiama.

«Stavo dormendo, Jack» dice.

«Posso entrare?»

«Perché no?»

Jack lo segue in casa. Ng lo accompagna in una stanzetta che il medico probabilmente utilizza come studio. Una scrivania di legno antico. Le pareti ricoperte da scaffali pieni più di libri che di ninnoli. Ng si siede dietro la scrivania e invita Jack a sedersi su una grande poltrona in pelle, vicino alla finestra.

«C'è qualcun altro in casa?» chiede Jack.

«Mia moglie è al lavoro» risponde Ng. «E i bambini a scuola. Cosa vuoi?»

«Lo sai cosa voglio.»

Ng annuisce. Da sotto un quaderno verde posato sul tavolo, tira fuori alcune foto Polaroid e le porge a Jack.

Due ragazzini asiatici che si allontanano da un campo da gioco. Un maschio e una femmina. Indossano entrambi una divisa da calcio. Non serve un documento certificato per capire che sono i figli di Ng.

Jack gli restituisce le foto.

«Ha ucciso sua moglie» dice.

«Probabile.»

«E la passerà liscia.»

«Probabile.»

E, nel frattempo, guadagnerà anche cinquanta milioni di dollari.

Jack si alza e dice: «Okay».

Ng annuisce.

Una volta risalito in macchina, Jack pensa che quello è ormai un vicolo cieco. I campioni di sangue e di tessuti sono finiti in un qualche centro di smaltimento rifiuti pericolosi.

Non è solo questione di soldi. Se un tizio con i soldi vuole spaventare un medico legale, gli fa causa, oppure parla con il suo capo, o cerca di far pressioni su di lui. Non minaccia di fare del male ai suoi figli.

No, qui è una faccenda di gangster.

Jack torna alla California Fire and Life e ripete la procedura di controllo dei conti correnti di Nicky, al telefono e al computer.

I conti sono in perfetta salute.

I pagamenti della carta di credito sono puntuali.

Ci sono contanti in banca.

Sono un ispettore assicurativo davvero stupido, pensa Jack.

Nicky mi ha incastrato. Ha sparso in giro delle prove, ha aspettato che gli negassi l'indennizzo poi le ha fatte sparire.

Ha preparato il terreno per una gigantesca causa per malafede contro la California Fire and Life.

E sapeva in anticipo ogni mossa che avrei fatto.

82

Jack spinge la porta su cui è affisso il cartello VIETATO L'INGRESSO.

Supera quella con su scritto SOLO PERSONALE AUTORIZZATO e uno degli uomini della UIS posa una mano sulla sua spalla per fermarlo. Jack lo spinge via e spalanca la porta dell'ufficio di Sandra Hansen.

Lei è seduta dietro la sua scrivania.

Jack si china sul tavolo.

«Hai letto il mio fascicolo, Sandra?»

La maggior parte dei dipendenti della UIS sono ex poliziotti e il tizio che ha cercato di fermarlo, un marcantonio di nome Cooper, chiede: «Sandra, lo butto fuori?».

Jack, senza girarsi, risponde: «Sì, perché non mi butti fuori?».

«Va tutto bene» interviene Sandra.

Fa segno a Cooper di uscire.

E di chiudere la porta. Poi dice: «Ti avevo detto che avremmo controllato noi questa faccenda».

«Non mi avevi detto che avresti informato Vale di ogni mia mossa.»

«Sei paranoico, Jack.»

Sì, pensa Jack, sono paranoico.

Certo che sono paranoico.

Dice: «Vale era al corrente di ogni mia mossa».

«Allora forse ti conviene fare qualche nuova mossa.»

«Ora vuole cinquanta milioni.»

«Avresti dovuto liquidarlo prima.»

Lei riprende a sistemare le scartoffie.

«È coinvolto con la mafia, vero?» chiede Jack.

«Cosa te lo fa pensare?»

Jack risponde: «Ha minacciato tre testimoni e ha fatto un numero di magia con i suoi soldi. Mi ha incastrato, voi l'avete aiutato e adesso voglio sapere il perché».

«Hai avuto la tua occasione per giocare. Adesso è troppo tardi.»

Jack picchia la mano sulla scrivania. «Non sto *giocando*!»

«Allora la pensiamo allo stesso modo.»

Jack sospira. «E va bene, cosa vuoi?»

«*Adesso* non voglio niente» risponde la Hansen. «*Adesso* non c'è niente che tu possa darmi. *Prima*, volevo che ti facessi da parte. Ma tu non hai voluto. Ora sei *costretto* a farti da parte, quindi non hai più merce di scambio.»

«Dammi quel che hai su di lui, Sandra» dice Jack. «Sono nei guai.»

Sandra fa spallucce, poi dice: «Non abbiamo passato a Vale nessuna informazione. E non abbiamo informazioni su Vale da passare a *te*».

«Ha ammazzato sua moglie.»

«Questo lo dici tu.»

«E ha bruciato la casa.»

«Questa è la tua versione. Un'altra versione è che tu volevi sbatterti la sorella della moglie *da una vita* e che lei ti ha fatto il lavaggio del cervello e non solo di quello. E adesso la pianterai, Jack. Ti metterai da parte come un bravo cagnolino e scomparirai.»

«Mi vuoi costringere a farlo, Sandra?»

«Proprio così.» Sandra prende alcuni documenti da un cassetto e li posa sulla scrivania. «Una dichiarazione firmata di un appaltatore nel settore della ristorazione, nella quale sostiene di averti pagato perché tu lo raccomandassi a titolari di polizze assicurative. Eccone un'altra, di un proprietario immobiliare che ammette di averti dato una tangente perché tu chiudessi un occhio su una dichiarazione di valore troppo alta. Il procuratore distrettuale concederà l'immunità a entrambi. A te la scelta, Jack. Posso rimetterli nel mio cassetto o spedirli a Mahogany Row.»

«Perché invece non te li metti nel culo e *poi* li porti personalmente a Mahogany Row?»

«Il solito, vecchio Jack. Sai cosa scriveranno sulla tua tomba, Jack? "Non imparava mai."»

«Allora, quanto ti paga Nicky?»

«Come al solito, hai capito tutto al contrario.»

«Spero che sia abbastanza per pagarti la pensione» prosegue Jack. «Perché io non ho intenzione di mollare il caso.»

«Mollare il caso è l'ultima delle tue preoccupazioni» dice Sandra. «Posso fare altro per te, Jack, oppure adesso ti togli dalle palle?»

Jack si toglie dalle palle. Si ferma solo per scambiare un'occhiataccia con Cooper fuori dell'ufficio di Sandra, poi torna nel suo cubicolo.

Ora sa due cose con certezza.

Uno, Nicky Vale è coinvolto con la mafia.

Due, Sandra Hansen è corrotta.

Ah, c'è anche un'altra cosa, pensa Jack.

A meno che non accetti di farmi da parte sul caso Vale...

... la mia storia alla California Fire and Life è finita.

83

Il che è esattamente quello che Casey dice a Billy "Porca Puttana".

Stanno parlando al telefono e Casey dice: «Sarebbe stato carino, se negli ultimi dodici anni qualcuno mi avesse informato che c'era di mezzo una condanna per falsa testimonianza».

«Jack Wade è un brav'uomo.»

«Jack Wade è un brav'uomo» ripete Casey. «E questo rende ancor più spiacevole il fatto che sarà fottuto.»

Jack entra nell'ufficio e Billy attiva il vivavoce.

Così Jack sente Casey dire: «Se Gordon vincerà la vertenza Vale, e *vincerà*, farà di questo caso un pretesto per accanirsi contro la California Fire and Life. Lo userà per il prossimo caso. E quello dopo e quello dopo ancora. Andrà a scavare in tutti gli indennizzi negati da Jack, ogni incendio doloso, ogni frode, e troverà un giudice che gli consentirà di portare quei casi in tribunale».

Una pausa, poi riprende: «Solo che ora non ha soltanto la condanna per falsa testimonianza di Jack da sfruttare in eterno, ma anche il precedente del processo Vale. Dirà al prossimo giudice che la California Fire and Life è già stata condannata a pagare X milioni, ma non è servito a farle cambiare condotta, quindi è meglio condannarli a X più chissà quanto. E così via e così via... La coda non farà che allungarsi. Le vie d'uscita sono due: o la compagnia offre patteggiamenti a tutti per non andare in giudizio, o dichiara fallimento.

«E non ci sarà solo Paul Gordon. Tutti gli squali della città sentiranno odore di sangue e accorreranno al banchetto. Tutti gli avvocati della California che abbiamo battuto in tribunale verranno a chiedere un nuovo processo, sostenendo che c'è, come minimo, la possibilità che la California Fire and Life abbia mentito e imbrogliato anche nel *loro* caso. Io compilerò una vagonata di istanze per impedire che succeda, ma qualche giudice della Repubblica Popolare di Santa Monica si convincerà che questo è il suo biglietto per la corte suprema e, visto che i membri del nono distretto della corte d'appello sono tutti membri del *politicbjuro*, non abbiamo speranze.»

«E Jack sarà il testimone che tutti vorranno. Sarà chiamato a recitare una litania dei suoi peccati in ogni processo per malafede per i prossimi dieci anni. Scommetto che a un certo punto si stancherà di ricevere mandati di comparizione e lascerà la California. Ma basterà che uno di questi processi venga assegnato a un tribunale federale, e Jack sarà fottuto in tutta la nazione. E tu con lui, perché ti faranno salire alla sbarra accanto a lui per spiegare come hai potuto assumere un poliziotto corrotto.»

«Cinquanta milioni sono un prezzo ragionevole per fermare quest'emorragia. E per salvare il culo di Jack.»

«Non voglio che qualcuno mi salvi il culo» interviene Jack.

«Be', sono *io* che voglio salvartelo, Jack» dice Casey. «Non ha senso morire in una battaglia che non si può vincere.»

«Possiamo vincere» dice Jack.

«Pensi di poter battere Paul Gordon in tribunale?» chiede Casey. «Senza prove e con il *tuo* passato? Ma piantala.»

«Dammi un po' di tempo per raccogliere altre prove» insiste Jack.

«Non l'abbiamo, il tempo!» ribatte Casey. «Mahogany Row sta già insistendo per il patteggiamento. Stanno per arrivare i revisori dei conti. L'ultima cosa che vogliono è un processo per malafede sulle prime pagine dei giornali. Soprattutto se non possono vincere. Vogliono liquidare il sinistro.»

«Non possono liquidarlo senza di me, porca puttana.»

Regole della compagnia. Il direttore regionale del reparto sinistri, in questo caso Billy Hayes, ha l'ultima parola su un indennizzo. Questo per evitare ai pesci grossi dell'azienda di ricevere mandati di comparizione per testimoniare in ogni caso di malafede. Il direttore fa la scelta e se ne assume le responsabilità.

Solo che questo direttore non vuole saperne di piegarsi.

«Ti toglieranno di mezzo, se proprio dovranno farlo» dice Casey.

«Ci stanno solo soffiando del fumo in faccia» ribatte Billy.

«Ma dove c'è fumo...»

«Sanno del passato di Jack?»

«Io non gliel'ho detto» risponde Casey. «Speravo di ricevere il tuo okay per curare la faccenda con l'Impiastro Verde, in modo che nessuno lo debba venire a sapere.»

Billy aveva detto che con l'Impiastro Verde si guariscono tutte le ferite.

«Non voglio che Nicky la passi liscia» interviene Jack.

«Non hai scelta, Jack» dice Casey.

«Ma *io* sì» ribatte Billy. «Noi non pagheremo un solo centesimo a questo succhiacazzi.»

«Allora lascia che offra loro dieci milioni» propone Casey. «Non potranno rifiutare dieci milioni con leggerezza.»

«Non un fottuto centesimo.»

«Billy, ma perché...»

«Perché è colpevole e noi lo sappiamo.»

«Pensi di poter convincere una giuria?» chiede Casey.

«Sì» risponde Jack.

A quanto pare è la risposta giusta, perché Casey dice: «Affare fatto. Stasera terremo un processo simulato. Giudice, giuria, tutto quanto. Tu testimonierai, Jack, e io ti farò il controinterrogatorio».

«Quando hai programmato tutto questo, Tom?» chiede Billy.

«Stamattina. È l'accordo che ho stretto con Mahogany Row, per cercare di salvarvi le chiappe. Il vincitore si prende tutto. Se vinci, non liquideremo e potrai continuare a indagare fino al processo. Se perdi, domattina inizieremo le trattative per liquidare il sinistro. È l'accordo migliore che sono riuscito a procurarmi, ragazzi.»

Che grande accordo, pensa Jack.

Morte.

Morte in una simulazione di gruppo.

84

«Siamo morti.»

Tradotto dal russo, è più o meno questo che Dani dice a Nicky.

Stanno passeggiando sul prato della casa di Madre Russia.

Il più lontano possibile dalla casa, in effetti, perché quello che succede *in casa* manda Nicky fuori di testa.

Colpa dei ragazzini, del cane, della madre. Una *trojka* da impazzire. I bambini adorano il cane e Madre Russia no. I bambini vogliono tenerlo in casa e la Madre no, il cane vuole saltare sul divano e per poco alla Madre non viene un infarto, il cane vuole dormire con i bambini e i bambini vogliono dormire con il cane ma la madre vuole che il cane dorma fuori, il che equivale a dire che lo vuole morto, cosa che in effetti è vera. E la notte scorsa Nicky ha vissuto la surreale esperienza di far dormire Leo il cane in una cuccia all'esterno ed essere costretto a mettere una guardia armata accanto alla cuccia per far smettere di piangere i suoi figli e perché Michael non andasse a dormire nella cuccia del cane armato di un pugnale di plastica per proteggere Leo dai coyote.

La prossima cosa che mi toccherà fare, pensa Nicky, è circondare di filo spinato il divano nel soggiorno.

E la Madre non si stacca un momento da Michael, mentre ignora completamente Natalie. Guarda oltre la bambina come se fosse un fantasma, e al tempo stesso soffoca Michael di attenzioni. Per lo più negative. Il povero piccolo Michael non fa mai niente nel modo giusto. Per tutto il giorno non si sente altro che: «Michael, usa il tovagliolo e non la manica; Michael, è ora di esercitarti nel solfeggio; Michael, un piccolo gentiluomo cammina con la testa *alta*».

Sembra un disco rotto, pensa Nicky. Vecchio ma ancora buono, come direbbero i *deejay* americani.

Sta facendo impazzire il piccolo.

Sta facendo impazzire me.

Quindi è meglio allontanarsi dalla scena.

Fare una passeggiata sul prato, anche se ti devi sentir dire che probabilmente sei già morto.

«Tratčev ha chiesto un incontro per stasera» gli comunica Dani.

«Stasera?»

«Non vogliono darci il tempo per prepararci.»

«Mentre loro saranno pronti.»

«Sì.»

«Rifiuta.»

«Allora saremo in guerra.»

«E guerra sia.»

Dani scuote la testa. «Considerata la nostra forza attuale in confronto alla sua, è una guerra che non possiamo vincere.»

Nicky riconosce il tacito rimprovero nella voce di Dani.

Se lo merita.

La mia ossessione di diventare un uomo d'affari californiano mi ha fatto tralasciare altre faccende. E adesso siamo in pericolo mortale.

Butta *molto* male.

«Allora incontriamolo» dice Nicky.

Dani scuote di nuovo la testa.

«A quella riunione ti ammazzeranno.»

Tratčev sta convincendo gli altri, e non è un'impresa difficile, che Nicky Vale vuol mettere le mani sui suoi affari e ben presto si prenderà anche i loro. A meno che non si riesca a fermarlo, e in fretta.

«Tratčev ti accuserà di aver prelevato soldi dall'*občeck*» riprende Dani. «Una grave violazione del *Vorovskoj Zakon*. E questa riunione non sarà come l'ultima. Saranno pronti.»

Nicky si ferma un momento a inspirare il profumo della buganvillea. Il fucsia intenso. Il blu acceso dell'oceano e del cielo.

Splendido.

«Tutto ciò che ho sempre desiderato era *questo*» dice.

«Lo so» risponde Dani.

«Andrò alla riunione. Da solo.»

«Non puoi.»

«Perché dovremmo morire tutti?»

«*Pakhan*...»

Nicky solleva una mano. Basta così.

Farò ciò che deve essere fatto.

Me la vedrò con Tratčev e tutti gli altri.

Dani dice: «C'è dell'altro».

«Non mi dire.»

«La sorella.»

«Cosa ha fatto?»

«Va in giro a fare domande sui due vietnamiti.»

«*Cosa?*» esclama Nicky. «E tu come lo sai?»

«Ha sollevato un polverone a Little Saigon.»

«*Come cazzo ha fatto quel collegamento?*»

Pensi di essere al sicuro. Pensi di aver usato tutta la tua abilità e il tuo ingegno per evitare le rapide e le secche, poi arriva questa stronza...

«Faremo ciò che occorre» dice Nicky.

«È una poliziotta.»

«Lo so.»

«Una poliziotta onesta.»

«So anche questo.»

«È troppo per essere una coincidenza» dice Dani. «Due sorelle...»

«*Vuoi fare come dico io o no, cazzo?*»

Lo so che è rischioso, pensa Nicky. *Tutto* è rischioso. Ma

non ho ucciso la mia bella Pamela e reso orfani i miei bambini solo per perdere tutto.

Faremo quel che c'è da fare, per quanto spiacevole sia, e lo faremo alla svelta. E dopodomani avremo la nostra fetta dei cinquanta milioni di dollari. Una fetta più che sufficiente per ricominciare da capo.

Dalle ceneri crescono nuovi fili d'erba.

Vita dalla morte.

85

Il sacrificio rituale di Jack Wade comincia con una manciata di M&M'S.

Jack è in piedi nella "sala d'osservazione" dietro il falso specchio e ingolla M&M'S mentre osserva la "giuria" prendere posto. Jack ha già visto una dozzina di simulazioni di gruppo e l'unica costante sembrano essere le ciotole piene di M&M'S.

Per la fame nervosa.

Servono sempre anche la cena, ma Jack è troppo agitato per godersi le lasagne bollenti. Di solito in questi posti si mangia bene, ma la cena di stasera è *particolarmente* buona: oltre alle lasagne c'è pollo arrosto al basilico, fettuccine alla Alfredo, insalata mista e profiteroles per dessert. Il tutto servito su veri piatti, con vera argenteria e tovaglioli di lino.

La qualità del pasto è al tempo stesso una notizia buona e una cattiva.

La buona notizia è che si tratta di un'ottima cena. La cattiva è che tanta qualità è dovuta alla presenza degli alti papaveri di Mahogany Row.

Il menu lo ha scelto Casey.

Casey sa che quegli arroganti prendono molto sul serio il cibo, quindi è quantomeno prudente farli mangiare bene. Soprattutto se il conto ammonta a cinquanta milioni di dollari.

Più la mancia.

Jack li osserva mangiare.

Mezza Mahogany Row che si rimpinza. Dodici anni che lavora per questa compagnia, e Jack non aveva mai incontrato nessuno di loro in carne e ossa. Li aveva visti solo in qualche riunione motivazionale in videoconferenza. Sono buone forchette.

Eccoli lì: il vicedirettore dell'ufficio sinistri, il vicedirettore dell'ufficio legale e il vicedirettore delle Relazioni pubbliche. Billy "Porca Puttana" gli fa la lista completa.

«Phil Herlihy, vicedirettore dell'ufficio sinistri» dice Billy, indicando un tipo sulla sessantina con una zazzera di capelli bianchi e una pancia prominente. «Naturalmente viene dal commerciale. Non sa distinguere un indennizzo da un pompino. È un uomo d'affari.»

Poi Billy sposta il dito verso un tizio alto e magro sui cinquanta. «Dane Reinhardt, vicedirettore dell'ufficio legale. Non riuscirebbe ad avere un verdetto favorevole in tribunale nemmeno *comprandolo*, e ora viene a dire a *noi* cosa fare.

«Jerry Bourne, vicedirettore delle Relazioni pubbliche» prosegue Billy, stavolta indicando un uomo basso sulla quarantina con i capelli ricci e rossi e un naso dello stesso colore. «Praticamente il suo lavoro è procurare le prostitute ai pompieri in visita e nascondere gli introiti illegali tra le spese di rappresentanza. È un idiota, ma almeno se ne rende conto. Reinhardt invece non sa di essere un idiota. Sa solo che è molto più prudente patteggiare che portare le cause in tribunale e perderle. L'ultima cosa che quel presunto avvocato senza palle vuole vedere è un'altra aula di tribunale. È Herlihy che dobbiamo tenere d'occhio. È lui che ha l'ultima parola nell'ufficio del presidente.»

Herlihy guarda verso di loro.

«Billy» dice. «Non mangi niente?»

«Tengo molto alla linea.»

Herlihy guarda Jack.

«È lei il Jack Wade di cui oggi ho sentito tanto parlare?»

«In persona.»

Herlihy riprende: «Voi cowboy dell'ufficio sinistri della California del sud...».

Lascia a metà la frase, come se il disgusto fosse tale da impedirgli di concluderla.

Jack pensa che l'altro non si aspetti una vera e propria risposta, così si limita a dire: «Yipp-ya-hey» e si allontana, cosa che fin da subito non gli fa guadagnare molti punti agli occhi di Phil Herlihy, vicedirettore dell'ufficio sinistri.

La sala d'osservazione sembra una porzione di una sala conferenze. Ci sono alcune scrivanie fissate al pavimento inclinato e girate verso il falso specchio. Il tavolo da pranzo è a sinistra, sul metro e mezzo di pavimento in piano tra lo specchio e la porta. In alto, un operatore sta preparando una telecamera con cui riprendere tutta la serata per gli altri pezzi grossi che non sono riusciti a partecipare di persona. In basso, c'è un tavolo lungo come tutto il falso specchio, al quale sono seduti due consulenti per la giuria con dei computer portatili e una serie di questionari.

I due consulenti hanno anche un monitor collegato a dodici dispositivi ProCon posti sulla scrivania di ciascun "giurato".

I ProCon sono semplici dispositivi che misurano come si "sente" il giurato – se in massima parte a favore o vagamente contro – nel corso della discussione del caso. Di fatto è una specie di joystick fissato a una base che il giurato deve impugnare in continuazione. Se il giurato si sente contrariato da qualcosa, deve spingere il joystick verso il basso. Leggermente contrariato, leggermente in basso. Molto contrariato, molto in basso. Lo stesso vale se qualcosa lo soddisfa. Vagamente soddisfatto, dovrà tirare leggermente indietro il joystick. Se invece è completamente soddisfatto, dovrà tirarlo tutto verso di sé.

Praticamente è una versione moderna del pollice verso dei romani agli spettacoli dei gladiatori.

Permette di misurare in tempo reale la reazione "istintiva" della giuria (su una scala che va da Negativo 10 a Neutrale a Positivo 10) davanti a ogni testimone e a ogni domanda o risposta. Ai giurati è stato spiegato che non deve esserci un motivo razionale alla base delle loro sensazioni, ma che è importante fornire un feedback. Se si sentono "male", dovranno spingere il joystick verso il basso. Se si sentono soddisfatti, dovranno tirarlo verso di sé.

Jack sa che questo copre solo la risposta istintiva dei giurati, che la reazione razionale verrà dedotta dai questionari e la decisione definitiva sarà espressa da un "verdetto", ma sa anche che la giuria non farà altro che razionalizzare le proprie reazioni istintive e riportarle prima sui questionari e poi nel verdetto.

Al di là di ciò che possono dire il giudice o gli avvocati, una giuria si lascerà sempre guidare dal proprio istinto.

Per questo, il dispositivo ProCon risulta essere un utile strumento in questo frangente.

Nella sala d'osservazione, tutti terranno gli occhi fissi sul monitor ProCon e non sull'"aula di tribunale".

All'interno del gruppo di simulazione, dall'altra parte del vetro, i "giurati" sono seduti a un finto banco della giuria, dove ogni posto è dotato di un piccolo ripiano su cui appoggiare il joystick ProCon. C'è un banco dei testimoni, un tavolo per i due avvocati e un banco dove siederà il giudice assunto per l'occasione.

I due consulenti per la giuria – uno yuppie maschio e una yuppie femmina – e il moderatore – uno yuppie maschio leggermente più vecchio degli altri due – provengono tutti dalla TSI, Trial Science Inc., e lo fanno di mestiere. Al momento sono tutti un po' agitati perché la cosa è stata organizzata in fretta e furia. Hanno impiegato tutto il pomeriggio per assemblare un gruppo demograficamente corretto e simile a quella che potrebbe essere una giuria di Orange County. Hanno dovuto tenere in considerazione fattori come età, genere, razza, educazione, professione e immaginare le preferenze degli avvocati della difesa e dell'accusa.

«Come vuole che venga organizzato?» ha chiesto lo yuppie più anziano a Casey.

Poiché devono soddisfare gli avvocati, hanno bisogno di sapere se allestire un vero gruppo di simulazione o soltanto una messinscena. Spesso gli avvocati si servono di quelle simulazioni per indirizzare il cliente verso un patteggiamento o verso il tribunale, e poiché quelli della TSI conoscono quali tipologie demografiche tendono a essere pro-difesa o pro-accusa, possono variare la selezione a seconda delle richieste dell'avvocato.

Possono anche alterare i questionari e le discussioni, e anche se non possono garantire l'esito finale, possono contribuire in larga misura perché la scelta del cliente corrisponda a quella preferita dall'avvocato.

Da qui la domanda: «Come vuole che venga organizzato?».

«In modo molto accurato» aveva risposto Casey.

Uno, perché non ha intenzione di allestire un villaggio Potëmkin per vecchi amici come Billy Hayes e Jack Wade e, due, perché tanto sa già quale sarà l'esito.

Li prenderà a calci in culo.

Jack pensa la stessa cosa quando vede il giudice in affitto entrare e prendere posto. Indossa una toga nera, proprio come se fosse un vero processo.

Ha anche un aspetto molto familiare.

«Siamo fottuti» sussurra Jack a Billy "Porca Puttana".

Perché il giudice in affitto non è altri che Dennis Mallon, magistrato in pensione.

Quello del processo al magazzino Atlas.

86

Mallon picchia con il martelletto suscitando, come previsto, una risatina generale. Chiede loro di compilare i "questionari prestimolazione" e li informa che la causa di quella sera riguarda un incendio.

«Ascolterete una breve dichiarazione dall'avvocato dell'accusa, poi una da quello della difesa. Dopodiché vi verrà chiesto di compilare un questionario riguardante ciò che avete sentito. Quindi sentirete un testimone della difesa, che sarà interrogato e controinterrogato. Dopodiché dovrete compilare un *altro* questionario e discutere del caso come se foste una vera giuria. A quel punto vi chiederò di emettere un verdetto in favore dell'accusa o della difesa. Se sarà a favore dell'accusa, dovrete stabilire anche una cifra di indennizzo. Vi invito a prendere appunti che saranno raccolti alla fine della serata.

«Durante l'intera simulazione, azionate i joystick ProCon in modo che gli addetti nella sala d'osservazione possano valutare le vostre sensazioni.»

Il che suscita un'altra risatina d'approvazione dalla giuria.

«Riesci a credere» sussurra Jack a Billy, «che con tutta la legge, tutta la scienza, tutto il lavoro che facciamo su un fascicolo, alla fine una scelta multimilionaria dipende da dodici persone che si presentano per cinquanta dollari a testa e tutti i biscotti che riescono a mangiare?»

«Riesco a credere a tutto» risponde Billy.

«Ti chiedo scusa per averti trascinato in questa faccenda» dice Jack.

«Non mi ci hai trascinato. Sono venuto con le mie gambe.»

Casey si alza dal tavolo dell'accusa, guarda la giuria per qualche istante, poi dice: «Questa è la storia di come una gigantesca compagnia di assicurazioni, che chiameremo Great Western Insurance, ha imbrogliato un assicurato. Di come questa compagnia abbia imbrogliato, intimidito e oppresso un uomo che aveva perso la moglie e la casa».

Jack alza gli occhi a guardare il monitor.

Negativo 10.

Casey prosegue: «Di come la Great Western Insurance ha incassato per anni il denaro del premio, assicurando al cliente che gli sarebbero stati vicini nel momento del bisogno. Invece, quando il momento è giunto, quando la tragedia ha colpito, anziché stargli vicino lo hanno accusato di frode, di incendio doloso, di omicidio e gli hanno negato i milioni di dollari di risarcimento che gli erano dovuti.

«Questa storia racconta come una grande società si ritiene al di sopra della legge, perché nonostante le autorità abbiano dichiarato che il fuoco è stato accidentale e il medico legale abbia stabilito che la morte è stata accidentale, e nonostante la polizia non abbia indagato, e tanto meno accusato, e tanto meno condannato il mio cliente per incendio doloso o per omicidio, la Great Western Insurance l'ha incolpato di aver dato fuoco alla casa e di aver ucciso sua moglie, e lo ha condannato senza concedergli l'opportunità di un'udienza, e tanto meno di un processo pubblico.»

Negativo 10 su tutta la linea.

«Questa è anche la storia di un uomo, di una persona, il mio cliente, che chiameremo signor White, il quale è immigrato in questo paese, portando con sé solo una vecchia valigia e i vestiti che aveva addosso. Ma, lavorando duramente e impegnandosi con tutte le sue forze, ha vissuto il sogno americano. È diventato milionario e ha realizzato il suo sogno, un sogno ora infranto da un improvviso incidente e dalle azioni deliberatamente malvagie e vessatorie di una compagnia potente e avida, che preferisce calunniare un brav'uomo e distruggere la sua vita anziché pagargli quanto gli è dovuto.

«Il mio cliente spera solo di rimettere insieme i pochi pezzi della sua vita che gli sono rimasti. Sua moglie è morta, i suoi figli sono rimasti orfani, la sua casa è stata ridotta in cenere. Voi non potete riportare indietro sua moglie, non potete consolare i suoi bambini, ma potete restituirgli la sua casa, le sue proprietà e punire quell'insensibile società che, forse peggio del fuoco, ha distrutto la vita del mio cliente. Potete ricostruire una casa in cui lui potrà vivere con i suoi bambini. Potete inviare un chiaro messaggio nel quale dite al consiglio d'amministrazione della Great Western Insurance che non devono mai, mai più permettersi un comportamento tanto disdicevole.

«Il mio cliente affida la sua sorte nelle vostre mani.

«So che riuscirete a capire qual è la verità e agirete di conseguenza. Grazie.»

Positivo 9 e 10.

La giuria è "felice".

Jack sente Herlihy sussurrare: «Meno male che quel figlio di puttana sta dalla nostra parte».

«È l'apertura standard di Paul Gordon» spiega Reinhardt. «Basta solo cambiare i nomi.»

«Merda.»

Emily Peters, una delle socie di Casey, si alza per controbattere.

«Vai, Emily» sussurra Jack.

«Non è facile tenere testa a un discorso simile» dice la donna. «È stato un eccellente discorso, un vero discorso strappalacrime, di quelli che toccano le corde dell'anima. Ma, signore e signori, un processo non deve essere guidato dai sentimenti, bensì dalla legge e dai fatti. E la legge stabilisce che se una persona dà fuoco alla sua proprietà, la compagnia assicuratrice *non può*, per legge, pagare l'indennizzo. E quando ascolterete i due testimoni che chiamerò alla sbarra, signore e signori, sono sicura che riconoscerete che, purtroppo, questi sono i fatti inconfutabili.»

Forse sì, forse no, pensa Jack, vedendo che sul monitor ci sono parecchi valori neutri e qualche Positivo e Negativo 1 e 2. Alla giuria Emily non è "piaciuta" quanto Tom.

Prosegue comunque: «Il signor White, come lo chiameremo, è un po' come l'uomo che ammazza i propri genitori, poi chiede clemenza perché è rimasto orfano...».

Dalla giuria non si solleva nemmeno una risatina o un sussurro. Oh oh, pensa Jack, sono già incazzati con noi.

E, infatti: Negativo 4 e 5.

«... perché purtroppo è questa la triste realtà dei fatti.

«Ora, il mio stimato collega, il signor Casey, vi ha detto che le autorità hanno dichiarato accidentali sia l'incendio, sia la morte. È vero. Quello che non vi ha detto è che tali dichiarazioni non sono vincolanti per una compagnia d'assicurazioni. La Great Western non si considera al di sopra della legge. La legge stabilisce che una compagnia assicuratrice ha il diritto, anzi l'obbligo, di indagare in modo indipendente su una richiesta di risarcimento e di emettere una decisione propria. La legge dice inoltre che la compagnia assicuratrice può negare un indennizzo qualora ritenga l'ipotesi che l'assicurato abbia dato fuoco alla sua proprietà "più probabile del suo contrario".

«Questa è la legge: "più probabile del suo contrario", e quando sentirete i nostri testimoni e soppeserete con attenzione i fatti da loro riferiti, anche voi concluderete che l'ipotesi che il signor White sia un incendiario e un assassino è più probabile del suo contrario. E, lontani dal ritenere che merita i milioni di dollari che pretende, vi chiederete anche: "Come mai quest'uomo non è in prigione? Come mai non è lui a essere sotto processo?".

«Il signor Casey vi ha chiesto di mandare un messaggio.

«Ve lo chiedo anche io.

«Il messaggio che vi chiedo di mandare è che voi non

vi fate impressionare da commedie lacrimevoli da due soldi. Che prendete invece in considerazione i fatti concreti, chiedendo che il signor White sia accusato, condannato e punito.

«Grazie.»

Mentre la giuria comincia a compilare i questionari, Jack sente Reinhardt dire: «Mi sa che ci è andata un po' troppo pesante».

«A me è piaciuta» commenta Herlihy.

Ci è andata pesante, pensa Jack, ma era quello che doveva fare. Se in un processo per incendio doloso tiri fuori le palle solo a metà, rischi di fartele prendere a calci.

Jack vede i consulenti della TSI che battono sui tasti come matti. Digitano e aspettano come avvoltoi i responsi ai discorsi d'apertura. Jack sa che quei responsi sono la chiave: se Casey "vince" l'apertura, sarà difficile far cambiare idea alla giuria. Quelli della TSI spiegano che l'ottanta per cento dei giurati ha già preso una decisione dopo i discorsi d'apertura.

In tal caso, sarà anche molto difficile convincere quelli di Mahogany Row a non patteggiare.

La giuria finisce di scrivere e uno dei consulenti corre a ritirare i fogli.

La Peters comunica: «Chiamo alla sbarra il signor Smith».

Che sono io, pensa Jack.

Ora, Jack si trova in una posizione interessante.

Se sale alla sbarra, fa un buon lavoro e vince, Sandra Hansen gli farà cadere in testa la spada di Damocle.

Se invece fa un pessimo lavoro e perde, manterrà il lavoro ma Nicky Vale la passerà liscia anche se ha commesso un omicidio e appiccato un incendio doloso.

Il solito, classico dilemma.

87

Entra con un Negativo 7.

Naturalmente lui non lo vede, ma a Jack basta guardare i giurati negli occhi per capire di non piacergli.

Una cosa è guardare una "giuria", anche se composta da membri di un gruppo di simulazione, da dietro un falso specchio e un'altra è trovarsi faccia a faccia con loro, mentre ti fissano come fossi una specie di animale dello zoo.

Un animale cattivo.

Comunque, fa del suo meglio per seguire il consiglio della Peters: stabilire un contatto visivo, parlare lentamente, con un tono di voce leggermente più alto del normale e rispondere alle domande in modo diretto. Restare calmo, freddo e sicuro di sé.

Bene, pensa Jack. Si siede e già sente il sudore imperlargli la fronte.

E Mallon che lo fissa.

Come a dire: "Ti ho già visto da qualche parte".

Tanto tempo fa, giudice, in una galassia lontana lontana...

La Peters presenta Jack parlando del suo passato, della sua formazione e del suo livello di esperienza.

Poi gli chiede: «Quante richieste di indennizzo per incendio ha gestito per la Great Western?».

«Svariate centinaia.»

«Forse arriva al migliaio?»

«È possibile.»

«E di quel migliaio» chiede lei, «quante sono state negate, alla fine?»

«Davvero poche.»

«Può darmi un numero?»

«Si contano sulla punta delle dita. Nove, forse dieci.»

«È un fatto raro, non trova?»

«Obiezione. È una domanda tendenziosa.»

«Accolta.»

«Potrebbe dirci» domanda la Peters, «con che frequenza accade che una domanda di risarcimento sia negata perché l'incendio è ritenuto doloso?»

«Capita raramente.»

Una risatina dalla giuria.

«È difficile dimostrare che un assicurato ha commesso un incendio doloso?»

«Può esserlo.»

«Perché?»

«L'incendio doloso è un crimine che consuma le sue stesse prove» spiega Jack. «Inoltre il colpevole tende ad allontanarsi dalla scena del crimine prima che l'incendio scoppi, per ovvie ragioni.»

Jack si sente arrossire quando pronuncia la parola "crimine" per ben due volte, cosa che non si dovrebbe mai fare in un processo civile per incendio, poi pensa, al diavolo, qui non sto giocando per un pareggio.

«Allora» riprende la Peters, «come fa a dimostrare il dolo in una richiesta di indennizzo per incendio?»

«Per quanto ne so io, la legge considera tre elementi: origine volontaria, movente e occasione.»

Lei gli fa spiegare il significato della Prova Tripartita, poi gli chiede: «Ha concluso che l'incendio del signor White era di origine dolosa?».

«Sì.»

«Cosa l'ha portata a questa conclusione?»

«Una serie di elementi.»

«Potrebbe dire alla giuria quali sono?»

Oh, sì, pensa Jack. Potrei eccome.

Oppure potrei anche fingermi in difficoltà, perché questo sarebbe il momento più indicato per farlo. Sarebbe il momento per farfugliare, sbagliarmi, confondermi, insomma, dare l'idea di essere un idiota.

Fare il vecchio triplo tuffo carpiato con avvitamento e finire di testa in una piscina senz'acqua.

Crac.

Jack dice: «Sarebbe più semplice spiegarlo usando una tabella e alcune fotografie che ho portato».

Si alza e va a mettersi davanti a un treppiedi. Lo scopre e rivela un ingrandimento della sua tabella con ORIGINE VOLONTARIA, MOVENTE, OCCASIONE.

E ne espone il contenuto.

Senza farfugliare né sbagliarsi.

Con la situazione *perfettamente* sotto controllo, Jack accompagna la giuria attraverso la Prova Tripartita. Spiega tutte le prove – i campioni con tracce di cherosene, i buchi nel pavimento, il buco nel soffitto sopra il letto, le chiazze di versamento. A ogni oggetto accompagna una gigantografia e parla ai giurati come se fossero stati con lui nella casa mentre scattava quelle fotografie.

La Peters lo lascia fare. Quando si ha per le mani un purosangue, bisogna lasciarlo correre, e Jack corre come Secretariat.

I suoi valori ProCon schizzano a Positivo 8.

Jack è carico.

Parte dal movente.

Prende in esame ogni voce della colonna.

Spiega ai giurati come è arrivato alla conclusione che il movente di White fosse tanto personale quanto finanziario. Racconta ai presenti dei problemi coniugali dei White, delle loro liti in pubblico, dell'alcolismo di lei e della successiva riabilitazione, dell'ordinanza restrittiva, della separazione e dell'imminente divorzio.

Poi tocca alle finanze di White: l'imminente pagamento della maxirata finale da seicentomila dollari sulla casa, i debiti con il fisco, il mercato immobiliare in fase calante, il conto bancario e le carte di credito in rosso, la costosa collezione di mobili, l'eventualità di dover pagare gli alimenti per la moglie e i figli, il rischio di dover cedere metà delle sue già magre risorse alla moglie.

La giuria pende dalle labbra di Jack. Tirano indietro i loro joystick come se avessero tirato di coca. Sul monitor si accendono dei Positivo 9 e 10, come se Jack fosse una ragazzina magra che fa acrobazie alle parallele asimmetriche.

«Tutto questo l'ha portata a trarre qualche conclusione?» chiede la Peters.

«Sì» risponde Jack. «Che stava per perdere la casa, gli affari *e* i mobili.»

«Sembra che lei consideri i mobili molto importanti. Come mai?»

«Rappresentano un investimento notevole. Inoltre, una delle prime cose che il signor White mi ha chiesto il giorno dell'incendio era in quali condizioni si trovassero i suoi mobili.»

«Il giorno dell'incendio?»

«Sì.»

«Il signor White l'ha chiamata per avere notizie dell'indennizzo lo stesso giorno in cui è stata uccisa sua moglie?» chiede la Peters, guardando verso la giuria, con un leggero tremolio di incredulità nella voce.

«Sì» risponde Jack, in tono pragmatico. Meglio lasciare che sia la *giuria* a indignarsi.

«E il fatto che il signor White stesse per perdere tutte queste cose» riprende la Peters, scuotendo leggermente la testa, «significa qualcosa per lei?»

«Sì, significa che aveva un movente plausibile per appiccare il fuoco.»

«E uccidere sua moglie?»

Casey si alza di scatto: «Obiezione!».

Jack risponde: «È difficile giungere alla conclusione che

l'incendio è stato intenzionale e la morte accidentale. L'autopsia ha inoltre rivelato che la donna era già morta prima che scoppiasse l'incendio».

«Il che probabilmente esula dall'ambito di quest'inchiesta» interviene rapidamente Mallon. «Basti dire che un medico legale ha stabilito che la signora White è morta per un'overdose di droghe e alcol.»

Grazie tante, vostro onore, pensa Jack.

Mallon lancia un'occhiataccia a Jack, perché la morte di Pam Vale avrebbe dovuto essere un argomento tabù. Jack lo guarda con aria innocente ma pensa: Vaffanculo, Casey ne ha parlato durante il discorsino introduttivo. Se lui non rispetta le regole, non le rispetto nemmeno io. Anzi....

«Il signor Casey ha detto alla giuria che noi abbiamo accusato il suo cliente di omicidio» dice Jack. «Non è vero. Non siamo la polizia. Ma penso che la giuria debba sapere perché abbiamo negato l'indennizzo dell'assicurazione sulla vita.»

«Sta uscendo dai suoi limiti, signor Smith» dice Mallon.

«Mi scusi.»

Jack guarda Casey, il quale si sta sforzando, ma non troppo, di reprimere un sorriso.

La giuria se la spassa durante questa piccola scaramuccia. I valori positivi arrivano nella sala d'osservazione come se piovesse.

Mallon dice: «Signorina Peters, se vuole riprendere l'interrogatorio...».

«Con piacere. Parliamo dell'occasione.»

Lo dice rivolgendo a Jack un'occhiata come per dire: "Rimettiti il guinzaglio e non fare stronzate". Lui obbedisce e lei gli fa una serie di domande miranti ad accertare se e come White avrebbe avuto l'occasione di appiccare il fuoco.

Jack racconta ai giurati delle porte e delle finestre chiuse, dell'allarme che non è scattato, del tempo che avrebbe impiegato White ad arrivare da casa di sua madre, appiccare il fuoco e tornare indietro.

Poi la Peters chiede: «Ha chiesto alla madre di White dove si trovasse suo figlio quella sera?».

«Sì.»

«E cosa le ha detto?»

«Che suo figlio era rimasto a casa a guardare un film, e che lei lo ha visto in casa all'orario in cui è stato appiccato l'incendio.»

«Lei le ha creduto?»

«No.»

«Perché?»

«Perché la guardia al cancello mi ha detto di aver visto il signor White rientrare alle quattro e quarantacinque del mattino.»

Un piccolo *aahhh* dalla giuria.

«Inoltre, tutte le altre prove pesano a sfavore della sua dichiarazione» aggiunge Jack. «La madre del signor White aveva interesse a proteggere suo figlio e la sua casa, che il signor White aveva ipotecato per ottenere i soldi con cui pagare i debiti.»

«Ha altro da aggiungere sull'occasione?»

«Il cane.»

«Il *cane*?»

Lei guarda Jack con stupore simulato. I giurati no: il loro stupore è sincero.

Jack li guarda a sua volta e spiega tutta la faccenda del cane. Conclude dicendo: «Sono giunto alla conclusione che il signor White abbia fatto uscire il cane prima di appiccare l'incendio».

La Peters non riesce a trattenersi: «Voleva più bene al cane che alla moglie?».

«Obiezione.»

«Accolta.»

«Ha preso in considerazione la possibilità che il fuoco potesse averlo appiccato qualcun altro?» chiede la Peters.

«Non sono emersi fatti che indicassero la presenza di altre persone» risponde Jack.

«Ha raggiunto una conclusione riguardo all'occasione?»

«Sì.»

«E quale è stata?»

«Che il signor White ha avuto l'occasione di appiccare il fuoco o di sapere che sarebbe stato appiccato.»

«Prima ha dichiarato che sono necessari tre elementi per negare un indennizzo basandosi sulla motivazione dell'incendio doloso. Lo ricorda?»

Jack lo ricorda e lei lo sa bene. Vuole solo che lo ricordi anche la giuria, prima di procedere.

«Sì, lo ricordo.»

«Ha ritenuto di avere prove sufficienti per ognuno di quei tre elementi prima di decidere se negare o meno l'indennizzo al signor White?»

«Sì.»

«E qual è stata la sua conclusione?»

Jack risponde: «Basandomi sulla totalità dei fatti appresi, ho concluso che le prove erano sufficienti per negare l'indennizzo».

«Oltre ogni ragionevole dubbio?»

«Non so se si possa definire in questi termini» risponde Jack. «Diciamo solo che dovevo esserne dannatamente certo.»

«Ed era "dannatamente certo" del coinvolgimento del signor White nell'incendio?»

Jack guarda la giuria.

Risponde: «Dannatamente certo».

«Non ho altre domande, grazie.»

Billy "Porca Puttana" comincia ad applaudire.

Si gira verso i pezzi grossi e indica il monitor.

Positivo 10 su tutta la linea.

Jack Wade ha *colpito*.

88

Paul Gordon sta esponendo il suo caso davanti al giudice John Bickford.

Glielo espone consegnandogli una valigetta Halliburton con dentro ventimila dollari in contanti.

Sono seduti su un divanetto d'angolo del Rusty Pelican a Newport Beach, e Gordon ha la valigetta sotto il tavolo, accanto alla gamba, e lui e Bickford stanno discutendo di questioni legali.

«Sto per fare causa alla California Fire and Life» dice Gordon. «E tu avrai il caso.»

«Se sarò io il giudice di turno.»

«Lo sarai» risponde Gordon.

Il giudice che stabilisce le assegnazioni si è fatto tre vacanze di pesca lungo la costa messicana a bordo dello yacht di Gordon. Vacanze, biglietti per i Dodgers, un "seminario legale" in Italia sponsorizzato dallo studio di Gordon... il caso sarà assegnato a chi deve essere assegnato.

Gordon dice: «Tom Casey verrà da te a frignare riguardo a un problema nel passato di un ispettore assicurativo e ti chiederà di escludere tutti i documenti precedenti al caso in oggetto».

«E?»

«E io vorrei che tu negassi questa richiesta.»

Bickford sorseggia il suo scotch. Ha sessantacinque anni, la pensione incombe e i giudici non guadagnano quanto, diciamo, gli avvocati. La signora Bickford ha un cancro alla pelle...

Bickford chiede: «Mi presenterai un esposto?».

«È nella valigetta.»

«Quante pagine sono?»

«Venti.»

Bickford posa il bicchiere sul tavolo. «Non molte.»

«Standard» risponde Gordon.

«Ma questo è un caso importante per te, Gordon. Credevo che avresti scritto di più, in modo da non tralasciare nessun punto.»

«Venti sono sempre andate bene in passato» risponde Gordon. Come per dire: "Non fare lo stronzo proprio *adesso*. Sono io che ti ho in pugno, vecchio bastardo".

«Il passato» riprende Bickford, «è un sogno sfuggente. Qualcosa di inconsistente.»

Ventimila dollari sono inconsistenti? si chiede Gordon.

«Sai» dice Gordon, «forse hai ragione. Forse c'è un altro giudice che *accetterà* il caso.»

Bickford sospira. Una cosa è ammettere di essere una puttana. Ammettere di essere una puttana *da due soldi* è molto più umiliante. Eppure quel denaro gli serve.

«Venti pagine dovrebbero bastare per un'argomentazione convincente» dice Bickford.

«Grazie della tua stima» commenta Gordon. Finisce il suo drink e si alza. Quando esce non ha più la valigetta con sé.

Il giudice John Bickford ordina un altro scotch.

Resta seduto a lungo ad ammirare le barche che dondolano nel porto.

Ricorda quando ancora credeva nella legge.

89

«Lei è un bravo ispettore di sinistri, vero, signor Smith?»

La prima domanda di Tom Casey nel controinterrogatorio di Jack.

Una domanda nota nell'ambiente come "domanda d'ingresso". Che, come il foro d'ingresso di un proiettile, può essere piccola e persino indolore.

Ed è una mossa furba, pensa Jack, proprio quella che ti aspetteresti da Casey. È da furbi non attaccarmi subito, perché adesso piaccio alla giuria, e a Casey non conviene inimicarsela attaccandomi troppo presto. Meglio procedere con calma e preparare bene la trappola.

«Spero di essere un buon liquidatore di sinistri» risponde Jack.

Regola numero uno del testimone controinterrogato: cercare di rispondere sempre con frasi complete, non con un semplice sì o no. Regola numero due: usa il tuo linguaggio, non quello dell'avvocato.

Sono cose che Casey gli ha insegnato nel corso degli anni. In realtà, lo scopo dell'avvocato che conduce un controinterrogatorio è rilasciare una propria dichiarazione, mentre il teste dovrebbe limitarsi a muovere la testa in senso affermativo o negativo, come uno di quei cani di plastica che si mettono vicino al lunotto posteriore delle auto. Il controinterrogatorio, gli ha spiegato Casey, è un gioco di vanterie. L'avvocato vuole sfoggiare la sua merce davanti alla giuria.

Vuole mostrare quanto è bravo, quanto ha ragione. Ammiratemi.

Ora Casey gli chiede: «Le indagini sul sinistro sono parte integrante dell'iter di liquidazione del danno, giusto?».

«Sì» risponde Jack. «Dobbiamo scoprire cosa è successo, cosa è stato danneggiato o è andato perduto e quanto costerà ripararlo o sostituirlo.»

«E il motivo per cui dovete scoprire cosa è successo» riprende Casey, «è determinare prima di ogni altra cosa se liquidare o meno il sinistro, giusto?»

«Questo è uno dei motivi.»

«Allora lei si considera un buon investigatore?»

Sa che, grossomodo, Jack risponderà di sì. Se risponde di no, è fottuto. Se risponde di sì, si avvicinerà di un altro passo all'imboscata.

«Sì, credo di fare bene il mio lavoro.»

«E uno degli aspetti di un lavoro fatto bene è compiere un'indagine approfondita?»

Sanno entrambi come funziona il gioco. Casey sta manovrando Jack perché si definisca all'interno di certi schemi, schemi che prima o poi dovrà infrangere. E Casey vuole che il botto sia il più grosso possibile.

Così Jack risponde: «Dobbiamo individuare i fatti che ci permetteranno di giungere a una decisione corretta».

«Dovete esaminare attentamente tutti i fatti relativi a una perdita e prendere una decisione basata sulla vostra analisi, dico bene?»

«Dobbiamo esaminare tutti i fatti rilevanti» puntualizza Jack.

«Quindi una buona indagine consiste nell'individuare e nell'esaminare tutti i fatti rilevanti?»

«Sì.»

«Pertanto è ragionevole pensare che... Voglio dire, è d'accordo con me nel dire che se lei *non* avesse preso in considerazione tutti i fatti rilevanti, ci troveremmo davanti a una *cattiva* indagine?»

Jack dice: «Si cerca sempre di prendere in considerazione tutti i fatti rilevanti».

«E ritiene di aver fatto un buon lavoro in *questo* caso, signor Smith?»

Non si può girare intorno a una domanda del genere, pensa Jack. È una domanda definitiva, finale. Se si dà una risposta diversa da un "sì", il caso è chiuso.

«Sì, l'ho fatto.»

«Ha tenuto in considerazione tutti i fatti rilevanti prima di prendere la decisione di negare l'indennizzo al mio cliente?»

Jack sente entrare il proiettile, ma non c'è nulla che possa fare per evitarlo.

«Ritengo di sì» risponde.

«Bene. Nel momento in cui ha preso la decisione, sapeva che l'ispettore del dipartimento dello Sceriffo aveva prelevato dei campioni dalle macerie della casa?»

«No.»

«Quindi non ha preso in considerazione quel fatto, giusto?»

«Durante la prima visita, l'ispettore mi ha detto di aver già stabilito una causa e un'origine dell'incendio. Non ha parlato di campioni prelevati, così ho supposto che non lo avesse fatto.»

Casey fa una pausa, finge di soppesare la risposta, poi chiede: «Lo devo prendere come un "no"? No, non ho preso in considerazione quel fatto?».

«Al tempo non sapevo che avesse prelevato dei campioni.»

«Quindi non ha potuto prendere in considerazione quel fatto.»

«No.»

«I campioni di macerie sono rilevanti?» chiede Casey, sicuro del fatto che Jack può solo assentire, perché la sua parte sta per produrre la testimonianza di un esperto, e Jack ha già dichiarato che i campioni sono significativi.

«Sì.»

«Bene» commenta Casey. Si gira verso la giuria mentre gli chiede: «Allora, quando ha deciso di negare l'indennizzo al mio cliente, non poteva sapere che i campioni prelevati dall'ispettore dell'ufficio avevano dato esito *negativo* ai test per la presenza di acceleranti, dico bene?».

«Quei risultati non mi sono stati mostrati.»

«Ha chiesto che le venissero mostrati?»

«No.»

«Non è una cosa che riteneva importante sapere?» chiede Casey. «Non l'avrebbe definita "rilevante"?»

Questo figlio di puttana mi ruba le parole e le usa per darmi delle botte in testa. Perché cazzo ho detto "rilevante"? D'altra parte, come avrei potuto dire una cosa diversa?

«Avrei preferito che l'ispettore li condividesse con me, sì» dice Jack. «Ma non lo ha fatto. Siamo stati informati di questo dettaglio solo dopo essere stati citati in giudizio.»

«Quindi non ha tenuto in considerazione quel fatto?» chiede Casey. «È questa la sua risposta?»

«Non ho tenuto in considerazione quei test.»

«Né i loro risultati.»

«Né i loro risultati.»

Casey prende un pennarello dalla tasca e cancella la voce "residui positivi" dalla tabella.

Guarda la giuria, poi guarda di nuovo Jack.

«Ora» riprende, «lei ha testimoniato a lungo sulle difficoltà finanziarie del signor White. Sì, ecco la voce sulla sua tabella. Il mutuo, la maxirata finale da seicentomila dollari, i conti delle carte di credito... Quando ha preso la sua decisione, sapeva che il signor White aveva saldato interamente la maxirata da seicentomila dollari?»

«Quando ho preso la mia decisione, non l'aveva ancora fatto.»

«Quindi non ha considerato questo elemento, giusto?»

«No.»

«Sarebbe stato un dettaglio rilevante?»

«È una cosa di cui avrei tenuto conto.»

Casey cancella la maxirata finale da seicentomila dollari dalla tabella.

«Sapeva che ha saldato anche i conti delle carte di credito?»

«No.»

Casey cancella anche quella voce.

«Che è in regola con i pagamenti del mutuo sulla casa di sua madre?»

«No.»

Voce cancellata.

E la giuria si rattrista. Jack li vede spostare verso il basso i loro joystick.

Nella sala d'osservazione, Reinhardt guarda Billy e gli chiede: «Come *diavolo* indagate sui sinistri, si può sapere?».

Casey chiede: «Che ha più di un milione di dollari di liquidità su vari conti?».

Forza, pensa Jack, reagisci.

«Ancora una volta» risponde, «sono tutte cose che abbiamo appreso solo dopo essere stati citati.»

«Lo prendo come un no?»

«Ho detto che erano cose...»

«Sì o no?»

«... che abbiamo appreso...»

Mallon interviene: «Per favore, signor Smith. Si limiti a rispondere sì o no».

«No.»

Casey cancella anche quella voce.

«E che mi dice dei pignoramenti per le tasse?» incalza Casey. «Sapeva che aveva pagato anche quelli?»

«No.»

«E il divorzio» aggiunge Casey, «non era ancora avvenuto. Non ha tenuto in considerazione la possibilità di una riconciliazione?»

«No.»

«Il fatto che i White stessero cercando di riconciliarsi

non sarebbe stato rilevante ai fini della sua indagine, signor Smith?»

«Non stavano cercando di riconciliarsi.»

«Non è quello che le ho *chiesto*, signor Smith» sbotta Casey. Ora può essere più duro con Jack, perché sente che la giuria comincia a cambiare opinione. «Ho chiesto se una simile informazione sarebbe stata rilevante.»

«L'avrei tenuta in considerazione.»

«Ma non ha chiesto ragguagli al riguardo, giusto?»

«Avevo informazioni che indicavano...»

«Non l'ha *chiesto*, giusto?»

«Risponda alla domanda, signor Smith» dice di nuovo Mallon.

«No, non l'ho chiesto.»

Casey cancella gli alimenti e le spese di divorzio.

Tutta la colonna MOVENTE è stata cancellata.

«Occasione» dice Casey. «Lei ha dichiarato che a suo giudizio il signor White era l'unica persona che avrebbe potuto appiccare quel fuoco. Ha cercato altri potenziali colpevoli?»

«Non c'erano informazioni che mi indirizzassero verso altre persone.»

«È un no?»

«Sì, è un no.»

«La signora White aveva un amante?»

«Non ho informazioni in tal senso.»

«Pertanto non ha tenuto in considerazione questo dato?»

«No.»

«Non sarebbe stato importante saperlo?» chiede Casey. «La possibilità che ci fosse qualcun altro in casa, nella stanza da letto della signora White, la notte dell'incendio che ne ha causato la morte, non sarebbe stata un fatto rilevante?»

«Visto che il signor White non ha mai detto nulla al riguardo, ho pensato che...»

Casey sospira. «Ancora una volta, signor Smith, non è questa la domanda che le ho fatto. La domanda è se questa informazione avrebbe potuto essere rilevante ai fini di un'indagine completa e imparziale.»

«Ho chiesto alla sorella della signora White se riteneva che la defunta avesse una relazione.»

«Sua sorella» ripete Casey. «E cosa le ha detto?»

«Ha detto che la signora White non aveva nessun amante.»

«La sorella della signora White non è la seconda beneficiaria della polizza d'assicurazione sulla sua vita?»

«Sì.»

«Se il signor White fosse dichiarato colpevole della morte di sua moglie, sua sorella riceverebbe duecentocinquantamila dollari, dico bene.»

«È esatto.»

«Le ha mai chiesto dov'era *lei* la notte dell'incendio?»

«Sì, l'ho fatto.»

«E cosa le ha risposto?»

«Che era a casa. A circa quaranta miglia di distanza.»

«E aveva qualcuno per confermare il suo alibi?»

«No. Era da sola.»

«Ma lei le ha creduto, giusto?»

Jack risponde: «Non c'era motivo di non farlo».

«Giusto» commenta Casey. «A proposito, queste domande gliele ha fatte durante la notte che avete trascorso insieme a casa sua?»

Un sospiro sorpreso dalla giuria.

Un gemito di sofferenza dalla sala d'osservazione.

I numeri del ProCon precipitano nel negativo.

Il vicepresidente dell'ufficio sinistri guarda Billy "Porca Puttana" come se volesse ammazzarlo.

La Peters scatta in piedi.

«Obiezione! L'affermazione è...»

«Ritiro la domanda» dice Casey. Poi chiede: «Non è forse vero che la sorella della defunta ha trascorso la notte con lei?».

«Sul mio divano, sì.»

«Sul suo divano» ripete l'avvocato. «Ha chiesto a qualcun altro, amici, vicini, se la signora White aveva una relazione?»

«No.»

«Non l'ha mai chiesto al signor White e lui non ha mai accennato spontaneamente alla circostanza, dico bene?»

«Esatto.»

«Allora non ha nemmeno preso in considerazione questa possibilità, signor Smith?»

«L'ho presa in considerazione. E l'ho ritenuta altamente improbabile.»

«Certo, perché il signor White aveva *tutti* quei moventi.»

Casey fa una pausa per permettere alla giuria di digerire quest'ultima informazione. Poi dice: «Ora, ci ha detto che l'addetto alla sicurezza del complesso residenziale dove vive il signor White sostiene di averlo visto rientrare alle cinque meno un quarto, giusto?».

«Sì.»

«Glielo ha detto la guardia.»

«Sì.»

«Tuttavia le è stata mostrata una deposizione scritta firmata dall'addetto alla sicurezza, il signor Derochik, nella quale egli afferma di *non* aver visto il signor White rientrare alle quattro e quarantacinque né a nessun'altra ora. È vero?»

I giurati si danno da fare con i joystick.

Jack dice: «Il signor White ha presentato quella dichiarazione solo *dopo* che noi avevamo rifiutato l'indennizzo».

«Oh. Ma noi abbiamo solo la sua parola a sostenere ciò che la guardia le avrebbe detto, giusto?»

«Esatto.»

«E lei non ha tenuto conto della deposizione giurata del signor Derochik, non è così?»

«Non l'ho considerata veritiera.»

«Capisco.»

Cancella le voci nella colonna OCCASIONE.

Poi passa alla domanda conclusiva, quella d'uscita. E, come un proiettile, dal foro d'uscita spruzzano fuori sangue, carne e brandelli di organi vitali.

Casey riprende: «Ricapitolando, lei non sapeva che c'erano dei campioni negativi, che la maxirata finale del mutuo era stata versata, che le carte di credito erano in regola, che i conti correnti avevano un attivo superiore al milione di dollari, che i coniugi White si stavano riconciliando; non sapeva se la signora White avesse o meno un amante, e non ha mai considerato la sorella come una potenziale sospetta. E senza aver preso in considerazione alcuno di questi fatti altamente rilevanti, lei ritiene tutt'ora di aver svolto correttamente la sua indagine?».

E, proprio come era avvenuto per la domanda d'ingresso, non gli interessa se Jack risponderà sì o no, perché in ogni caso farà una figuraccia.

«Sì, è così.»

Invece Jack non la fa, la figuraccia.

Casey lo sa. Lo capisce anche senza vedere il monitor con i valori. È sufficiente guardare la giuria.

Non sanno cosa pensare. Non hanno ancora deciso.

Casey sa di essere arrivato a un punto morto.

E questo non va bene.

Deve giocare una carta che non avrebbe voluto giocare.

90

Letty è in casa quando suona il telefono.

Risponde. La voce è quella di un adolescente.

«Devo parlarti» le dice.

Un vago accento asiatico.

È Tony Ky, dell'officina che smembra auto rubate.

«Di cosa?» chiede Letty.

Lo sa già, ma deve stare al gioco.

Un momento di esitazione, poi il ragazzo sussurra: «Di Tranh e Do».

Allora, pensa Letty, Zio Nguyen comincia a cedere.

«Vieni alla stazione di polizia» propone Letty, giusto per intavolare una trattativa.

Il ragazzo quasi si mette a ridere. «No, ci vuole un posto...»

«Isolato?» chiede Letty, con un tono di voce che sembra voler dire: "Andare a scuola no, eh?".

«Sì, isolato.»

«Hai la macchina?»

«Sì.»

Gli parla di una strada secondaria che si dirama dalla Ortega Highway. Un'area da picnic, da cui parte un sentiero che si addentra nella Cleveland National Forest. Gli dice di parcheggiare sotto gli alberi e di incamminarsi lungo il sentiero.

«Vieni alle sette» dice lei.

«Di *mattina*?»

«Sì, così impari a svegliarti.»

Riaggancia, si lava i denti, si spazzola i capelli, si spalma tutte le solite creme e cremette e si infila a letto con un libro e con l'intenzione di spegnere presto la luce.

È difficile addormentarsi.

Ha un sacco di pensieri per la testa.

Pam.

L'omicidio di Pam.

Natalie e Michael.

E quel figlio di puttana di Jack Wade.

Dodici anni, pensa Letty. Dovrebbe essere facile prendere qualcosa che è successo dodici anni fa e metterlo da parte.

E invece no.

91

«Ha mai mentito sotto giuramento?»

Casey gioca la sua carta. Beve un sorso d'acqua, e le prime parole che pronuncia subito dopo sono: «Signor Smith, ha mai mentito sotto giuramento?».

È come la vecchia barzelletta dei due carcerati che giocano a marito e moglie. Non importa se Jack risponde sì o no. È fottuto comunque.

Casey non avrebbe voluto arrivare a quel punto. Sperava che Jack avrebbe ceduto sotto l'interrogatorio diretto e avrebbe rinunciato alla sua linea di difesa. Sarebbe dovuto restare al tappeto, invece si è voluto rialzare e ora Casey si trova costretto a sferrare il pugno del ko, e detesta doverlo fare.

Soprattutto quando vede Jack arrossire.

Jack si accorge che sta diventando paonazzo. È la mia fottuta *vergogna*, pensa, che avvampa sotto la mia pelle.

I giurati se ne accorgono. Si chinano in avanti per vedere meglio.

Jack si sente i loro occhi addosso.

È come se lo bruciassero.

La Peters scatta in piedi.

«Obiezione, vostro onore! La domanda non ha rilevanza.»

«Serve a determinare la credibilità del testimone, vostro onore.»

«È fuorviante, vostro onore. Serve solo a gettare del fumo negli occhi.»

Mallon guarda gli avvocati, poi Jack.

«Respinta. Avvocato, può procedere.»

Casey ripete la domanda: «Signor Smith, lei ha mai mentito sotto giuramento?».

Coraggio, pensa Jack.

Incassa il colpo.

«Sì» risponde.

E non aggiunge altro.

Lui e Casey si guardano per un minuto. Casey lo guarda come per dire: "Se solo fossi rimasto al tappeto...".

«E l'ha fatto in merito a un processo per un incendio doloso, giusto?» chiede Casey.

«Esatto.»

Casey chiede: «Lei ha mentito in relazione ai metodi che aveva usato per ottenere una confessione, giusto?».

«Sì.»

«Ha dichiarato *sotto giuramento* di non aver ottenuto quella confessione in modo coatto, giusto?»

«Sì.»

«In realtà, lei ha picchiato un sospettato per ottenerla, giusto?»

«Sì.»

«Poi ha detto alla corte che non l'aveva fatto.»

«Sì.»

«E quella era una menzogna.»

«Quella era una menzogna.»

«Non era la prima volta, vero?» chiede Casey. E pensa: Scusa Jack, ma che tu ci creda o no, sto solo cercando di salvarti il culo. E il posto di lavoro. «Ha raccontato anche altre menzogne, giusto?» ripete.

«Sì.»

«Ha mentito riguardo a delle prove, giusto?»

«Sì.»

«Ha detto di aver trovato delle prove sulla scena dell'incendio, giusto?»

«Sì.»

«Invece non ne aveva trovate?»

«No.»

«Come sono arrivate quelle prove sul luogo dell'incendio?» chiede Casey.

«Ce le ho messe io» risponde Jack.

I giurati scuotono la testa.

Spingono i joystick verso il basso.

Casey comincia a fare sul serio. Domande brevi, a raffica, con gli occhi puntati verso la giuria e le spalle al testimone.

«Ce le ha messe lei.»

«Esatto.»

«È uscito e si è procurato una tanica di benzina.»

«Sì.»

«E ha costretto il sospetto a lasciare le sue impronte sulla tanica.»

«Sì.»

«Poi l'ha portata sulla scena dell'incendio.»

«Sì.»

«E l'ha fotografata.»

«Sì.»

«Poi ha giurato di averla trovata nel corso della sua ispezione iniziale, giusto?»

«È quello che è successo.»

Casey dice: «Lei ha piazzato delle prove false perché riteneva che il sospetto fosse colpevole. Ne era "dannatamente certo", ma aveva bisogno di prove concrete per confermare l'origine volontaria dell'incendio, giusto?».

«Sì.»

Senza perdere il ritmo, si gira e fissa Jack negli occhi.

«Prima ha testimoniato di aver prelevato dei campioni di macerie dalla casa del mio cliente» dice Casey. «E ha detto che questi campioni sono risultati positivi ai test sugli acceleranti, giusto?»

«Sì.»

«L'ispettore per gli incendi, l'agente Bentley, ha invece trovato dei campioni *puliti*, giusto?»

«Così dice lui.»

«È stato il primo ad arrivare sulla scena?»

«Sì.»

«Prima di lei, quindi.»

Jack dice: «Era già lì quando sono arrivato».

«Invece i presunti campioni "sporchi" sono comparsi solo dopo il suo arrivo sulla scena, giusto?»

«Ho prelevato i campioni dalla casa.»

«E che mi dice dei buchi nel pavimento? L'ispettore per gli incendi non li ha visti, vero?»

«Non ha scavato tra le macerie.»

«In ogni modo, nel rapporto dell'ispettore non vengono menzionati, esatto?»

«Esatto.»

«Sono comparsi solo dopo che *lei* si è recato sul posto, dico bene?»

«Sono "comparsi" dopo che io ho scavato tra le macerie» risponde Jack.

«Non le sarebbe stato difficile praticare lei stesso quei buchi, no?»

«Ma non l'ho fatto.»

«Non le sarebbe stato difficile versare un po' di accelerante sui travetti e poi accendere un fiammifero, no?»

«Questo è ridicolo, avvocato.»

«Non le sarebbe stato difficile portare dei campioni contaminati sulla scena e fotografarli.»

«Ma non è andata così.»

«Lo *giura*?»

«Sì.»

«Come aveva giurato l'altra volta?» insinua Casey.

«Obiezione!»

«Accolta.»

«Il giuramento è lo stesso, no, signor Smith?»

«La smetta, signor Casey» interviene Mallon.

Casey annuisce e beve un sorso d'acqua. Finge di fare uno sforzo per tenere sotto controllo la propria indignazione.

Poi alza la posta. Lo fa per mostrare ai pezzi grossi dietro lo specchio che non possono semplicemente licenziare Jack e lasciarsi quella faccenda alle spalle. Così coinvolge anche la dirigenza.

«Lei è stato condannato per falsa testimonianza, giusto?» chiede.

«Mi sono dichiarato colpevole, sì.»

«Ed è stato espulso dal dipartimento dello Sceriffo» aggiunge Casey, «per aver giurato il falso, malmenato un sospetto e aver piazzato prove false. È esatto, signor Smith?»

«È esatto.»

«E, poco dopo, è stato assunto dalla California Fire and Life.»

Casey guarda dritto verso lo specchio per assicurarsi che i ragazzi dall'altra parte colgano il significato.

E lo fanno. Guardano un monitor e vedono una fila di Negativo 10.

«Sì» risponde Jack.

«Sapevano del suo passato?»

«La persona che mi ha assunto ne era al corrente.»

«Non solo» aggiunge Casey, «se non sbaglio, la stessa persona ha assistito al processo in cui lei ha fornito falsa testimonianza, vero?»

«Credo di sì.»

«Sapeva che lei era un bugiardo.»

«Sì.»

«Un poliziotto dai metodi brutali.»

«Sì.»

«Pronto a piazzare prove false per inchiodare un presunto incendiario.»

«Era al processo.»

«E l'ha assunta comunque.»

«Sì.»

«L'ha assunta per occuparsi specificamente delle gravi perdite derivanti da incendi per conto della California Fire and Life, giusto?»

«Era uno dei motivi.»

«Questo signore lavora ancora per la California Fire and Life?» domanda Casey, fissando i giurati.

Molti dei quali scuotono la testa.

«Sì.»

«In che posizione?»

«È il capo dell'area sinistri.»

I giurati danno di matto. Martellano i joystick verso il basso e scuotono il capo. Uno esclama a voce alta: «Assurdo!».

«Quindi attualmente è il suo capo, giusto?»

«Sì.»

«È stato il suo supervisore durante l'indagine che riguarda il mio cliente?»

«Sì.»

«Lei è stato punito in qualche modo per ciò che ha fatto durante questa indagine?»

«No.»

«Sospeso?»

«No.»

«Criticato?»

«No.»

Casey guarda di nuovo verso lo specchio: «Allora è così che la California Fire and Life vuole che lei gestisca gli indennizzi? No, non serve che risponda. Non ho altre domande. Grazie».

«Signor Smith, può accomodarsi.»

Casey dice: «Chiedo scusa, ho un'ultima domanda. Signor Smith, se le affidassero di nuovo il caso del mio cliente, farebbe qualcosa di diverso?».

È la classica domanda conclusiva del controinterrogatorio. Un'altra trappola dove la risposta dell'interrogato non ha alcuna importanza. Se risponde che non farebbe niente di diverso, puoi dire alla giuria che se questo stupido arrogante ne avesse la possibilità, commetterebbe gli stessi errori. Se risponde che farebbe qualcosa di diverso, puoi dire alla giuria che, come da lui stesso testimoniato, ha toppato alla grande.

Jack capisce che è finita. Lo legge negli occhi dei giurati. Lo guardano come fosse un criminale. Sono sconvolti e incazzati e stabiliranno che il povero signor White, colpito da una immane tragedia, venga risarcito con almeno venticinque milioni di dollari.

E sa cosa sta succedendo nella sala d'osservazione. I pezzi grossi saltellano da un piede all'altro come se si stessero pisciando addosso, ansiosi di mettere l'Impiastro Verde su questa ferita aperta e dare a Nicky Vale i suoi cinquanta milioni.

Così Jack risponde: «Sì, farei qualcosa di diverso».

«E cosa farebbe?»

Jack si gira verso la giuria per stabilire un contatto visivo.

«Ammazzerei quel figlio di puttana.»

Poi si alza e se ne va.

92

Casey entra nella sala d'osservazione, prende un piatto di lasagne e dice: «E ora, il mio *prossimo* trucco...».

Ha già fatto scomparire Wade, ha fatto scomparire la loro strategia processuale, e ora farà scomparire anche cinquanta milioni di dollari dalle casse dell'azienda. Loro vorrebbero licenziarlo seduta stante, solo che Casey è l'avvocato più in gamba della California del sud e hanno bisogno di lui affinché il consiglio di amministrazione non faccia sparire *loro*.

I vicepresidenti lo guardano con l'aria di voler dire: "Vaffanculo, Casey", ma a Casey non interessa. Che si incazzino. Cosa potranno mai fargli, licenziarlo? Hanno il tipico atteggiamento da "Noi siamo gli ossi duri dell'azienda, cowboy, quindi attento a come parli se vuoi restare nel ranch...". Allora Casey offre loro la sua frase preferita, pronunciata da John Wayne in *Ombre Rosse*.

«"Forse avrai *bisogno* di me e di questo Winchester, Curly"» dice con accento strascicato. «"La notte scorsa ho visto dei ranch andare a fuoco."»

Phil Herlihy rivolge la sua ira contro Billy Hayes, che se ne sta seduto a fumare una sigaretta come se non ci fossero dieci cartelli con scritto SI PREGA DI NON FUMARE. GRAZIE appesi in giro per la stanza. (La risposta standard di Billy è: «Be', così adesso non devono ringraziarmi»). Comunque, Herlihy si gira verso Billy e grida: «Come cazzo hai potuto assumere quel tipo?! Che cazzo ti era saltato in testa?».

«Pensavo» risponde Billy, «che sarebbe stato un buon ispettore. E lo è stato.»

«Uno dei migliori» aggiunge Casey. «*Il* migliore.»

Herlihy finge di non averlo sentito. Ogni persona sana di mente che avesse assistito a quel controinterrogatorio non vorrebbe mai mettersi a discutere con Casey.

Dice a Billy: «Licenzialo. Domani stesso. Anche stasera, se riesci a incrociarlo».

«Non lo licenzierò» ribatte Billy.

«Ti ho appena ordinato di farlo!»

«Ti ho sentito.»

Entra uno dei cervelloni della Trial Science Inc. È bianco come un lenzuolo, e regge con mani tremanti un verdetto che stride come le catene di un fantasma in soffitta.

«Sì?» chiede Casey. Sta ancora sorridendo e la passata di pomodoro sulle sue labbra sembra sangue.

Il cervellone della TSI dice: «Duecento milioni».

«Cosa?!» esclama Herlihy.

«Hanno stabilito duecento milioni di dollari a titolo di risarcimento e ammenda» spiega il cervellone. «Abbiamo dovuto insistere perché stabilissero un valore in dollari. In realtà avrebbero voluto mandare in galera tutta la dirigenza. Uno di loro ha persino chiesto l'impiccagione.»

«Patteggiamo» dice Herlihy.

«Concordo» dice Reinhardt.

«Assolutamente» dice Bourne.

«Chiudiamo immediatamente il caso» ripete Herlihy. «Qual è la richiesta?»

«Cinquanta milioni» risponde Casey. «Se la vera giuria farà la stessa scelta, significa risparmiare centocinquanta milioni di dollari. Senza contare le spese legali e, naturalmente, la mia esorbitante parcella. Inoltre, di questi tempi, le giurie hanno la tendenza a inserire nel verdetto anche la quota per l'avvocato di parte civile...»

«Se perdiamo» dice Billy "Porca Puttana", «andremo in appello.»

«Su quali basi?» sbotta Reinhardt.

«Ammissibilità» risponde Casey. «Si può sostenere che il passato di Wade è irrilevante e può solo generare pregiudizi.»

«Una mozione a porte chiuse, prima del processo?»

«Esatto» risponde Casey. «È la cosa da fare, ma dubito che vincerei. Potremmo anche dire a Jack, quando testimonierà, di non rispondere a nessuna domanda relativa al suo passato, ma questo darebbe inizio a una guerra a base di ingiunzioni...»

«Niente guerre» obietta Reinhardt.

Quel tipo di cose tende a sfuggire di mano. Le richieste di presentare documenti in tribunale si allargano a macchia d'olio, e se un giudice incazzato dovesse concedere a Gordon il permesso di caccia... No, non deve assolutamente succedere.

«Chiudiamola qui» dichiara Herlihy. Poi, rivolto a Casey: «Avvia le pratiche di patteggiamento domani stesso. Dovrai cercare di ottenere uno sconto, ma sei autorizzato a spendere fino a cinquanta milioni».

«Aspetta» interviene Billy. «Non è una scelta che spetta a te.»

«È necessaria l'approvazione della dirigenza per cifre superiori al milione» puntualizza il vicepresidente dell'ufficio sinistri.

«Se lo voglio io» ribatte Billy. «Ma io finora non ho chiesto un solo centesimo.»

«Dobbiamo patteggiare.»

«È una *mia* decisione, porca puttana» dice Billy.

«Allora prendila» dice Reinhardt.

«Non è una decisione che sono ancora pronto a prendere.»

«La prenderò io» dice Reinhardt. «Ho abbastanza autorità per chiudere una causa contro la compagnia.»

«Lo so. Ma non c'è ancora nessuna causa, solo la minaccia. Quindi è ancora sotto la responsabilità dell'ufficio sinistri, e l'ufficio sinistri sono io.»

«Io potrei chiudere la faccenda» interviene Herlihy.

«Be', porca puttana, allora perché non lo fai?»

«Lo farò, puoi starne certo!»

«Accomodati pure. Io me ne frego!»

«Perché non andate a picchiarvi fuori?» chiede Casey. «Qui abbiamo seri problemi da risolvere. Lasciate che proponga un compromesso. Patteggiamo il caso e Jack Wade si tiene il lavoro.»

«Jack Wade è acqua passata» dice Herlihy.

«Un momento» dice Casey. «Se la faccenda non finirà in tribunale, non c'è motivo di licenziarlo.»

«Fino alla prossima occasione» ribatte Reinhardt.

«Allora toglietelo dagli incendi» propone l'avvocato. «Assegnategli le cadute, i morsi di cane, le tubature rotte...»

«Oppure potremmo semplicemente spararegli» suggerisce Billy.

«Non mi stai aiutando granché, Billy.»

«Ma porca puttana!» sbotta Billy, alzandosi in piedi. «Jack Wade non ha fatto altro che il suo lavoro! E vi dirò di più: ha fatto il suo lavoro anche quando ha incastrato quegli stronzi di Teddy Kuhl e di Kazzy Azmekian! Erano colpevoli e tutti lo sapevano! "Falsa testimonianza" un paio di palle! La *verità* è che quei *succhiacazzi* avevano appiccato il fuoco! E anche Nicky Vale l'ha fatto!»

«Billy...»

«Zitto, Tom, sto parlando» lo interrompe Billy. «Faccio questo lavoro da quasi trent'anni e c'è una cosa che posso dirti: se cammina come un cane, abbaia come un cane, scodinzola come un cane, alza la zampa posteriore per *pisciare* come un cane, allora è un fottuto *cane*! E Jack Wade lo sa e anche tu, Tom Casey, lo sai, anche se questi idioti no! E potete andare avanti tutta notte a picchiare sui tasti delle vostre macchinette del cazzo e dei vostri fottuti computer ma questo non cambia il fatto che si è trattato di un incendio doloso appiccato da Nicky Vale, che ha anche ammazzato sua moglie e io non ho intenzione di dargli un solo centesimo né di licenziare Jack Wade e se non vi sta bene potete licenziare anche me! Porca puttana, io me ne sbatto!»

Si dirige verso la porta accompagnato da un prevedibile silenzio.

Giunto sulla soglia si gira e li guarda per un momento.

Scuote la testa.

«Questa compagnia aveva dei principî» dice. «Ora non ha più un cazzo.»

Si gira e se ne va.

«Be'...» inizia Casey.

«Paghiamo i cinquanta milioni» dice Bourne. «Tra novanta giorni dobbiamo presentarci alla Commissione Assicurazioni per chiedere un aumento delle tariffe. E questo debito ci aiuterà a dimostrare che ne abbiamo bisogno.»

Casey non li ascolta più.

La decisione è già stata presa.

93

Jack sale sulla Mustang e corre verso sud.

Supera l'uscita per la California Fire and Life, supera quella del complesso residenziale in cui abita e fila verso la Ortega Highway, dove svolta a est.

Una volta imboccata la Ortega in direzione est, vi tocca affrontare una serie di tornanti in discesa che *sicuramente* faranno vomitare il vostro Labrador sul sedile posteriore. Per superare le montagne della Cleveland National Forest bisogna attraversare alcune colline desolate e rocciose (la "foresta") e all'improvviso ci si ritrova a scendere verso la città di Lake Elsinore, ed è come cadere dal bordo della terra. Il che è esattamente quello che può succedere, e lo sapreste se foste mai stati a Lake Elsinore.

È un tratto di strada dove non bisogna fare cazzate. Se scivoli sulla buccia di una banana cosmica mentre scendi lungo questi tornanti, finisci perduto nello spazio e c'è poco da fare. Diventi Rocky lo Scoiattolo Volante e *impari a volare*. Potrai anche avere un SUV con quattro ruote motrici, o magari diciotto ruote motrici, ma se quelle ruote girano in aria non serve a niente. Quel che ti manca sono delle ali o un paracadute, ma invece è proprio di quelli che avresti bisogno se confondi la differenza tra forza centrifuga e centripeta su una di *queste* curve.

Tipo, ci sono stati dei motociclisti che si sono lanciati nello spazio da questa montagna e la polizia non è nemmeno riuscita a trovarli. Sono nel loro piccolo cratere, due metri più sotto.

Se perdi il controllo su queste curve, *adiós, amigo*.

Jack ci sta dentro.

Sfoga la sua rabbia sulla strada. Lui e la Mustang viaggiano sulla Ortega come se fosse una strada di campagna del Nebraska, tipo: "Quali curve? Non vediamo nessuna maledetta curva". Jack preme sul gas, sul freno, cambia marcia, accelera, e manovra il volante come se fosse sul ponte dell'*Enterprise*.

Per lui, questa non è *esattamente* una Corsa Mortale. Non sta proprio *cercando* di ammazzarsi, ma diciamo che non si impegna granché per *evitarlo*.

Dopotutto, che differenza fa? pensa Jack.

Il lavoro è andato.

E io non ho una vita al di fuori del mio lavoro.

A parte il rituale quotidiano del surf a Dana Strands.

E presto non ci sarà più nemmeno quello.

La Great Sunsets se lo porterà via.

Ha un bel po' di adrenalina in corpo, ma è costretto a rallentare per trovare la casa di Letty.

In mezzo al nulla.

Finalmente la trova, in fondo a una stradina sterrata che passa tra due pascoli. C'è una serie di edifici nascosti da una fila di alberi, e quando vede la targhetta DEL RIO capisce di essere arrivato.

Resta seduto in macchina, a chiedersi cosa cazzo ci fa lì, poi decide che non c'è nessun motivo e sta per ingranare la retromarcia quando le luci all'interno della casa si accendono.

Spegne il motore e scende dall'auto.

Lei esce: indossa jeans e maglietta, ed è scalza.

Ha i capelli arruffati.

Se ne sta lì nel vialetto polveroso a guardarlo.

Come a dire: "Cosa ci fai qui?".

«È finita» dice lui. «Me la sono giocata. Abbiamo perso.»

Lei ci pensa su, poi dice: «Sei venuto fin qui per dirmelo?».

Passa almeno un minuto prima che Jack senta la propria voce dire: «Non mi resta più nulla».

Gli sembra che la sua voce giunga fino a lui da molto, molto lontano.

Lei lo raggiunge, lo prende per un braccio e lo accompagna in casa.

94

Più tardi, quando lo porta in camera da letto, lei si toglie i jeans e la maglietta e si infila sotto le lenzuola. Jack si spoglia e si stende accanto a lei. Lei allunga una mano e la sua pelle è bianca e tiepida, si baciano e lei gli si stringe contro e lui scosta il lenzuolo. Quando la mano di Jack scende verso il basso lei è calda e bagnata. La accarezza e sente che si bagna ancora di più, la sente sciogliersi nella sua mano e diventare sempre più calda, poi lei dice: «Amore», e quando lo tocca e lo sente duro muove la mano aperta in su e in giù.

Si accarezzano a vicenda, poi lei prende a muoversi contro la mano di lui, spinge ancora di più e spalanca gli occhi come se fosse sorpresa. E la sua pelle è ardente e inarca la schiena e con l'altra mano afferra quella di lui poi flette il collo all'indietro e viene.

Jack continua a carezzarla, toccandola dove ora è bagnatissima, ma lei gli sposta la mano e dice: «Dentro di me, ti voglio dentro di me» e lo guida dentro di lei e Jack è sorpreso da quanto sia bello essere lì, lei è ardente e sinuosa e si muove su e giù e i suoi seni si appiattiscono contro il petto di lui e lei non chiude gli occhi ma lo guarda mentre si muove lentamente dentro e fuori. I capelli neri sono sparsi sul cuscino, lui allunga una mano per afferrarli e stringerli, affonda il viso nel suo collo e lo bacia, assaporando la pelle salata. Lei lo afferra per la nuca e lo guida verso le sue labbra. La sua bocca è calda e la sua lingua è calda e le sue cosce scottano contro quelle di Jack, e lui inizia a muoversi più forte e più in fretta, perché vuole sentire tutto il calore che è dentro di lei. Lo sente quando affonda in lei. Lo sente anche lei, perché lo stringe e lo invita a entrare ancora di più. La punta del suo cazzo tocca quel punto caldissimo e profondo dentro di lei che tocca in profondità dentro di lui, e lei si aggrappa al suo collo e al suo culo e si muove insieme a lui, e lui con le mani afferra il suo collo e il suo culo e la sua pelle è bagnata sotto i polpastrelli, poi lui sente un calore sempre più intenso scorrere dentro di sé, scorrere, scorrere, e lei lo stringe di più e gli dice: «Sì, tesoro, lasciati andare» e lui geme e inizia a muoversi più in fretta e più forte. C'è questo calore in lui, e gli sembra di cadere, di prendere fuoco e di precipitare mentre lei lo culla dentro di sé, e c'è quel calore così profondo, così splendido dentro di lei, così splendido come il suo viso, e sentirsi cadere è come cavalcare un'onda infuocata. «Sì, tesoro, lasciati andare, vienimi dentro, vieni dentro di me.» E quando succede è come precipitare dalla cima del mondo, come un'onda infuocata che si schianta e si infrange su di lui e lo tiene sotto, un'incredibile onda di piacere che non lo lascia venir fuori, lui grida e lei geme: «Sì, amore» e lui è sommerso da quest'oceano di piacere, e da un qualche punto in superficie gli arriva il suo lungo grido, sente l'anima uscirgli dal petto, sta annegando, e lei dice: «Tesoro» e quando finalmente riemerge è come naufragare sulla spiaggia bianca del suo corpo, il collo bianco e i seni bianchi, il ventre liscio, il loro sudore come morbida sabbia bagnata, e il volto di lei è arrossato e i suoi occhi sono lucidi. I capelli neri e sudaticci appiccicati al collo e quando lui vede gli occhi di Letty cercare i suoi finalmente riprende fiato.

Un sollievo di lacrime. Dai suoi occhi sul collo di lei, sul suo petto, sul suo seno, e lei lo stringe forte mentre lui piange, singhiozza per quei dodici anni perduti.

95

Jack si sveglia in camera di Letty.

All'inizio pensa: Ma dove cazzo sono? Poi sente odore di caffè messicano e ricorda. Scende dal letto e va in cucina e la trova lì, in piedi accanto al tostapane che sorseggia un caffè forte.

«Non aspettarti uova e bacon» gli dice. «Ma posso offrirti pane tostato e caffè.»

«Perfetto.»

Jack si siede su uno sgabello di fronte al ripiano curvo della cucina e guarda fuori della finestra. Oltre alcune querce imponenti e scure, il terreno digrada in prati aperti. In un recinto, alcuni cavalli stanno pascolando.

«Quei cavalli sono tuoi?» chiede Jack.

«Del vicino. Ogni tanto mi permette di farci un giro. Tu sai cavalcare?»

«Solo la tavola da surf.»

«A ciascuno il suo destriero» commenta lei, porgendogli un piatto di pane tostato imburrato. Si siede sullo sgabello accanto al suo. «Cosa farai adesso?»

«Andrò in ufficio e libererò la scrivania.»

«Pensi davvero che ti licenzieranno?»

Jack dice: «Se non lo fanno loro, sarò io a dare le dimissioni».

«Non sei costretto a farlo.»

«Sì, invece.»

Si siedono e guardano fuori della finestra. È bello, qui, pensa Jack. Gli alberi e i pascoli. Le montagne sullo sfondo.

Dopo qualche minuto lei domanda di nuovo: «Allora, cosa farai adesso?».

«Non lo so.»

Qualche minuto dopo dice: «Potresti venire a stare qui».

«Non devi...»

«La casa ha bisogno di essere sistemata. Potresti pensarci tu. Sai, fare qualche lavoretto...»

«Dormire nel tuo letto...»

«Be', quello potrebbe essere un bonus.»

«Per me.»

«Che galante.»

Ancora caffè, ancora silenzio, ancora sguardi fuori della finestra. Poi lei dice: «È un'offerta seria».

«Seria?»

«Sincera» dice lei, guardando dentro la sua tazza di caffè. «E impulsiva, lo so. Ma quante volte nella vita capita di avere una seconda occasione? Voglio dire, vale anche per me.»

«Sì» dice lui. «*Idem.*»

Ma pensa: Brutto bastardo. "Idem." Che romantico.

«Sì?» ripete lei, stavolta guardandolo negli occhi.

«Oh, sì.»

«Allora, è un'offerta seria e sincera.»

«Grazie» risponde lui. «Posso pensarci?»

Perché sa che Letty gli sta offrendo il pacchetto completo. Un'intera vita liofilizzata: la casa, la donna... E sa che lei non ha ancora rinunciato ai *bambini*. Ed è un peccato, perché avrebbe dovuto farlo.

«Letty?»

«Jack?»

«Non avrai i bambini in affidamento. È finita.»

«Forse per te» ribatte. Si alza e inizia a pulire il ripiano della cucina.

«Letty...»

«Ascolta, tu hai fatto del tuo meglio e hai perso. Io non ti sto *incolpando* di nulla, capisci? Non sto dicendo che quello che hai fatto dodici anni fa ora mi costa i bambini. Dico solo che devo tentare di fare del *mio* meglio per loro, anche se tu pensi che sia una causa persa in partenza. Troverò un avvocato disposto a portare il caso davanti a un giudice e se perderò troverò un altro avvocato e un altro giudice, e se perderò...»

«Okay.»

«Okay» dice lei. «Ora devo andare a lavorare. Posso chiederti se ti va di tornare qui, stasera?»

«Sì.»

«Sì posso chiedertelo o sì ti va?»

«Sì, mi va.»

Restano fermi a guardarsi negli occhi.

«Mi sa che questo è il momento in cui dobbiamo baciarci» dice lei.

«Già.»

Si baciano e si abbracciano per un lungo minuto poi lui dice: «Quello che ho fatto dodici anni fa è stato un errore. Avrei dovuto rinunciare al caso».

«Probabile.»

«Voglio dire, quel vecchio era più importante del caso.»

«Lo so che cosa volevi dire.»

Lei lo accompagna alla Mustang e lui riparte.

Torna alla California Fire and Life.

96

Jack va da Billy.

Nel giardino di cactus fa più caldo che all'inferno.

«Non sei stato licenziato» dice Billy. «Non possono licenziarti finché non licenziano anche me.»

«Allora ci vediamo all'ufficio di collocamento.»

«Merda, posso anche *andare in pensione*» dice Billy, con un sorriso appena accennato. «Sparire nel tramonto.»

«Do le dimissioni, Billy.»

«No, non farlo.»

«Pagheranno quanto chiedono?»

«È probabile.»

«Allora mi licenzio.»

«Merda, *Jack*...»

Billy spegne la sigaretta e armeggia per accendersene un'altra. Si volta controvento e mette le mani a coppa. Dà il primo tiro e dice: «Lascia perdere».

«Non posso.»

Nell'ufficio di Billy suona il telefono. Lui dice: «Questo probabilmente è ancora Herlihy. Il reparto sinistri, il commerciale, le sottoscrizioni e la UIS, tutti a rompermi le palle per questo caso».

«Allora sarà meglio che tu ci vada a parlare.»

«Non andare da nessuna parte.»

«Me ne starò qui ad aspettare che gli avvoltoi mi portino via.»

Jack sposta il fascicolo dalla sedia e si accomoda.

97

Letty è seduta nella sua auto e beve un ultimo sorso di caffè.

Preferirebbe fare qualcos'altro, piuttosto che doversi incamminare lungo un sentiero nella Cleveland Forest ad aspettare che un teppistello vietnamita specializzato nello smontaggio di auto rubate le dia informazioni su due connazionali scomparsi.

Anche se forse me la sono cercata, pensa Letty appoggiando il bicchiere sotto il sedile. Gli ho messo il pepe al culo.

Dopo la retata nel negozio di ricambi, Letty ha messo in moto il procuratore distrettuale, la task-force anticrimine di Orange County, e l'ufficiale giudiziario addetto alla sorveglianza di quel teppistello idiota. Poi ha fatto delle retate in altre tre officine, in una sala scommesse e in un centro massaggi, tanto per infastidire Zio Nguyen. Così, quando ha ricevuto la chiamata, non è rimasta molto sorpresa.

Scende dall'auto, si incammina su per il sentiero, ed ecco un po' più avanti Tony Ky che balla la Danza dell'informatore.

La Danza dell'informatore è un passo doppio molto particolare: si fa un doppio saltello su un piede, poi si sposta il peso e si fa un doppio saltello sull'altro. Mani in tasca, spalle curve e testa che si volta ritmicamente da una parte e dall'altra. Letty osserva la performance e capisce con una certa soddisfazione che il ragazzino è teso come una corda violino.

Bene, pensa. Ben gli sta. Forse si spaventerà al punto da mollare tutto e cercarsi un vero lavoro. Sì, certo, come no.

Tony è *davvero* nervoso. Non è abituato a incontrarsi con i poliziotti per fornire loro informazioni, anche se relative a due amici usciti di scena. E Tony ha passato una brutta settimana. Prima c'è stata la retata nell'officina, e Zio Nguyen non era affatto contento. Tony pensava che fosse finita lì. Ma poi il procuratore distrettuale comincia a stargli col fiato sul collo riguardo ad altre due officine, cercando di collegarlo a una sorta di *cospirazione*, poi arriva il tipo dell'anticrimine a farfugliare qualcosa sulla legge antimafia, poi il suo ufficiale per la libertà vigilata dice che non serve aspettare una condanna, basta solo farsi trovare in compagnia di altri criminali...

Poi, come se le cose non andassero già abbastanza di merda, Zio Nguyen lo contatta *personalmente* per dirgli che se sa qualcosa riguardo alla scomparsa di quell'imbecille di Tran e di quell'idiota di Do è meglio che cominci a parlare prima di subito, e quando Zio Nguyen viene a sapere che l'ultima volta che sono stati visti, Tranh e Do stavano facendo affari con i russi, va *fuori di testa*. E gli dice di fare una cosa assurda, cioè di chiamare la poliziotta e di riferirlo anche a lei. E Tony risponde: «Cosa?» e Zio Nguyen: «Fai quello che ti dico. Mi hai già fatto fin troppi casini. Voglio che questa poliziotta si tolga dalle palle». Così il ragazzino fa la telefonata.

Il che non sarebbe un problema, è strano, certo, ma non un problema. Il fatto è che a quel punto si rifà vivo anche il russo e gli dice: «Hai parlato con gli sbirri?» e Tony risponde qualcosa come: «Ehi, amico, no. Io non parlo con gli sbirri». E il russo: «Be', stavolta lo farai. Devi organizzare un incontro», e Tony dice: «*Cosa?!*».

E il russo gli fa capire che si tratta della sua testa: o la usa o la perde.

Tutto questo per dire che, sì, il ragazzino è un po' nervoso mentre aspetta di incontrare una poliziotta su quel sentiero di campagna.

98

Billy torna fuori e dice: «Pagheranno domattina, che io sia d'accordo o no».

«E tu cos'hai deciso?» chiede Jack.

«Devo pensarci.»

«Mi sembra giusto.»

«E tu?»

«Io me ne vado.»

«Jack, non troverai un altro lavoro di questo tipo da nessuna parte.»

«Infatti, non voglio trovarlo.»

«E cosa farai?»

«Ancora non lo so» risponde Jack. «Magari mi dedicherò alle ristrutturazioni.»

Billy si acciglia. Si ripara dal vento per accendersi un'altra sigaretta e dice: «Dormici su, porca puttana. Prenditi qualche giorno di malattia».

«'fanculo, Billy. Questi sono *tutti* giorni malati.»

E se ne va.

Muy disgustato.

Nell'atrio, la receptionist fa segno con il mento verso una delle panche e dice: «C'è Olivia Hathaway per te».

«Non adesso.»

«È *qui*, Jack.»

«Io non lavoro più qui» ribatte Jack. «Adesso farà venire il mal di testa a qualcun altro.»

«Jack?»

Lei è proprio alle sue spalle.

«Signora Hathaway.»

«Posso avere un attimo del suo tempo?»

«Non adesso, signora Hathaway.»

«Un momento soltanto» insiste la donna.

In mano regge un vassoio pieno di biscotti.

«Adesso non ho proprio tempo, signora Hathaway.»

Due minuti dopo, Jack è seduto di fronte a lei nella Stanza 117.

Jack inizia: «Signora Hathaway, oggi non ho proprio tempo. Sono di pessimo umore. Quindi, per l'ultima volta, si metta in testa che non ho intenzione di pagare per i suoi cucchiai. Né ora, né mai...».

«Non sono venuta per i cucchiai.»

Come?

«Allora perché...»

«Sono qui perché un avvocato è venuto da me» spiega Olivia. «Un certo signor Gordon.»

«Paul Gordon?»

«Lo conosce?»

«Più o meno.»

«Comunque» riprende la donna, «è venuto per chiedermi di sottoscrivere un'azione legale contro di lei. Una *class* qualcosa.»

«Una *class action*?»

«Esatto» conferma Olivia. Tira fuori il lavoro a maglia e comincia a sferruzzare. «Dice che ci sono almeno altre venti persone che lei ha imbrogliato, le quali si uniranno e le faranno causa per malafede e per ottenere un risarcimento esemplare. Ha detto la cifra complessiva potrebbe arrivare a milioni di dollari.»

«Le ha detto chi sono le altre persone?»

«Non le ricordo tutte. Un certo signor Vale, un signor Boland, una signora Vecch...»

«Veccharrios?»

«Sì, e un certo signor Azmekian.»

«Azmekian?»

«Esattamente.»

«*Kazzy* Azmekian?»

«No, credo fosse Kazimir.»

Jack la ascolta recitare una litania delle varie richieste di risarcimento che lui ha negato negli ultimi sette anni. È come se la vecchia leggesse un riassunto della sua vita professionale.

E, pensa Jack, se Paul Gordon è entrato in contatto con questi clienti deve aver avuto accesso a tutti i miei fascicoli.

Jack sente Olivia dire: «E così il signor Gordon vuole che mi unisca alla causa contro di lei. Mi ha anche offerto alcune azioni della Westview».

«Di cosa?»

«Della Westview Company, mio caro. In modo molto confidenziale, s'intende.»

Ma che cazzo sta succedendo?

«E lei cosa gli ha risposto?»

Olivia alza lo sguardo dal lavoro a maglia.

«Gli ho detto di andare a farsi fottere. Un biscotto?»

«Sì, signora, mi andrebbe proprio.»

Gli occhi blu della signora Hathaway guardano Jack molto seriamente.

«So riconoscere un imbroglio quando ne vedo uno» dice. «Sono quelli allo zucchero... i suoi preferiti.»

«È un biscotto buonissimo.»

«Ora, riguardo ai miei cucchiai...»

99

«Allora?» chiede Letty

«Allora cosa?» ribatte Tony.

Continuando a ballare la Danza dell'informatore.

Il ragazzino indossa l'uniforme ufficiale da gangster vietnamita: Levi's neri, scarpe da basket nere. Giubbotto di pelle nera nonostante ci siano almeno quaranta gradi. Un giubbotto di pelle in agosto...

Letty non ha nessuna voglia di giocare. «Sei stato *tu* a chiamarmi.»

«Riguarda Tranh e Do.»

«Ma non mi dire.»

Tony sussurra: «Stavano facendo un lavoro per dei russi».

«Bene» commenta Letty. Un'informazione assolutamente inutile.

«No» riprende Tony, «stavano facendo un lavoro per *certi* russi.»

Il che fa scattare l'attenzione di Letty.

«Come hanno fatto a invischiarsi con la mafia russa?»

«Ogni tanto ci capitano delle auto per le mani...»

«Ma davvero.»

«Comunque» riprende lui, rifiutandosi di parlare di faccende più complesse, «Tranh e Do stavano facendo un lavoretto per i russi. Un giorno vengono da noi due tizi ai quali servono dei ragazzi e un camion.»

«Per cosa?»

«Rubare il camion, caricare delle cose in una certa casa, portarle da un'altra parte, poi sbarazzarsi del camion.»

«Quali *cose*? Quale casa? E portarle dove?»

Tony dice: «Hanno parlato con i miei ragazzi, poi hanno richiamato e hanno lasciato un indirizzo».

«Quale indirizzo?»

«Bluffside Drive, 37.»

Per Letty è come una martellata.

La notte in cui Pamela viene uccisa, due membri scomparsi di una gang vietnamita portano delle "cose" fuori da casa sua.

Tony dice: «I ragazzi rubano un camioncino. Della Paladin Unpainted Furniture. Vanno all'indirizzo che gli era stato detto ma non tornano più indietro. Ora sai tutto quello che so io. Illuminami».

«Chi erano i due tizi che sono venuti da voi?»

«Non lo so» frigna il ragazzino. «Due nuovi, non i soliti.»

«Avete dei tizi "soliti"?»

«Abbiamo dei tizi che ci portano le auto e altri che ci portano i soldi. Questi erano facce mai viste.»

«Li riconosceresti se vedessi delle foto?»

Tony scuote la testa. «Non se ne parla, signora. Non sputtanerò quella gente. Lei non ha abbastanza *peso* per costringermi a farlo.»

«Descrivimeli.»

«Uno alto e magro. L'altro grosso. Vestiti molto male.»

«Li hai più visti da allora?»

Tony scuote la testa.

Troppo in fretta, con troppa convinzione, pensa Letty.

«Li hai più *sentiti* da allora?»

«No.»

«Non mentirmi, stronzetto.»

«Non sto mentendo!»

«E non frignare» riprende lei. «Mi infastidisce. Cosa ti hanno detto? Di tenere chiusa quella bocca del cazzo?»

«Qualcosa del genere» farfuglia Tony. «Ma non dirlo a Zio Nguyen.»

«Sanno che ti ho messo il pepe al culo?»

«Lo sanno» risponde lui, risentito. «Lo sanno *tutti*.»

«Sei in una brutta situazione.»

«Mi ci hai messo tu.»

«Sì, come ti pare» dice Letty. «Forza, portami questi tizi.»

Tony ci pensa su un po'. «Per vedere cosa succede?»

«Esatto» conferma Letty.

Il ragazzino lo sa già. Succede che questa tipa la fanno fuori, ecco cosa succede.

Così dice: «Dammi un paio di minuti di vantaggio. Non voglio essere visto con una poliziotta».

«In *questo posto*?» chiede Letty con una risata.

Intorno a loro ci sono solo colline, erba secca e rocce.

«In questo e in qualsiasi altro» risponde Tony, e si incammina lungo il sentiero.

La mente di Letty vola. La scomparsa di Tranh e Do è collegata alla morte di Pamela e all'incendio. Nicky Vale è in qualche modo collegato con la mafia russa. C'è un camion pieno di roba partito dalla casa dei Vale la notte dell'incendio.

Torna all'auto immersa in questi pensieri.

Tiene la testa bassa.

È morta.

Perché l'assassino è lì che la aspetta.

Con lo sguardo a terra, pensa a tutte le informazioni che ha raccolto e l'unico motivo per cui alza gli occhi è perché scorge uno scintillio metallico, lì dove di metallico non dovrebbe esserci nulla.

Alza lo sguardo e vede la canna della pistola e per un istante scorge un viso e un corpo.

Gira su stessa e si getta sulla terra rossa del sentiero. Atterra in modo scomposto e sente la spalla slogarsi. Ma ha già l'arma in mano, vede il braccio del tipo che segue il suo movimento verso il basso, così mira a destra del braccio e spara due colpi, *bam bam*, poi altri due, *bam bam*, e i primi due lo colpiscono al petto e gli altri due alla testa, così almeno *quel* tizio è fuori combattimento.

Ma ce n'è un altro che corre verso di lei.

Letty grida: «Lascialo perdere, è morto!». Stringe l'arma con forza, cercando di tenerla ferma nel caso fosse necessario sparare gli ultimi colpi, poi l'orizzonte prende a ondeggiare e lei si ritrova a guardare il cielo blu e ringrazia Madre Maria di essere viva, poi tutto diventa nero.

L'ultima cosa che sente è un grido: «Vaffanculo, *shtronza*!».

Ma il tipo sta scappando via.

Letty è stesa sul sentiero, con la spalla slogata che le fa un *male* fottuto.

Ma pensa che il dolore sia una cosa buona, considerata l'alternativa.

100

Jack sta guardando la tv.

È seduto di fronte a due monitor collegati ciascuno a un videoregistratore, i quali riproducono due videocassette.

Il video in cui Pamela illustra i mobili della casa, e le immagini della stanza da letto dopo l'incendio, quelle girate da lui.

Guardarli in contemporanea fa una strana impressione. *Molto* strana.

Sembra quasi di vedere il fantasma di Pamela – bella, sexy, *viva* – camminare tra i resti carbonizzati della sua stanza da letto, indicando dove sono le sedie, il tavolo, la scrivania... il letto. O meglio dov'*erano*. Dov'*era* lei.

Perché lui ha bruciato i mobili e ha bruciato lei.

No, invece, pensa Jack.

Di sicuro ha bruciato *lei*.

Ma non avrebbe rinunciato ai mobili.

Non più di quanto Olivia Hathaway sarebbe disposta a lasciar perdere i suoi cucchiai.

Nessuno brucia ciò che ama, pensa Jack.

Non se ha la possibilità di evitarlo.

Tranne me.

Io brucio ciò che amo, poi spargo le ceneri al vento.

Cosa ho detto a Letty? *Píntale?*

Sparisci.

Qual era quell'uccello? Quell'uccello mitologico che risorgeva dalle proprie ceneri? La fenice.

Come Letty e me.

Come Pamela sul nastro.

Come i preziosi mobili di Nicky.

Fammi vedere, Pam.

Fammi vedere come i preziosi mobili di Nicky sono risorti dalle ceneri.

Mostrami quello che mi sfugge, fantasma di Pamela.

Pam cerca di dirti qualcosa.

Il fuoco cerca di dirti qualcosa.

È come se il fuoco dicesse: "Ascoltami bene, idiota. Sto cercando di darti un indizio, ma sei troppo stupido per capirlo. Ho lasciato tutto lì perché tu lo trovassi. Parli correntemente la lingua del fuoco, no? Sei tu il cane dalmata. Sei quello che sa il fatto suo".

Allora leggimi.

Jack guarda il nastro tre volte prima di accorgersene.

Le ombre di calore.

Pam indica un mobile: «... Un raro trumeau a base bombata, laccato in rosso, del 1730 circa... Un oggetto molto raro».

Jack mette in pausa entrambi i nastri.

Ecco.

Mette a confronto il mobile e il punto corrispondente sulla parete, dopo l'incendio.

L'ombra di calore non ha la forma giusta.

Riavvolge la cassetta e controlla di nuovo.

Non ci sono dubbi. La forma più chiara – l'"ombra di calore" sulla parete – è più piccola e più bassa di quella che si sarebbe formata se quel trumeau avesse protetto il muro dal calore.

È l'ombra sbagliata.

Il fantasma sbagliato.

È la forma di una scrivania.

Jack riavvolge fino al punto in cui Pamela descrive la scrivania.

Mette in pausa entrambi i nastri.
Confronta di nuovo i due punti.
L'ombra sbagliata.
È l'ombra del trumeau.
Hai scazzato alla grande, Nicky.
E grazie, Pam.
Grazie, fuoco.
Grazie, Olivia Hathaway.

101

La prima cosa che vede è il pappagallo.

Sembra muoversi sopra il bordo della siepe, poi Jack capisce che è appollaiato sulla camicia bianca del signor Meissner.

«Eliot!» chiama Jack.

«*Eliot. Eliot. Bell'uccello.*»

Meissner si ferma e guarda oltre la siepe.

«Ehi, c'è l'astronauta!» dice. «Dove ha messo la tuta spaziale, oggi?»

«Sono Jack Wade, della California Fire and Life.»

«Mi ricordo, signor Wade.»

«Jack.»

«Jack» ripete Meissner. «Cosa può fare Eliot per lei?»

«Pezzi degli scacchi» dice Jack. «Aveva parlato di pezzi degli scacchi che si muovevano dentro e fuori. Pensavo si riferisse ai bambini.»

«Anche a loro» conferma Meissner.

«Ma anche a qualcos'altro.»

L'uomo annuisce. «Il camion. Su cui era raffigurato un pezzo degli scacchi. Il cavallo. Roba che entrava e usciva per quasi tutta la notte.»

«Che roba?»

«Dei mobili.»

«Ha visto chi...?»

«Due ragazzi asiatici, due bianchi alti e grossi, e Nicky.»

«*Bell'uccello.*»

«Sì, sei un bell'uccello, Eliot» dice Meissner. Il vento arruffa le penne del pappagallo, che si sposta sulla spalla di Meissner per mantenere l'equilibrio. «È così importante?»

«Può darsi.»

«Ha a che fare con la morte di Pamela?»

«Credo di sì.»

Meissner guarda verso l'acqua. Quando torna a voltarsi, dice: «Era una ragazza adorabile. Molto dolce. Aveva i suoi problemi, ma era carina».

«Sì.»

«Se vuole che io testimoni...»

«No» si affretta a dire Jack. «Non ce ne sarà bisogno. Qualcun altro le ha fatto domande simili?»

«No.»

«Ne ha parlato con qualcun altro?»

«Con il pappagallo» risponde Meissner. «Ma non credo che mi stia a sentire, le pare?»

Jack fa spallucce.

«Signor Meissner, non dica a nessuno quello che ha detto a me. Né alla polizia, né agli avvocati né a nessun altro. Se qualcuno le chiede cosa ha visto quella notte, dica solo di aver sentito il cane abbaiare e di aver visto le fiamme. È molto importante.»

«Ma io vorrei aiutare.»

«Lo ha già fatto.»

Perché adesso so cosa è successo.

Nicky ha scambiato i mobili. Ha fatto venire un camion, ha messo in casa della roba da due soldi e si è portato via quella di valore.

Ma uno dei suoi ragazzi ha commesso un errore.

Ha messo la scrivania al posto del trumeau e viceversa.

Così Nicky è ancora in possesso dei suoi preziosi mobili.

Mezzo milione di dollari sull'unghia.

Due milioni, se si calcola l'indennizzo.

Aggiungilo al resto del risarcimento e ottieni esattamente la cifra che Nicky ha sborsato per riassestare le sue finanze.

«Grazie, signor Meissner.»

«Di niente.»

«Di tutto.»

Jack torna verso l'auto.

Nicky ha i mobili.

E allora?

La "prova" della macchia di calore sulle videocassette sarà considerata irrilevante e contaminata. O Nicky sosterrà di essersi "dimenticato" di aver spostato i mobili prima dell'incendio.

Sì, ma hai anche un testimone oculare che dirà di aver visto i mobili entrare e uscire.

Ma non puoi usarlo, perché non appena farai il suo nome lo ammazzeranno.

Allora, cosa puoi fare?

Jack va a Laguna.

Dieci minuti dopo porge a Marlowe la maniglia in ottone di un mobile.

Marlowe la guarda per almeno un secondo e mezzo poi dice: «È falsa».

«Come lo sai?»

«Uno, non sono cieco» risponde Marlowe. «Due, non sono Forrest Gump. Tre, ho venduto roba autentica per un tot di anni e posso dirti che questo non è ottone proveniente dalla maniglia di un armadietto in stile georgiano. Poi?»

Un piede artigliato.

«Posso segarlo?» chiede Marlowe.

«Divertiti pure.»

Marlowe prende una sega e pratica due incisioni oblique sul legno, asportandone un frammento a forma di cuneo. Lo mette sotto una lampada e dice: «Questo è stato fatto un mese fa, al massimo due. Cos'altro hai per me?».

Una serratura di rame.

«XVIII secolo?»

«Forse in un'altra vita.»

«Quindi?»

«Quindi non so che dirti. Ascolta, conosco ogni pezzo della collezione di Nicky Vale. Ne ho controllato personalmente la maggior parte. Altri pezzi ce li siamo litigati alle aste, ma lui aveva sempre le tasche più profonde delle mie. Non so dove ti sei procurato queste cianfrusaglie, ma i mobili in casa di Nicky erano originali. Questi sono opera di un bravo falsario.»

«Ti viene in mente qualche nome in particolare?»

«George Scollins» risponde Marlowe. «È il migliore. Ha uno studio fuori città, su a Laguna Canyon. Esegue eccellenti restauri e copie quasi perfette.»

«È legale?»

«Dipende. Una cosa è una copia e un'altra è una contraffazione. Dipende tutto da come viene catalogata. I mobili in stile piacciono a molti, ma non a tutti importa se sono antichi davvero. Così comprano uno Scollins. Oppure vogliono un tipo di mobile che non esiste più, e allora chiedono a Scollins di copiarlo da una foto. Oppure vogliono un pezzo raro senza tutti quegli zeri sul cartellino del prezzo, così comprano uno Scollins. Spacciarlo per autentico ai loro amici è di cattivo gusto ma è legale. Cercare di metterlo all'asta come un originale è una frode.»

Oppure se lo bruciano e raccontano alla compagnia assicuratrice che era un originale...

«Hai l'indirizzo di Scollins?» chiede Jack.

102

Alla faccia del "fuori città", pensa Jack mentre percorre una tortuosa strada sterrata lungo il tracciato di uno dei tanti piccoli canyon che si allungano come dita da Laguna Canyon.

Nascosta in un boschetto, la casa di Scollins andrebbe più giustamente definita *le* case di Scollins, poiché sono una serie di piccoli edifici a uno o due piani ammassati sul terreno in pendenza.

O, almeno, *erano*.

Perché mentre Jack si avvicina, sa che non avrà la possibilità di parlare con George Scollins. Tutto quello che resta di quegli edifici è un mucchio di strutture carbonizzate aggrappate al pendio.

Un panorama senz'altro suggestivo, comunque.

Jack scende dall'auto e gli sembra di essere in cima al mondo. Il suo sguardo spazia su colline marroni e brulle, e oltre le colline l'oceano è come un rettangolo di puro blu.

Da quella posizione, l'acqua sembra quasi verticale.

Un bel posto dove vivere.

Entra nella casa di Scollins.

Per ficcare il naso anche lì.

Si percepisce ancora odore di trementina e di gommalacca e di tutta una serie di sostanze chimiche a base di carbonio che sicuramente sono state un ottimo combustibile.

Il fuoco deve essersi alzato impetuoso e molto caldo.

Un alligatore vorace.

Una casetta in blocchi di cemento, piena di legno all'interno.

Quando è scoppiato l'incendio, si è trasformata in un forno.

E in un caos. Sembra che Scollins vivesse per il suo lavoro. La cornice in ferro battuto del letto è ancora accanto alla parete, e ci sono resti di mobili sparsi su tutto il pavimento. Ombre di calore sulle pareti.

Jack trova il probabile punto d'origine.

Una stufa elettrica a pavimento.

È facile stabilirlo, a causa delle bruciature e delle chiazze carbonizzate.

Oltre ai resti di quelli che sembrano stracci per le pulizie.

Macchie di accelerante alla base della stufa.

Perché mai la stufetta avrebbe dovuto essere accesa in piena estate?

Tipico di Teddy Khul.

Jack prende il cellulare e chiama il dipartimento dello sceriffo.

«Il settore incendi, per favore» dice.

«Un momento.»

Mi serve un colpo di fortuna, pensa.

E il colpo di fortuna arriva. Chi risponde non è Bentley.

«Salve, sono John Morici, della Pacific Mutual Insurance» si presenta Jack. «Senta, avete ricevuto la segnalazione di un incendio a Laguna Canyon, nella residenza Scollins?»

«Aspetti un attimo.»

Dopo un po', il tizio torna al telefono e dice: «Qui risulta che l'edificio è assicurato con la Farmer».

«Noi abbiamo la polizza sulla vita» dice Jack. Poi gioca d'istinto. «Sono indietro con le pratiche e il capo mi tiene il fiato sul collo. Potrebbe dirmi causa e origine dell'incendio così posso avviare le pratiche di pagamento?»

«Aspetti.»

Jack aspetta.

«Sì» riprende il tizio. «È stato dichiarato accidentale. Vediamo, una pila di stracci lasciati accanto alla stufa elettrica.»

«Quindi, morte accidentale?»

«Esatto.»

«Ehi, chi ha fatto il sopralluogo?»

«Ehm, direi il vicesceriffo Bentley.»

Eh, già, direi.

Jack ha appena riagganciato quando il cellulare prende a squillare.

«Pronto?»

È Billy "Porca Puttana".

«Jack...»

«Sì, lo so. Sono licenziato.»

«Non è questo. Si tratta di Letty del Rio...»

C'è stata una sparatoria.

103

È seduta sul lettino della sala medica.

Ha l'aria debole ed esausta, ma è viva e Jack è talmente felice e riconoscente che potrebbe baciare Dio sulla bocca.

«Cosa è successo?» le chiede.

«Ho agito da stupida» risponde lei. «Sono andata a incontrare un informatore da sola. Sono stata imprudente e mi hanno teso una trappola.»

«Letty...»

«Sto bene.»

«Il braccio?»

«Era messo male, ma me lo hanno sistemato» risponde. «Sarò fuori di qui prima di stasera.»

«Non avere fretta, riposati.»

Lei lo guarda e le spuntano le lacrime.

«Uno di loro è morto» dice.

«E questo ti turba?»

«Diciamo che non faccio i salti di gioia, ma neppure sono consumata dal rimorso.»

«L'hanno identificato?»

«No.»

Ma Jack nota una strana espressione sul suo viso.

«Che c'è?» le chiede.

Lei gli racconta cosa le ha detto il ragazzino vietnamita: Tranh e Do e la casa dei Vale.

«Sono morti» dice Jack.

«Come lo sai?»

«Non lo so, ma lo so» risponde lui. «Nicky ha portato via dalla casa i mobili originali e li ha sostituiti con dei falsi da due soldi. La persona che ha fatto quei mobili è morta. E lo sono anche i ragazzi che hanno caricato i mobili originali e scaricato quelli falsi.»

«E Pam.»

«E Pam.»

«Jack, ora posso riaprire il caso...»

La sua voce si fa più debole. È a pochi passi dalla Foresta Incantata.

«Va bene» dice Jack.

«Ma tu devi starne fuori.»

«Va bene.»

«Me lo prometti? Questa è gente pericolosa...»

«Te lo prometto.»

«Va bene» riesce a dire lei, prima di chiudere gli occhi. Poi mormora: «È buffo, Jack. Sto per svenire quando sento l'altro tizio, quello dentro la Cadillac, chiamarmi *shtronza*. Strano, vero? Comunque, è quello che sono. Una vera *shtronza* rompicoglioni».

E sviene.

Jack le stringe la mano e se ne va.

È così incazzato che gli sembra che ogni centimetro di pelle gli vada a fuoco.

Flashover.

104

Jack parcheggia l'auto in una stradina senza uscita a Modjeska Canyon; sul lato opposto della strada c'è una villetta in pessime condizioni. Un tempo la casa dev'essere stata bianca: ora è biancastra, con macchie marroni nei punti in cui si è staccata la vernice.

A questo posto serve proprio una riverniciata, pensa Jack. Ma probabilmente non l'avrà, a giudicare dai rifiuti sparsi sotto la veranda sgangherata, compresi i quattro motociclisti che bevono birra con i piedi poggiati sul corrimano del portico.

Da uno stereo dentro la casa proviene un fracasso heavy metal che qualche idiota definirebbe rock'n'roll.

Jack sale gli scalini e chiede: «C'è Teddy Khul?».

«Questa è casa sua» risponde uno dei motociclisti.

«*Questo* lo so» ribatte Jack. «Ho chiesto se lui è in casa *adesso*.»

«C'è.»

«Digli che qualcuno lo vuole vedere.»

«No.»

«Perché?»

«È impegnato.»

La frase suscita una grassa risata dagli altri tre.

Jack fa il finto tonto. «Impegnato a fare cosa?»

«A scopare.»

Una fragorosa risata di gruppo. Vero spirito cameratesco.

«Ditegli di fare una pausa, perché c'è qualcuno che gli vuole parlare.»

«Vaffanculo.»

«Sì, okay. Ci vado subito.»

Jack si allontana dalla veranda e si avvicina a una grossa Harley nera sul vialetto d'ingresso. In strada ne vede altre tre. Quindi questa deve essere di Teddy.

Il Gran Ferro di Teddy *Cool.*

Jack la scaraventa a terra con un calcio.

Poi, con un altro calcio, sfonda il fanale anteriore e colpisce il freno sino a romperlo.

Il che solleva quello che potrebbe essere definito un certo trambusto fra i ragazzi sotto il portico. Teddy ci mette meno di cinque secondi a uscire come una furia.

I dodici anni trascorsi non lo hanno trattato bene. I capelli sulla fronte si sono ritirati come l'esercito francese, ha un paio di denti in meno e una pancia che ballonzola mentre cerca di richiudersi la zip dei jeans e allo stesso tempo di infilarsi gli stivali.

Si sta mettendo quello di sinistra quando grida: «Chi è lo *shtronzo* figlio di puttana che ha osato toccare la mia moto?».

Jack sorride e dice: «Sono io».

Teddy sfoggia un sorriso a trentadue denti e annuncia: «Ehi, è il mio amico sbirro!».

«Ex sbirro» puntualizza Jack.

«Be', sei in un mare di merda, ex sbirro» dice Teddy. Finisce di infilarsi gli stivali, fa cenno ai suoi ragazzi di non muoversi e percorre il vialetto. «Ti sono debitore, figlio di puttana succhiacazzi.»

Jack trema come un cane bagnato. «Oooooh, che paura. Ma tu sei lo stesso Teddy Kuhl che una volta mi ha mostrato il culo come una puttanella?»

Questo fa incazzare Teddy.

Una delle frasi preferite di Jack è che si può sempre contare sul fatto che gli stupidi si comporteranno da stupidi ed è proprio questo su cui conta adesso. E Teddy non lo delude, perché la cosa stupida che fa è allungare la mano nella tasca posteriore dei jeans per afferrare un'arma.

Mentre ha la mano sinistra dietro la schiena, Jack gli assesta un sinistro al naso. Il rumore della cartilagine che si rompe si sovrappone alla musica martellante.

Così Teddy solleva l'arma, ma non vede niente perché ha gli occhi pieni di lacrime. Intanto Jack gli si porta accanto, gli torce il braccio che impugna l'arma e il calcio della pistola gli sbatte sul naso.

Il dolore si accende dentro di lui come le luci di un flipper.

Non si accorge nemmeno che Jack gli toglie l'arma di mano, ma sente il calcio della pistola abbattersi di nuovo sul suo naso, stavolta spaccandogli l'osso in due punti.

Teddy è in ginocchio sul vialetto quando i suoi scagnozzi si alzano per dargli una mano, ma si fermano di colpo. Perché Jack punta la pistola contro di loro e dice: «Sì?».

Sono tutti molto affezionati a Teddy, ma non abbastanza da beccarsi un proiettile per lui, e questo pazzo figlio di puttana è abbastanza pazzo da sparare a tutti. Quindi, tante scuse, ma Teddy dovrà cavarsela da solo.

E non se la sta cavando granché bene, perché sul vialetto c'è sangue, un paio di denti, e molto altro sangue e moccio stanno uscendo dal naso di Teddy.

Puoi sempre contare su uno stupido, pensa Jack, perché solo un vero imbecille come Teddy si avvicina così tanto a qualcuno a cui vuole sparare. Se vuoi sparare a qualcuno, lo fai da dove lui *non può raggiungerti*. È questo il vantaggio di avere una pistola. Ma, meglio così...

Trascina Teddy lungo il vialetto, sferrandogli calci alle costole e accompagnando ogni colpo con un: «Lascia che ti dia un *consiglio* di vita, Teddy. *Non*» calcio, «devi fare *del male*» calcio, «*alla gente*» calcio, «che mi *sta a cuore*» calcio. «Hai» calcio, «*capito*» calcio, «*o no*?» calcio.

Trascina Teddy fino a portarlo con la testa dentro il garage. Poi preme il pulsante e la porta del garage scende sul collo di Teddy. Ora di Teddy non si vede che la testa.

Che respira a fatica.

Jack pensa che l'ultima volta che ha pestato Teddy Kuhl, se ne è pentito per dodici anni.

Oh be', pensa Jack, così avrò qualcosa di cui pentirmi per i *prossimi* dodici.

105

«Proprio come ai vecchi tempi, eh, Teddy?» chiede Jack.

«Fottiti.»

Jack dice: «Stamattina hai fatto un lavoretto».

«No, invece.»

Jack si appoggia sulla porta del garage. Di peso. Sembra che la testa di Teddy stia per staccarsi da un momento all'altro.

«E va bene, l'ho fatto!» grida Teddy. «Ma questa *non* è una confessione ufficiale. Mi stai costringendo.»

Jack si alza dalla porta.

«Chi ti ha mandato?»

Teddy serra la bocca.

Jack torna ad appoggiarsi e ripete: «Chi ti ha mandato?».

«Un paio di russi.»

«Tu sei il tirapiedi di Kazzy. Lui è *armeno*. Cosa c'entra con i russi?»

«Appartiene a loro. Hanno preso il controllo.»

«Nicky Vale» dice Jack.

«Chi sarebbe?»

«Lo conosci.»

«Mai sentito parlare di nessun Nicky Vale» insiste Teddy.

Jack si appoggia di nuovo alla porta. «*Nicky Vale?*»

«L'ho sentito nominare» cede Teddy. «È un nome che circola parecchio. Una specie di capo. Capo dei capi o stronzate simili tipo *Il padrino*. Kazzy dice che se ne era andato e adesso è tornato.»

«Hai appiccato tu l'incendio a casa sua?»

«No.»

Ma Teddy ridacchia. Per quanto si possa ridacchiare con una porta da più di cento chili che ti preme sul collo.

«Cosa c'è di tanto divertente, Teddy *Cool*?»

Teddy stavolta ride davvero. «Ti abbiamo *fregato*, stronzo figlio di puttana. La California Fire and Life è la nostra *puttana*.»

«Avete avuto accesso ai miei fascicoli. Chi è la vostra talpa alla California Fire and Life?»

«Non lo so.»

«Sandra Hansen? Della UIS?»

«UIS. T-O-P-O-L-I-N-O. Non lo so.»

«Tom Casey?»

«Non lo so.»

Jack spinge sulla porta.

«Non lo so!» gracchia Teddy. «Spargi pure le mie cervella in giro per il garage, amico sbirro! Stasera passano gli spazzini e puliscono con l'idrante, ma cazzo, io non lo so. Qualcuno sarà stato di sicuro, perché ti abbiamo fregato alla grande. Gli armeni, i russi, ti hanno fottuto tutti quanti, Jack.»

«Hai appiccato tu il fuoco alla casa di Scollins?»

«Quello forse sì» ammette Teddy, «ma non potrai usare questa informazione, perché finirai in galera molto prima di me.»

«Il solito, vecchio Teddy *Cool*» commenta Jack. «Prende un po' di stracci zuppi di combustibile e butta un fiammifero. Non cresci mai, Teddy? Non cambi mai. Guarda, siamo nella stessa situazione di sempre: tu che fai lo stronzo stupido e io che te le suono.»

Jack solleva la porta.

«Chi ti ha dato l'ordine di ammazzare quel vecchio, Teddy?»

«Quale vecchio?»

«Porfirio Guzman, dodici anni fa.»

«Quel vecchio messicano?» chiede Teddy. Poi alza gli occhi e sorride. «Kazzy ha detto che era stato il suo capo a ordinarglielo. E Kazzy lo ha ordinato a me. E tu non puoi farci un cazzo, amico sbirro.»

Il problema è che Teddy *Cool* ha ragione.

Non puoi farci un cazzo perché non hai un cazzo di prove.

Hai un testimone il quale sostiene che Nicky ha spostato dei mobili da casa la notte dell'incendio. Lo stesso testimone colloca Nicky sul luogo dell'incendio, contrariamente a quanto risulta dalla deposizione registrata.

Ma se usi quel testimone, lo ammazzeranno.

Déjà vu.

Hai i resti dei mobili falsi.

Sì, hai anche i campioni carbonizzati. E guarda che fine hanno fatto.

Hai il tizio che ha fabbricato i mobili falsi, ma è morto.

Tutto è bruciato.

Okay. Hai due ragazzi scomparsi, i vietnamiti che guidavano il camion rubato sul quale sono stati caricati i mobili. E hai un tentativo di omicidio contro l'agente che indagava sulla scomparsa dei due ragazzi.

E niente che colleghi tutto questo a Nicky Vale.

Jack si guarda in giro per il garage e vede una tanica di benzina.

Versa il contenuto sul pavimento mentre Teddy urla.

Versa quanto resta del carburante sulla testa di Teddy. Un po' fuoriesce da sotto la porta dal garage.

Jack gli si accovaccia accanto.

«Cosa ne ha fatto Nicky dei mobili?»

«Quali mobili?»

«Cazzo, ma dove ho messo i fiammiferi?»

«NON SO NIENTE DI NESSUN MOBILE DEL CAZZO!»

Teddy non mente. Teddy ha troppa paura per mentire.

«Dammi *qualcosa*, Teddy. Qualcosa che possa usare.»

Teddy ci pensa su. Jack capisce che è combattuto tra due paure. La paura di Nicky Vale contro la paura di essere bruciato vivo. Jack è certo che sarà lui a vincere, perché le fiamme sono una minaccia concreta mentre l'altra è, per il momento, astratta e Teddy non è bravo a cogliere l'astratto.

«Westview» dice Teddy.

«Cosa?»

«Posso darti questo. Ho sentito Kazzy parlare di qualcosa chiamato Westview. È una cosa che porta avanti con Nicky Vale.»

Jack preme il pulsante e la porta del garage si apre.

I ragazzi di Teddy sono lì fuori, con i cannoni spianati. Tre fucili a pompa, due pistole e una Glock.

«Buona idea» dice Jack. «Facciamo una bella sparatoria, così arrostiamo Teddy *Cool.*»

«*Mettetele giù! Mettetele giù! Mettetele giù!*» grida Teddy come un forsennato.

Jack passa in mezzo agli scagnozzi e torna alla sua macchina. Sale, apre il finestrino e dice: «Ha cantato come un uccellino. Cosa posso dirvi, ragazzi? Forse sono davvero *shtronzo*».

Avvia il motore e si allontana.

Chiedendosi: che cazzo è la Westview?

106

Nicky guarda Paul Gordon, dall'altra parte della scrivania, che annusa il suo cappuccino per assicurarsi che sia alla noce moscata e non alla cannella.

Svolto questo compito così importante, Gordon alza lo sguardo su Nicky come per dirgli: "Ora sono a tua disposizione".

Nicky sarà felice di lasciarsi l'ego di quell'uomo alle spalle.

«Pronto?» chiede.

«Sono tutto tuo.»

«Domattina» dice Nicky, «Tom Casey chiamerà per offrire un patteggiamento di cinquanta milioni di dollari con cui chiudere il mio caso.»

A Gordon quasi prende un colpo. Nemmeno nelle sue fantasie più sfrenate avrebbe mai sognato che la California Fire and Life accettasse di pagare i cinquanta milioni. Contava sul fatto che avrebbero rifiutato. A che cazzo serve la California Fire and Life se all'improvviso diventano furbi?

«Non ti preoccupare, li rifiuterò. Troverò un pretesto.»

Nicky scuote la testa.

«Invece accetterai l'offerta.»

Gordon sbianca.

«Non era questo il piano.»

«Lo è adesso.»

«Col cazzo» ribatte Gordon. «Ho trascorso anni a preparare queste cause. Ho i poliziotti e i giudici dalla mia. Non puoi tirarti fuori proprio ora.»

Nicky fa spallucce.

La voce di Gordon diventa stridula. «Nicky, che cazzo ti salta in mente? Possiamo cavalcare il casino combinato da Jack Wade per ottenere centinaia di milioni di dollari! Non vorrai accontentarti degli spiccioli!»

«Jack Wade ha fatto la sua parte» dice Nicky.

Wade sta per uscire di scena.

Poi Gordon capisce.

«Brutto figlio di puttana» dice. «Hai stretto un accordo separato.»

«Accetta l'offerta» dice Nicky. «E avrai la tua parte.»

«Col cazzo» ribatte Gordon. «Andremo in tribunale. Li porteremo tutti quanti in tribunale.»

«In tal caso, sei licenziato.»

Gordon ride. «Non puoi licenziarmi, razza di gangster arricchito. Io ti servo. Senza di me, ti mangeranno vivo. Pensi di poter affrontare la California Fire and Life e Tom Casey senza di me?»

In effetti sì, pensa Nicky, credo proprio di sì.

Anzi, ne ho la certezza.

Si alza e dice: «Sei licenziato».

Gordon va fuori di testa.

Segue Nicky in corridoio urlando: «Credi di essere l'unico pezzo grosso in città? Tu hai bisogno di *me*, ma io *non* ho bisogno di *te*! Viktor Tratčev sarà in questo ufficio tra meno di cinque minuti! Forse lui avrà il cervello o la lungimiranza che servono! O magari Kazzy Azmekian! Lui sì che ha le palle per arrivare in fondo alla faccenda! Non ti permetterà di mandare tutto all'aria, sporco mafioso europeo! Non puoi licenziarmi!».

Che scena patetica, pensa Nicky mentre sale in macchina. E Gordon non avrebbe dovuto giocare la carta di Tratčev. Né quella di Azmekian. Uno sfogo narcisistico. Di cattivo gusto.

Due carte che avrebbe dovuto tenersi in mano.

E l'espressione "sporco mafioso europeo"? Uno potrebbe essere tentato di prenderla come un fatto personale.

Oh, be'.

Si appoggia allo schienale del sedile.

Ci siamo quasi, pensa.

Ancora due passi e sarò al sicuro.

E chiuderò il ciclo in una sola generazione.

Domani, cinquanta milioni di dollari.

Cinquanta milioni di dollari puliti, sull'unghia.

Ma prima c'è del lavoro da fare.

«Al Ritz-Carlton» dice a Dani.

Facciamo il primo passo.

Dani aspetta in macchina mentre il *pakhan* va alla riunione.

107

Zio Nguyen ha la testa che gli pulsa.

Ha appena dovuto dire alla madre di Tommy Do che probabilmente quell'idiota di suo figlio non tornerà a casa per cena.

Mai più.

Questo ha provocato un sacco di singhiozzi e gemiti e altri fastidiosi rumori. La donna ha un tono di voce così stridulo che sembra perforare la testa di Zio Nguyen. Impedisce l'ascolto della partita degli Angels e si calma solo quando Zio Nguyen le promette vendetta.

Finalmente riesce a sbarazzarsi di lei con questa promessa e scende nel seminterrato, dove c'è Tony Ky appeso per i polsi e, tanto per tirarsi su l'umore, Zio Nguyen gli sferra un paio di colpi alla schiena con un bastone di bambù, suscitando un soddisfacente grugnito di dolore, poi dice: «Dimmi chi erano questi russi».

E Tony glielo dice: un russo alto e magro, un russo alto e grasso.

Non conosce i loro nomi, così Zio Nguyen gli assesta sulla schiena una mazzata degna di Jim Edmonds – una roba da terza base su qualunque campo d'America – e gli chiede per chi lavoravano.

«Tratčev» risponde Tony.

Per Zio Nguyen è un brutto colpo.

Ha fatto affari con Viktor Tratčev per anni ed è sempre

stato un rapporto onesto e redditizio per entrambi. Così chiama Tratčev e gli chiede: «Che *cazzo* sta succedendo?».

«Di cosa parli?»

«Due dei tuoi hanno assunto due dei miei per un lavoro e i miei due non sono mai tornati indietro.»

«Chi, dei miei?»

Zio Nguyen li descrive.

Tratčev è molto felice di sentir parlare di quei due. L'ultima cosa al mondo che gli serve è un impiccio con i vietnamiti. La prima cosa che gli serve, invece, è un alleato contro Nicky Vale, così dice: «Si tratta di Dani e Lev».

«Sarà meglio che mi mandi qui Dani e Lev. Voglio scambiare due parole con loro.»

«Non sono uomini miei.»

«E di chi sono?»

Tratčev glielo dice.

Zio Nguyen ribatte: «Per te è un problema se faccio quel che devo fare?».

Com'è prevedibile, per Tratčev non è un problema.

108

Jack torna in ufficio e tutti lo guardano come fosse un fantasma.

Jack li sente sussurrare mentre percorre lo stretto corridoio che separa i cubicoli. «Licenziato... falsa testimonianza... tangenti... poliziotto corrotto...»

«Sono tornaaa-ato!» canta.

Alcuni ispettori tornano a girarsi verso i loro cubicoli e fingono di studiare il monitor.

Tranne una, che alza il telefono, chiude le mani a coppa intorno al ricevitore e inizia a bisbigliare.

E così la Hansen ha detto a tutti: «State attenti a...» e questa ragazza non vede l'ora di lanciare l'allarme. Ma ci metteranno un po' prima di capire come gestire la situazione. Ci saranno un sacco di telefonate, a Billy, a Mahogany Row...

Ho tempo, ma non molto, pensa Jack.

Si siede e comincia a digitare sulla tastiera.

Entra nel database della segreteria di stato della California e digita "Westview".

Che non è uno dei nomi migliori da cercare, se ci si trova sulla West Coast.

Sullo schermo compaiono circa duecento risultati.

Westview Travel, Westview Realty, Westview Retirement, Westview Recreational Vehicles, Westview Condominium Association...

Westview LTD.

Jack sceglie Westview LTD.

Nella ragione sociale di una società in accomandita sono compresi soltanto i nomi dei soci accomandatari. Per conoscere i nomi dei soci accomandanti bisogna mettere le mani sull'atto costitutivo, per ottenere il quale è necessario un mandato.

È un ottimo sistema per fare il gioco delle tre campanelle.

Jack fa doppio clic su Westview LTD. e richiede l'elenco di tutti i soci accomandatari.

Un certo James Johnson, un certo Benjamin Khafti e la Orange Coast LTD.

Un'altra società in accomandita semplice.

Jack richiede l'elenco dei soci della Orange Coast LTD.

Un certo Howard Krasner, un certo Grant Lederer e un'altra società in accomandita semplice.

La CrossCo LTD.

Jack richiede l'elenco dei soci della CrossCo LTD.

E avanti di questo passo.

Ogni volta ottiene un paio di ipotetiche persone fisiche e un'altra società in accomandita semplice.

Il gioco delle campanelle.

Indovina sotto quale campanella si nasconde il vero proprietario.

Jack continua a giocare.

È sceso di dodici livelli quando trova la Jerisoco LTD.

Bingo.

Soci accomandatari: Michael Allen, Kazimir Azmekian e una certa Gold Coast LTD.

Gold Coast LTD.

Ricomincia il gioco delle campanelle. Richiede l'ennesima ragione sociale e ottiene un altro nome insignificante, più due società in accomandita. Queste lo portano ad altre tre.

E avanti di questo passo finché non trova quel che cerca.

La Great Sunsets LTD.

Adesso gli gira la testa.

La Great Sunsets LTD., la società che voleva costruire a Dana Strands.

Ed è collegata a Kazzy Azmekian e a Nicky Vale.

Santo Dio.

Jack vede due uomini della sicurezza e Cooper, l'ex poliziotto della UIS, avvicinarsi lungo il corridoio.

Jack chiede la ragione sociale della Great Sunsets LTD.

Il computer elabora.

Sbrigati, sbrigati, pensa Jack.

Sono a quindici metri da lui.

Sbrigati, pensa Jack.

Perché sente la paranoia montargli sulla schiena come un'onda bollente.

Jack si guarda intorno e ha la sensazione che le pareti gli si chiudano addosso.

Ed è così.

109

Ha appena spento il computer quando Cooper gli posa una mano sulla spalla.

«Sei stato sospeso, Jack» gli dice, «fino al termine dell'indagine.»

«'fanculo, sono io che mi sono licenziato.»

«Ancora meglio» ribatte Cooper.

Arriva Billy "Porca Puttana".

«Che cazzo succede?»

«Il signor Wade è stato sospeso.»

«Chi lo dice?»

«La UIS ha scoperto delle informazioni riguardanti tangenti...»

«Sono *stronzate*!»

«Dovrà parlarne con la signora Hansen» dice Cooper.

«Puoi scommetterci il culo che ne parlerò con la *signoooora* Hansen!» grida Billy. «Non è ancora finita, Jack.»

«È finita, Billy.»

Non sai quanto.

Mentre lo scortano fuori, Jack vede Sandra Hansen che lo tiene d'occhio da un angolo. Le rivolge un cenno di saluto.

La Hansen non è felice.

Pensa che Jack Wade è proprio uno stupido senza cervello. Pensa che la tavola da surf gli sia finita sulla testa una volta, o anche due, di troppo.

Ma è un ispettore onesto ed è un vero peccato che sia così cocciuto. Non ha ancora mollato l'osso sul caso Vale.

Ma lei gli ha dedicato tre anni e Dio solo sa quanta parte dei fondi destinati a contrastare la criminalità organizzata russa, e non permetterà a un testardo ispettore di quarto livello di rovinare tutto.

Non adesso.

Stasera la faccenda sarà chiusa.

Jack Wade deve andarsene.

Phil Herlihy osserva tutta la scena da Mahogany Row su una delle telecamere di sicurezza.

Phil è preoccupato.

Sul serio.

Ha tenuto sotto controllo il monitor del computer di Jack Wade e sa a cosa stava lavorando.

Jack Wade deve andarsene.

110

Jack si sente scoppiare la testa.

Nicky possiede gli Strands.

E la UIS gli copre le spalle.

Grandioso.

Ammettilo, non hai alcuna possibilità.

Ti hanno battuto. Qualunque mossa farai, troveranno il modo di fregarti.

Hanno dalla loro parte i dirigenti e i poliziotti e gli avvocati e i giudici.

E, diciamocelo, non sai chi altro potrebbe lavorare per Nicky.

Allora vaffanculo.

Mi dispiace, Pam.

Mi dispiace, Letty.

Nicky Vale diventerà più ricco.

Sul cadavere di sua moglie.

E sulla sofferenza dei suoi figli.

E vaffanculo.

Cerca un punto dove fare inversione.

Ma non fa in tempo a trovarlo, perché una grossa Cadillac nera gli si attacca al culo.

111

È una grossa, vecchia Cadillac nera e gli sta proprio attaccata al culo.

La Mustang è un'ottima macchina, ma non è in grado di seminare la Caddy truccata che quell'idiota gli sta lanciando addosso.

La Caddy gli sta dietro in una brutta curva a S, poi in un breve rettilineo che si piega in una grande curva esterna. Jack tocca il freno perché è consigliabile non imboccare una curva di quel genere con troppa fretta a meno che tu non voglia volare come Orville Wright.

Rallenta, ma quello stronzo gli si accoda.

Quindi si appresta a sorpassarlo.

Jack non crede ai suoi occhi, ma l'idiota gli si affianca all'uscita dalla curva.

Terminata la curva, *resta* accanto a lui.

La Cadillac è contromano in curva e non si sposta.

«Che cazzo fai?» grida Jack, perché da una parte hanno un muro roccioso e dall'altra un precipizio di sessanta metri e non è una bella situazione.

Infatti, un'altra macchina gli arriva alle spalle. Un'auto molto potente, una Dodge Charger, che gli sta proprio attaccata al culo.

E questo è un altro bel casino, perché adesso Jack può soltanto seguire la strada.

Non può nemmeno frenare.

Poi vede arrivare il camion.

Sulla *sua* corsia, diretto proprio verso di lui.

O fa un frontale con il camion o finisce fuori strada.

Ed è proprio questo il piano.

Jimmy Dansky, nell'abitacolo del camion, vede le macchine davanti a sé. Quello nuovo è bravo, sta facendo esattamente quello che deve. E cioè intrappolare la Mustang.

Un gioco a chi cede per primo.

Jimmy è sicuro di vincere, perché è psicologicamente impossibile che il pilota di una macchina regga il confronto con un camion. Se un automobilista vede un camion venire dritto contro di lui, pesta sui freni e sterza. È la natura umana. E su quella curva, sterzare vuol dire perdere il controllo e finire nel precipizio.

Ciao ciao.

Dopo di che, l'auto dietro di lui può immettersi nell'altra corsia e tutto finisce bene.

A parte la Mustang.

Che finisce nel cratere in fondo al canyon.

È un'acrobazia pericolosa, di quelle da palle strette e cuore in gola, ma il successo è assicurato.

Così Dansky continua ad avanzare verso la Mustang, aspettando che il conducente ceda alla paura.

Jack non sterza e non frena. Anzi, accelera. Accelera verso il camion quasi volesse distruggerlo.

Mustang kamikaze.

Banzai, cazzo!

Jimmy Dansky non crede ai propri occhi.

Gli avevano detto che quel tizio era un osso duro, non che era un pazzo.

O un maniaco suicida.

Sterza, testa di cazzo, sterza, pensa Jimmy.

Jack, invece, pensa: Fottiti, stronzo.

Sarai *tu* a spostarti.

Tutto questo succede nel giro di pochi istanti, pochi secondi prima di uno spettacolare incidente che coinvolgerà quattro mezzi sulla Ortega. Jack stacca una mano dal volante e afferra la pistola di Teddy. Con il primo colpo distrugge il finestrino, il secondo lo spara verso la Caddy, e quello al volante si spaventa. Con una brusca sterzata, manda la Caddy a sbattere contro la parete rocciosa.

Jack si sposta a sinistra, nello spazio rimasto libero sull'altra corsia. La Charger cerca di togliersi di mezzo, ma è troppo tardi.

Il camion di Dansky sradica la parte superiore della Charger, portando con sé il tronco del guidatore prima di sfondare il guardrail e lanciarsi nel cielo sopra il canyon.

«Houston, abbiamo un problema.»

Jimmy Dansky è lassù con mezza Charger e mezzo conducente incastrati nel muso del camion e il muso del camion punta verso il sole. Per un secondo immagina che il camion abbia uno slancio sufficiente per volare sopra il canyon e atterrare dall'altra parte. Ma le leggi della fisica sono contro di lui e il muso del camion piega bruscamente in avanti.

E Jimmy non ha il paracadute.

Pochi secondi dopo, il camion si schianta sul pendio come una specie di acrobata suicida, poi si capovolge due volte su se stesso e finalmente si ferma.

Ma a quel punto il collo di Jimmy Dansky si è già spezzato in più punti.

Nemmeno Jack è messo benissimo.

Striscia contro la parete di roccia, rimbalza sulla strada, arriva fino al bordo del dirupo, sterza di colpo, torna verso la parete, si allontana e l'auto prende a girare su se stessa.

Gira a trecentosessanta gradi: parete, dirupo, parete, dirupo, parete, dirupo. Poi si ferma.

Con il muso che sporge dal bordo del precipizio.

Jack vede l'eternità sotto di sé.

Esce, con molta cautela, e sente le gambe deboli e il mondo vorticargli intorno e la Caddy e la Charger sono ormai lontane.

Controlla le condizioni della Mustang.

Gravi danni.

La lamiera tra la portiera di sinistra e il cofano è piegata all'interno. Idem per la portiera sul lato del passeggero. Tagli e graffi lungo tutto il lato destro.

Stiamo parlando di una vita intera dal carrozziere.

Non sarà mai finita, pensa Jack. Sai troppe cose, Letty sa troppe cose. Non possono più lasciarci andare, neppure se ci arrendiamo.

E, ammettilo, *tu* non vuoi arrenderti.

Non sarà finita finché non avrai portato a termine il tuo lavoro.

Che è quello di non pagare indennizzi non dovuti. Non pagare chi dà fuoco alla propria casa, e non pagare chi ammazza la moglie, e non permettere che qualcuno freghi la tua compagnia. Devi portare a termine quello che hai cominciato.

E stavolta fallo *bene*.

Piantala di frignare e vai a cercare i mobili di Nicky.

E come cazzo farai a trovarli?

Potrebbero essere ovunque.

Nicky possiede condominî, Nicky ha villette a schiera, Nicky ha...

Sì. Jack accarezza la coda della Mustang.

«Addio, vecchia compagna.»

Ci si appoggia contro con la spalla e la spinge oltre il bordo del dirupo.

La guarda capovolgersi giù per il canyon ed esplodere sul fondo in una palla di fuoco.

Comincia a camminare verso ovest, mostrando il pollice.

Verso uno *splendido* tramonto.

112

Young aspetta che il sole tramonti.

Ha radunato i suoi uomini nel parcheggio del Ritz e assegnato a ognuno il proprio incarico. È teso come una corda di violino, perché se quella sera la missione andrà a buon fine sarà la più importante retata dai tempi del raid di Appalachia. Ha i nomi, la documentazione, gli pseudonimi, i nascondigli. Sa dove sono le armi, quali sono e a chi appartengono. Se la retata riesce anche solo a metà, si estenderà a valanga anche nel resto del paese. Potranno sbarazzarsi di altri nuclei di mafia russa in Arizona, Texas, Kentucky, West Virginia, New York.

Aspetta solo che faccia buio.

Jimenez è altrettanto euforico. Si è preso la sua parte della lista e la sua parte di colletti bianchi, perché per una volta i federali hanno deciso di fare gioco di squadra. Così ha disposto i suoi uomini in tutta la California del sud. Ha un vero e proprio battaglione pronto a colpire a L.A., un'altra squadra lì a Orange County, altri ancora a San Diego. Aspetta solo che il sole tramonti.

Sandra Hansen è seduta nella sua stanza del Ritz, e ingolla Diet Coke come se questo potesse calmarle i nervi. Lei non avrà la soddisfazione di partecipare alle retate. Non può nemmeno far sapere in giro che la California Fire and Life ha finanziato metà di questa indagine. Può solo stare seduta accanto al telefono e sperare che vada tutto bene, che non subentri qualcosa a rovinare tutto.

Perché è una faccenda delicata.

La retata è stasera.

Il pagamento di cinquanta milioni di dollari l'indomani mattina.

Poi il suo uomo inizierà a spifferare tutto in cambio dell'immunità, esclusi i crimini capitali. Tutto l'affare è avallato dall'ufficio sinistri, da Mahogany Row e da una sfilza di agenzie delle forze dell'ordine.

Quella è una serata importante.

Guarda fuori della finestra, verso uno splendido tratto di spiaggia e uno di quegli incredibili tramonti della California e vorrebbe che fosse già mattino.

Anche Nicky guarda il tramonto.

Lev e Dani gli sono alle spalle, sul prato, come lunghe ombre.

«Sembra di essere di nuovo in cella» dice Nicky. «Noi tre con le spalle al muro contro tutti. Combattiamo per la nostra vita. Nuova vita. Anni fa, in quell'inferno, vi ho promesso una nuova vita. Vi ho promesso il Paradiso. Se stasera facciamo quel che dobbiamo fare, domani quella nuova vita sarà nostra.»

«Siamo a pochi passi dalla salvezza. Stasera si scrive la storia.»

A pochi passi dalla salvezza, e tutti i piani sono già stati definiti.

Sarà una notte di sangue.

Lo è già stata. Jimmy Dansky e Jack Wade sono morti in un letale *pas de deux*.

E la sorella.

Stavolta non sono ammessi errori, ecco perché ha chiesto a Lev di occuparsene. Lev non farà errori.

Tutti gli altri problemi spariranno.

E io sono una nuvola che scivola nel cielo del crepuscolo.

113

Letty non è dell'umore giusto per godersi il tramonto. Si sente come una merda calpestata.

Che, in effetti, è un paragone calzante.

Un agente la accompagna a casa, un altro riporta la sua macchina.

«Vuoi che resti qui?» le chiede.

«Sto bene.»

«Ma il capo ha detto...»

«So cos'ha detto il capo» ribatte Letty, ridendo. «Ma io sto bene.»

Ha una borsa per il ghiaccio, un flacone di antidolorifico e la speranza che Jack verrà da lei a coccolarla un po'.

A prepararmi un drink, a sprimacciare il mio cuscino e ad assicurarsi che io dorma bene.

Perché domattina raccoglierò i miei stracci e andrò a casa di Madre Russia per domandare a Nicky cosa ci facevano due ragazzi scomparsi a casa sua, la notte prima della loro scomparsa.

Il capo mi ha detto di mettere da parte il caso di Pam e di occuparmi dei due vietnamiti.

Di seguire quella pista e vedere dove porta.

Be', guarda un po' dove porta?

Da Nicky.

E dove cazzo è Jack?

Dovrebbe essere qui a farsi in quattro per recitare la parte del maschio preoccupato.

Letty lo chiama in ufficio.

È uscito.

Lo chiama a casa, le risponde la segreteria, lascia un messaggio.

Letty sa dov'è.

È uscito a indagare sull'incendio doloso.

Un segugio a vita, su una pista calda.

Lavoro o non lavoro, Jack non si arrenderà mai.

È una delle cose che ama di lui.

Lo ama ed è preoccupata per lui e recita una breve preghiera, augurandosi che stia bene.

Poi prende due antidolorifici, si mette a letto e spegne la luce.

114

Natalie accende la lampada sul comodino.

«Devi *dormire*» dice a Michael.

«Non ci riesco.»

Sta di nuovo piangendo

«Come mai?» chiede Natalie.

«I fantasmi.»

«Non sono fantasmi, sono ombre.»

Ma fanno paura, deve ammettere Natalie. I rami del grande eucalipto fuori della finestra sono mossi dal vento e proiettano spaventose braccia e teste sulla parete della camera da letto.

«Ho paura» dice Michael.

«Di cosa?»

«Del fuoco. Come quello che ha bruciato la mamma.»

«Questa casa non prenderà fuoco.»

«Come fai a saperlo?»

Non lo so, pensa Natalie. Anche lei ha paura.

Fa brutti sogni.

Dove c'è fuoco *dappertutto*.

E mamma dorme e non si sveglia.

«Non ci sarà nessun incendio» dice Natalie, «perché io sono la principessa e ho dato quest'ordine.»

«E io chi posso essere?» chiede Michael.

«Il fratellino della principessa.»

Michael frigna: «Non posso essere qualcun altro?».

«Per esempio uno stregone?»
«Che cos'è?»
«Una specie di mago» risponde Natalie. «Ma più potente.»
«Posso far sparire le cose?»
«Sì.»
«Anche i fantasmi?»
«Sì. Ora *dormi.*»
«Lascia la luce accesa.»
Lei lascia la luce accesa.
E resta sveglia, e guarda muoversi le ombre.

115

Jack è seduto al buio.

Quasi invisibile contro la scogliera, aspetta che ci sia luce sufficiente per vedere senza essere visto.

Così se ne sta seduto a guardare l'oceano.

Come faceva da piccolo.

Seduto a Dana Strands a non far niente.

La luna piena inargenta le onde.

Si infrangono sulla spiaggia con una specie di *shhhhhhh.*

La ninna nanna del Pacifico.

Jack aspetta che sorga il sole.

116

Letty si sveglia di soprassalto.
Un rumore, all'esterno.
Passi sulla terrazza.
Prende la pistola sul comodino con la mano sana e, appiattita contro la parete, si dirige alla porta.
Calmati, ragazza, si dice. Il cuore le martella in petto e le trema la mano.
Arriva alla porta e guarda fuori, oltre il pannello di vetro.
Non vede nulla.
Solleva la mano fasciata e gira la maniglia. Poi apre la porta con un calcio ed esce sulla terrazza, pronta a sparare. Punta la pistola a destra, niente. La punta a sinistra...
Il procione si precipita giù dai gradini.
«Merda» dice Letty.
Esala un lungo sospiro e riprende fiato.
Poi ride di sé e si appunta mentalmente di procurarsi delle corde elastiche per chiudere i bidoni dell'immondizia.
Chiude la porta e torna verso la stanza da letto.
Ma il braccio le fa talmente male che entra in bagno, accende la luce e ingolla un altro paio di antidolorifici.
Spegne la luce e torna a letto.
Lev è appiattito contro un angolo della casa.
Vede la luce accendersi, poi spegnersi di nuovo.

117

Nicky guarda Paul Gordon uscire dallo Starbucks con un cappuccino da asporto in mano. Dimentico, nella sua arroganza, della possibilità che il mondo potrebbe fargli del male.

L'autista lo segue attraverso il parcheggio semideserto fino alla banca, dove Gordon si mette di fronte allo sportello del bancomat, appoggia il cappuccino sulla sporgenza, inserisce la tessera e picchietta il piede a terra mentre la macchina ronza.

Nicky, dal sedile posteriore, guarda Dani abbassare il finestrino anteriore sul lato del passeggero e appoggiare la pistola mitragliatrice sul bordo.

Gordon preleva il contante, afferra i duecento dollari con una mano, il bicchiere di carta con l'altra, gira sui tacchi e si imbatte nella raffica di proiettili che gli sfonda il petto. Il cappuccino si rovescia sulla camicia macchiata di sangue mentre lui crolla sull'asfalto bollente.

«Sei licenziato» dice Nicky.

118

Teddy Khul fa la cosa giusta.

Scappa.

Da quando l'amico sbirro ha detto che ha cantato come un uccellino, Teddy sa che è solo questione di tempo prima che uno dei suoi lo sputtani con i russi.

Teddy sa di essere solo un contratto a termine.

Così, anche se gli fa male praticamente tutto, raccoglie alcune cose, monta in sella alla sua moto e si dirige verso est, deciso a restarci finché le acque non si saranno calmate. Pensa che forse andrà in Arizona.

Fa proprio la cosa giusta.

Poi fa una cosa molto stupida.

Si ferma a farsi una birra.

E, cosa ancora più stupida, si ferma a farsi una birra in un bar per motociclisti chiamato Cook's Corner, nei pressi di Modjeska Canyon. Teddy ha sete, e pensa che questo è l'ultimo locale decente prima di molte miglia di strada asciutta e solitaria.

La birra è talmente buona che ne ordina un'altra.

Si mette a chiacchierare e a ridere con alcuni amici e finisce col berne cinque.

Non si accorge che uno dei suoi ragazzi è al telefono.

Alla birra numero sette decide che è ora di rimettersi in strada e togliersi dai guai, ma prima deve fare pipì. La birra gli preme sulla vescica come un manubrio da venticinque chili.

Scende dallo sgabello, spinge la porta di metallo del bagno degli uomini e si avvicina all'orinatoio di acciaio inossidabile.

Lì dentro è tutto solo.

Dal bar arrivano le note di una canzone di George Thorogood e Teddy si abbassa la zip muovendosi a ritmo con la musica.

«Aaaaaahhhhh.»

L'assassino esce da uno dei box, gli punta la pistola alla nuca e preme il grilletto.

Teddy muore con ciò che resta della sua faccia immersa nell'orinatoio.

Accanto allo scopettino di spugna bianca.

119

Il giudice John Bickford riceve a casa una chiamata anonima, nella quale lo si informa che i suoi anni di fedele servizio sono stati debitamente tenuti in considerazione. Anzi, un informatore ha riferito ogni cosa al procuratore generale della California e sul *Register* del giorno seguente uscirà un articolo che collega il giudice Bickford a un certo Paul Gordon, recentemente assassinato, e a sua volta collegato alla mafia russa.

Bickford saluta la moglie e guida fino a un motel di Oceanside dove si calma con uno scotch invecchiato dodici anni e un po' di Valium. Poi, alle prime ore del mattino, si taglia le vene.

L'articolo non viene mai pubblicato.

Il giudice in pensione Dennis Mallon riceve una chiamata simile e prende un volo per il Messico, con coincidenza per Grand Cayman, dove ha una casa.

Il dottor Benton Howard scende dal marciapiede e si scontra con un'auto. Le sue ferite sono talmente reali che gli procurano la morte.

Il mattino dopo si sparge la voce che Howard era un informatore che lavorava con la task-force anticriminalità russa.

120

La quale, intanto, si dà un gran da fare.

In quello che tra le forze dell'ordine sarà definito il Massacro del Giorno di San Pietroburgo, gli uomini di Young piombano addosso alla brigata di Tratčev come fossero la Guardia repubblicana.

Gli uomini di Tratčev vengono colti di sorpresa. Li arrestano nei bar, nelle loro case, nei loro letti insieme alle fidanzate.

Viktor Tratčev sta trascorrendo una tranquilla serata a casa, guardando *Cops* sul canale della *Fox*, quando la porta viene sfondata e l'agente speciale Young entra reggendo tra le mani un fucile a pompa neanche fosse Kevin Costner ne *Gli intoccabili*. Tratčev è seccato perché era convinto che fuori della porta ci fossero due guardie, ma ora quegli uomini hanno le mani legate dietro la schiena e lacci di plastica intorno ai polsi, quindi, tecnicamente, non sono più guardie.

Bad boys, bad boys, watcha gonna do? dice la canzone che fa da sigla al telefilm. Ragazzacci, ragazzacci, cosa farete?

Tratčev si allunga per prendere gli occhiali.

Ed è un errore, perché uno degli uomini di Young gli pianta due proiettili nel petto ancor prima che il suo superiore possa gridare: «*Che cazzo stai facendo?!*» ma il fatto è che l'agente sa perfettamente che cazzo sta facendo.

Si mette in fila per ricevere un bel premio da Nicky Vale, ecco cosa sta facendo.

Whatcha gonna do when they come for you? Cosa farete quando verranno a prendervi?

I ragazzi di Jimenez si stanno scatenando a L.A.

Corrono in lungo e in largo per Fairfax, sfondano porte, bloccano auto, chiudono vicoli e stradine laterali. Arrestano ladri di auto, artisti degli incidenti falsi, ricattatori, spacciatori di droga. Tutti i titolari e anche le riserve della Nazionale Arraffasoldi di Rubinskj e di Ščaller.

Beccano anche Rubinskj e Ščaller.

Rubinskj è a letto con sua moglie quando Jimenez gli dà la sveglia premendogli la canna della pistola alla nuca. Ščaller sta giocando a poker con alcuni amici quando la partita viene bruscamente interrotta.

Alla retata sfugge Kazzy Azmekian.

Non è in casa.

È a venti miglia al largo di Rosarita, sul suo motoscafo da dodici metri per una battuta di pesca notturna.

A quanto pare non sa nuotare, perché quando la sua fidata guardia del corpo lo butta fuori bordo, Kazzy fa *glu-glu* per un po', quindi sparisce nell'oscurità.

E alla fine, grazie a tragici incidenti come questo e all'operazione su vasta scala condotta dalla task-force, Nicky Vale è quasi riuscito a reinventarsi come legittimo uomo d'affari.

Ma non del tutto.

121

Il rumore sul terrazzo sveglia Letty.

Lo sferragliare dei bidoni dell'immondizia.

«Maledetti procioni» dice, alzandosi dal letto.

Barcolla fino alla porta e stavolta non si preoccupa di prendere la pistola. Non ha certo intenzione di sparare alla bestiola.

Lev la aspetta all'angolo della terrazza.

Fallo sembrare uno stupro, gli ha ordinato il *pakhan*. Poi ammazzala a coltellate. Un altro omicidio di qualche pazzo maniaco del Southland. Come da copione.

Stringe il coltello nella mano sinistra.

Sente i passi della donna.

La sente aprire la porta.

La vede uscire.

«*¡Vamos!*» grida Letty, mentre Lev sta per farsi avanti.

Qualcosa lo trattiene.

Una corda stretta intorno al collo che lo tira indietro e giù per gli scalini.

Letty sente il procione correre via e torna in casa.

Chiude la porta a chiave e torna a letto.

Qualunque cosa avesse provocato quel rumore, ora se ne è andata.

122

Madre Russia riesce finalmente a far addormentare i bambini.

A essere onesti, sarà felice quando Dazjatnik avrà ricostruito la sua casa e tornerà ad abitarci, perché se è vero che Madre Russia adora stare con il piccolo Michael, è altrettanto vero che Natalie ha preso dalla madre ed è una vera stronzetta.

Purtroppo c'è poco da fare, ai geni non si comanda.

Michael, invece... Michael diventerà un piccolo principe.

Bisognerà lavorarci su ancora un po'.

Ma Natalie...

Madre Russia va in bagno, si lava i denti, si lava la faccia, poi si spazzola i capelli.

Cento colpi di spazzola, ogni mattina e ogni sera, ecco cosa occorre per conservarli belli e voluminosi, come piacciono a Dazjatnik.

Finisce di spazzolarli e fa un passo indietro per ammirarsi allo specchio.

È allora che vede l'uomo alle sue spalle.

Deve essere una delle nuove guardie.

Ma che coraggio, entrare in camera sua...

«Ehi...» fa per rimproverarlo.

Poi la mano dell'uomo le copre la bocca.

Una pezzuola le copre il naso.

Poi il buio.

123

Nicky si accende uno spinello.

Gusta il dolce profumo muschiato, tira una lunga boccata, lascia che il fumo gli riempia i polmoni poi lo soffia fuori. Sente la tensione andarsene insieme al fumo.

Tutti i problemi si dissolvono nell'aria della notte.

Tratčev è morto.

I suoi uomini sono in cella.

Rubinskj e Ščaller tolti di mezzo insieme alle loro brigate.

Tutti sanno che il defunto dottor Benton Howard era un informatore della polizia.

Paul Gordon è stato licenziato.

Kazzy Azmekian è un relitto galleggiante. O si dice rottame? Nicky non lo ricorda mai. Non importa.

Fa un altro tiro, si spoglia e si immerge nell'acqua fumante della jacuzzi.

Domani incasserà cinquanta milioni di dollari. Il ciclo completo in una sola generazione.

Una splendida notte, e dell'ottimo fumo.

Avverte una lieve fitta di preoccupazione. Lev non è ancora tornato a confermare che anche il problema della sorella è stato risolto. Nicky dà un altro tiro e lascia che il problema si allontani dalla sua mente. Se Lev decide di uccidere, Lev uccide. Tornerà presto.

Nicky sta trascorrendo *proprio* una bella serata. Tutto il piano funziona a meraviglia, Tratčev è morto, domani arriveranno un sacco di soldi e la vita è bella. Chiude gli occhi e stira i muscoli, poi sente qualcosa di rotondo contro le dita dei piedi.

È seccato, perché ha detto *mille volte* a Michael di non giocare a pallone vicino alla piscina e alla vasca per l'idromassaggio.

Nicky si alza per prendere la palla e grida.

Ricade contro il bordo della jacuzzi e si rannicchia, terrorizzato.

Fissa la testa mozzata di Lev che ondeggia sull'acqua gorgogliante.

Nicky è in posizione fetale quando sopraggiunge Dani.

Dani solleva la testa di Lev per i capelli e lancia un grido disperato.

C'è un nastro intorno al collo di Lev.

Sopra c'è scritto qualcosa, ma anche se non fossero così sconvolti non riuscirebbero a leggerlo.

È scritto in vietnamita.

Nicky corre in casa.

In camera di sua madre.

Dalla porta socchiusa filtra la luce intermittente della televisione.

Apre la porta senza bussare.

«Mamma...»

Sul letto è seduto un uomo e guarda la televisione. Con un gesto disinvolto, punta la sua pistola dotata di silenziatore verso Nicky.

«Ciao, Daz» dice Karpotsov. «Oh, scusa... ora ti chiami Nicky, vero?»

«Colonnello.»

«Generale» puntualizza Karpotsov.

Nicky è sul punto di *strippare*, ma resta calmo.

«Congratulazioni» dice.

«Grazie. Questo canale è HBO?»

«*Cinemax.*»

«Mi piace.»

«Ne sono felice» ribatte Nicky.

«Be', congratulazioni, Nicky» riprende Karpotsov. «Da quanto ho saputo hai fatto parecchia strada. Ben fatto, la tua nazione ne è fiera. Ci avresti reso partecipi, vero, Nicky? O mi davi per morto?»

«Diciamo che ci avevo sperato» risponde Nicky. «Dov'è mia madre?»

«Per un po' resterà con noi.»

«Un po' quanto?»

«Be', mettiamola così. Vogliamo i nostri soldi.»

Amico.

Vogliamo la nostra fetta.

Della California Fire and Life.

124

Il sole sorge quanto basta per distinguere le sagome.

Quella prima ora del mattino, quando i colori sono infinite tinte di grigio.

Jack si avvia lungo la gola che taglia la scogliera. Si arrampica fino alla vecchia recinzione. Si abbassa per passarci sotto, proprio come faceva quando era un ragazzino, e si ritrova nel vecchio parcheggio delle case mobili.

È molto, *molto* strano trovarsi lì sapendo che il posto appartiene a Nicky Vale. Che Nicky vuole trasformarlo in un quartiere di condominî e villette a schiera. Che ha ammazzato sua moglie per procurarsi il capitale necessario.

Jack si fa strada tra gli eucalipti e gli alberi di pino. Supera le vecchie piattaforme e raggiunge un cassonetto dell'immondizia.

Lo apre, ne illumina l'interno con la torcia e fa un salto all'indietro.

Due teschi crepati e carbonizzati.

Esplosi dall'interno a causa dell'intenso calore.

Tommy Do e Vince Tranh.

Jack richiude il coperchio.

Procede verso la vecchia e decrepita sala ricreativa intorno alla quale correva da piccolo. Quando aveva otto anni era un fortino. Quando aveva dieci anni era un posto per sentire musica. Quando ne aveva quindici, era il paradiso delle pomiciate.

La vecchia sala è in pessime condizioni. Ci sono tavole divelte, scandole rimosse, ma le due ampie porte sono ancora intatte.

Chiuse da un lucchetto nuovo di zecca.

Un lucchetto a combinazione.

Jack raccoglie un sasso e spacca la chiusura a occhiello.

La porta si apre come se fino ad allora avesse faticato a restare chiusa.

La prima cosa che Jack vede è il letto.

Solleva il rivestimento ed eccolo lì.

Il letto a baldacchino di Robert Adam. È bellissimo, con la sua seta e i suoi tessuti e l'elaborato blasone inciso. Il video non gli rendeva giustizia.

Tutta la stanza è piena di mobili. Coperti da teli di stoffa, somigliano a monumenti o a fantasmi. Jack percorre la stanza tirando via i teli e li scopre tutti.

Lo scrittoio Giorgio III, la sedia Hepplewhite, il tavolino rococò Matthias Lock.

«È tutto qui» dice Jack a voce alta.

Le poltrone di mogano senza braccioli, il servomuto, lo specchio Kent, il tavolino, le sedie dorate, il tavolo da gioco: Jack guarda tutti quei mobili e nella sua mente vede Pamela Vale che glieli mostra uno per uno. Come se fosse lì in quella vecchia sala a descrivere ogni pezzo mentre Nicky regge la telecamera.

«Ecco uno dei nostri tesori originali. Un raro trumeau a base bombata, laccato in rosso, del 1730 circa. I piedi sono a forma di zampa, artigliati e coperti di pelo. Inoltre, gli angoli sono a forma di serpente con foglie di acanto affusolate. Un oggetto molto raro.»

È tutto qui.

I preziosi mobili di Nicky. Che valgono oltre mezzo milione di dollari.

Per due. Mezzo milione dall'assicurazione e mezzo milione quando li rivenderà.

Ma sono anche altro. Sono la sua identità, il suo ego, la sua nuvola fluttuante nel cielo.

Sono ciò per cui ha ucciso sua moglie.

Sua moglie, i due ragazzi vietnamiti, George Scollins, e Dio solo sa chi altro. Per un mucchio di legno vecchio. Per un mucchio di roba vecchia. Per essere certo di intascare i cinquanta milioni di dollari sarebbe stato più prudente bruciarli davvero, ma Nicky non ne è stato capace.

E questo gli costerà i cinquanta milioni.

E l'indennizzo.

E se Jack riuscirà a fare a modo suo, anche tutto il resto.

125

L'alba in casa di Madre Russia.

Un posto *molto* felice.

Nicky si versa una tazza di caffè e, tremante, si siede su uno sgabello al bancone della cucina.

Due milioni in contanti.

E una grossa fetta degli affari di Nicky.

È il prezzo richiesto da Karpotsov per liberare Madre Russia.

«Oppure inizieremo a bruciarla» aveva detto Karpotsov. «Ti manderemo i pezzi carbonizzati. Prima un dito, poi faremo sul serio. Una mano, un piede. Quando avremo finito con lei, passeremo ai bambini. Hai cercato di fregarci, Nicky. Ci devi dei soldi. Un sacco di soldi che hai rubato alla tua patria.»

«La mia patria non esiste più.»

«Allora, un sacco di soldi che hai rubato a *noi*» aveva ribattuto Karpotsov.

«Neanche il KGB esiste più. Tutto quel che resta del mio paese è un buffone ubriaco e la mafia.»

«Nicky» aveva ripreso Karpotsov, scuotendo il capo. «Non capisci? Noi *siamo* la mafia. La mafia è noi. *Organizatsiya*. Due entità inscindibili. Siamo giunti a un accordo. E l'unico motivo per cui non faccio a pezzetti tua madre e te la faccio mangiare prima di farti saltare il cervello è perché sei un bastardo che sa come fare i soldi. Un ladro è un ladro, e tu ricomincerai a rubare per noi, Nicky. Ma prima, vogliamo due milioni di dollari in contanti a titolo di caparra. Oppure iniziamo a bruciarla. È la tua vecchia tecnica, no, Nicky? La usavi in Afghanistan, giusto? Ti piaceva bruciare la gente, se non ricordo male.»

«Avrai i tuoi soldi!»

«Ti conviene» aveva risposto Karpotsov, alzandosi dal letto. «Mi piacerebbe restare a vedere la fine del film, ma sono sicuro che tu abbia parecchie cose da organizzare. Insomma, ci si vede più tardi, okay?»

Si era alzato e se n'era andato.

Nicky ha passato una notte *molto* riposante.

Quando chiudeva gli occhi, vedeva la testa di Lev galleggiare sull'acqua. Quando li apriva, vedeva gli uomini di Karpotsov prendere una torcia e...

Così ha trascorso gran parte della notte a camminare avanti e indietro per casa.

Poi, arrivato il mattino, Nicky perde il controllo. «Sono entrati nella casa *dove dormono i miei bambini* e si sono presi *mia madre*!»

Picchia la mano sul bancone della cucina.

Calmati, calmati, si ripete.

La rabbia non ti servirà a niente.

Pensa.

Karpotsov è una realtà da affrontare, e anche alla svelta.

O mia madre è spacciata e i bambini la seguiranno a ruota.

Chiama il numero che gli ha dato Karpotsov.

«Ho un'offerta» dice Nicky.

«Spero sia buona.»

«È ottima.»

Una fetta della più grande compagnia d'assicurazioni della costa occidentale.

«Una caparra per dimostrare la tua buona fede» dice Karpotsov. «Oggi.»

«L'avrai. Stamattina mi arrivano i soldi.»

Va tutto bene, si dice. È tutto a posto. Tratčev è morto. Azmekian è morto. Gordon è morto. Le Due Croci sono fuori dei giochi, resta solo il KGB. Un semplice scambio. Stanno arrivando dei soldi. Soldi con cui pagare il riscatto di mia madre. Tutto andrà bene...

Squilla il telefono.

Jack gli legge tutto l'inventario. Arriva all'ultimo pezzo e dice: «Già, è tutto qui».

Nicky dice: «Dove sei? Se hai i miei mobili, devi dirmi dove sono!».

«Credevo che i tuoi mobili fossero bruciati nell'incendio» ribatte Jack. «Certo, se vuoi *ritirare* la richiesta d'indennizzo...»

«Non sai...»

«Se ritieni che i tuoi mobili siano stati rubati, ti conviene chiamare subito la polizia.»

«... con chi stai...»

«Oppure puoi inviarci una richiesta d'indennizzo per furto» dice Jack. «Non dovrebbe essere troppo complicato. Direi che l'inventario ce l'abbiamo già.»

«Non sai contro chi ti sei messo.»

«Porfirio Guzman» dice Jack.

«Cosa?»

«Questo nome non ti dice proprio niente?»

«No.»

«Come pensavo» ribatte Jack. «Lo hai fatto ammazzare dodici anni fa. Mi rendo conto che è un sacco di tempo per ricordare un'inezia come questa.»

«Cos'hai intenzione di fare?»

«Be', ho in mano roba per il valore di un milione di dollari, che costituisce anche una prova sufficiente per collegarti all'incendio doloso e all'omicidio di tua moglie» dice Jack. «Secondo te cosa farò?»

Un secondo di silenzio. Poi Nicky dice: «Sono pronto a essere ragionevole».

«Io no.»

«Centomila dollari» offre Nicky. «In contanti.»

«Che spilorcio, Nicky. Mi sorprendi.»

«Centocinquanta.»

«Sono ancora spiccioli.»
«Duecentomila» rilancia Nicky.
«No.»
«Allora proponi tu una cifra.»
«Rinuncia alla causa legale.»
«Ti basterebbe?»
«No» risponde Jack. «Ritira anche la richiesta d'indennizzo.»
«Se potessi riavere i mobili...»
«Potrai riaverli.»
«Bene.»
«Dopo aver confessato di aver bruciato la tua casa e aver ucciso tua moglie.»
Nicky fa un lungo sospiro.
«Possiamo ancora trovare un accordo.»
«Te l'ho già detto» ribatte Jack.
Io non faccio accordi.
Nicky dice: «Verrò a cercarti».
E Jack: «Portati la colazione al sacco».
E riaggancia.
Nicky sbatte la mano sul bancone.
Avverte la presenza di qualcuno alle sue spalle.
Il piccolo Michael è in piedi dietro di lui.
«Nonna è andata via?» chiede.
«Sì, ma...»
«Anche lei è tutta bruciata? Come mamma?»
Nicky va fuori di testa.

126

Il sole inizia a bruciare lo strato di nebbiolina sopra la superficie dell'acqua.

Il mondo prende forma quando Jack esce dalla vecchia sala ricreativa.

Controlla che la pistola di Teddy sia carica.

Restano sei colpi.

Dovrebbero bastare.

Quando arriveranno, passeranno dal vecchio cancello. Lo sentirà cigolare quando si aprirà, poi udrà il rumore dei loro passi. Nicky non verrà da solo. Avrà con sé dei sicari.

Abbastanza da togliermi di mezzo.

Ma non prima che io lo uccida.

Jack infila la pistola nella cintura e aspetta.

127

Letty del Rio controlla che la pistola sia carica e la infila nella fondina.

Non è facile farlo con una mano sola.

È ancora più complicato guidare, ma dovrà farlo.

Deve presentarsi alla porta di Nicky come una seccante venditrice della Avon.

Din-don.

Appoggia la tazza di caffè ai suoi piedi e accende il motore. Si chiede dove cazzo sia Jack. Perché non si è fatto vedere?

Non fa niente.

È ora di andare da Nicky.

Din-don.

128

Il cancello si apre cigolando.
Jack lo sente sfregare contro il terreno.
Una serie di passi sul sentiero.
Fa' che sia Nicky, pensa Jack.
Stringe la pistola al fianco.
Tira indietro il cane e solleva l'arma.
Avverte un odore nel vento.
L'odore di una sigaretta accesa.
Porca puttana.
Rimette la pistola sotto la camicia.
È Billy "Porca Puttana".

129

Restano lì senza guardarsi negli occhi, per un minuto o due.

Jack si era dimenticato di quanto fosse bello il panorama da lassù. Le palme, la buganvillea, la jacaranda, l'ampia striscia di spiaggia bianca che si estende fino alla grande roccia a Dana Head.

Dev'essere uno dei posti più belli del mondo.

Vale la pena di essere salvato.

Per un posto così, vale addirittura la pena uccidere.

«Non è troppo tardi» dice Billy.

«Per cosa?»

«Per andartene» risponde Billy. «Dimenticati di ciò che hai visto qui.»

Jack annuisce.

«È troppo tardi, invece» ribatte. «Da quanto tempo sei sul loro libro paga?»

«Da parecchio.»

«Fin dai tempi del magazzino Atlas?»

Billy annuisce. «Non sarebbe dovuto morire nessuno. Solo un aumento del prezzo e una vendita alla compagnia assicuratrice.»

«Perché, Billy?»

«Per i soldi. Ti fai il culo per poche briciole mentre gli agenti guadagnano un sacco di soldi e quelli delle sottoscrizioni intascano tangenti e lo stesso fanno i giudici e gli avvocati. Ci sguazzano dentro tutti, e noi vecchi ispettori dovremmo stare sotto il tavolo a raccogliere gli avanzi? Col cazzo.»

«Mi hai incastrato» dice Jack. «Hai fornito loro i miei fascicoli, hai segnalato ogni mia mossa. Mi hai tirato di qua e di là come se mi tenessi al guinzaglio. Sapevi cosa fare, cosa dire perché io insistessi. Hai lasciato che mi addentrassi sempre di più nella trappola, Billy, e non hai detto un cazzo.»

«Non avevo scelta, Jack. Non avevo scelta, porca puttana.»

«Tutti hanno una scelta.»

«Allora perché non fai tu quella giusta?» chiede Billy. «Sono qui per offrirti un accordo, Jack. Puoi ancora salire sulla barca.»

«Insieme a te e a Nicky?»

Billy ride. «Continui a non capire, Jack. Non si tratta di Nicky, ma di Mahogany Row, di tutti i vicepresidenti e del presidente in persona. Hanno tutti una quota.»

Jack sente il mondo vorticargli intorno.

«Una quota di che?»

Billy fa un gesto ampio con il braccio. «Di *questo*, Jack. La Great Sunsets. È nostra.»

Ora il mondo gli crolla sotto i piedi.

«La California Fire and Life?» chiede. «Possiede la Great Sunsets? Possiede gli Strands?»

«Mahogany Row, io e qualcun altro» risponde Billy. «Abbiamo tutti la nostra fetta.»

«E Nicky Vale?»

«Siamo soci.»

Geniale.

Mostruoso, ma geniale, pensa Jack.

«La compagnia ha subito una brutta batosta» riprende Billy. «Tra incendi e terremoti e frodi e fottute cause legali, stavamo per trovarci pancia all'aria. Così, anziché dare *tutto* agli avvocati e agli altri criminali, abbiamo deciso di tenere una parte per noi. Abbiamo fatto degli accordi: abbiamo iniziato a liquidare alcuni incidenti simulati, falsi furti, parcelle mediche gonfiate, incendi dolosi, intascando parte degli indennizzi. Paghiamo gli indennizzi, e i soldi ci rientrano sotto forma di quote di società fantoccio.»

Un ottimo sistema per depredare la tua stessa azienda, pensa Jack. Pagare degli indennizzi falsi a te stesso. Girare i soldi ai titolari delle polizze, i quali poi investono nelle tue società fantoccio.

Molto ingegnoso.

E funziona in entrambi i sensi. La mafia russa può investire denaro sporco nel settore immobiliare, subire una "perdita" e ottenere soldi puliti tramite la compagnia assicuratrice.

Così vincono tutti.

Tranne gli assicurati onesti che pagano i premi.

E quei cretini degli ispettori onesti.

E le vittime occasionali, come Pamela Vale.

È tutto uno splendido imbroglio.

Così hanno deciso di passare al livello successivo.

Perché limitarsi a pagare indennizzi di pochi dollari quando si può vincere alla Lotteria Californiana della Controversia Legale? Manovri i tuoi liquidatori in modo da farti fare causa per malafede, poi costringi te stesso a patteggiare. Facile, per uno nella posizione di Billy. Una decisione sbagliata qui, un fascicolo rimaneggiato là. Lui sapeva dov'erano i punti deboli, o se non ce n'erano li creava lui.

Geniale.

«Prima o poi doveva finire» racconta Billy. «La UIS ficcava il naso, poi quella maledetta task-force... così abbiamo organizzato il colpo finale, quello grosso.»

E io ero il cretino ideale da usare per mettere in piedi un'enorme causa per malafede, pensa Jack. Uno spettacolo allestito in ogni dettaglio per giustificare un pagamento di cinquanta milioni.

«Per questo sei venuto a cercarmi.»

«Eri il nostro conto di risparmio, Jack.»

«Per dodici anni?»

«Più o meno.»

Billy lascia cadere a terra il mozzicone di sigaretta, lo spegne con una scarpa, ne accende un'altra e dice: «Nel corso degli anni, abbiamo investito un sacco di soldi nella Great Sunsets, ma voi stronzi ci avete bloccato tutto. Con Save the Strands ci avete quasi messi sul lastrico. Così abbiamo deciso che questo affare doveva rendere.»

«Avete adescato Gordon, facendogli balenare l'opportunità di una *class action*, in modo da poter giustificare un enorme pagamento per evitare la causa» dice Jack. «Poi avete girato i soldi a voi stessi.»

«Indovinato» dice Billy. «Gordon è morto e stamattina Nicky riceverà i cinquanta milioni di dollari.»

I quali finiranno nelle casse della Great Sunsets e saranno più che sufficienti per ungere i funzionari pubblici e gli avvocati e i giudici. Un capitale che consentirà di fare tutto questo e di costruire quei merdosi condominî e rovinare l'ultima parte di costa che ancora non hanno devastato.

Jack chiede: «E Casey? È coinvolto anche lui?».

«No.»

«Sandra Hansen?»

Billy scuote la testa. «Sandra Hansen è una che ci crede.»

Una pausa, poi riprende: «Devo saperlo, Jack. Sei dei nostri oppure no? Posso offrirti delle quote. Puoi avere una casa qui, magari una villetta. E fare surf tutto il dannato giorno».

«Cosa devo fare?»

«Niente» risponde Billy. «È qui il bello. Non devi fare un cazzo. Solo lasciar perdere.»

«È questo l'accordo?»

«È questo.»

Jack si guarda intorno. La spiaggia, l'oceano.

«È morta una donna» dice.

«Non sarebbe dovuto succedere» dice Billy.

«Nicky si è fatto prendere la mano?»

«Sembra proprio di sì. Allora, che mi dici?»

Jack sospira: «Non posso farlo, Billy».

Billy scuote la testa. «Porca puttana, Jack.»

«Porca puttana, Billy.»

Restano fermi a guardarsi. Poi Jack dice: «Ti lascerò andare, Billy. Aspetterò un paio d'ore prima di fare la telefonata. Puoi arrivare fino in Messico».

«Gentile da parte tua» ribatte Billy. «Ma hai capito tutto al contrario. Sono io quello che ti sta tenendo in vita, in questo momento. Merda, Jack, ho dovuto implorarli affinché mi consentissero di parlarti prima che...»

«Prima di che cosa?»

Billy scuote la testa e fischia. Pochi secondi dopo, "Accidentale" Bentley arriva con la pistola spianata.

Dietro di lui c'è Nicky Vale.

E ha una tanica di benzina.

Bentley aggira Jack e gli toglie l'arma.

«Te l'avevo detto di non ficcare il naso, sì o no?» chiede.

Jack fa spallucce e Bentley lo spinge all'interno dell'edificio.

Nicky è completamente fuori.

Blatera qualcosa sull'Afghanistan.

130

Va avanti con questa solfa sull'Afghanistan e i *mujaheddin*.

«Neanche loro volevano cedere» dice a Jack. «Ma alla fine l'hanno fatto. Hai mai visto un derviscio rotante? Aspetta di vederne uno in fiamme, vedrai come gira.»

Si mette davanti a Jack, a pochi centimetri dalla sua faccia. Lo fissa e dice: «Sono un uomo d'affari. Ho cercato di trattarti come un mio pari. Ho cercato di fare *affari* con te, ma tu non ne hai voluto sapere. Sei stato rigido, irragionevole. Tu non hai mai visto l'interno di una prigione russa. Non hai mai vissuto nel freddo e nella sporcizia. Sei nato in California, hai visto sempre e soltanto il sole. Non riesci a capire che anch'io non desidero altro? Un po' di sole?».

«Jack, devo avere i miei mobili e il patteggiamento dell'assicurazione, perché quei soldi mi servono. Li devo dare a delle persone che ammazzeranno me e tutta la mia famiglia se non glieli do. Te lo dico perché tu capisca quanto faccio sul serio.

«Jack, quello che ho imparato... Quello che, credo, *entrambi* abbiamo imparato, è che non si può sfuggire al proprio passato.

«Ma io ho fatto in modo di trarre qualcosa di positivo dal mio passato e tu puoi fare lo stesso con il tuo, Jack. La tua storia può renderti ricco. Non è ancora troppo tardi per voltare le spalle a ciò che hai fatto. Possiamo reinventarci, Jack. Reinventare questo momento. Non possiamo cambiare il passato, ma possiamo scrivere il futuro. Possiamo diventare ricchi. Scegli la vita della California, non il suo fuoco. Questa storia non deve finire in cenere.»

«È già finita in cenere» dice Jack.

Nicky scuote la testa. «Devi solo dirmi a chi lo hai raccontato, sempre che tu lo abbia detto a qualcuno. L'hai per caso detto a Tom Casey? A Letty del Rio? Ad altri poliziotti? Ai giornali? Rispondi alle mie domande, Jack, cazzo!

«Jack, non fare lo stronzo.»

«Rispondigli, Wade.»

Nicky è su di giri.

Ricomincia con la sfuriata. «Non morirai quando arriveranno le fiamme, Jack. Cominceremo dai piedi, non puoi immaginare quanto dolore provochino le terminazioni nervose che stanno là sotto. *A quel punto* vorrai parlare, *a quel punto* potresti avere ancora salva la vita, ma non credo che salirai più su una tavola da surf, Jack. Vorrei evitarlo, ma sono davvero disperato, Jack, sono disperato. Sono, come dite voi, *fuso*. Lev è morto, gli hanno tagliato la testa e l'hanno buttata in casa di mia madre, *dove vivono i miei bambini*. Dani è là che li protegge, perché questi uomini si sono già presi mia madre e l'ammazzeranno, la bruceranno, se le cose non vanno come dicono loro, quindi *devo* sapere, Jack.

«Lo farò, Jack. Ti verserò addosso l'*accelerante*, come lo chiami tu, e accenderò un fiammifero. Non morirai per aver respirato il fumo, non morirai per asfissia da monossido di carbonio, ma morirai per le fiamme che ti vorticheranno intorno...»

«Come Pamela?» chiede Jack.

«No, non come *Pamela*» risponde Nicky. Guarda Bentley e dice: «Apri il coperchio, fagli sentire l'odore dei vapori».

Difficile non sentirlo, in quella stanza chiusa.

Nicky riprende: «Io la amavo, Jack. Amavo stare dentro di lei. *Bevevo* da lei. Lei era la mia dolcezza e il mio raggio di sole... I miei bambini sono venuti da dentro di lei, i miei bambini! Ma lei voleva prendersi... Quella puttana voleva portarmi via *tutto*. Mi voleva prosciugare, lasciarmi senza nulla. Voleva andare in tribunale e dire cose come: "Nicky è un donnaiolo, Nicky è un drogato, Nicky è un criminale, Nicky è un *gangster*. Nicky dorme con sua madre...". Il che *non è vero*, almeno non nel senso in cui lo intendeva lei. Avrebbe detto queste cose, me lo ha confessato. Io le ho spiegato che non le avrei mai concesso il divorzio, che non si sarebbe mai presa le mie cose. La mia casa, i miei soldi, i miei bambini e lei ha risposto dicendo che avrebbe rivelato tutto, prima che mia madre mettesse le mani sui nostri figli e rovinasse anche loro. Ecco cosa ha detto, parole testuali: "rovinasse anche *loro*". Ma no, non l'ho bruciata viva, non l'ho fatta danzare tra le fiamme e contorcersi sul nostro letto come le piaceva tanto fare, ma stavolta con un amante molto più focoso. Non l'ho fatto perché l'amavo. L'ho solo fatta addormentare. L'ho costretta a bere e a prendere delle pillole e quando si è addormentata le sono salito sopra. Lei aveva il collo più bianco e aggraziato che abbia mai visto. Ricordo la prima volta che gliel'ho baciato. Ricordo la prima volta che lei mi ha accolto dentro di sé e i suoi capelli neri contro il collo bianco. Ricordi quell'incredibile tepore, quel calore fuggevole che si prova la prima volta che entri *dentro* una donna? La desideravo a tal punto da sentirmi *bruciare* e quella stronza lo *sapeva*, sapeva quel che faceva. Quella puttana rizzacazzi *meritava* di bruciare viva, ma non l'ho fatto. Insomma, le vado sopra con un cuscino (ed è buffo, perché di solito era lei che mi chiedeva di metterle un cuscino sotto il sedere perché potessi entrare più a fondo in lei) e le copro la bocca con il cuscino. È svenuta ma i suoi fianchi si contorcono e si agitano, la schiena si inarca poi finalmente si accascia tra le mie braccia ma *io* non riesco a finire. Non sono riuscito a finire la scopata. Rizzacazzi fino all'ultimo, Pamela. Allora, ma *solo* allora, Jack, verso il cherosene intorno al nostro letto nuziale. Intorno, sopra e sotto a quella puttana. Non riesco a versarlo sul suo bellissimo volto, ma solo su quella parte di lei che te lo faceva venir duro e poi ti mandava in bianco. Gliel'ho versato tutto lì. Non farà *più* bambini per poi rovinarli. *Non si può sfuggire al proprio passato, Jack.* Il fuoco ti vortica intorno e ho sentito le grida echeggiare per *miglia.* Ora dimmi quello che devo sapere. Ho esaurito il tempo e la pazienza e ti darò fuoco, Jack, perché mi servono i miei soldi e i miei mobili e loro si sono presi *mia madre* per *l'amor del cielo*!!».

Fa un cenno a Bentley.

Bentley solleva la tanica di benzina.

«Non l'ho detto a nessuno» mormora Jack.

Nicky sorride.

«Ma come faccio a crederti?» ribatte. Si gira verso Bentley. «Forza.»

Bentley sembra sul punto di vomitare, ma solleva di nuovo la tanica.

«Porca puttana» esclama Billy.

Estrae la calibro 44 e spara nella pancia a Bentley.

Il colpo incendia i vapori.

Che a loro volta incendiano Bentley.

Bentley brucia, perciò lascia cadere la tanica e il combustibile gorgoglia sul pavimento e lui dimentica tutto quello che ha imparato alla scuola antincendi e corre fuori dalla porta.

È una palla di fuoco che grida, poi finalmente si accascia sull'erba secca.

Ecco come "Accidentale" Bentley appicca il Grande Incendio della Costa Sud.

In modo accidentale.

131

Jack non lo sa.

È ancora nell'edificio che va a fuoco. La benzina esce dalla tanica e sparge accelerante su tutto il pavimento e vapori nell'aria, e i vapori si incendiano e *wham*, una colonna di fuoco schizza verso l'alto.

Fiamme e fumo e oscurità e Jack perde di vista Nicky Vale.

Vede solo Billy che si dirige non verso la porta bensì *verso l'interno* della sala ricreativa, verso la vecchia cucina, e Jack pensa: Esci da qui, ma pensa anche: Devi portare fuori Billy, così gli va dietro.

È una cosa molto stupida, si dice. Molto stupida, perché prima prende fuoco il legno vecchio, poi i teli che coprono i mobili, poi i mobili stessi. Il fuoco brucia libero, ci sono fiamme dappertutto, il posto si sta riempiendo di fumo e quel figlio di puttana di Billy era tra quelli che ti hanno incastrato, allora perché darsi tanta pena?

Perché sei uno scagnozzo dell'ufficio sinistri, scagnozzo viene da cane ed è questo che fanno i cani. I cani non se ne vanno.

Jack si butta a terra, e restando in quella posizione, il più vicino possibile a dove si trova l'aria, segue Billy.

In cucina.

La vecchia cucina dove preparavano hamburger, hot dog e pentoloni di chili con carne.

E trova Billy "Porca Puttana" in piedi accanto al bancone in acciaio inossidabile.

Che si accende una sigaretta.

«Forza!» grida Jack. «Possiamo ancora andarcene da qui!»

Forse.

Il soffitto è in fiamme e anche il tetto.

«Possiamo farcela!» ripete Jack.

«No» risponde Billy.

Si porta la sigaretta alle labbra e tira una lunga boccata.

«Billy, posso portarti fuori, ma dobbiamo andare subito!» grida Jack.

Gli occhi gli si riempiono di lacrime. Lacrimano e bruciano e Jack sente il fumo bruciargli anche la gola. Si guarda alle spalle e vede le fiamme. Alza lo sguardo e vede piccole lingue di fuoco lambire il soffitto della cucina.

«Non posso, Jack.»

Jack si mette a piangere. Porca puttana, Billy. Potrebbero mancare pochi secondi al *flashover*. Pochi secondi prima che le fate si mettano a volare e arrivi il *flashover* e tutto prenda fuoco.

Non possiamo più aspettare, Billy.

«TI PORTO FUORI A BRACCIA!»

Grida perché il rumore del fuoco copre tutto il resto. L'alligatore è affamato e divora la vecchia casa.

Billy scuote la testa. «NON POSSO AFFRONTARLO, JACK!»

«MENTIRÒ SU DI TE, BILLY! DIRÒ CHE TU NON C'ENTRAVI NIENTE, FORZA!»

Piccole palle di fuoco danzano nell'aria.

Le fate volano.

«È INUTILE, JACK!»

Impossibile ragionare, pensa Jack. Metterò ko questo stronzo cocciuto, se proprio devo.

Si dirige verso Billy.

Billy scuote la testa ed estrae la sua vecchia calibro 44 dalla giacca.

La punta contro Jack.

Poi dice: «Porca puttana».
Si avvicina la canna alla tempia e preme il grilletto.
Mentre volano le fate.
Flashover.

132

All'esterno, il fuoco si diffonde rapidamente.

Il vento prende in braccio la fiamma come un'amante e la distende sull'erba secca.

La fa volare sugli alberi e sui tetti.

Tutto il cielo è in fiamme.

Il sole sull'oceano è una palla di fuoco.

L'oceano riflette le fiamme e anch'esso sembra bruciare.

Dalla terra al cielo il bagliore rosso e arancione del fuoco che si estende verso nord dal promontorio di Dana Head verso il Ritz e Monarch Bay.

Il fuoco scivola sopra l'erba e gli arbusti, poi incendia le succose piante di eucalipto, che crepitano e scoppiettano come un milione di petardi che esplodono tutti insieme. Il fuoco continua a correre e accende gli alberi che fiancheggiano il Ritz, circonda i cancelli dell'hotel come un esercito assediante, mentre un altro fronte dell'incendio corre per tutta Salt Creek Beach, diretto verso Monarch Bay.

Non si ferma al cancello. Non aspetta che sia la guardia a farlo entrare. Il vento spinge le fiamme tra gli alberi, nei giardini lussuosamente curati, brucia gli alberi e il calore aumenta a tal punto da incendiare anche i tetti.

Natalie e Michael sono nella loro stanza, guardano fuori della finestra e vedono il fuoco avanzare verso di loro. Da dove si trovano non possono vedere le fiamme. Vedono un cielo arancione che si colora di sangue mentre il sole tramonta. Sentono l'odore del fumo, quella sensazione pungente e bruciante negli occhi e nel naso e hanno paura.

La mamma è tutta bruciata.

Papà se n'è andato di nuovo.

Non c'è nemmeno la nonna.

Non è rimasto nessuno, tranne gli uomini di papà, ma sono occupati a spruzzare acqua sul tetto e non prestano nessuna attenzione a loro e si sentono le sirene e la gente che grida e voci da altoparlanti invisibili ordinano con toni severi di "evacuare", poi una dozzina di voci gridano più forte quando un tetto di legno prende fuoco e Natalie si sforza di ricordare cosa vuol dire "evacuare", mentre Leo saltella e fa capriole e abbaia. Il fuoco crepita tra gli alberi fuori della finestra come una voce uscita da un incubo e Natalie pensa: Ecco com'è morta la mamma.

Fuori, in strada, Letty cerca di entrare ma un poliziotto la ferma al cancello e le dice che ai mezzi civili non è permesso entrare e lei grida: «Ho dei bambini là dentro!» ma non la fanno passare ugualmente, così scende dall'auto e si avvia a piedi.

Verso la casa.

Corre verso la casa mentre gli alberi sibilano e scoppiettano sopra la sua testa. La gente dentro le auto e a piedi le scorre accanto in direzione opposta. Alcune case sono in fiamme e il fumo denso riempie le strade e, se non fosse per le fiamme sarebbe buio come di notte, poi finalmente arriva alla casa.

Sta andando a fuoco.

Le fiamme danzano sul tetto.

«Natalie! Michael!»

Un pompiere le impedisce di entrare. Lei si dibatte e grida: «Ci sono due bambini là dentro!».

«Là dentro non c'è nessuno!»

«Ho detto che ci sono due bambini!»

Si divincola e corre verso la porta d'ingresso.

Dentro è tutto fumo, calore e oscurità.

133

Jack striscia attraverso l'inferno.

Steso a pancia in giù, raso terra, dove c'è ancora un poco d'aria, mentre il fuoco divampa sui banconi. Avanza senza mai staccarsi dalle pareti, prega di ricordarsi dov'è la porta. Il fumo, il rumore, il calore...

Poi trova a tentoni il vano di una porta.

Deve essere una porta che dà sull'esterno.

Deve esserlo, perché altrimenti quando la aprirà il fuoco irromperà nella cucina e lo spazzerà via, ma non ha altra scelta, così la apre e si ritrova fuori.

L'erba è in fiamme.

Merda, sembra che vada a fuoco tutta la California.

Attraverso il fumo riesce a distinguere solo una sagoma.

Nicky che corre lungo la scogliera.

Jack lo insegue.

Tossisce e lotta per riprendere fiato mentre lo insegue fino alla spiaggia e lungo la riva del mare. Sente il cuore martellargli in petto, le onde infrangersi al ritmo del suo cuore. Nicky inizia a rallentare e Jack lo raggiunge.

Nicky si gira e con una mossa rapida cerca di infilargli un dito in un occhio.

Jack gira la testa ma il colpo lo raggiunge di striscio all'occhio sinistro, graffiandolo. Per un istante non vede niente ma allunga le mani verso il punto dove dovrebbe trovarsi il collo di Nicky, lo afferra e lo butta nell'acqua bassa.

Gli va sopra, lo afferra alla gola e lo spinge giù.

Arriva un'onda, si infrange vicino alla spiaggia e grossi schizzi di acqua bianca investono Jack, ma lui non molla. Sente le mani di Nicky intorno ai polsi, che tirano e strattonano. Le gambe di Nicky scalciano nel tentativo di liberarsi, ma Jack lo tiene per la gola e non ha nessuna intenzione di lasciarlo andare, nonostante una seconda onda che gli arriva addosso. Non molla la presa e tiene Nicky sott'acqua. Nicky si dimena e si contorce e Jack pensa all'incendio al magazzino Atlas e a Porfirio Guzman e ai due adolescenti vietnamiti e a George Scollins e alla propria vita in frantumi. Spinge Nicky ancora più a fondo, sinché non sente la sua schiena sbattere contro le rocce sul fondale. L'acqua bianca indietreggia e Jack vede il volto di Nicky, i suoi occhi gonfi e sente se stesso gridare: «Vuoi un accordo, Nicky? Ecco il tuo cazzo di accordo!».

Sente se stesso gridare queste parole.

Sente se stesso.

E si alza.

Trascina Nicky fuori dall'acqua tenendolo per la collottola e lo lascia cadere sulla spiaggia. Nicky tossisce e sputa e cerca di riprendere fiato.

E Jack potrebbe giurare di sentire un maledetto cane che abbaia.

Alza lo sguardo dalla spiaggia, verso il punto in cui il complesso residenziale di Monarch Bay si affaccia sulla costa.

Gli alberi vanno a fuoco.

I camini sputano fiamme.

Jack comincia a correre.

134

Natalie stringe forte Michael.

Lo tiene caldo.

Lo protegge dagli schizzi di acqua fredda e salata che arrivano dal mare.

Evacuare, aveva detto la voce. Evacuare, si era ricordata Natalie, significa uscire, così aveva preso Michael ed era uscita dalla casa prima che il fuoco passasse dall'albero al tetto.

Era corsa sul prato poi in strada e tutti andavano verso la Pacific Coast Highway, ma Natalie aveva pensato che si stavano sbagliando, perché sembrava che andassero dritti verso l'incendio.

Così Natalie si era fermata e ci aveva pensato su per qualche istante, poi aveva deciso che il posto più sicuro dove andare durante un incendio era l'acqua, accanto all'oceano, così se il fuoco fosse arrivato fino alla spiaggia, loro avrebbero sempre potuto tuffarsi e nuotare fino a che le fiamme si fossero spente.

Aveva preso Leo sottobraccio e Michael per mano e li aveva guidati verso la spiaggia. Giù dagli scalini che scendono a Salt Creek Beach, dove la zia Letty li aveva portati a fare *bodyboarding* e avevano fatto anche dei pic-nic e avevano cercato granchi e lumache nelle pozze formate dalla marea.

Perché zia Letty verrà a cercarci e sicuramente verrà qui, pensa Natalie.

Jack corre lungo la spiaggia, la scogliera sopra di lui è in fiamme, la penisola di Monarch Bay è una colonna di fumo sempre più denso. È difficile riuscire a vedere qualcosa e non sa proprio come farà a trovare Michael e Natalie e spera soltanto che siano riusciti ad andarsene da lì, poi sente il cane abbaiare.

I ragazzini lo riconoscono.

Vanno da lui perché è un *adulto* che conoscono.

«Dov'è il mio papà?» chiede Michael.

Grandi occhi neri pieni di lacrime.

Natalie chiede: «Dov'è zia Letty?».

«Non lo so» dice Jack. «Era qui?»

Natalie fa una specie di piroetta per l'ansia.

Ma certo che è qui, pensa Jack. È qui per il mio stesso motivo. Oh, Dio, fa' che non sia entrata in casa.

«Andrà tutto bene» li rassicura Jack. «Andrà tutto bene.»

Perché le persone mentono.

La loro mamma è morta.

Il loro papà l'ha uccisa.

E l'ultima persona che gli vuol bene probabilmente li sta cercando dove non sono, e cioè in un'altra casa in fiamme.

E ad aspettarli, nell'ombra, c'è Madre Russia.

Ma Jack ripete: «Andrà tutto bene».

Si dirige verso la casa.

È in fiamme.

Entra. Vedere qualcosa è difficile, respirare impossibile. La casa si sta riempiendo di fumo.

«Letty! Letty!»

Sale le scale, entra nella camera dei ragazzi.

Lei è a faccia in giù sul letto.

«Oh, no. Oh, no!»

La gira.

«Dimmi che non sei morta. *Ti prego*, dimmi che non sei morta.»

È svenuta ma respira ancora. Jack la solleva e la porta giù dalle scale.

Che sono in fiamme.

Troppe fiamme, troppo fumo.

Non c'è tempo.

Così si lancia attraverso le fiamme.

Le attraversa di corsa, esce dalla porta e si trova fuori, nell'aria piena di fumo. Sdraia Letty a terra.

«Ti prego, non morire. Ti prego, non morire.»

Lei inizia a tossire. Tossisce poi respira poi apre gli occhi. Non appena riesce a parlare chiede dei bambini.

Lui la solleva di nuovo e la porta fino alla spiaggia.

Quando arrivano trovano Nicky accanto ai bambini, le braccia strette intorno a loro con fare protettivo.

Jack si piega verso di lui e gli sussurra qualcosa all'orecchio.

Troviamo un accordo.

135

Il pomeriggio successivo.

Il sole è alto e caldo sopra un panorama bruciato e nero. Le ceneri fluttuano ancora nell'aria, smosse da un vento leggero.

Jack è sul sedile anteriore di un furgone usato, nel parcheggio di Dana Strands Beach, e aspetta. Letty è seduta accanto a lui e si mordicchia un'unghia spezzata.

«Verrà» dice Jack.

Lei annuisce e riprende a mordicchiare l'unghia.

Passano cinque lunghi minuti, poi Jack vede la Mercedes nera svoltare oltre la curva di Selva ed entrare nel parcheggio.

«Eccoli» dice.

La Mercedes accosta accanto a loro. Dani scende dall'auto, fa un cenno con la testa, poi scende anche Nicky. Jack scende dal camioncino. Si incontrano a metà strada fra i due veicoli.

«Allora, abbiamo un accordo?» chiede Nicky.

«Tu hai i soldi, giusto?»

«Giusto.»

«Allora abbiamo *parte* dell'accordo.»

Nicky annuisce.

Poi porge a Jack i documenti firmati nei quali rinuncia alla potestà genitoriale su Natalie e Michael. I documenti sono stati redatti da Tom Casey, quindi Jack non dubita che siano inattaccabili. Controlla la firma di Nicky e dice: «Mi sembra tutto a posto».

Nicky torna alla Mercedes. La portiera si apre e i bambini scendono dall'auto, battendo le palpebre per abituarsi all'intensa luce del sole. Natalie tiene Leo sotto il braccio. Nicky abbraccia i suoi figli e dice: «Papà avrà molto da fare per un po', per cui starete qualche mese con la zia Letty, d'accordo?».

Annuiscono, si stringono a lui e viene versata qualche lacrima.

Letty si fa avanti e Nicky incoraggia i bambini ad andare da lei.

«Abbi cura di loro» le dice.

«Bambini, aspettatemi in macchina, okay?»

Dopo che si sono allontanati, Letty dice: «Tra sei mesi li adotterò».

«Come vuoi.»

Gli lancia un'occhiata dura.

«Che razza di uomo usa i propri figli come merce di scambio?»

«È la stessa cosa che mi ha chiesto mia madre» risponde Nicky. «È sconvolta.»

Fa una pausa, poi aggiunge: «Ma è viva».

Nicky si avvicina a Jack. «Allora, Jack Wade che non fa accordi, il nostro accordo è concluso?»

A Nicky vanno i cinquanta milioni di dollari. Jack e Letty non intenteranno contro di lui procedimenti giudiziari di alcun tipo. Jack dimenticherà tutto quello che sa su Nicky, sulla California Fire and Life e su tutto il resto. Sandra Hansen potrà tenersi il suo informatore.

Olivia Hathaway sarà pagata per i suoi cucchiai.

«È stato un incendio accidentale e una morte accidentale» dice Jack.

«Volevo solo sentirlo dire dalle tue labbra» ribatte Nicky. «Allora è davvero finita.»

«Ormai è acqua passata. Ma non provarci mai più.»

«Hai la mia parola.»

Nicky gli tende la mano.

«Va' all'inferno» è la risposta di Jack.

«Sei sicuro che non ci sia già?»

Jack e Letty rimangono l'uno accanto all'altra, a guardare la macchina allontanarsi.

Lei dice: «E così la passa liscia per l'omicidio».

«Ma due bambini possono avere una vita vera» puntualizza Jack. «È un accordo che sarei pronto a rifare.»

«Già.»

A volte, pensa Jack, è inevitabile scendere a patti.

Riconoscere quando è il momento di patteggiare fa parte della vita.

Letty gli chiede: «Verrai da me stasera?».

«No.»

«Questo fine settimana?»

Jack scuote la testa.

Letty gli chiede: «Non verrai più, vero?».

«Fa parte dell'accordo» risponde Jack. «Vogliono che io me ne vada. Fuori dallo stato.»

Anzi, fuori dalla nazione. Fuori dalla portata dei mandati di comparizione. Nicky e la California Fire and Life vogliono qualche garanzia. Avranno i soldi, avranno il mio silenzio e potranno tornare ai loro affari come nulla fosse.

E io devo uscire di scena.

E se vogliamo essere davvero sinceri, pensa Jack, è meglio così. I bambini hanno già sofferto abbastanza e sono fin troppo confusi. Un nuovo "papà" nelle loro vite sarebbe solo un nuovo fardello da gestire. Sarà già abbastanza difficile così. Gli serve l'attenzione incondizionata di Letty, e anche lei vorrà offrirgliela. A Natalie e Michael non serve un pacchetto completo "Mamma e Papà".

Letty dice: «È un prezzo molto alto, Jack».

«Ma ne vale la pena.»

Fa un cenno del capo verso la macchina di Letty.

«Ne vale la pena» ripete lei.

Gli stringe la mano. «Ti amo, Jack.»

«E io amo *te*, Letty.»

Lei lo lascia andare.

«Almeno vieni a salutarli.»

Jack si avvicina all'auto. I ragazzini sono seduti sul sedile anteriore, il cane steso sulle loro gambe.

«E così andrete a stare un po' in campagna, eh» chiede loro. «Farete dei giri a cavallo?»

Annuiscono, con gli occhi pieni di lacrime. Sorridono coraggiosi.

«Be', prendetevi cura di zia Letty per me, intesi?»

Dà a Letty un bacio frettoloso sulla guancia, un rapido abbraccio, poi sale sul furgone. Avvia il motore e ingrana la marcia prima di cedere alla tentazione di voltarsi indietro.

Mette su una cassetta di Dick Dale & His Del-Tones.

Supera il nuovo cartello all'ingresso degli Strands.

PARCO IN MEMORIA DI PAMELA VALE.

Si dirige a sud.

136

Dani accosta, in un punto dove la strada si allarga sopra Dana Strands.

Nicky chiede: «Ma cosa...».

Dani gli spara al basso ventre. Il proiettile gli perfora la spina dorsale. Ma è ancora cosciente mentre Dani scende dall'auto, prende una tanica di benzina e ne versa il contenuto intorno all'auto.

Dani apre la portiera posteriore.

Piange mentre arrotola una gamba dei pantaloni di Nicky e con un coltello pratica un'incisione sopra il tatuaggio delle Due Croci, dietro il ginocchio di Nicky. Abbassa il coltello e strappa via la pelle.

Nicky non sente niente.

Con il viso rigato di lacrime, Dani dice: «Se mai tradirò il *Vorovskoj Zakon*, possa io bruciare all'inferno».

Chiude la portiera, si allontana di un passo e lancia il fiammifero.

Poi si pianta la pistola in bocca e preme il grilletto.

137

C'è un uomo seduto in una macchina e la macchina va a fuoco.

L'uomo non esce.

Le fiamme gli lambiscono le gambe e lui non esce.

Ai piedi della collina, il Pacifico si infrange contro le rocce.

California, fuoco e vita.

138

Jack Wade è seduto a cavalcioni di una vecchia *longboard* di marca Hobie, e cavalca morbidi dislivelli che si rifiutano di diventare onde.

Osserva un pennacchio di fumo nero che si innalza dalla spiaggia.

Il fumo significa che Hernando ha acceso la griglia e che presto i carboni saranno abbastanza caldi e che lui dovrà andare ad aiutarlo a preparare la cena per i turisti.

Sempre che ce ne siano, all'accampamento di pesca.

Di solito non ce ne sono, e in tal caso Jack aiuta Hernando a costruire la nuova reception del campeggio. Niente di straordinario, solo una piccola struttura a blocchi di cemento e rinforzi in metallo, con il tetto in travi di legno, ma Jack sa come costruirla ed Hernando è felice dell'aiuto.

Per il resto del tempo, Jack fa surf, pesca o va in città a fare provviste per il campeggio. Quando ci sono dei turisti, cucina per loro colazioni a base di *huevos rancheros* o frittelle o qualunque altra cosa chiedano, e pranzi a base di frutta e pollo e birra gelata. Alla sera cucina sulla griglia i pesci che hanno pescato, o quelli che ha pescato lui, e quando ha finito di pulire prende una birra e ascolta Hernando cantare vecchie *canciones*.

O, se Hernando non ha voglia di cantare, Jack si sdraia sul cassone del vecchio pick-up di Hernando e ascolta le partite dei Dodgers alla radio. Il bollettino meteo annuncia forti temporali provenienti da nord.

A volte Jack si siede e ammira i disegni a pastello che arrivano nella cassetta della posta di Hernando, indirizzati a “Zio Jack”. All’inizio raffiguravano alberi e case in fiamme. Ora ci sono soprattutto cavalli e di solito i bambini sorridono e la signora che è con loro ha sempre i capelli neri.

Jack pensa molto a Letty.

Pensa molto a lui e a Letty insieme ai bambini.

Di rado pensa alla California Fire and Life.

Ringraziamenti

Molte persone, la maggior parte delle quali sarebbe imprudente citare per nome, mi hanno aiutato nelle ricerche per questo libro. Un grazie a tutte loro.

Tra quelli che posso citare, la mia infinita gratitudine va al pazientissimo dottor Edward Ledford, presidente della Zoex Corporation di Lincoln, Nebraska, per la guida e i chiarimenti sui gas cromatografi, gli spettrometri di massa e innumerevoli altre cose riguardanti i test su campioni prelevati da rottami e residui.

Un ringraziamento, come al solito, a David Schniepp per aver condiviso la sua conoscenza del lato esoterico del surfing e delle leggende della costa sud. E a mia moglie, Jean Winslow, per il paziente ed esperto disegno della pianta di casa Vale e per innumerevoli gentilezze.

Questo volume è stato stampato nel giugno 2021
presso Rotolito S.p.A. – Milano